清代宮廷大戲叢刊初編

鼎峙春秋【上】

(清)周祥鈺 鄒金生 編寫
宋啓發 校點

北京大學出版社
PEKING UNIVERSITY PRESS

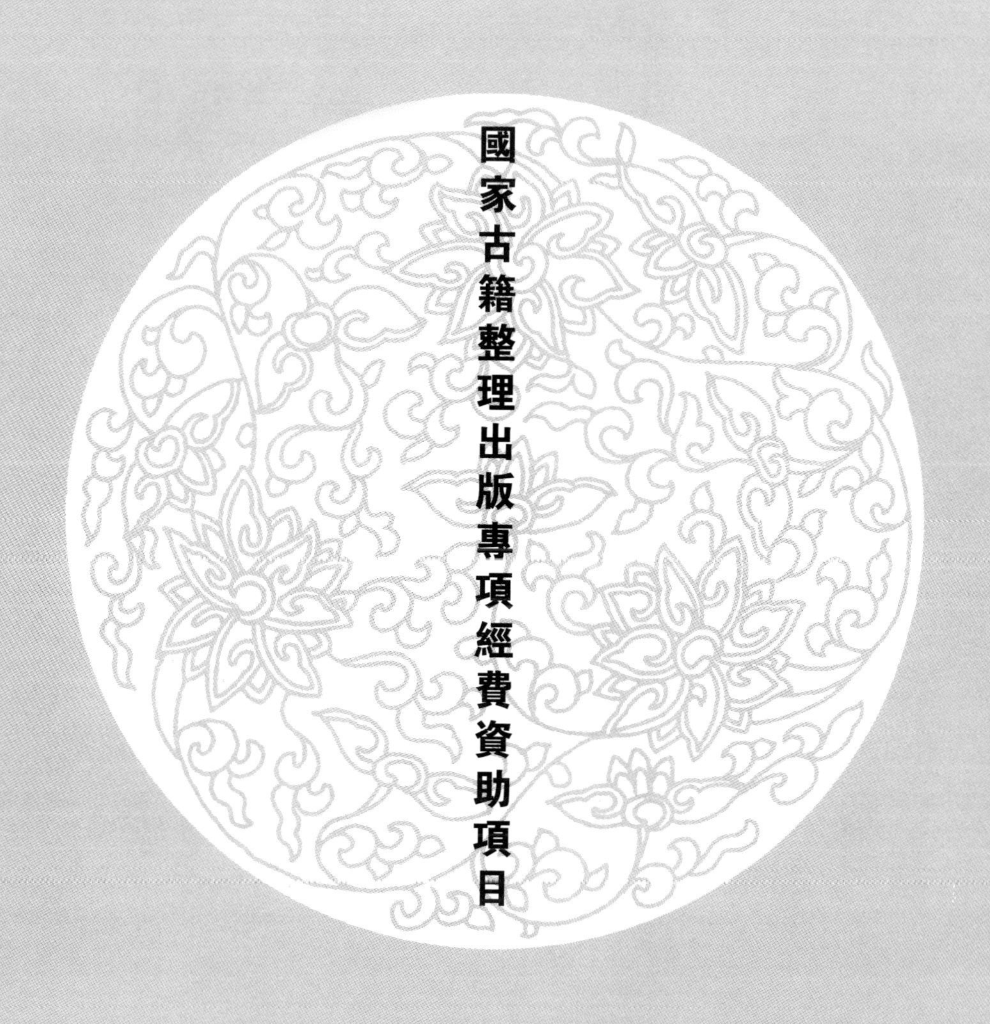
國家古籍整理出版專項經費資助項目

前言

中國古代宮廷的演劇傳統可以上溯到宋代初年，設立教坊、雲韶部（初名「簫韶部」），承擔宮廷的儀典性和觀賞性演藝活動，其中包括戲劇表演——雜劇和傀儡戲。宋以後歷代宮廷一般都設有御用演藝機構（偶因社會動盪而中斷），御用演員不足用或因社會動盪停辦時，也會招用民間藝人承應宮廷演藝。清代的宮廷演劇從管理、組織、設備、舞臺、編劇、表演、舞美、服飾等全方位得到了提升，從而發展到了歷史的極致。

清初承明之制，禮部設教坊司，凡宮中典禮燕會，有女樂二十四名承應，順治十六年（一六五九）裁撤女樂，全部改爲太監承應，增至四十八人，其中有專司演劇者。

康熙中期，內務府增設景山和南府兩個機構，專門承應宮廷演劇活動，相當於國立皇家大劇院，從而確立了戲劇演出在宮廷文化活動中超乎前代的重要地位和作用，使戲劇演出逐漸成爲宮廷文化活動中不可或缺的重要內容。這一點從現存龐大的清代昇平署檔案之系統性、規模化得以充分體現。道光七年（一八二七），南府改構「昇平署」，延續至清末，但規模銳減。

景山、南府的總管一般由内務府大臣兼任。下設内學由宫内太監組成，外學由漢籍藝人和旗籍藝人組成。日常演劇中，内學和外學一般是分别承應，當演出大戲需要上場人數衆多時，内、外學則有合作。又設錢糧處負責管理皇家劇院的物質資源，寫法處負責謄寫備演劇本及撰寫劇本相應的服飾、切末、舞臺裝置、舞臺調度、表演身段、唱譜、題綱等内容，大差處爲籌辦皇家重大演出活動時臨時成立的專辦機構，内務府檔案處分撥專人記録和管理宫廷演劇的檔案資料。乾隆朝以前的宫廷演劇檔案已全部毁於水火，現存有嘉慶朝數册及道光以後各代的絕大部分檔案，包括恩賞日記檔、旨意檔、承應檔、日記檔、錢糧檔、花名檔、恩賞檔、知會檔、白米檔等多種類别，記録内容之繁細和全面令人嘆服。現存大量昇平署曲本，包括安殿本、總本（總綱、總講、總書）、單本（單頭、單篇、單片）、題綱、排場、串頭、串貫、工尺譜、身段譜等多種形態，其種類之系統體現出管理之完備。這些歷盡劫波保存至今的文獻資料，如今分藏於中國第一歷史檔案館、故宫博物院、國家圖書館、中國藝術研究院圖書館等處。

清代皇家劇院在乾隆朝是機構設置最全面和人數規模最龐大的，據稱最多時有一千五百人左右，演出像《勸善金科》《昇平寶筏》等十本二百四十齣、上場人數動輒上千人的連臺大戲，足能勝任，每天一本，連演十天。

宫廷内的演劇活動可分爲娱樂性演藝和儀典性演藝。將戲劇演出引入宫廷儀典性演藝内容，始自明代。娛樂性演劇一般就是民間常見的雜劇、傳奇劇碼。儀典性演劇則按照節令祀享和慶典主題的不同，各有專用的劇碼承應，其中很多是宫廷藝人根據演出要求自行編製的。這樣的演劇傳統延續到清廷，得到了全面而系統的發展，更以政令形式形成了完整而嚴謹的演劇體制。凡至有帝后嬪妃壽辰、皇帝大婚、皇帝出行及返京、皇子出生、皇子定親、册立封號等喜慶事件，以及每年諸大節令，除舉辦相應的慶典或祭祀儀式外，都要安排特定劇碼的演出承應，是爲儀典性劇碼；而娛樂性劇碼則包括傳統雜劇、傳奇的折子戲（用於頻繁的日常觀賞性演劇）和連臺本大戲。

連臺本戲的劇本體制，非清宫首創，但確是由乾隆皇帝推爲極致。乾隆初年，敕令身任刑部尚書兼管樂部的張照等一班詞臣創作或改編了一批承應戲和連臺本戲，以供宫廷演劇之用。這批連臺本戲，現有存本者近二十部，短則一百多齣，長則二百四十齣，篇幅規模可稱鴻篇鉅製，故此又習稱爲「連臺本大戲」或「宫廷大戲」，半數至今有全本流傳。

清代的皇宫禁苑主要有紫禁城、圓明園、頤和園、熱河行宫（即承德避暑山莊）等，各處所建大中小型戲臺非常多，其中最著名的要數上中下三層的大戲樓。清代皇宫禁苑先後共建有五座三層大戲樓：圓明園同樂園清音閣，紫禁城寧壽宫閱是樓暢音閣，壽安宫戲樓，熱河行宫福壽園清音閣，頤和園德和園戲樓。圓明園同樂園戲臺最早建成，約建於雍正初年，規模最大，築造精美，乾隆、嘉慶、道光、咸豐朝常爲皇家觀劇之所，惜毁於一八六〇年英法聯軍。寧壽宫、壽安宫、熱河行宫清音閣大戲樓均建成於乾隆年間，壽安宫大戲樓於嘉慶四年（一七九九）諭旨拆毁，承德清音閣則毁於火災，頤和園在英法聯軍火燒北京時被毁，光緒年間重建時仿清音閣和暢音閣戲樓，在原怡春堂舊址上修建了德和園大戲樓，規模較其他四座爲小。寧壽宫暢音閣和頤和園德和園兩座倖存於今。

上中下三層戲臺，分别稱爲「福臺」「禄臺」「壽臺」，這樣的結構是專爲排演連臺本大戲而創設的。一般情節的演出均在壽臺進行，一涉神怪即用到福臺、禄臺。《昭代簫韶·凡例》：「劇中有上帝、神祇、仙佛，及凡人、鬼魅，其出入上下應分福臺、禄臺、壽臺及仙樓、天井、地井。或當從某臺某門出入者，今悉斟酌分别注明。」宫廷承應戲多涉神鬼世界，場面浩大，角色動輒數百上千，常需表現從天而降或地湧而出的情景，三層戲臺的機關設計，滿足了舞臺表現的要求。《昭代簫韶》《勸善金科》《昇平寶筏》《鼎峙春秋》《忠義璇圖》等宫廷大戲的劇本，對場面佈設、脚色出入的描述都非常詳細，每一環節皆與大戲樓相對應。

連臺本大戲的創作排演和三層大戲樓的設計建造，代表着宫廷演劇活動發展到乾隆時期所呈現的空前繁盛，從文本的長篇敘事體制，到舞臺表現的奢華風格，及其對戲曲意象性特徵的充分發揮，以及彼此在藝術上的相生相濟，都堪稱傳統戲曲藝術在特殊環境下的特殊成就，亦成爲中國古代戲曲史上的別樣風光。

宫廷大戲現有存本者近二十部，半數爲全本流傳。新中國成立初年商務印書館、中華書局曾以影印方式選印十部結集爲《古本戲曲叢刊》第九集出版，其中《勸善金科》據上海圖書館藏及吴曉鈴藏清乾隆間内府五色套印本影印，《昇平寶筏》《忠義璇圖》據國家圖書館藏清内府鈔本影印；《鼎峙春秋》據首都圖書館藏清内府鈔本影印；《昭代簫韶》據國家圖書館、上海圖書館及吴曉鈴藏清嘉慶十八年（一八一三）朱墨本影印。本次校點即以《古本戲曲叢刊》本爲底本，衹做標點，一般不做異文校勘，旨在通過《清代宫廷大戲叢刊》，呈現過去連臺本戲的面貌，爲廣大讀者打開一扇瞭解古代宫廷演劇面貌的門。

整理説明

《鼎峙春秋》，清代莊恪親王允祿奉乾隆帝旨意組織編撰，具體編撰者爲周祥鈺和鄒金生等。允祿，原名「胤祿」（因避雍正帝名諱改「胤」爲「允」），是康熙皇帝第十六子，號愛月居士，精通數學和音樂，長期掌管清廷樂務。乾隆十一年（一七四六）年組織編撰了大型戲劇曲譜《九宫大成南北詞宫譜》。周祥鈺，字南珍，虞山（今江蘇常熟）人。鄒金生，字漢泉，毗陵（今江蘇常州）人。周、鄒二人也曾參與編撰《九宫大成南北詞宫譜》。

清代宫廷大戲的劇本編撰有一定的規範，基本上爲每劇十本二百四十齣，每本二十四齣且分上下兩部分。本劇總體上亦照此辦理，但第三本爲二十三齣，上本十二齣，下本十一齣，第七本爲二十五齣，上本十二齣，下本十三齣，較其他幾部宫廷大戲稍有變化。

全劇起自東漢末黄巾軍造反後劉、關、張桃園結義，止於蜀漢政權建立後諸葛亮率軍平定南疆，比較完整地演繹了魏、蜀、吴三國爭戰和鼎峙的歷史故事，除參考小説《三國志通俗演義》外，大量吸收元、明以來敷演三國故事的雜劇、傳奇中的劇情劇詞，經過增删潤飾，全劇首尾貫串，融爲一體。

全劇秉承宋代以來形成的「擁劉反曹」的主流意識形態，以蜀漢爲中心展開劇情，體制宏大，場景壯麗，以大型連臺本戲的形式，把深受人民喜愛的三國故事集中搬上戲劇舞臺，顯示了十足的皇家氣派，也給後來的京劇等中國劇種提供了豐富的演出腳本和素材。

此劇曾在清宮内多次演出，據王芷章《清升平署志略》記載，該劇在清内廷戲場『同樂園』中曾四次上演，第一次在嘉慶二十四年（一八一九），第二次爲道光二十一年（一八四一），第三次爲道光二十三年（一八四三），第四次爲道光二十七年（一八四七）。其中嘉慶朝一次爲全本演出，道光朝則多演散齣，或抽若干齣重編成獨立的三國戲，並改爲皮簧戲上演。

此劇今存清乾隆内府抄本、清昇平署抄本、民國間至德周氏幾禮居抄本等多種版本，各本間齣目略有不同。《古本戲曲叢刊》九集據首都圖書館藏清乾隆間内府抄本影印，本書即據此本標點整理。

目録

第一本卷上

第一本卷下

第二本卷上

第二本卷下

第三本卷上

第三本卷下

第四本卷上

第四本卷下

第五本卷上

第五本卷下

第六本卷上

第六本卷下

第七本卷上

第七本卷下

第八本卷上

第八本卷下

第九本卷上

第九本卷下

第十本卷上

目録

第十本卷下

第一齣　五色雲降書呈瑞

〔衆扮靈官從福臺、禄臺、壽臺上，跳舞科，下。衆扮十八天竺羅漢、雲使上。龍從雲兜下，虎從地井上，合舞科。壽臺場上，仙樓前掛大西洋番像佛、菩薩、揭諦、天王等畫像。帳幔一分，衆扮八部天龍，從福臺上。衆扮菩薩、阿難、迦葉、佛，從禄臺上。衆扮比丘尼、四大菩薩、童子，從仙樓上。衆扮天王，從壽臺上。衆同唱〕

【正宫正曲·普天樂】忉唎天籠瑞彩(韻)，鬱氛佳氣騰祥靄(韻)。清涼國不染塵埃(韻)，莊嚴相別俱胚胎(韻)。金粟影、青蓮界(韻)，輝輝日月燈光大(韻)。照盡他古往今來(韻)，顯出他冤山業海(韻)。〔合〕問誰人(讀)，了悟了三乘法界(韻)。〔佛白〕化身分寶相，選土降靈軀。賢劫千年遇，魔軍百萬輸。吾乃天竺釋迦牟尼佛是也，五蘊皆空，一塵不染。寶珠滿月，全收天上精華；雪嶺春城，遂絶人間烟火。戒、定、慧三義，開八萬四千法門；大、中、小三乘，證五百萬億善果。鶖鵖林中持一食，都生忉利之天；獼猴池上説三生，盡抵菩提之岸。影留金粟，瞿曇之舊姓彌昭；舌吐青蓮，羅什之新文遠紹。俺須彌之教，久而愈彰；奈頑梗之心，迷而不悟。危機已伏，刼運難逃。可憐炎德違天，魔君混世。卓也繼操，群懷食虎之心；獻不如光，徒抱孤雛之位。雖則中山有後，欲復兩朝君父之基；無如西蜀偏安，不成一統河山之烈。關公仁武，未竟其才；諸葛英明，復奪之算。此不謂非天意也。〔同唱〕

【正宮正曲·傾盃序】萬里河山實壯哉(韻)，誰把劉宗代(韻)。内有權奸(句)，虎視耽耽(句)；外有凶荒(讀)，鴈叫哀哀(韻)。南吴北魏(句)，瓜分瓦解(讀)，此疆彼界(韻)。〔合〕可憐他(讀)，西川空負中興才(韻)。〔四菩薩白〕阿彌陀佛。鼎足三分，雖是天定，然關公忠昭日月，義震乾坤，能垂百千萬世之名，不能存二十四傳之緒，此却爲何？〔佛白〕此即爾等所爲天定也。〔同唱〕

【正宮正曲·錦纏道】古今來(韻)，運推遷，桑田變海(韻)，還都是天意安排(韻)。論英雄(讀)，何難掃盪風霾(韻)。甚曹瞞，敢包藏禍胎(韻)。甚孫郎，敢割據江淮(韻)。披棘刈蒿萊(韻)。況有他群賢翊戴(韻)，雲龍會九垓(韻)。〔合〕應早復炎劉世界(韻)，又緣何(讀)，王業付纖埃(韻)。〔四菩薩白〕興衰成敗，果然是天定也。〔佛白〕興衰成敗，雖是天定，然亦視乎其德。《書》云：「皇天無親，惟德是輔。」自漢以後，代有令主，然德亦小成，國亦小康，未能永延福祚。當今明德維馨，群黎於變，誠一代開天之主，萬世無疆之業也。謹撰萬國咸寧小頌，就此披宣。〔衆白〕阿彌陀佛。〔衆唱〕於鑠皇運，千秋萬載；欣兹百靈，胥效共嚌。此九有春臺，這武功赫濯。文德昭回，即即磑磑景運開。因此上人壽年豐樂，梯山航海來。

【佛偈】歡哉喜哉(韻)！只聽得雲端梵唄(韻)，金磬齊敲(句)。又聽得(讀)，鸚哥演歌喈(韻)，山鳥和歌諧

(韻)。咀哆摩訶(韻)，摩訶，稽首蓮臺(韻)，稽首蓮臺(疊)。

【中呂宮正曲·五福降中天】喜皇圖天廣(句)，同天更把天開(韻)。還説甚耆蒲(句)，稽顙天街(韻)。殊俗盡遵正朔(句)，異族都來計偕(韻)。四海朝宗(句)，敬將王會畫圖裁(韻)。人無遐邇(句)，問底事(讀)，心和意諧(韻)。這是聖明在上(句)，老幼安懷(韻)。恩施普被(句)，怎教不近悦遠來(韻)。〔合〕萬國咸寧(句)，羡他個個坐春臺(韻)。〔收萬國咸寧匾科。内奏樂。衆佛等下座。後場撤切末等。衆同唱〕

【慶餘】維皇崇德時清泰(韻)，絶域窮荒都歸畫裁(韻)，只在這一片祥雲繪出來(韻)。〔分下〕

第二齣　三分鼎演義提綱

〔場上設香几。内奏樂。扮八開場人捧爐盤、執如意從兩場門分上，各設爐盤於香几上，焚香三頓首科。起，各執如意遶場。分白〕〖漢宮春〗海宇承平(韻)。取漢家遺事(句)，鼓吹休明(韻)。獻帝皇綱不振(句)，宦寺持衡(韻)。萑苻嘯聚(句)，裹黄巾(讀)，舞弄刀兵(韻)。欲戡亂(讀)，賊還繼賊(句)，始終貽患宫庭(韻)。賴有中山英嗣(句)，在桃園結契(句)。金石聯盟(韻)，各抱滿腔忠義(句)，南北縱横(韻)。草廬算定(句)，魏蜀吴(讀)，鼎足支撑(韻)。把賢奸面目(句)，一齊都付新聲(韻)。〔内白〕借問臺上的，今日搬演誰家故事？〔八開場人白〕搬演的是《三國演義鼎峙春秋》。〔内白〕這《三國演義》久經行世，怎麽又唤「鼎峙春秋」？〔八開場人白〕這本傳奇，原編的是漢末故事。當初獻帝懦弱，權勢下移。宦官有蔽日之威，黄巾有燎原之勢。欲平内亂，因召外藩。孫不滿袁，申約忽然背約；卓還繼操，拒奸適以迎奸。天子不保其后妃，朝士盡遭其茶毒。猶幸中山有後，與關張共誓死生，並無尺土可依，向孫曹互争雄長。雖身經百戰，艱窘備嘗，而名播四方，勳庸懋建。況趙雲、馬超諸將，勇略無雙；且伏龍、鳳雛二賢，神機不測。是以操有許褚、張遼之輔，莫挫英鋒；權有周瑜、魯肅之謀，卒無成議。一軍合德，四海歸心。則吴也、魏也，何難一鼓而平？乃天也、數也，僅畫三分之局。智如諸葛，不得轉其幾；聖若關公，未能一其統。然而仁義中正，實足彪炳于一時；文武聖神，自垂鴻號于千古。欲傳其事，必究其詳。無如原本所傳，頗多失實之處。當今聖主，軫念愚蒙，欲申懲勸。借場中傀儡，爲振聾啟聵之方；傳古往音容，樹激濁揚清之準。廣羅紀載，弗使以訛傳訛；曲證源流，詎肯將錯就錯。善其善，惡其惡，存三代直道之公；是則是，非則非，定百世不刊之案。音流簫管，傳口角以如生；身上氍毹，繪形神而酷肖。今逢大賚，共樂昇平。廣幕徵歌，譜千秋之軼事；鈞天奏樂，洽萬國之歡心。要使普天下愚夫愚婦，看了這本傳奇，莫不革薄從忠，尊君親上。臺下的莫當作妙舞清歌，輕輕觀聽過了。〔分白〕競將絲竹奏華筵，漢祚推移一曲傳。不是有人能滅火，也知無計可迴天。三分割據河山坼，萬古綱常日月懸。絢染史官陳壽筆，景行有待後人賢。

第三齣　樓桑村帝子潛蹤

〔雜扮院子，引生扮劉備上，唱〕

【正宮引・瑞鶴仙】當代王孫裔(韻)。奈椿凋萱萎(讀)，蕭條生計(韻)。空懷濟時策(句)，恨身如騏驥(句)，淹一槽櫪(韻)。歎奇時否(韻)，何年得化龍之日(韻)。且閉門斂跡(句)，藏鋒蓄鋭(讀)，以期遭際(韻)。〔白〕慷慨男兒志未伸，猶如野鶴入鷄群。試看今古英雄輩，多少風塵未遇人。小生姓劉名備字玄德，中山靖王劉勝之後，漢景帝十七代之孫。先曾祖劉貞，漢武帝元符六年涿縣陸城亭侯，因籍於此。先公劉弘，曾舉孝廉。不幸父母俱亡，拜同宗劉德然爲師，與遼西公孫瓚爲友。舍之東南，有一大桑樹，高五丈餘，故人稱大樹樓桑村人。自少酷好弓馬鎗刀，樂音樂、美衣服，少言語、好交遊，爲鄉人所棄。且自由他。今聞郡城招軍，意欲應募，覓個大小前程。一則可以籍此投國，二則不愧劉氏先聲。但不知天意從人否？正是：信步行將去，從天降下來。言之未已，二位娘子出來也。〔旦扮甘氏。旦扮梅香隨上。甘氏唱〕

【商調引・憶秦娥】天潢系(韻)，嗟哉厄運時不利(韻)。〔旦扮糜氏上。唱〕時不利(韻)。何日軒昂(讀)，夫榮妻貴(韻)。〔甘氏白〕官人萬福！〔劉備白〕娘子拜揖！娘子，得失窮通各有時，蒼天何苦負男兒！〔甘氏白〕莫將壯志輕磨折。〔糜氏白〕努力功名竹帛垂。〔劉備白〕娘子，聞得涿郡招軍，意欲應募，只愁妻少家貧，猶疑未決耳。〔甘氏白〕官人蔬食飲水，簞瓢陋巷，不改聖賢之樂，何須斗米折腰？〔糜氏白〕姐姐，不是這等説。古人之言：懸桑弧蓬矢，以射四方。倘此去求得一官半職，回來光門耀户，那時節封妻蔭子，却不是好？〔劉備白〕娘子言之有理，此際正是小生立功之時也。〔甘氏、糜氏白〕相公，當此春光明媚，妾身備有酒筵，且寬懷暢飲一回。〔劉備白〕生受娘子，看酒來。〔場上設筵席桌椅，劉備唱〕

【商調正曲·高陽臺】炎德衰微(韻)，奸臣蒙蔽(韻)，忠良冀免身危(韻)。歲歉秋登(句)，誰能周濟民飢(韻)。羞提(韻)黄巾四方搔動也(句)，有奇才無地施爲(韻)。〔合〕是何年封侯拜將(句)，賜歸鄉裏(韻)。〔甘氏唱〕

【又一體】相依(韻)，年少夫妻(韻)，家資凋敝(韻)，紡績强自支持(韻)。内助惟勤(句)，衣食那用攢眉(韻)。何必(韻)孜孜利名心不已(韻)。况他方盜賊紛馳(韻)。〔合〕你不若含英歛鋭(句)，待時藏器(韻)。〔劉備唱〕

【又一體】非迷(韻)。深荷賢妻(韻)，良言安慰(韻)，卑人豈不知機(韻)。鴻案相莊(句)，忍教夫婦分離(韻)！空悲(韻)。男兒未能行志也(句)，怎歛跡白屋依栖(韻)。〔合〕是何年封妻蔭子(韻)，顯達門楣。〔糜夫人唱〕

【又一體】知伊(韻)心運元機(韻)，胸藏經緯(韻)，還當際會昌期(韻)。懷寶迷邦(句)，殊非達士行爲(韻)。寒微(韻)。明當早發休滯也(句)，學鵬摶萬里高飛(韻)。〔合〕那時節揚名顯姓(句)，耀祖榮妻(韻)。〔劉備白〕撤過了筵席。娘子，我明日收什行李，即到郡城投見劉公，大小覓一功名，再圖後舉。〔糜氏、甘氏白〕正當如此！〔同唱〕

【尾聲】夫君雅度誰能及(韻)，何乃淹留舊竹扉(韻)，他日期懸金印歸(韻)。〔下〕

第四齣　涿鹿郡妖人爲暴

〔净扮張曼成，副扮彭脱，丑扮波才，副净扮卜己，净扮韓忠，副净扮趙洪，副净扮孫夏，副扮郭泰，同上。唱〕

【仙吕調隻曲・點絳唇】虎豹雄豪(韻)，法尊仙教(韻)，施强暴(韻)屠毒民膏(韻)，指日成王道(韻)。〔白〕烏合蜂屯百萬兵，攻城掠地害生靈。但看巾裹貔貅額，誰不魂飛膽戰驚。俺黑殺神張曼成是也。俺梟殺神彭脱是也。俺鐵凶神波才是也。俺惡毒神卜己是也。俺鐵虎韓忠是也。俺火豹趙洪是也。俺威熊孫夏是也。俺猛彪郭太是也。今日天公大王升帳，吾等齊集隊伍，聽候調遣。你聽金鼓之聲，大王升帳也。〔衆扮黄巾賊，引净扮張角，副扮張寶，丑扮張梁。同唱〕

【越調引・喬八分】長軀七尺氣英豪(韻)，繫束黄巾佩寶刀(韻)。看他四海望風逃(韻)！敗則爲虜(讀)，成則坐王朝(韻)。〔衆將參見科。分白〕量度汪洋大丈夫，腰間寶劍血模糊。行藏到處人驚怕，指日中原定可圖。〔張角白〕俺天公將軍張角是也。〔張寶白〕俺地公將軍張寶是也。〔張梁白〕俺人公將軍張梁是也。〔張角白〕俺兄弟三人，乃鉅鹿郡人也。少年入泮，累試鄉荐不第，因爾入山採藥，得遇南華老仙，授俺天書三卷，名曰「太平要術」。俺就曉夜攻習，便能呼風唤雨，施散符水，爲人軀疫治病。況今漢運將衰，民心思亂，我就立起三十六方，招納亡命。大方一二萬，小方三四千，約有三十餘萬。頭裹黃巾爲號，橫行天下，欲成大事。兄弟！看咱大展擎天手，收拾江山掌握中。〔唱〕

【黃鐘調套曲·耍孩兒】威風八面推山岳(韻)，劍氣光射斗杓(韻)。金戈鐵馬如龍躍(韻)，貔貅隊隊雄驍(韻)。令出猶如風偃草(韻)，兵行好似火炊毛(韻)。〔同唱〕俺替天行大道(韻)，那管生靈塗炭(句)，黎庶奔逃(韻)！〔張寶白〕大奇，如今漢室衰微，奸臣亂國，以至天下人心思亂，盜賊蜂起。憑俺弟兄三人，胸藏要術天書，有此三十六萬人馬，橫行天下，打奪州城，聞風畏服，何愁大事不成！〔唱〕

【三煞】雄心蘊虎韜(韻)，兵法通三略(韻)，運籌決勝人難料(韻)。匣中寶劍明秋水(句)，腰下鋼刀燭絳霄(韻)。〔同唱〕俺替天行大道(韻)，那管生靈塗炭(句)，黎庶奔逃(韻)。〔張梁白〕大哥，聞得洛陽五原山頽壞，海水泛溢殃民。況有訛言黃天當立。大哥此舉，乃應天順人，管取穩奪江山，有何難哉！〔唱〕

【二煞】靠重岡，擁戰旄(韻)，稱高風，驅虎豹(韻)。攻州破府驚村落(韻)。饒他縱有韓彭計(句)，見我魂飛膽也消(韻)。〔同唱〕俺替天行大道(韻)，那管生靈塗炭(句)，黎庶奔逃(韻)！〔張角白〕二位兄弟，我意欲先取涿郡屯糧，次取幽州，以爲何如？〔張寶、張梁白〕大哥所言，皆合吾意。〔張角白〕衆頭目聽令！〔衆應科。張角白〕爾等既已傾心歸順，須要奮勇争先，與我先取涿郡城池，俱各有賞。就此發兵前去！〔衆白〕得令！〔同唱〕

【一煞】獅蠻繫繫腰(韻)，山花斜插帽(韻)，黃巾抹額爲咱號(韻)。長江飲馬猶嫌窄(句)，曠野屯兵任放驕(韻)。〔衆黃巾賊白〕啟上天公將軍：前面涿郡已近。〔張角白〕待俺作法，拘些鬼魅，擄掠一番。〔作法。左右前地井出魑魅魍魎，上臺作不語發諢。張角吹氣。衆鬼白〕天公將軍，有何法旨？〔張角白〕衆頭目，爾等可帶領鬼兵，前去擄掠一番。〔衆頭目領衆鬼兩場門下。張角白〕孩兒們，就此前去。〔衆同唱〕俺替天行大道(韻)，那管生靈塗炭(句)，黎庶奔逃(韻)！〔下。衆扮各種買賣人上，唱曲說書。末扮鄉長上，白〕不好了！忙忙喪家犬，急急漏網魚。列位，不好了！那黃巾賊蜂擁而來，逢人便殺，遇産便燒，商賈財帛，擄掠一空，巨室倉庫，不留一物。你們還不逃生，等死麽！〔衆鬼作拿買賣人，八頭目作赶老幼婦女遶場。衆黃巾賊引張角等上。張角白〕神兵速退！〔衆鬼下。八頭目白〕啟天公將軍：我等搶得金帛米糧、男丁女子，特來交令。〔張角白〕將金帛米糧交到後營，以充軍餉。爾等吩咐軍政司記功，各各有賞。〔衆頭目白〕多謝將軍！〔張角白〕爾等可願投降？〔衆應科。張角白〕衆頭目，就此前去。〔唱〕

【煞尾】呼風喚雨能(句)，役鬼驅神妙(韻)。聚山林(讀)，恣意誇英略(韻)。指日裏(讀)，取江山如拾草(韻)。

〔下〕

第五齣　韓秀才時行祭掃

〔生扮韓守義乘馬，旦扮王鳳仙乘車，旦扮二侍女，雜扮二家僮隨上。同唱〕

【中呂宮正曲·粉孩兒】匆匆的(讀)轉雕輪碾嫩草(韻)，覷千桃萬柳(讀)，綠圍紅繞(韻)。鶯鶯燕燕儘自嘲(韻)。好風華難寫難描(韻)。〔韓守義白〕小生韓守義，乃平安縣秀才。今日清明，同妻王鳳仙前赴祖塋拜掃。娘子，我們就此前去。〔唱合〕又何曾乘興遊春(句)，這還是聿追奉孝。〔同下。丑扮熊虎，雜扮衆家人隨上。同唱〕

【中呂宮正曲·福馬郎】不晴不雨天氣好(韻)。柳懶花慵處(句)，蜂蝶鬧(韻)。隨着遊春女(讀)，踏春郊(韻)。〔白〕我熊虎一生强横，好色貪財，結交下當道官員，便做出天大事來，也只化爲芥子般了。這安平縣城裏城外，誰不怕我！閒話少説，今乃清明佳節，闔城士女，踏青的踏青，掃墓的掃墓。爲此帶了家丁出城。〔唱合〕隨便訪嬌嬈(韻)，相逢處不相饒(韻)。〔同下。韓守義衆上，同唱〕

【中呂宮正曲·紅芍藥】人擾攘(句)車馬喧囂(韻)，紛紛度碧水紅橋(韻)。聽幾處笙歌弄春曉(韻)，雜林外幾聲啼鳥(韻)，遊人(句)到此興轉豪(韻)。分明是永和三月圖照(韻)。〔韓守義白〕此去墳上不遠，快些趲行

而去。〔家僮應科。同唱合〕鬱葱蘢佳城不遥(韻)，早望見雲中華表(韻)。〔同下。熊虎領衆家人上，唱〕

【中吕宫正曲・耍孩兒】村漢從來偏愛俏(韻)，暫借尋春意(句)，過東皋又過西皋(韻)。〔作望後場科。唱〕行行(句)香車内(讀)，有穠李迎風笑(韻)。〔白〕你看前面車上婦人，生得甚美。小厮們，我們快赶上去。〔應科。唱〕青苔滑(讀)，有路終須到(韻)。〔合〕休錯過傾城貌(韻)。〔同下。韓守義衆上，唱〕

【中吕宫正曲・會河陽】抹過山腰(讀)，轉過村坳(韻)，作下車馬科。輶車暫且脱鸞鑣(韻)。〔韓守義白〕把祭品擺下。〔衆應擺科。同王氏拜科，唱〕今朝(韻)把酒臨風(讀)，黯然自澆(韻)，嘆一滴何曾到(韻)。〔合〕箕裘(句)愧不把宗公紹(韻)，犧牲(句)那能把宗公報(韻)。〔白〕祭奠已畢，我欲就近訪友。你們插柳掛帛完了，可先送娘子回家。〔家僮應科。韓守義白〕便從曲徑穿花去，一叩空山處士門。〔下。熊虎衆上，唱〕

【中吕宫正曲・縷縷金】非金屋(句)，且藏嬌(韻)。闖將墳院去(句)，大家瞧(韻)。〔家僮見，白〕你們是什麽人？敢大膽直入院内來！〔家人白〕這位是有名的熊員外，你們不認得麽！〔家僮白〕既是員外，爲何這等無禮？快走出去！〔熊虎唱〕欲近生春色(句)，敢來輕造(韻)。裴航既不阻藍橋！(韻)便可諧同調(韻)，便可諧同調(疊)。〔家僮白〕休得胡説！這位是韓相公的娘子，不要輕覷了，快快迴避！〔熊虎白〕小厮們，〔唱〕

【中吕宫正曲・越恁好】我愛他櫻唇桃面(句)，櫻唇桃面(疊)，一纖纖楊柳腰(韻)。將他刼擄(句)，成就我鳳鸞交(韻)。〔家僮白〕越發放屁了！我們打這廝。〔混打科。唱〕既然相犯不相饒(韻)，寃家尋到(韻)。〔合〕拳頭打(讀)，打得你星兒爆(韻)；鞾尖踢(讀)，踢得你魂兒掉(韻)。〔家僮逃下。熊虎白〕小廝，〔衆應科。熊虎白〕

【中呂宮正曲·紅綉鞋】與咱扶定多嬌(韻)，多嬌(格)，教他不用悲號(韻)，悲號(格)。〔同唱〕尋僻徑(句)，走荒郊(韻)，趁捷足(句)，不辭勞(韻)。〔合〕歸去也(句)，樂陶陶(韻)。〔王鳳仙作喊叫科。衆擁王鳳仙下。熊虎唱〕

【慶餘】一天好事從天掉(韻)，還是我花星臨照(韻)，打得他春水鴛鴦兩處抛。〔下〕

第六齣　關夫子夜看春秋

〔净扮關公上白〕豪傑英雄爲丈夫，通文會武學孫吳。有朝大展擎天手，要把皇家社稷扶。俺關某，字雲長，乃蒲州解梁人也。教讀詩書，文通孔孟，武諳孫吳。今日閒暇，不免將《春秋》觀看一番。〔唱〕

【仙吕調套曲・點絳唇】看魯史《春秋》(句)、孔文《左傳》(句)，爲褒貶(句)奸佞忠良(韻)，正直無偏向(韻)。

【仙吕調套曲・混江龍】自古來忠臣良將(韻)，丹心耿耿氣昂昂(韻)。文尊禮義(句)，武重綱常(韻)，一個兒赤膽忠心扶社稷(句)，一個兒丹誠立志佐朝堂(韻)。一個兒勳名在(句)，一個兒臭名揚(韻)。一個兒叨榮享(韻)，一個兒受着災殃(韻)。因此上聖人執筆造《春秋》(句)，亂臣賊子心膽喪(韻)。本待要秉正除奸(句)，立國安邦(韻)。〔白〕看此《春秋》，不覺煩悶，不免帶了寶劍，街市上行走一番便了。出得門來，你看星朗朗、月明明、風灑灑、霧沉沉，好一派晚景也。〔唱〕

【仙吕宫套曲・憶帝京】俺只見萬里無雲吐魄光(韻)，早不覺冷清清(句)神精氣爽(韻)。呀！爲甚的這錕鋙倏然應響閃紅芒(韻)？〔白〕此劍乃周穆王所造，削鐵如泥，但有不平之事，他在匣中自吼。〔滚白〕

俺也知道了、曉得了，莫不是今夜晚，〔唱〕有什麽不平的事兒將伊家來沖撞(韻)？〔生扮韓守義上，白〕好苦嗄！〔關公唱〕忽聽得那壁廂叫苦甚恓惶(韻)。〔白〕他道是有天無日將人喪，〔唱〕又道是好夫妻無故的受着災殃(韻)。他那裏訴得斷腸(韻)，俺這裏聽得恓惶(韻)，使人心兒添悒怏(韻)。向前去究問細端詳(韻)。〔白〕那漢子，〔唱〕因甚的披枷項、坐監房(韻)？敢則是與人家逞凶鬬强(韻)？

【仙吕宫套曲·大安樂】莫不是把人來殺傷(韻)？〔韓守義白〕不是嗄，爺爺！〔關公唱〕莫不是少人家私債欠缺官糧(韻)？〔韓守義白〕都不是。〔關公唱〕既不然其中必有甚冤枉(韻)，對吾行從頭細講(韻)，俺與你挺身告訴上黄堂(韻)。〔韓守義白〕外面爺爺聽者，小人韓守義，同妻子清明拜掃，路遇熊虎員外，見我妻子有些姿色，竟自搶去，將我送到州裏打了三十，監禁在此嗄，爺爺！〔關公唱〕

【仙吕調套曲·六幺令】聽説罷惱得俺雄心似虎狼(韻)，中冠髮豎(句)氣滿胸堂(韻)。恨只恨爲富不良(韻)，官吏貪贓(韻)。快説那豪强家住在何方(韻)，救轉你的妻房(韻)，管教你夫妻會合依舊成雙(韻)。〔白〕那漢子，裏面可有躲身之處？〔韓守義白〕有嗄，爺爺。〔關公白〕閃開！〔唱〕

【仙吕調套曲·哪吒令】待俺扭斷門鎖(句)，先打開監房(韻)，將枷杻劈碎(句)，把伊家疏放(韻)。你且不必驚慌(韻)，天來大事俺自己承當(韻)。〔白〕他若是肯放〔唱〕，俺與他善自開交，不逞强梁(韻)。〔白〕他若是不放，〔唱〕俺威風收俠氣剛(韻)，〔白〕他就是銅鑄的金剛，〔唱〕俺與他攪亂乾坤斷鬧一場(韻)。〔下。雜扮衆院

子，引丑扮熊虎員外上。唱〕

【中呂宮正曲·太平令】風流摇擺(韻)，跨馬輪鎗，忒弄乖(韻)，昨日搶了個俏乖乖(韻)，今日把筵席大擺開(韻)。〔白〕自家熊虎員外是也。昨日清明拜掃，搶得韓守義的妻子。今日與他成親。小厮們，筵席都要齊整些。〔院子應科。關公、韓守義上，白〕行過了安平巷了嗄，爺爺。〔關公唱〕

【仙呂調套曲·寄生草】行過了安平巷(韻)，〔韓守義白〕來到濟義倉了。〔關公唱〕轉過了濟義倉(韻)，〔韓守義白〕來此已是了，爺爺。〔關公唱〕來此是無情地、不仁堂(韻)，又則見鐵桶般將重門閉上(韻)。〔熊虎員外白〕小厮拿燈照照，那是什麽東西？〔院子白〕哦，没有什麽。〔關公唱〕粉牆頭露出一燈光(韻)。〔韓守義白〕待小人扣門。〔關公白〕你且禁住了聲，莫要亂嚷。〔唱〕待某家躡足潛宗悄地行藏(韻)，細聽他裏邊廂，可也講些甚麽勾當(韻)。〔熊虎員外白〕小厮們請新人，待我吃個合巹杯。請新人！〔院子白〕新人有請。〔旦扮韓娘子上。熊虎員外虚白。關公白〕韓守義，你可曾聽見？〔韓守義白〕不曾。〔關公唱〕

【仙呂調套曲·寄生草】他道是請新人(句)，拜高堂(韻)，拜了高堂歸洞房(韻)，雙雙同入銷金帳(韻)，顛鸞倒鳳鬧蜂狂(韻)。那知牆外有人聽(句)，只教你空作陽臺夢一場(韻)。〔白〕韓守義，前去扣門。他若問，只説州裏太爺差人送賀禮來的。走進去，一見你妻子，搶了就走。〔韓守義白〕是。開門！〔院子白〕什麽人？〔韓守義白〕州裏太爺送賀禮來的。〔院子白〕住着。啟大爺：州裏太爺差人送賀禮。〔熊虎員外白〕那裏是送賀禮，分明是打我的抽風。開門收下。〔院子白〕哦，開門收下。〔韓守義白〕嗄呀，我那

妻嗄！〔同韓娘子下。熊虎員外白〕什麼人？　拿下！〔關公白〕哏！〔唱〕

【仙吕調套曲・寄生草】那怕你一齊來，似鴉打鳳(句)，俺單身由如虎奔羊(韻)。〔熊虎員外白〕雙拳四手難抵當。〔關公唱〕你道是雙拳四手難抵當(韻)，俺可也一夫能擒你千員將(韻)。俺義正心雄更膽壯(韻)。説甚麽兩下争强必一傷(韻)，俺與你不見輸贏不散場(韻)。〔熊虎員外白〕小厮，問他叫什麽名子。〔關公唱〕

【仙吕調套曲・青歌兒】呀！　恁問俺家鄉，家鄉名望(韻)。〔熊虎員外白〕拿燈來照照。〔關公唱〕燈下來覷着咱形容，形容大將(韻)。家住蒲州，身居解梁(韻)。自生白情性剛强(韻)。文通詞章(韻)，武慣刀鎗(韻)。義士馮顯字壽長(韻)。〔熊虎員外白〕满口胡説！　小厮，送他州裏去。〔關公白〕哏！　一恁你送官吾不讓，〔唱〕要除狠强梁(韻)。

【仙吕調套曲・上馬嬌煞】打蛇不死成妖障(韻)，一人作事一人當(韻)。俺這裏舉起鋸鋙(句)，〔白〕只教一個個喪刀頭。〔作殺熊虎員外下。關公白〕一怒之間，將他殺死，不免逃往他方便了。〔唱〕俺今日除凶仗義姓名香(韻)。〔下〕

第七齣　萍蹤合酒肆訂交

〔雜扮酒保上，白〕我家新酒兩三缸，處處聞來覓醬香。若是今番無容買，甘心拚得醋生薑。自家非別，范陽城外酒保便是。你看城外好景，桃花方謝，杏花盛開，向山環水，清氣逼人。多有仕宦到此沽酒，不免鋪設門面齊整。遠遠望見前面，財主張大爺來了。不免在此小心伺候。〔虛下。净扮張飛上，唱〕

【中吕宫引·菊花新】千金一笑結英雄(韻)，壯志年來習戰攻(韻)。我且坐春風(韻)，欣聽花飛鳥哢(韻)。〔白〕自家生來粗糙，心性委實凶暴。怒時節吽吽喧呼，喜時節呵呵大笑。見善人如就芝蘭，見惡人就要與他囉唣。近聞黄巾惱人，發心與他争鬧，只因孤掌難鳴，怎敵許多豺狼虎豹。我今應募求名，與朝廷出力報効。某姓張名飛字翼德，涿郡人也，意欲應募，未有進路。這也不在話下。今日天氣晴明，爲此閒走一回。遠遠望見一個紅臉漢子來了。〔净扮關公上，唱〕

【又一體】甲兵數萬在胸中(韻)，争奈時乖不我逢(韻)。避難走東西(韻)，邂逅有誰知重(韻)。〔張飛白〕你看好一個紅臉漢子，蠶眉鳳眼，虎背龍鬚，面如赤棗，身長八尺，此乃非常人也。〔關公白〕你看好一個黑漢，燕額虎鬚，虎背熊腰。〔張飛喊科。關公白〕聲若巨雷，不免向前相見。老兄作揖。〔張飛白〕老兄作揖。不敢動問，貴鄉何處？尊姓高名？來此貴幹？〔關公白〕遠方人氏，避難於此，何勞動問？〔張飛白〕適來見君容貌非常，不是久淹之容，故此動問。〔關公白〕原來如此。小弟關某，字雲長，河東解梁人也。聞得貴郡現在招軍，小弟因此特來應募。〔張飛白〕原來如此，是應募的。〔關公白〕不敢動問，老兄高姓貴表？〔張飛白〕在下姓張名飛，字翼德，即此處涿郡人也。平生雄壯，好接仕大夫。適見吾兄，不勝之喜。敢請同至酒店中，沽一樽與君洗塵，幸勿見却也。〔關公白〕小弟與君素不相知，何勞厚愛。〔張飛白〕四海之內，皆兄弟也，何必見却。請！〔行科。〕這就是酒店，請進。〔關公白〕請！〔張飛白〕酒保！〔酒保上，白〕來了，大爺！要甚麽酒？〔張飛白〕好酒美餚，喫了再算。〔酒保白〕曉得！只管請寬飲。〔張飛白〕看酒來。〔酒保白〕酒在此了。〔張飛唱〕

【中呂宮正曲·駐雲飛】邂逅相逢(韻)，意合相投喜氣濃(韻)。愧乏瓊琚送(韻)，願把金蘭共(韻)。嗏(格)！且醉酒千鍾(韻)。英雄豪縱(韻)，暢飲開懷(讀)，貧富心休動(韻)，〔合〕從此論交要始終(韻)。〔關公白〕老兄，小弟借酒回奉一盃相謝。〔張飛白〕不勞回奉。〔關公白〕老兄，念關某呵，〔唱〕

【又一體】身似飛蓬(韻)，四海行囊從己空(韻)。空有還鄉夢(韻)，夢醒徒悲慟(韻)。嗏(格)，萍水偶相逢(韻)，猥當承奉(韻)，何幸先施(讀)，自覺多慚悚(韻)。〔合〕從此論交要始終(韻)。〔作飲酒科。生扮劉備上，唱〕

【又一體】慚愧飄蓬(韻)，命蹇時乖運未通(韻)。織蓆爲身供(韻)，編履充家用(韻)。嗏(格)，空自負英雄韻，無人尊重韻。何日名揚讀，聖主施恩寵韻。〔合〕一任桃花也笑儂韻。〔白〕行了一程，此間有個酒店，不免進去沽飲一壺。酒保那裏？〔酒保上，白〕客人喫酒的麽？請進。〔劉備作進科。張飛白〕又一個君子來了。〔唱〕

【又一體】瞥見賢公韻，〔白〕好一個漢子！看他一貌非俗，〔唱〕隆準龍顔福氣濃韻，非比凡流衆韻，敢是公侯種韻？嗏格，〔白〕老兄，看此人生得面如滿月，兩耳垂肩，雙手過膝，此亦非等閒人也。〔關公白〕正是。〔張飛白〕待我請來一同坐了，好説話。〔關公白〕使得。〔張飛白〕君子作揖，請一同坐了，大家好説話。〔劉備白〕素不相識，怎好叨擾？〔張飛白〕説那裏話，請！〔劉備見關公，張飛作遞酒科，唱〕今日偶相逢韻，追陪伯仲韻，滿飲一盃讀，無負區區奉韻。〔白〕不敢動問，吾兄尊姓貴表？〔劉備白〕小弟涿州范陽人也，姓劉名備，表字玄德，漢景帝十七代玄孫，中山靖王之後。適纔不知二公在店，率意唐突，反蒙不棄，賜以盃酌，不勝感謝。動問二公高姓貴表，好容小弟他日之報。〔關公白〕小弟關某，表字雲長，河東解梁人也。爲因正義誅暴，來此避難。荷蒙君子置酒相待，此乃天假之緣。〔張飛白〕小弟姓張名飛，表字翼德，燕邦涿郡人也。二位尊兄，不免同至寒家，少敘盤桓之情，未知二位尊兄意下如何？〔劉備、關公白〕禮宜進拜。敢摳衣趨赴，以聆清誨。〔張飛白〕如此同行甚好，請！〔同唱合〕一任桃花也笑儂韻。〔作行科。張飛白〕這是寒家。〔劉備、關公推坐科，劉備白〕序齒而生，有何不可？〔張飛白〕也道得是。未敢動問，二公貴庚？〔劉備白〕小弟今年二十八歲。關兄貴庚？

〔關公白〕小弟今年虛度二十五歲，請問張兄貴庚？〔張飛白〕小弟今年二十有三。劉兄首席，關兄次席，我小子又次之。我三人在此，何不結個生死之友？舍下後園，桃花盛開，明日可宰白馬祭天，殺烏牛祭地，歃血爲盟：雖爲異姓，務使情踰骨肉。同心協力，濟困扶危，上安國家，下保黎民。不求同日生，但求同日死。皇天后土，昭鑒寸心。負義望恩，天人共戮。請玄德兄爲長，關兄爲二，小弟不才，排爲弟三。不知二位尊兄意下若何？〔劉備、關公白〕此言甚善。但我二人不敢爲足下之長。〔張飛白〕二兄不必再言了。〔劉備白〕關兄，你我各出囊金，以備福物，纔是正理。〔張飛白〕二兄差了。何必如此？寒家糧米及萬囊金數千，皆欲捐到，以需大用。些須之物，何足掛齒。待我吩咐小厮。〔叫小厮，內應。院子上科。張飛白〕東村上牽一匹馬來，西村上牽一頭烏牛來，並買菓品香紙等物。再吩咐各莊上年少子弟，肯與朝廷出力報效者，抽丁而出。我將糧米以膳其家。願來者明日皆在桃園中聽候。〔院子白〕曉得了。〔下。張飛白〕請到裏面草宿一宵，明日天明，請二位立誓便了。明日桃園設誓盟，〔劉備白〕願祈同死與同生。〔關公白〕過蒙重義輕財士，〔張飛白〕應我辛勤終始情。〔下〕

第八齣　蘭契投桃園結義

〔雜扮院子上，白〕有福之人人伏侍，無福之人伏侍人。自家非別，張大官人家中一個院子便是。我東人今日與二位英雄結拜，安排香燭牛馬，同向桃園設盟，一一盡皆齊備。言之未已，東人出來了。〔生扮劉備、净扮關公、净扮張飛上，劉備唱〕

【仙呂宮引・紫蘇丸】當年管子與鮑子(韻)，〔關公唱〕到今日名垂青史(韻)。〔張飛白〕三人惟願同生死(韻)，〔合唱〕莫學孫龐相鬬智(叶)。〔相見科。張飛白〕小厮，牲醴香燭齊備了麽？〔院子白〕俱已齊備，安排在桃園中了。請大官人就此前去。〔劉備唱〕

【仙呂宮正曲・八聲甘州】春風旖旎(韻)正時逢(讀)，不寒不暖天氣(韻)，花紅柳緑(句)，唤遊人燕語鶯啼(韻)。前途幾許羊腸路(句)，一帶清溪分雁尾(韻)。〔合〕迤逦(韻)想桃園逕路(讀)，不遠千里(韻)。〔關公唱〕

【又一體】前村深巷裏(韻)，見牆頭青帘(讀)，飛出疎籬(韻)。牧童指點(句)，吴姬酒熟新醅(韻)。相逢不飲空歸去，洞口桃花也笑伊(韻)。〔合〕迤逦(韻)想桃園逕路(韻)，不遠千里(韻)。〔張飛唱〕

【又一體】春光欲待歸(韻)，見殘花片片(讀)，緑暗紅稀(韻)。王孫公子(句)，三三兩兩遊嬉(韻)。紫騮嘶處青郊近（句），見此令人空嘆悲（韻）。〔合〕迤逦（韻）想桃園逕路（韻），不遠千里（韻）。〔作到科。張飛白〕且喜來到桃園，小厮們，擺開牲物祭禮來。〔院子白〕俱已擺齊，請官人們上香。〔劉備唱〕

【仙吕宫正曲・惜黄花】玄德最卑微（韻），况值淒涼地（韻）。堪嘆甑生塵（句），家徒四壁（韻）。奈何（讀）衣食不給（韻），惟編履以織蓆（韻）。邂逅遇知音（句），同結金蘭契（韻）。〔白〕劉備今日對天滴酒爲誓：自今日爲始，三人同心一意，不願同日生，只願同日死。一在三在，一亡三亡。劉備倘若背盟，身受萬刃之誅。〔作細樂。雜扮功曹，曲内乘雲兜下。梵疏。作接疏科，仍上雲兜下。同唱合〕特地到桃園（句），對神天設誓（韻）。〔關公唱〕

【又一體】雲長運不濟（韻），賦性多剛毅（韻）。中心抱不平（句），勇於仁義（韻）。自慚（讀）江湖浪跡（韻），天教我遇相知（韻）。歃血向銅盤（句），生死無違背（韻）。〔白〕關某今日兄弟三人，對天滴酒爲誓：大不可忘小，小不可忘大。倘若忘恩負義，七孔皆當流血，四體不得俱全。〔作細樂。雜扮功曹，曲内乘雲兜下。梵疏、接疏科。仍上雲兜下。同唱合〕特地到桃園，（句）對神天設誓（韻）。〔張飛唱〕

【又一體】張飛敦道義（韻），特設桃園會（韻）。平生好友朋（句），聯爲昆季（韻）。喜逢（讀）雲長、劉備（韻），願始終同一氣（韻）。猶恐易虧離（韻），對神表心意（韻）。〔白〕張飛今日與二位哥哥結義，滴酒爲誓：兄弟三人，自今爲始，雖不同日生，但願同日死。如若背義忘恩，甘受雷斧之災。〔作細樂。雜扮功曹，曲内乘雲兜下。焚疏。作接疏科。仍上雲兜下。〔同唱合〕特地到桃園(句)，對神天設誓(韻)。〔白〕小廝們化紙。〔院子應科。張飛白〕設誓已畢，大哥、二哥請上，受兄弟一拜。〔劉備、關公白〕愚兄也有一拜。〔同拜科。張飛白〕須記桃園結義深，〔關公白〕猶如管鮑可分金。〔劉備白〕人情若似初相識，〔合〕到底終無怨恨心。

〔張飛白〕小廝將酒來，我兄弟們飲三杯回去。〔唱〕

【尾聲】常言無友不如己(韻)，須把陳雷管鮑比(韻)，看取風雲際會期(韻)。〔下〕

第九齣　兩叔姪新聯玉牒

〔雜扮左右，隨末扮劉焉上。唱〕

【仙呂宮引・唐多令】領旨下彤除(韻)，守郡安黎庶(韻)。四方騷動急儲胥(韻)，張角黃巾占據(韻)。吾一境(讀)，受馳驅(韻)。〔白〕一自承恩下九重，萬民鼓腹樂時雍。偶吹鄒子當時律，頻覺春回幽谷中。下官涿郡太守劉焉是也，自下車以來，民皆樂業，路不拾遺。近來朝綱廢弛，奸佞弄權，以致黃巾反亂，百姓流離。吾朝暮憂驚，如何是好。手下，〔衆應科。白〕有。〔劉焉白〕但有義勇漢投軍，不可阻他，報進來。〔衆應科。净扮張飛上，唱〕

【正宮引・破陣子】欲向朝廷報效(句)，先由本郡行移(韻)。還從鬧裏尋名利(韻)，豈肯淹淹困布衣(韻)。休教嘆數奇(韻)。〔白〕長官請了。〔衆白〕你是什麽人？〔張飛白〕報效義勇漢投軍的。〔衆白〕禀爺，外面有一義勇投軍漢子。〔劉焉白〕着他進來。〔衆白〕着你進去。〔張飛進科，白〕義勇漢投軍的見。〔劉焉白〕你既稱義勇，必勇而好義。還自充行伍，還是你手下有人，還是身在他人之下，你一一説來。〔張飛白〕小人因見黃巾作亂，擾國害民，在下有兩個義兄，一個是漢景帝十七代之孫、中山靖王劉勝之後，姓劉名備字玄德；一個是河東解梁人，姓關字雲長。現聚得壯夫五百名，家積錢糧亦彀五百兵二三年之費，有馬五十匹，器械衣甲俱全，特來報效。上以安國，下以保民。〔劉焉白〕原來如此，可敬可敬！那兩個義兄在那裏？〔張飛白〕現在府門前。〔劉焉白〕着他進來。〔張飛白〕大哥、二哥，有請。〔生扮劉備、浄扮關公上。劉備白〕身際昇平已有年，黄巾一旦寇幽燕。〔關公白〕弟兄各奮安邦志，浄掃煙塵使偃然。〔張飛白〕大哥、二哥請進去。大哥來歷已説得明白了，請進去。〔劉備、關公白〕知道了。〔見科。張飛白〕此兩個就是我義兄。〔劉焉白〕左右請玉牒來。〔衆白〕玉牒在此。〔劉焉白〕你見那一枝？〔劉備白〕劉勝之後。〔劉焉白〕你既是景帝下，我且問你，劉貞是你什麼人？〔劉備白〕先曾祖。〔劉焉白〕劉雄是你什麼人？〔劉備白〕先祖。〔劉焉白〕劉弘是你什麼人？〔劉備白〕先父。〔劉焉白〕吾亦漢室之曾孫，漢魯王之後也。這等説將起來，你是我的姪兒之列。左右請過玉牒，賢姪請起作揖。〔劉備白〕叔父大人請坐，待愚姪參拜。〔張飛背科，白〕二哥，大哥又認着這一個好叔父，可喜可喜！〔劉備拜唱〕

【中呂宫集曲・榴花好】孤身劉備(讀)，原是漢朝孫(韻)。生涿郡，長此身(韻)，幼年椿萎母隨殞(韻)。深通文武(讀)，力可舉千鈞(韻)。黄巾害人(韻)，我三人(讀)結義抒公憤(韻)。〔合〕望元戎收在轅門(韻)，願把那寇兵殺盡(韻)。〔劉焉白〕紅臉漢子那處人氏？〔關公唱〕

【又一體】寒微關某(讀)，原是解梁人(韻)。知武略力如賁(韻)，丹心惟許報君恩(韻)。思量效用(讀)麾下願投軍(韻)。黄巾不仁(韻)，嘆流離(讀)百姓身遭困(韻)。〔合〕望元戎收在轅門(韻)，願把那寇兵殺盡(韻)。〔劉焉白〕黑臉漢子那處人氏？〔張飛白〕

【又一體】張飛鹵莽(讀)，世籍范陽人(韻)。在鄉黨濟孤貧(韻)，敢誇武勇實超群(韻)。損資助餉(讀)，率領有屯軍(韻)，奮不顧身(韻)。可憐他(讀)作亂民遭困(韻)。望元戎收在轅門(韻)，願把那寇兵殺盡(韻)。〔劉焉白〕既如此，我差兵馬使鄒靖統領五千人馬，與你兄弟同去勦賊。有功回來，奏聞封賞。〔劉備、關公、張飛白〕謹領鈞旨。〔劉焉白〕所用什麽器械？我就關與你去。〔劉備白〕器械自有，不勞。〔劉焉白〕什麽器械物件？〔劉備白〕吹毛劍。〔劉焉白〕關公用什麽兵器？〔關公白〕青龍偃月刀。〔劉焉白〕張飛用什麽兵器？〔張飛白〕丈八點鋼矛。〔劉焉白〕好兵器。忠節堂中佩虎符，〔三人白〕清風一掃陣雲孤。〔劉焉白〕黄金多少求生者〔合〕，伏首車前早獻俘。〔分下〕

第十齣　三弟兄大破黄巾

〔衆扮十六黄巾小賊、衆扮八黄巾賊將，引浄、副、丑扮張角、張寶、張梁，雜扮三纛隨上。張角白〕三軍抹額盡黄巾，一點天狼射紫宸。〔張寶、張梁白〕鵬鶚靈夔今不奏，蚩尤又照涿城人。〔張角白〕二位兄弟，我等今日帶領大隊人馬，攻取涿郡城池。可笑那太守劉焉，有何本事！〔張寶、張梁白〕聞他差個什麽鄒靖前來迎敵，豈不是自送其首。任他有百萬官兵，怎當俺法術高强，管教馬到成功也。〔張角白〕孩兒們一齊奮勇殺上前去。〔衆應科，同唱〕

【雙調正曲·柳梢青】今日大展威風(句)，惟以樂殺先(韻)。毒殘刳於爾黎民(句)，抽觔鑿眼(叶)。黑漫漫空中冤氣(句)，懊烈之聲最悽慘(押)。〔合〕焚炙忠良(句)。斮脛剜心(讀)，可充餐膳(韻)。〔吶喊出科，同下。雜扮小軍引劉備、關公、張飛上，同唱〕

【南北合套·新水令】千尋浩氣薄雲天(韻)，會風雷功名欲建(韻)。霜凝朱胄冷(句)，風動繡旗掀(韻)。今日個一靖氛煙(韻)。弟兄們(讀)，好把鴻圖展(韻)。〔劉備白〕我劉備同關、張兩弟，投涿郡太守帳下效用勤王，慨蒙收録。不料即有黄巾賊前來攻打此城。奉劉公鈞令，同鄒將軍出城勦殺。兩位兄弟，且

待鄒將軍到來，一同前去。〔關公、張飛應科。雜扮小軍，引生扮鄒靖上。同唱〕

【南北合套·步步嬌】車馬奔騰黃塵捲(韻)，頃刻風雲變(韻)。要撐持半壁天(韻)。保守堯封(句)，澄清禹甸(韻)。〔合〕況名將出幽燕(韻)，同心好把凶頑剪(韻)。〔見科。鄒靖白〕今日奉令殺賊，三位將軍須要奮勇當先，有進無退。〔劉備、關公、張飛同白〕這個自然。況俺兄弟三人呵，〔同唱〕

【南北合套·折桂令】荷黃堂破格成全(韻)，許與從戎(句)，奔走行間(叶)。俺同心殺賊(句)，也分所宜然(韻)，怎敢不奮勇當先(韻)。〔鄒靖白〕三位將軍如此忠勇，乃朝廷之福也。軍士們，與我殺出城去。〔衆應吶喊出城科。同唱〕況生來義膽包天(韻)，管教當先(韻)。績奏旗常(句)，功勒燕然(韻)。〔下。衆引張角、張寶、張梁上，白〕頭目們！〔同唱〕

【南北合套·江兒水】拔寨蘆溝去(句)，陳兵涿郡前(韻)。長征戎馬行如箭(韻)，把崇墉仡仡遭蹍(韻)，臨衝茀茀隨方轉(韻)。若不把輿圖早獻(韻)，〔合〕一馬平川(韻)，休想路留一綫(韻)。〔遶場下。衆小軍引鄒靖、劉備、關公、張飛上，同唱〕

【南北合套·雁兒落帶得勝令】急煎煎雄師下九天(韻)，冷颼颼殺氣橫郊甸(韻)，虛飄飄揚旌遠樹威(韻)，骨鼕鼕砲鼓頻催戰(韻)。〔鄒靖上高處科，白〕三位將軍出馬。〔劉備白〕二位賢弟，待我擒此賊首，以壯軍威。〔關公白〕三弟同行，關某隨後策應。〔衆引張角、張寶、張梁同上，戰科。白〕無名小卒，擅敢衝鋒。快喚劉焉出降，免得滿城屠滅。〔劉備、張飛戰科，追下。關公唱〕呀(格)！他那裏不住喚劉焉(韻)，一個個矢口浪夸天(韻)。你道俺小卒無名姓(句)，誰與你元凶道本源(韻)。兵連(韻)，殺得你風落梨花片(韻)。旗搴(韻)，纔認得俺干城蓋世賢(韻)，纔認得俺干城蓋世賢(疊)。〔張角、張寶、張梁、劉備、張飛上，對戰科，下。鄒靖白〕令兄令弟，好猛勇也。〔唱〕

【南北合套·僥僥令】麾兵如役電(韻)，壯士直摩天(韻)。戰袍濕處腥紅濺(韻)。甚黃巾不退還(韻)，〔合〕甚金甌不保全(韻)。〔關公白〕待關某出戰，務斬賊首。衆軍校隨俺殺上前去。〔衆引關公下。劉備、張飛與張角、張寶、張梁戰科。劉備作射張梁科。衆賊敗下。劉備、張飛同唱〕

【南北合套·收江南】呀(格)！早知是這般的狼狽呵(句)，誰教你弄虛喧(韻)。便算你兵多將廣也徒然(韻)。俺今朝設下虎狼圈(韻)，問伊家怎還(韻)，問伊家怎還(疊)。只看伊如何飛上燄摩天(韻)。〔劉備、張飛白〕衆軍士就此追上。〔衆應科，下。八卒、八黃巾賊遂對殺科，下。關公追張寶上，戰科。作斬張寶科。下。鄒靖白〕軍士們快追上去。〔衆應吶喊，遶場同下。張角急上，白〕看這三個小卒不起，竟有如此本事。敵他不過，三十六着，走爲上着。大家跑嗄。〔同唱〕

【南北合套·園林好】再休思三千大千(韻)，險些兒身損命損(韻)。收殘卒別圖郡縣(韻)，〔合〕重覬覦錦山川(韻)，重覬覦錦山川(疊)。〔急下。劉備、關公、張飛、鄒靖、衆小軍上，遶場科。同唱〕

【南北合套·沽美酒帶太平令】聽鉦聲一路傳(韻)，聽鉦聲一路傳(疊)，更鼙鼓韻淵淵(韻)。跨着龍驤緊着鞭(韻)。賊便是戾天鳶(韻)，俺須不是迎風燕(韻)。他那裏神疲手顫(韻)，俺這裏心雄身健(韻)。若與俺勝兵回戰韻,怕不的功成業建韻。俺呵格,心懸韻意懸韻,經多少村壘韻市壘韻。呀格!急返去要將俘獻韻。〔軍士白〕啟將軍：趕至桑乾河,黃巾賊去遠了。〔鄒靖白〕天色已晚,就此奏凱班師。〔衆白〕得令〔同唱〕

【慶餘】長驅逐北征塵遠韻,抵桑乾賊酋不見韻,只索金鐙鞭敲振旅還韻。〔下〕

第十一齣　劉玄德作尉安喜

〔雜扮門將上，白〕一戰奇功出萬全，豈知常侍弄威權。弟兄枉費千鈞力，莫覷長安尺五天。自家非別，乃幽州太守門將是也。我太守老爺，因見劉關張弟兄三人，同立奇勳，與元帥皇甫嵩計議，要表奏他爲大將軍。可怪中常侍段圭，貪圖賄賂，將空頭文憑，自寫劉備爲安喜縣尹，關公爲馬弓手，張飛爲步弓手，待後有功，併行奏請。俺太守老爺十分不悦，差我賫此文憑與劉王孫，着他星夜赴任。誠恐黄巾餘黨，擾亂地方，有失城池。段圭聞之，坐罪不小。迤逦行來，此間已是管門首。門上有人麽？〔雜扮小軍上，白〕什麽人？〔門將白〕郡侯老爺差人，要見劉爺的。〔小軍白〕住着，老爺有請。〔生扮劉備上，唱〕

【中吕宫引·滿庭芳】一着戎衣㊞韻，幾多勞勣㊞韻。弟兄克敵心齊㊞韻。〔净扮關公上，唱〕青天浮翳◯韻，揮掃净無遺㊞韻。〔净扮張飛上，唱〕帥府須當留意㊞韻，想捷書㊞讀擬報丹墀㊞韻。〔小軍報科，白〕禀爺：上司差人要見。〔劉備白〕請他進來。〔門將白〕劉爺請了。郡侯老爺今日特差小官送劉爺文憑在此。〔劉備白〕甚麽文憑？〔門將白〕劉爺職授安喜縣尉。〔劉備白〕我二位賢弟授何職事？〔門將白〕雲長爲馬弓手，翼德爲步弓手。〔張飛白〕可惡！甚麽步弓手？我只見人説量田的叫做步弓手。〔劉備白〕我弟兄拼性命策立功勳，殺黃巾百萬，指望我三人同拜將官，更爲國家建功立業。我兩個兄弟無官職，要此文憑何用！〔門將白〕郡侯心中十分憂悶，且勸劉爺赴任，待後有功，面君奏請。千萬耐煩，不可忿悶。〔劉備唱〕

【南呂宫正曲・梁州序】不辭生死(句)，親臨賊壘(韻)，幸得掃平螻蟻(韻)。指望封侯拜將(句)，不能彀陰子封妻(韻)。誰想功成虛廢(韻)。履險蹈危(讀)，到此成何濟(韻)。捷書怎不報(讀)我功勳(韻)。空負孤軍犯虎羆(韻)，〔合〕功蓋世(句)，總休提(韻)。〔門將白〕

【又一體】郡侯傳到(韻)，劉君休異(韻)，此是中官蒙蔽(韻)。貪圖賄賂(句)，不肯奏達丹墀(韻)，以致英雄頹氣(韻)。目下雖則官卑(讀)，暫且之安喜(韻)。喬遷應可待(讀)，莫嫌遲(韻)，自有風雲濟會期(韻)。〔合〕權寧耐(句)，莫銜悲(韻)。〔關公、張飛白〕

【又一體】嘆天象末路多岐(韻)，致中閹專權納賄(韻)，把奇勳偉勣(句)，恁般輕易(韻)。不若家山桃李(韻)，歲歲青春(讀)，免得爭閑氣(韻)。被人談笑我(讀)，昧先機(韻)。辜負西秦豪傑兒(韻)，〔合〕臨左衛(句)，惜分離(韻)。〔門將唱〕

【尾聲】勸君早早休遲滯(韻)，王事多艱不用推(韻)。那時名位高尊自有期(韻)。〔白〕告退了，劉爺。〔劉備白〕略有蔬飯小意，暫屈片時無妨。〔門將白〕不勞。〔劉備白〕些須薄意暫留伊，〔門將白〕昌邑曾聞畏四知。〔劉備白〕今日荷君多教益。〔合白〕明朝又隔路東西。〔分下〕

第十二齣　丁建陽起兵邠州

〔衆扮小軍，引小生扮吕布上，唱〕

【南吕宫引・生查子】膂力過凡流(韻)，浩氣沖牛斗(韻)，談笑覔封侯(韻)，回首功名就(韻)。〔白〕未表食牛豪邁志，沉埋射虎，雄威封侯，畢竟遂吾圖。雲臺諸將後，廟像許誰摹。到處争鋒持畫戟，怒來叱咤喑嗚。千人辟易氣消磨。不須黄石略，祇用論孫吴。自家姓吕名布字奉先，本貫西川五原郡人也。幼習武藝，頗有兼人之勇；欲慕封侯，不辭汗馬之勞。遠投邠州刺史丁建陽麾下，爲驍騎都尉。名雖部將，情同父子。正是：欲圖遠大奇勳，不愧蠅隨驥尾。道猶未了，主帥早到。〔雜扮衆將，引外扮丁原上，唱〕

【又一體】河内擁貔貅(韻)，胸次羅星斗(韻)。劍斬賊臣頭(韻)，石補蒼天漏(韻)。〔見科。吕布白〕主帥在上，吕布甲冑在身，不能全禮。〔丁原白〕吾兒少禮。〔衆將白〕衆將官叩頭。〔丁原白〕起過一邊。〔衆應科。丁原白〕吾乃邠州刺史丁原，字建陽，才兼文武，職任藩籬。近因董卓弄權，殘虐生靈，吾欲會合刺史，征討此賊。吾兒意下若何？〔吕布白〕布聞亂臣賊子，人人得而誅之。主將既有忠義之心，吕

布敢不奮勇當先。〔丁原白〕既如此，叫衆將官，今乃黄道吉日，就此起兵前去。〔衆將白〕得令！〔同唱〕

【中吕宫正曲·好事近】羽檄會諸侯(韻)，運神機陣擁貔貅(韻)。同心戮力(句)，斬奸臣拂拭吴鈎(韻)。嘆蒙塵冕旒(韻)，起群雄(讀)，雲擾誇争鬨(韻)。〔合〕看長江浪息風恬(句)，濟川人自在行舟(韻)。〔吕布唱〕

【又一體】恢復舊神州(韻)，想何時得遂奇謀(韻)。奸雄肆志(句)，把輿圖一統潛收(韻)。我志吞虎彪(韻)，大丈夫(讀)肯落他人後(韻)。〔合〕看長江浪息風恬(句)，濟川人自在行舟(韻)。〔吕布白〕好嚴整人馬也。〔衆下〕

第十三齣　議廢立董卓不臣

〔衆校尉引四將虛白，遶場上，白〕大將桓桓迥出群，韜鈐武勇冠三軍。一朝時至風雲會，願做從龍輔弼臣。〔分白〕俺乃大將李傕是也。俺乃大將郭汜是也。俺乃大將張濟是也。俺乃大將樊稠是也。我等自西涼起兵以來，相隨丞相，討戮奸邪，尅定蕭牆之禍，遂蒙重用。今日奉丞相均旨，傳百官議事，着我等帶兵環衛。百官中如有異議不從者，即時梟首。你聽金鼓之聲，丞相來也，衆校尉小心排列。〔衆應科。甲士、甲將、轎夫、傘夫、李肅、李儒、浄扮董卓上。同唱〕

【雙角正曲・三棒鼓】洛陽宮闕畫彫零（韻），欲將天子遷都（句）也（格）。花錦城（韻）長安地靈（韻），皇都氣凝（韻），盜已寧（韻），兵息争（韻）。〔合〕朝廷鈞軸吾操總（句），公卿奉迎（韻），公卿迓迎（疊）。〔内奏樂。四將參見董卓。白〕殿上衮衣明日月，硯中旂影動龍蛇。縱横禮樂三千字，獨對丹墀日未斜。自家姓董名卓字仲穎，隴西臨洮人也。且喜朝政皆歸吾掌，我欲乘此機會，假立陳留王爲名，自謀篡位，有何不可。

今日設酒在温明園中，昨差飛騎往城中遍請文武百官到來，若順吾者，加官進爵，阻俺者，剜目斷舌，決不饒他。且待飛騎到來，便知分曉。〔雜扮家將上，白〕飛騎城中去，相邀將相來。稟太師得知，領命去請文武百官，都已到齊了。〔董卓白〕如此，傳吾令去，衆文武俱要排班進見。〔家將白〕得令！〔作出門科，白〕太師有令，宣百官進見。〔生扮王允、外扮楊彪、末扮袁紹、生扮淳于瓊上。唱〕

【南呂宫曲・一剪梅】欲誅大惡抱深憂(韻)。空畫嘉籌(韻)，未遂嘉猷，〔生扮盧植，小生扮彭伯，蔡邕、曹操上，唱〕在他門下且低頭(韻)。欲脱羈囚(韻)，又被羈留(韻)。〔各通名科。同白〕列位請了。〔家將白〕太師有令，文武百官俱要排班進見，隨從不得擅入。〔袁紹白〕嗄，他纔到，就有什麽令。〔曹操冷笑，白〕這却何妨。有了司徒大人領班，我等依次進見。〔王允白〕請。〔各請科。王允白〕太師在上，我等參見。〔董卓白〕諸公少禮，請坐。〔各告坐科。董卓白〕學士、驍騎爲何不坐？〔蔡邕、曹操白〕小官等列於太師門下，焉敢望坐。〔董卓白〕我命坐，就坐罷了。〔蔡邕、曹操白〕告坐了。〔董卓白〕驍騎，我前日命你勦捕赤眉，得勝有功，還未陞賞。〔曹操白〕全仗太師虎威，小官領兵前去，馬到成功，俱已勦滅盡了。何勞太師掛懷。〔董卓白〕好！吾當論功陞賞。〔曹操白〕多謝太師。〔衆官白〕我等尚未奉賀。〔曹操白〕不敢。〔衆官〕我等蒙太師寵召，不知有何臺旨？〔董卓白〕今日請衆文武到來，議天下大事。衆官悉皆聽者，〔衆官白〕是。〔董卓白〕我想爲天子者，乃萬乘之尊、四海之主，君臨天下，福佈八荒。今少帝無威儀聖德，不可奉宗廟、主社稷，況先帝有密詔，言劉辯輕浮無智，不可爲君，次子劉協聰明好學，可承大漢宗廟。吾欲效伊尹、霍光故事，廢帝爲王，立陳留王爲天子，以正大漢宗室。爾等諸大臣以爲何如？〔衆官白〕太師妙算，允愜輿情。〔董卓白〕我主之事，豈有差誤。袁將軍何獨無言？〔袁紹白〕太師差矣！我聞太甲不明，放之桐宫，昌邑有罪，霍光廢之。少帝富於春秋，未有不善，今太師欲廢嫡立庶，實爲反也。〔董卓白〕袁紹休得無狀！天下事在我，我今爲主，誰敢不從！將爲我匣中之劍不利乎？〔袁紹白〕你劍雖利，我劍獨不利乎？〔衆官白〕袁將軍請息怒。〔袁紹白〕列位，你看這廝，纔得一朝權在手，如何便把令來行！〔作出門科，白〕顔良、文醜帶馬。〔顔良、文醜應。袁紹白〕就此回冀州去。〔衆軍校引下。董卓白〕好惱好惱！〔衆官白〕太師請息怒。袁將軍自知有罪而去了。〔董卓白〕他去了，難道我這裏就罷了不成。看酒來。〔内奏樂。衆官奉酒，各入座科。同唱〕

【仙呂宫正曲・園林好】治天下太師主張韻，代幼主令行四方韻。孰敢不欽遵景仰韻，〔合〕勝似周公旦相成王韻，勝似周公旦相成王疊。〔董卓唱〕

【又一體】誰能舉朝廷紀綱韻？〔衆官白〕全仗太師。〔董卓唱〕全仗我匡扶廟廊韻，能定國易如反掌韻。〔合〕勝似周公旦相成王韻，勝似周公旦相成王疊。〔雜扮報子上，白〕奔馳如過電，倏忽似流星。報事的叩頭。〔董卓白〕報什麼事？起來講。〔報子白〕太師聽稟：〔唱〕

【仙呂宫正曲・江兒水】兵馬臨城外句。〔董卓白〕主將何人？〔報子唱〕邠州丁建陽韻。〔董卓白〕來此何幹？〔報子白〕道太師呵，〔唱〕把朝綱濁亂多欺罔韻，志圖篡逆生狂忘韻。爲此鴻門突入來相抗

㊞韻，聲勢炎炎難擋(韻)。〔合〕早早隄防(韻)，免使煙塵創莽(韻)。〔董卓白〕還有什麽人？〔報子白〕丁建陽不打繫，他有個義兒吕布，有萬夫不當之勇。〔董卓白〕他怎生打扮？〔報子唱〕

【又一體】束髮金冠耀(句)，方天畫戟長(韻)。𤢊猊鎧甲神威壯(韻)，獅蠻寶帶征袍晃(韻)。十圍腰大身一丈(韻)，弓馬熟嫻堪讓(韻)。〔合〕早早隄防(韻)，免使煙塵創莽(韻)。〔董卓白〕再去打聽。〔報子白〕得令！〔下。衆官唱〕

【仙吕宫正曲・五供養】那斯不知分量(韻)，卒爾提兵(讀)，遠到洛陽(韻)。寡不能敵衆(句)，弱豈敢争强(韻)。憑河暴虎(句)，不量力徒誇骯髒(韻)。笑看車轍下(句)，怒臂抵螳螂(韻)。〔白〕小官等告辭了。〔董卓白〕列位各去保守城池，我自有破敵之策。〔衆官白〕是。〔同唱合〕速整王師(讀)，用心隄防(韻)。〔衆官下。董卓白〕家將外庭伺候。〔家將作出門科，跕。董卓唱〕

【又一體】心中自想(韻)，這皇圖大業(讀)，捨我誰當(韻)。〔白〕我如今先發兵去擒吕布，丁建陽不戰而自服矣。〔唱〕射人先射馬(句)，擒賊必擒王(韻)。正思篡位(句)，那斯們突然無狀(韻)。龍鱗誰敢逆(句)，逆者定淪亡(韻)。〔白〕李肅何在？〔李肅上。唱合〕速整王師(讀)，用心隄防(韻)。〔作進見科，白〕李肅見太師，有何臺旨？〔董卓白〕李肅，丁原引着吕布前來犯我，我欲先擒吕布，丁原不戰自服。你意下何如？〔李肅作想科，白〕主公在上。肅知吕布有萬夫不當之勇，若與交鋒，恐不能勝。莫若使一説客，制他來助主公，何患不得天下。〔董卓白〕此計雖好，怎生制得他來助我？〔李肅白〕主公勿憂。肅與布同鄉，足知其人勇而無謀，貪而無義。肅憑三寸不爛之舌，説呂布拱手來降主公也。〔董卓白〕將什麽東西去説他？〔李肅白〕主公將赤兔馬、白玉帶，將此二物以利結其心，呂布必反丁原，自然投主公來也。〔董卓白〕既如此，你就將赤兔馬、白玉帶，再加上些金珠，快快拿去。〔李肅白〕是。〔董卓白〕李肅，〔唱〕

【仙吕宫正曲・川撥棹】你持玉帶(句)，跨赤兔，投虎帳(韻)。〔白〕這些東西，且不要説是我的，〔唱〕只説是你的微忱(句)。〔李肅唱〕只説是我的微忱(疊)，敘鄉情言詞抑揚(韻)。〔董卓唱合〕物相留人可降(韻)，纔説出我行藏(韻)。〔李肅白〕曉得。〔董卓白〕轉來。〔唱〕

【尾聲】臨行再囑中郎將(韻)，教他棄暗投明早酌量(韻)。〔李肅白〕主公〔唱〕，憑着我頰舌雌黄是智囊(韻)，〔董卓白〕手中奇貨口中詞，〔李肅白〕管取英雄志轉移。〔董卓白〕若是得他心肯日，〔同白〕果然是我運通時。〔董卓白〕李肅，你成事之後，重重有賞。〔李肅應科。董卓白〕分付打道回府。〔李肅應，白〕看轎。〔衆儀從應科。董卓上轎。衆唱導。分下〕

第十四齣　利金珠奉先背主

〔雜扮小軍，引小生扮呂布上，唱〕

【仙呂宮曲・天下樂】少小英雄志欲酬(韻)，遠驅士馬下邠州(韻)。斬關施展擎天手(韻)，不殺奸臣誓不休(韻)。〔白〕我與主將提兵來此，將欲誅討叛逆。俺既任先鋒，敢不盡心行事。軍士每，你每去打聽，那一處可以進兵攻擊，我這裏就起兵便了。〔小軍白〕得令！〔末扮李肅上，唱〕

【中呂宮引・菊花新】赤兔玉帶説相知(韻)，利動他心便惑迷(韻)。他有勇少謀爲(句)，那裏是見得思義(韻)。〔白〕此處已是呂將軍門首，有人麽？〔小軍〕是那個？〔李肅白〕煩你報去，説鄉親李肅求見。〔小軍白〕住着。啟爺：外面有個鄉親李肅求見。〔呂布白〕李肅是我鄉兄，有請。〔小軍請科。呂布白〕鄉兄請。〔李肅白〕賢弟請。〔呂布白〕鄉兄請上，小弟有一拜。〔李肅白〕賢弟請上，愚兄也有一拜。久别尊顔，常懷渴想。〔呂布白〕萍水相逢，不勝忻躍。鄉兄請坐。〔李肅白〕賢弟同坐。〔呂布白〕鄉兄久别，現居何職？何便到此？〔李肅白〕李肅自别之後，忝在當朝爲虎賁中郎將之職。聞賢弟舉兵到此，匡扶社稷，偶得良馬一匹，日行千里，渡水登山，若履平地。〔呂布白〕此馬可有名？〔李肅白〕名曰「赤兔」。肅不敢乘坐，特獻與賢弟，以助虎威。〔呂布白〕多蒙賢兄厚意，可帶來一看。〔李肅白〕軍士每，帶馬過來。〔丑扮馬夫牽馬上，白〕來也，馬在此。〔李肅白〕賢弟你看，此馬身上火炭一般，並無半根雜毛。頭至尾長一丈，蹄至項高八尺，嘶吼咆哮，有騰雲入海之狀。〔呂布白〕果然好馬，帶在後槽去。〔馬夫應，帶馬下。呂布白〕但受此龍駒，將何以報？〔李肅白〕肅爲義而來，豈望報乎？〔呂布白〕既如此，多謝鄉兄。〔李肅白〕不敢，賢弟。但此馬不可對令尊説是我送的。〔呂布白〕鄉兄差矣。先人棄世多年，對誰説來？〔李肅白〕我説令尊丁刺使。〔呂布白〕軍校迴避。〔衆應下。呂布白〕我拜丁建陽爲義父，出乎不得已耳。〔李肅白〕賢弟，我看你威武絶倫，有擎天駕海之才，四海孰不畏服，取功名如探囊取物耳，豈可鬱鬱久居人下。良禽且擇木而棲，人豈可不擇主而事？請自三思。〔呂布白〕布欲大展奇能，恨未逢賢主。鄉兄在朝，觀何人爲蓋世英雄。〔李肅白〕李肅遍觀大臣，皆不如董太師。他禮賢敬士，寬仁厚德，賞罰極明，終成大事。軍士們，取玉帶、金珠過來。〔雜扮軍士上，白〕玉帶無瑕疵，金珠有現光。玉帶、金珠在此。〔呂布白〕收了。〔軍士應下。呂布白〕鄉兄何故又有此物？〔李肅白〕皆是董太師仰慕賢弟英名顧望，特令李肅持獻，赤兔馬亦是董太師所賜也。〔呂布白〕吾聞太師奸惡，與丁建陽引兵來此征討他，原來是個好人。咳，我此來差矣。〔李肅白〕李肅這等不才，尚爲虎賁中郎之職。若賢弟到彼，貴不可言，功名在反掌之間。賢弟自不肯爲耳。〔呂布白〕鄉兄，丁建陽爲父子，每受其侮慢，待我如僕隸，驅我如犬羊。今聞太師汪洋度量，敢不敬從所招。〔李肅白〕賢弟！〔唱〕

【中呂宮正曲・駐馬聽】若肯背暗投明(韻)，權重當朝勢不輕(韻)。〔白〕此去呵，〔唱〕管取登壇拜將(句)，金印腰懸(讀)，手握雄兵(韻)。一似遷喬出谷鳥嚶嚶(韻)，皂鵰翅展滄溟境(韻)。〔合〕獻此葵誠(韻)，把甲兵收斂(讀)，疾忙前請(韻)。〔呂布唱〕

【又一體】深感隆情(韻)，鬱鬱迷途指教明(韻)。受此帶圍白玉(句)，馬似龍駒(讀)，感謝難名(韻)。〔白〕布此去呵，〔唱〕冒千師相望垂青(韻)。他汪洋度量當尊敬(韻)。〔合〕獻此葵誠(韻)，把甲兵收斂(讀)，疾忙前請(韻)。〔李肅白〕賢弟，就此同去如何？〔呂布白〕待我處置了丁建陽，收拾了甲兵，然後就來。〔李肅白〕賢弟，我那裏城禁甚嚴。你可將此銅符到禁門比號，方可放你入城。〔呂布白〕如此多謝了。相投機會建奇功，〔李肅白〕龍遇祥雲虎嘯風。〔呂布白〕今日得君提掇起，〔同白〕免教人在污泥中。〔分下〕

第十五齣　托乾兒丁原授首

〔雜扮衆軍校，引外扮丁原上。唱〕

【越調引·霜天曉角】安營左右(韻)，父子分前後(韻)。奈彼城池堅守(韻)，征誅未遂吾謀(韻)。〔白〕仗劍到長安，亂臣早防衛。兵雖貴神速，無由破奸鋭。自家丁原是也，與吾兒吕布領兵征討董卓，連日攻城不下。衆軍士，吩咐四下遠遠巡更，打梆擊柝，或歌或唱，不可睡熟了。倘有緊急軍情，可報與前營吕將軍便了。〔衆應下。丁原白〕不免把兵書展開一看，多少是好。〔唱〕

【仙吕宫正曲·桂枝香】屯兵甲胄(韻)，聲喧刁斗(韻)。燈前謾展兵書(句)，虎略龍韜參究(韻)。聽疎林鳥鳴(句)，聽疎林鳥鳴(疊)，惡聲相鬬(韻)。想是争巢先後(韻)。〔合〕嘆淹留(韻)，〔白〕孽畜孽畜！〔唱〕上苑多喬木(句)，如何不去投(韻)。〔白〕不覺神思困倦，且去睡了。待明日與吾兒吕布，商議破敵之策便了。明朝更有新條在，惱亂春風總未休。〔入帳睡科。雜扮巡軍上，唱山歌〕夜深霜重鐵衣寒，巡哨敲梆手臂酸。傲殺城裏人家，無事正好困，算來名利不如閑。〔虚白睡科。小生扮吕布上，唱〕

【又一體】更深時候(韻)，燈輝如晝(韻)。聽營中鼻息如雷(韻)，想已安然睡久(韻)。〔白〕我以父待他，他不以子待我。〔唱〕我乃人間丈夫(句)，我乃人間丈夫(疊)，枉做兒曹相守(韻)，何日得功名成就(韻)。〔白〕我如今直入帳中，殺了這老賊，然後獻功與董府。〔唱合〕仗吴鈎(韻)，頃刻三魂喪(句)，須臾萬事休(韻)。〔作殺丁原持頭科。巡軍白〕呀，營中燈火尚明，裏面什麽響？ 想是主帥起身了。〔吕布白〕灶突已炎上，燕雀猶未知。軍士們聽令。〔衆巡軍白〕將軍有何吩咐？〔吕布白〕那丁建陽有謀反之心，我已殺之。汝等從我者在此，不從者散去。〔巡軍白〕願從將軍。〔吕布白〕既肯隨我者，三日後自有犒賞汝等。〔巡軍應。吕布下。一巡軍白〕我有隻山歌哩，唱拉你聽聽。〔唱山歌〕將軍不去殺奸臣，只會欺瞞自家屋裏人。夏至前頭個鰳魚骨裏臭，勿説起殺心，抹倒子父恩。〔同下。雜扮軍士，引外扮守城將上，唱〕

【仙吕宫正曲·縷縷金】遵號令(句)，守城樓(韻)，晨昏方出入(句)，恐奸謀(韻)。職分雖卑陋(韻)，也有兵權在手(韻)。〔合〕過關誰敢不低頭(韻)，軍法令搜究(韻)，軍法令搜究(疊)。〔吕布上，唱〕

【又一體】忙策馬(句)，過荒坵(韻)。鷄鳴天漸曉(句)，露華收(韻)。寶劍紅光溜(韻)，血腥猶臭(韻)。〔合〕一朝恩愛變爲仇(韻)，靈臺忽生垢(韻)，靈臺忽生垢(疊)。〔白〕城門緊閉，待我叫門。呐，開城門！〔守門將白〕呔！ 什麽人，大膽叫門。〔吕布白〕吾乃吕參軍，要往董府去的。汝乃是何職，敢盤詰阻當。〔守城將白〕吾乃守城校尉，奉虎賁中郎將之令，若入城者，有銅符者方許放進，如無者即時斬首。既是吕將軍，取銅符比號。〔吕布白〕有銅符在此，拿去比號。〔守城將白〕此驗相同。軍士每，即便開關。〔吕布白〕請了。〔同唱。合前〕過關誰敢不低頭(韻)，軍法令搜究(韻)，軍法令搜究(疊)。〔同下〕

第十六齣　拜義父吕布封侯

〔衆扮家將，净扮董卓上，唱〕

【正宫引·緱山月】洗眼看旌旗㊞，機密許誰知㊞。意欲圖㊞吕布做吾兒㊞，如虎添雙翅㊞。〔白〕自家正思篡位，忽爾丁原提兵前來犯我。誰能撩蛇虺之頭，践虎狼之尾！我正欲與他交鋒，有虎賁中郎將李肅，説他手下吕布，有萬夫不當之勇，只可智取，不可力敵。况李肅與他同鄉，足知其人勇而無謀、貪而無義。我就差李肅與良馬、玉帶、金珠，去説他來降。待他來時，吾當恩結父子，圖他一臂之力，助登九五之位。且待李肅回來，便知分曉。〔末扮李肅上，唱〕

【南吕宫曲·生查子】猛士遂招邀㊞，趨步忙傳報㊞。跳躑笑猿猱㊞，終是落圈套㊞。〔白〕太師，李肅參見。〔董卓白〕李肅，你回來了麽，事體何如？〔李肅白〕李肅領命去説，吕布欣然從之。〔董卓白〕爲何便肯相從？〔李肅白〕我説他威武絶倫，有擎天架海之才，四海孰不畏敬，取功名富貴如探囊取物，豈可鬱鬱久居人下。良禽且相木而棲，人豈可不擇主而事，請自三思。〔董卓白〕他便怎麽説？〔李肅白〕他説本欲大展素志，恨未逢賢主。他就問我，朝中何人是蓋世英雄。〔董卓白〕你説誰來？

〔李肅白〕李肅對他説，天下英雄無如董太師，寬洪度量，賞罰極明。太師聞知足下英勇過人，爲此着我來送良馬、金珠、玉帶，聊爲聘儀。倘肯俯從，功名富貴易如反掌。他欣然喜悦，説太師不責我提兵犯境，反加厚賜，如此汪洋度量，敢不敬從所招。〔董卓白〕既如此，何不與他同來？〔李肅白〕他説要處置了丁建陽，收斂了甲兵，然後來也。〔董卓白〕可喜！待他來時，吾當恩結父子，托以心腹，仗他一臂之力。快整治筵宴，少間賜汝一坐。〔李肅白〕多謝太師。〔董卓白〕叫官妓每過來。〔李肅白〕是。官妓每走動。〔旦扮官妓上，白〕團團鏤月爲歌扇，片片裁雲作舞衣。官妓每叩頭。〔董卓白〕少間呂將軍來時，好生承應。〔官妓應科。小生扮呂布。丑扮軍士，捧丁原首級上。呂布唱〕

【又一體】良禽欲遷喬(韻)，木豈能尋鳥(韻)。〔李肅白〕賢弟爲何來遲？〔呂布白〕殺了丁原，收斂甲兵，故此來遲，望乞引進。〔李肅白〕這是何物？〔呂布白〕是丁原首級。〔李肅白〕既如此，先獻首級，然後進見。〔軍士隨李肅進科。董卓白〕這是什麽東西？〔李肅白〕這是呂參軍殺了丁建陽，將此首級獻上，以爲進見之功。〔董卓白〕這是丁原的首級麽？殺得好！丁原，〔軍士白〕有。〔李肅白〕怎麽答應起來。〔軍士白〕死人身邊有活鬼。〔董卓白〕你如此强梁，也有今日。〔軍士作打科。李肅白〕怎麽打他？〔軍士白〕打箇死箇不拉活箇看。〔董卓白〕胡説！拿去號令。〔軍士應，下。董卓白〕快請呂將軍相見。〔李肅白〕是。賢弟請進相見。〔呂布白〕太師在上，待呂布參見。〔董卓白〕不勞罷。久慕英名，如渴思水，何緣得濟，足慰平生。〔呂布白〕輕犯虎威，反蒙厚賜。候門徹入，謹當待罪。〔董卓白〕多蒙足下殺了丁原而歸與我，老夫甚喜，欲仰扳足下，恩結父子，早晚托以心腹，幸勿固辭。〔呂布白〕布聞君之視臣如手足，則臣事君如心腹。既蒙太師以子相待，敢不盡心以父事之。凡有所托，盡心報効。〔董卓笑科，白〕妙嗄！得黃金百金，不如烈士一諾。請坐。〔呂布白〕告坐了。〔董卓白〕李肅，呂將軍在丁原處是何職？〔李肅白〕是參軍之職。〔董卓白〕嗄，是參軍之職麽？想足下如此大才，怎麽只做個參軍。那丁原他不會用人。前日聞報在温明園中，今日又在温明園中結義。也罷，就封汝爲温侯之職便了。〔呂布白〕多謝太師。〔董卓白〕吩咐尚寶司，鑄温侯印。〔李肅傳説科。呂布更衣科。董卓白〕看酒過來。〔各按席科。官妓送酒，同唱〕

【南呂宫集曲·梁州新郎】君如良驥(韻)，日行千里(韻)，步驟須人銜轡(韻)。投明棄暗(韻)，傾心喜汝來歸(韻)。壓倒三千珠履(韻)，百萬貔貅(讀)，唾手圖王會(韻)。爲男忘彼此(讀)，兩無疑(韻)。内外朝綱，仗你總護持(韻)。〔雜扮軍士、將官、中軍捧印、册、劍、令旂上，同唱：合〕龍虎合(讀)，風雲會(韻)，看非常爵位身榮貴(韻)。爲將相(句)，正顛沛(韻)。〔李肅白〕請温侯拜印受職。〔呂布作拜印科，白〕太師恩父請上，待呂布孩兒一拜。〔董卓白〕罷了。〔呂布唱〕

【又一體】受聘來話語投機(韻)，甘下拜乾兒毋諱(韻)。計朝廷大事(讀)，共操綱紀(韻)。私喜碧桃海上(句)，紅杏日邊(讀)，瓜葛連根蒂(韻)。天恩施雨露(讀)，沐提攜(韻)，便作奇花入品題(韻)。〔合〕龍虎合(讀)，風雲會(韻)，看非常爵位身榮貴(韻)。爲將相(句)，正顛沛(韻)。〔董卓白〕官妓每進酒。〔同唱〕

【南呂宮正曲·節節高】氤氲瑞靄飛(韻)。水沉犀(韻)，金爐灰暖龍涎膩(韻)。瑶釵墜(韻)，舞袖垂(韻)。春風細(韻)，歡聯父子情猶契(韻)。涸鱗踴躍恩波裏(韻)。〔董卓白〕過來，吩咐擺齊儀從，送温侯到西府去。〔衆應科。董卓白〕我兒，失陪了。〔下。衆唱，台走科。〕洞簫風送出屏圍(韻)，家筵開處拚沉醉(韻)。

【尾聲】重移酒席笙歌沸(韻)，半天銀燭晃朝衣(韻)。從教月照高樓又轉西(韻)。〔作送到科。李肅白〕賢弟明日奉賀告辭了。官妓每小心伏侍。請了。〔李肅下。衆將白〕衆將官叩頭。〔呂布白〕爾等各歸營伍。〔衆應科，下。官妓白〕官妓每叩頭。〔呂布白〕起來，以後不可行此禮。你每幾名在此？〔官妓白〕二十名在此。〔呂布白〕好。俱各有賞。隨我進來。〔扶呂布同下〕

第十七齣　董太師元夜張燈

〔雜扮家將上，白〕須臾萬斛金蓮子，撒向皇都五夜開。誰家見月能閑坐，何處聞燈不看來。我等乃董府家將便是。今當上元佳節，太師吩咐張掛燈綵，與太夫人賞玩。今已齊備，只得在此伺候。你看燈毬影影畫堂中，鼓樂喧闐徹上穹。人人總在春風裏，物物都歸和氣中。道言未了，太師出堂也。〔雜扮家將，引浄扮董卓上。唱〕

【仙吕宫引·夜行船】玉帶袞衣身顯耀(韻)，決大事始趨朝(韻)。落落襟懷(句)，岩岩氣象(句)，劍佩班雄廊廟(韻)。〔白〕氣吐虹霓吞宇宙，手提長劍破乾坤。洛陽眼底無天子，金塢園中多玉人。自家董卓，官居極品，位冠群僚。壯志吐而星斗寒，迅令發而雷霆吼。郿以黄金築塢，積穀爲三十年糧儲。我想事成可以雄據天下，若事不成，守此足以娱老。這也不在話下。今乃元宵佳節，敬備筵宴，請母親賞玩。家將喚李肅、李儒過來。〔家將白〕李肅、李儒，太師喚。〔末扮李肅、外扮李儒上，白〕紫府潭潭畫戟張，太師行樂五雲鄉。門迎朱履三千客，屏列金釵十二行。太師在上，李肅、李儒見。〔作叩見科。董卓白〕且喜天子西幸長安，今乃元宵佳節，已曾吩咐遍掛花燈，着光禄寺治酒，教坊司演樂。〔李肅、李儒白〕曉得。仰承

臺旨，去排設綺筵來。〔下。董卓白〕母親有請。〔旦扮衆梅香，隨副扮董母、丑扭董卓妻上，同唱〕

【雙調引・寶鼎現】上元堪賞玩(韻)。佳節届，黎民盡樂堯年(韻)。太平人物(句)，分明是閬苑神仙(韻)。〔見科。董卓白〕母親拜揖。〔董母白〕孩兒少禮。〔董卓白〕母親，孩兒在齠齔間封爲列侯，我女襁褓中封爲郡君。金紫之榮，富貴極矣。今乃元宵佳節，請母親賞玩。〔董母白〕生受我兒了。〔董卓白〕看酒過來。〔同唱〕

【仙吕宫集曲・錦堂月】火樹星橋(韻)，新正好景(句)，人間喜遇燈宵(韻)。五夜風光(句)，繁華賽過蓬島(韻)。碧天外星月交輝(句)，綵樓内笙歌繚繞(韻)。〔合〕花燈照(韻)。惟願取人月團圓(讀)，同諧歡笑(韻)。〔董卓白〕請太奶奶觀燈。〔作上樓科。衆扮男女鄉民雜安上，作遶場科，同唱〕

【仙吕宫正曲・醉翁子】市朝(韻)，逞社火獅蠻舞跳(韻)。看鬼臉猙獰(讀)，蠻歌腔調(讀)。歡笑(韻)。愛戲耍孩兒(讀)，竹馬能騎過小橋(韻)。〔合〕喧擾擾(韻)，鑼鼓頻敲(讀)，共鬧元宵(韻)。〔衆鄉民雜耍遶場下。衆同唱〕

【仙吕宫正曲・僥僥令】木犀然寶炬(句)，燈火壓星橋(韻)。你看霽色澄澄連巷陌(句)，〔合〕綵結翠巍巍山勢巧(韻)。

【尾聲】良霄三五風光好(韻)，金樽莫惜燈前倒(韻)。那更漏鼓頻頻出嚴譙(韻)。〔董母白〕銀燭燒殘欲唤時，〔董卓白〕醉扶方覺夜眠遲。〔董母白〕料應歌舞留人久，〔同白〕月落烏啼總不知。〔下〕

第十八齣　王司徒私衛談劍

〔生扮王允上唱〕

【南吕宫・步蟾宫】官僚不合生矛盾（韻），謾教晝夜縈心（韻）。上方假劍斬奸臣（韻），何有礪吾霜刃（韻）。〔白〕赤手難將捋虎鬚，勞心焦思日躊躇。亂臣賊子《春秋》例，記得人人盡可誅。前日聞得丁建陽與吕布提兵來此，征討董賊，這兩日不知消息如何？爲此我着人去打聽，待他回來便知分曉。〔雜扮院子上，白〕有事忙傳報，無事不亂傳。老爺，小人叩頭。〔王允白〕你回來了麽，打聽事體如何了？〔院子白〕小人打聽，那吕布殺了丁建陽，反投入董府去了。〔王允白〕嗄，那吕布殺了丁建陽，反投入董府去了。〔想科〕有這等事！過來，快到我書房中去，取古史一册、寶劍一口，再着人去請曹驍騎來議事。〔院子應，下。王允白〕阿呀，罷了！嗄，罷了！吾聞吕布有萬夫不當之勇，反投董卓，正所謂虎添雙翼也。〔唱〕

【正宫正曲・錦纏道】滿胸臆（韻），抱國憂頭將變白（韻）。他收猛士有萬人敵（韻），怪奸賊（讀）猶如虎添雙翼（韻）。我欲斷海中鰲（讀），撐持四極（韻）；石欲煉火中丹（讀），補修天隙（韻）。這嘉謀，謾籌劃（韻）。夢常遠洛陽故國(韻)，仰天空淚滴(韻)。合想鬼燐明夜(讀)，宮庭草碧(韻)。〔白〕蒼天嗄蒼天！〔唱〕嘆中原(讀)恢復是何日(韻)。〔院子上，白〕青鋒劍可磨，古史書堪讀。老爺，書劍在此。〔王允白〕放在桌兒上。〔院子白〕是。〔王允白〕曹爺可曾請了。〔院子白〕請下了。〔王允白〕到時疾忙通報。〔院子白〕曉得。〔同下。雜扮衆軍牢，引副净扮曹操上。唱〕

【南吕宫引・步蟾宫】匏瓜不食人休訝(韻)，壯懷自惜年華(韻)。饑蠅附驥怎知咱(韻)，似尺蠖乘時變化(韻)。〔白〕下官曹操，方纔王司徒老兒見招，不免去走遭。打道。〔軍牢白〕這裏是了。〔曹操白〕通報。〔軍牢白〕門上有人麽？〔院子上，白〕是那個？〔軍牢白〕曹爺到。〔院子白〕伴着。〔軍牢白〕通報過了。〔曹操白〕迴避。〔衆軍牢應，下。院子白〕老爺有請。〔王允上，白〕怎麽説？〔院子白〕曹爺到了。〔王允白〕道有請。〔院子白〕家爺出來。〔王允白〕驍騎。〔曹操白〕老大人。〔王允白〕驍騎請。〔曹操白〕曹操年少職微，深蒙枉召，恐拂臺命而來，焉敢僭越。〔王允白〕不必太謙。一則太師門下，二則漢相之後，非比其他，請。〔曹操白〕老大人，若論漢相之後吪，其實惶恐，若説太師門下，曹操這裏斗膽了。〔王允白〕請。〔曹操白〕没有這個禮，還是老大人請。〔王允白〕不必過謙，請。〔曹操白〕如此，從命了。〔王允白〕請。〔曹操白〕老大人。〔王允白〕驍騎請坐。〔曹操白〕是那個坐？〔王允白〕是驍騎坐。〔曹操白〕豈有此理。曹操侍立請教便纔是，焉敢望坐。〔王允白〕豈敢。相邀驍騎到來，未免有幾句話兒相敘，那有不坐之理。〔曹操白〕如此，待曹操傍坐。〔王允白〕那有此理。〔曹操白〕如此，告坐了。〔王允白〕豈敢。點茶。

〔院子應科。王允白〕驍騎，還是在那裏一會，直至今日？〔曹操想科，白〕嗄，還是在温明園中一會，直至今日。〔王允白〕是嗄，還是在温明園中一會，直到今日。〔曹操白〕便是久違了。〔王允白〕久闊了。〔曹操白〕老大人，那日温明園中，袁將軍也忒性急了些。〔王允白〕那袁本初他是有肝膽的丈夫。他見太師言語忒過分了，所以有此議論。〔曹操白〕那日若没有老大人在彼，這樣調停，不然幾乎了不得。〔王允白〕還是驍騎在彼周全。〔曹操白〕我曹操濟得甚事？還虧老大人曲全。〔王允白〕豈敢。驍騎這兩日可聞丁建陽征伐的消息如何？〔曹操白〕老大人還不知麽？那吕布殺了丁原，反投入董府去了。〔王允白〕呀！反投入董府去了。這等我們還該去奉賀。〔曹操白〕賀什麽！吉凶未定。〔王允白〕好個吉凶未定。〔曹操白〕蒙老大人見召，必有所諭。〔王允白〕奉屈到來，也非爲别事。下官近得寶劍一口，不知何名，古史一册，又蠹損了一句。驍騎聞識諳博，所以請教。〔曹操白〕這個老大人，又來難我學生了。曹操平日，志在温飽，但能飲酒食肉而已，那骨董行中再不要提起。前日一個人，拿兩幅畫來賣。一幅是戴嵩的牛，一幅是韓幹的馬。我説道牛又耕不得田，馬又騎不得人，要他何用？若有站得人起的牛糞、馬糞，我這裏到用得着。〔王允白〕要他何用？〔曹操白〕肥田而已。〔王允白〕休得取笑，請觀此劍。〔曹操白〕妙嗄，好劍！〔王允白〕敢問此劍何名？〔曹操白〕僕雖不識，曾聞純鈎之劍，紋如星形，光若波溢，昔吴國姬光用之刺王僚。今觀此劍，非豪曹之比，真乃純鈎寶劍也。〔王允白〕豪曹是何物？〔曹操白〕亦是劍名，但不如純鈎砍鐵如泥，故可以透甲傷人。〔王允白〕豪曹不能透甲傷人，是無用之物了。〔曹操白〕怎麽説無用，不過欠剛而已。〔王允白〕好個欠剛而已。古史一册，蠹損了一句，乞請教。〔曹操白〕不消，看得上文呢，是下文？〔王允白〕是下文。〔曹操白〕上文怎麽説？〔王允白〕城門失火。〔曹操白〕這個何難。〔王允白〕願聞。〔曹操白〕下文是殃及池魚了。〔王允笑科，白〕是殃及池魚，是殃及池魚。〔曹操白〕這老兒好古怪。老大人，明人不必細説，我曹操已曉得了。〔王允白〕驍騎曉得什麽？請教。〔曹操白〕古語云，以往察來。適聞所言，僕在董府，彼爲惡不能諫止，必至殃及池魚。且笑我徒豪曹，不如純鈎透甲傷人故也。寔不相瞞，老大人，僕非池中之物，爲見董卓肆志無已，幾欲招集義兵，必須明正其罪。昨聞吕布又歸了他，所以遲遲行事耳。〔王允白〕驍騎你既在他門下往來，何不以此寶劍行事，免勞紛擾軍兵，則執事之功居多矣。〔曹操白〕既如此，所觀寶劍借來一用，自有處置。〔王允白〕孟德若肯行，下官即當跪送。〔曹操白〕請起，老大人。那董賊近日行事如何？〔王允白〕驍騎，那董賊呵，〔唱〕

【正宫正曲·四邊静】他公然出入侔鑾駕(韻)，龍袍恣披掛(韻)。六尺擅稱孤(句)，一心要圖霸(韻)。〔合〕純鈎出靶(韻)，風光叱咤(韻)，乘隙刺讐家(韻)，成功最爲大(韻)。〔曹操唱〕

【又一體】承顔順志忘疑訝(韻)，謙謙寔爲詐(韻)。兵甲藴胸中(句)，眉睫仰天下(韻)。〔合〕純鈎出靶(韻)，風光叱咤(韻)，乘隙刺讐家(韻)，成功最爲大(韻)。〔王允白〕李肅能謀吕布雄，〔曹操白〕紛紛牙爪護真龍。〔王允白〕敵國丹中難恃險，那知殺羿有逢蒙。請了驍騎，此事非同小可，要見機而作。〔曹操白〕老大人請放心。請了，老大人，請轉。内事在於曹操，外事——〔王允白〕噤聲！〔作看科，白〕知道了。〔曹操白〕請了。〔嗽下。王允白〕妙哉妙哉！下官日夜焦勞，思殺董賊。今得曹孟德慷慨前往。我想他膽略超群，機謀出衆，此去必然成功。老天老天，若得一劍誅了逆賊，上以肅清朝政，下以奠安黎庶，使漢家四百年社稷永保無虞，我王允就死亦瞑目矣。正是：眼望捷旌旂，耳聽好消息。〔下〕

第十九齣　計不成曹瞞走馬

〔副净扮曹操上，白〕董卓操心荆棘生，王家拔樹要連根。庖丁割肉須刀刃，樵子入山操斧斤。我曹操昨蒙王司徒着我幹事，悄悄來到此間。太師尚未出來，且將此劍藏在外面，待他出來，見機行事便了。正是：獵户裝窩窺虎出，漁翁垂釣候魚來。〔暗下。净扮董卓上，唱〕

【南吕宫引·浣沙溪】人如蟻負驥雲行(韻)，大業堪誇羽翼成(韻)。〔白〕國士無雙我獨權，田文何用客三千。吾兒吕布誰能敵，曹操從來智勇全。〔曹操上，白〕方纔説曹操，曹操就來到。太師，曹操見。〔董卓白〕驍騎，你每日來遲，今日爲何來得恁早？〔曹操白〕僕因馬羸行遲，恐應抵考，今日故此早來俟候。〔董卓白〕我兒吕布那裏？〔小生扮吕布上，唱〕來了。麟閣森森劍戟排，威風凛凛實奇哉。從來董府多心腹，孤立劉皇真可哀。〔作進見科。吕布白〕太師拜揖。〔董卓白〕吾兒，曹驍騎説爲因馬瘦，每日來遲，你去厩中，有好馬選一匹來與驍騎。〔吕布白〕是鹽車驥困無人識，伯樂相逢便解嘶。〔下。董卓白〕驍騎，有一事問你。〔曹操白〕太師垂問，當竭其遇。〔董卓白〕吾欲登東山而小魯，此間山皆小，不足以觀四方，如之奈何？〔曹操白〕待曹操想來。嗄，有了。〔董卓白〕在何處？〔曹操白〕有一名山，唤做武當山，若登之，可以望見天下。〔董卓白〕可上得去？〔曹操白〕怎麼上不去？除非大英雄大膽量之人，纔可上得去。〔董卓白〕你可上得去麼？〔曹操白〕小官不能。〔董卓白〕你若上去者，〔曹操白〕這叫做不知進退。〔董卓白〕倘跌下來，〔曹操白〕這就不知死活了。〔董卓白〕你且迴避。〔曹操白〕想太師早起久話，尊體困倦。僕在外面伺候。〔董卓白〕你且出去。〔曹操出，拿劍科。董卓白〕我連日不曾對鏡，不免對鏡照看龍影如何。〔照鏡科。曹操拔劍刺科。董卓白〕驍騎，你去了爲何又來？〔曹操白〕昨得一劍，欲獻府中，適來太師有事相問，以此忘了，今復來獻。〔董卓白〕取上來。此劍從何而得？〔曹操唱〕

【雙調正曲・鎖南枝】聽拜啟(句)，恩相前(韻)。寒微一介蒙俯憐(韻)，重價買龍泉(韻)，掣時電光見(韻)。〔合〕奇異物(句)，寶氣纏(韻)，特將來(句)，府中獻(韻)。〔董卓唱〕

【又一體】門下士(句)，惟汝賢(韻)，爲咱求劍費萬錢(韻)。早晚去朝天(韻)，腰懸上金殿(韻)。〔合〕吾總攬(句)，文武權(韻)，仗威風(句)，助八面(韻)。〔呂布上，白〕容豈登龍容，翁非失馬翁。稟太師，馬已牽在外面。〔董卓白〕驍騎，你就騎了去罷。〔曹操白〕多謝太師。我曹操此去，好似鰲魚脱却了金鈎釣，擺尾摇頭再不來。〔作急下。呂布白〕太師，適纔曹操到此怎麼？〔董卓白〕在此獻劍。〔呂布白〕此人狡詐，今乘馬而去，料不再來。方纔獻劍，實有行刺太師之心。〔董卓白〕他好意獻劍，不要錯怪了他。〔呂布白〕太師，〔唱〕

【雙調集曲・孝南枝】他知機密(句)，難隱言(韻)，曹瞞膽敢驚晝眠(韻)。〔董卓白〕他好意來獻劍，〔呂布唱〕他假意獻龍泉(韻)，其心有不善(韻)。〔董卓白〕與我談接，亦自有理。〔呂布唱〕他隨機應變(韻)，欲刺太師(讀)，被咱窺見(韻)。〔董卓白〕我方纔驚見鏡中之影，必是此人心懷不良也。〔呂布唱〕多感天相吉人(句)，鏡裏分明現(韻)。合他乘馬去(句)，決不足(韻)，從此後(句)，要驅遣(韻)。〔董卓白〕吩咐畫影圖形，遍掛四方，如有拿住曹操者，千金賞、萬户侯，若藏匿者，與本人同罪。吾兒，自今以後，入朝緊隨吾右，不得遠離。〔呂布應科。〕〔董卓白〕不信城中有虎人，〔呂布白〕果然人面不相親。〔董卓白〕曹瞞學得商鞅術，〔呂布白〕爲法從來身害身。〔董卓白〕吾兒，你就將此劍，跨上赤兔馬，速速趕上去，找他首級回話。〔怒下。呂布白〕得令。〔下〕

第二十齣　歌有習王允式環

〔丑扮柳青娘上，唱〕

【雙調・清江引】百花庭院重門閉（韻），鼓瑟人間麗（韻）。素手按宫商（韻），秋水摇環珮（韻）。響冰絃（讀）、和瑶玉，聲清翠（韻）。〔白〕老妾乃王司徒府中女教師柳青娘是也。今早老爺吩咐，要到百花亭上賞春，不免唤貂蟬等一班女樂，在此演習歌舞伺候。你看好花卉。但見白玉堦前，紅間紫、紫間紅，都是嬌姿嫩蕊；畫欄杆外，黄映白、白映黄，盡是那艷質奇葩。那壁廂合歡相對，宛如繾綣之夫妻。這壁廂棠棣聯芳，好似綢繆之兄弟。楊柳眈晴煙，弱質呈來妙舞；海棠含宿雨，朱顔露出新妝。呀，這起丫頭們都在後花園戲耍，待我叫一聲貂蟬等走動。〔貂蟬、翠環等上，唱〕

【前腔】海棠花下華筵啟（韻），整頓歌金縷（韻）。舞袖謾安排（韻），繡褥重鋪砌（韻）。歌一回（讀），舞一回，唱一回（韻）。〔見科，白〕柳青娘萬福。〔柳青娘白〕貂蟬少禮。〔翠環等白〕柳青娘萬福。〔柳青娘白〕萬福萬福，打得你們痛哭！你這起丫頭們，都來跪在這裏。老爺今日要集賢賓，把青玉案擺得端正好，你們兀自踏沙行、鬪鵪鶉，把青杏子打着黄鶯兒，紅芍藥引着粉蝶兒，好快活三。叫一聲又不駐馬聽，真個叫我惱殺人。一個懶去上小樓、點絳唇，一個懶插一枝花、雙鳳翅，一個不打點穿了紅衫兒，換了紅綉鞋，翠裙腰舞出六幺令。一個不準備着捧金盞兒，斟出梅花酒，攪箏琶唱出新水令。那裏管老爺醉花陰、醉扶歸，都是你每這等懶惰，誰賞你一定金、四塊玉。快快脱布衫，好姐姐，取出神仗兒，各打十棒鼓，打得你們都做了哭岐婆。〔翠環等白〕今日老爺與夫人家宴，不疑外客。我等只因伏侍夫人梳粧，來遲了，望柳青娘恕責。〔柳青娘白〕恰纔在花園戲耍，又來掉謊。〔翠環等白〕下次再不敢了。〔柳青娘白〕也罷，看貂蟬分上，起來演樂。〔演樂科，白〕住了，《新水令》熟了麽？〔衆白〕還不熟。〔柳青娘白〕還不熟，終日做甚麽？好自在性兒！擺着演過去。《新水令》六工一六尺工一、五凡工四凡工六、凡六一、六尺一、四五凡工、四上合六工六。你們在此演樂，我去打睡，片時就來。老爺來時，好生吹打，不要連累我受氣。〔下。王允上，唱〕

【西地錦】草表初完未奏(韻)，花亭且聽歌謳(韻)。夫人上。婦隨夫唱意綢繆(韻)，丹鳳彩鸞佳偶(韻)。

〔見科，白〕相公萬福。〔王允白〕夫人到來。〔夫人白〕相公請坐。〔王允白〕夫人同坐。〔貂蟬白〕爹娘萬福。〔王允、夫人白〕孩兒少禮。〔王允白〕夫人，下官自從迎取聖駕至此，不覺又是三月天矣。〔夫人白〕相公連日不理朝綱，歸閑花下，其意如何？〔王允白〕董卓未到，政令内外大小，皆在下官。如今董卓已到，公卿下車迎迓，朝廷的鈞軸都讓與他掌管了。因此連日稍閑。〔夫人白〕相公你也曲節事他？〔王允白〕夫人豈知我的就裏。翠環進酒，貂蟬唱曲。〔貂蟬唱〕

【二郎神】朝雨後，看海棠，把胭脂溫透㊍。笑眷戀花心蝴蝶瘦㊍。繁花亭院㊐，春來錦簇香浮㊍。檀板金尊雙勸酒㊍。好風光怎生能彀㊍。〔合〕何必慕仙遊㊍，羨人間自有丹丘㊍。〔王允白〕貂蟬，這曲兒是新的舊的？〔貂蟬白〕老爺，是奴家胡謅的。〔王允白〕也虧你，我有玉連環，就將賞你。〔貂蟬白〕多謝老爺賞賜了。〔王允白〕花前歌舞且盤桓，國步艱難敢盡歡。〔夫人白〕朝夕焚香告天地，〔合〕願祈國泰與民安。〔下〕

第廿一齣　鞭督郵縣尉掛冠

〔旦扮糜氏、旦扮甘氏上，唱〕

【仙吕宫引・謁金門】功名事(韻)，暫展烹鮮小試(韻)。喜報功名來半紙(韻)，姊妹忻重侍(韻)。〔甘氏白〕妹子，一戰黄巾立大功，榮妻顯祖耀門風。〔糜氏白〕當初未遇遭艱苦，今喜泥中起困龍。〔甘氏白〕妹子，且喜夫君殺賊有功，除授安喜縣尉。到任已來，民安物阜，盜息時豐，官署安閒，真可以爲樂矣。〔糜氏白〕喜遇春光明媚，見後園花柳芳菲，與姐姐同去遊玩片時，意下如何？〔甘氏白〕何不請相公一同玩賞，多少是好。〔糜氏白〕相公來了。〔生扮劉備上，唱〕空有功勞拔幟(韻)，不遂平生豪志(韻)。雖是微身叨出仕(韻)，蒼生勤撫字(韻)。〔相見科。劉備白〕困龍昔日隱深淵，今喜初生見在田。〔甘氏、糜氏白〕頭角峥嵘宜大奮，行看直上九重天。相公你看，三月春光，鶯花新老，何不同到後園消遣一回，多少是好。〔劉備白〕夫人請。〔糜氏、甘氏唱〕

【仙吕宫曲・桂枝香】飛花成片(韻)，亂隨風展(韻)，直恁的流水韶華(句)，惜芳菲春光如線(韻)。看尋香粉蝶(句)，看尋香粉蝶(疊)，穿簾乳燕(韻)，向人流戀(韻)。〔合〕暫盤旋(韻)。惟願你兄弟成名器(句)，好佐炎劉

世澤傳(韻)。〔甘氏白〕相公爲何不樂？〔劉備白〕夫人，你提起兄弟兩字，使我愁緒交縈。你不曉得，我與二位兄弟呵，〔唱〕

【又一體】桃園設願(韻)，沙場酣戰(韻)，皆是他兩個奇勳(句)，到掙我一人榮顯(韻)。〔糜氏、甘氏白〕敢是他兩個有甚言語來？〔劉備唱〕他口雖不言(韻)，他口雖不言(疊)，〔糜氏、甘氏白〕敢是二位叔叔變面來？〔劉備唱〕他面亦不變(句)，心不含怨(韻)。〔合〕我憂煎(韻)，要咱花下耽清賞(句)，除是我三人同拜遷(韻)。〔净扮張飛上，白〕威鎮乾坤立大功，三人血染戰袍紅。長兄小試卑官職，説着教人氣滿胸。大哥退堂，不免進去。大哥那裏？〔劉備白〕這是三弟聲音。三弟，有何話説？〔張飛白〕二位嫂嫂拜揖。〔糜氏、甘氏白〕三叔萬福。〔張飛白〕大哥，你在此遊賞，不知上郡差一個甚麽督郵到此，察訪脚色，寫名有錢與他，保奏高遷，無錢與他，就歪纏擺佈。情實可惡。特來報與大哥知道。〔劉備白〕這個不妨，我自去見他。〔糜氏、甘氏白〕三叔也去看一看。〔張飛白〕二位嫂嫂不必吩咐，若惹着我老三，只是打他娘一頓。〔劉備白〕一官聊爾寄孤城，〔張飛白〕念及功高氣未平。〔糜氏、甘氏白〕若使督郵仍枉法，〔同白〕令人何以自爲情。〔下。雜扮手下，引丑扮魏明上，唱〕

【黄鐘宫正曲·賞宫花】官法侮人(韻)。愧吾儕性莫馴(韻)，畢竟貪財物(句)、愛金銀(韻)。〔合〕若是有人行賄賂(句)，管教屈者應時伸(韻)。〔白〕自家非別，督郵魏明是也。上郡差我查勘地方，只爲征剿黄巾，濫冒軍功，得受此職事之人。左右，這是甚麽處地方？〔手下白〕就是安喜縣了。〔魏明白〕這是安喜縣，怎麽不見官吏來接？〔雜扮庫吏上，白〕安喜縣庫吏迎接老爺。〔魏明白〕你是庫吏，我也不追究你。教我到那裏去？〔庫吏白〕賓館裏坐。〔魏明白〕知縣在那裏去了？〔庫吏白〕踏荒去了，即便回來。〔魏明白〕這庫吏多大，敢代本官迎接，你不是欺負我麽，該打！〔手下作打科。魏明白〕拿庫收數目，與我查檢。〔生扮劉備上，唱〕

【小石調引・宴蟠桃】佶大功勳(韻)，纔試牛刀(句)，除賊少攄忠藎(韻)。〔作見科。魏明白〕你是甚麽人？〔劉備白〕安喜縣尉。〔魏明白〕你出身是甚麽根基？〔劉備白〕漢景帝下中山靖王劉勝之後，姓劉名備字玄德，世居涿郡。〔魏明白〕那個問你王子王孫，你有何功，得受此職？〔劉備白〕爲破了黄巾，故此受職。〔魏明白〕哪你們這些些人兒，破得黄巾？〔劉備白〕我有兩個兄弟，有萬夫不當之勇。〔魏明白〕我曉得了。你扭捏别人功勳，以爲己功。你來哄誰？所言皆係荒唐。〔劉備唱〕

【仙吕宫正曲・風入松】中山奕葉漢王孫(韻)，〔魏明白〕你又説王孫！漢家歷代四百年天下，不知有多多少少子孫，那裏去查。〔劉備白〕爲親王兄弟親軍(韻)。〔魏明白〕有何功勳？〔劉備唱〕先征幽冀張角殞(韻)，救潁川遂破黄巾(韻)。〔合〕感皇德建功樹勳(韻)，纔受職及微臣(韻)。〔魏明白〕胡説！那張角他會與妖作法，自號天公將軍，争城戰野，無人抵敵。難道你三人就這等利害？〔唱〕

【又一體】那天公一似巨靈神(韻)，四方百萬黄巾(韻)。朝廷爲彼軍威損(韻)，你如何忘語驚人(韻)？〔合〕十常侍要千金萬銀(韻)，故遣我訪出身(韻)。〔白〕我曉得了，你詐稱皇親，虛捏功勳。朝廷如今正要沙汰你這官兒，見我不打罵你，佯爲不知，你出去。〔劉備虛下。魏明白〕叫庫吏來。〔庫吏白〕老爺，有。〔魏明白〕你快供你本官詐稱皇親，虛捏功勳，受何人財物？ 從實説來！〔庫吏白〕老爺，没有。劉老爺在此，只吃得安喜縣一口水。〔魏明白〕他是官兒！ 一條腿打攢起來。〔手下打科。净扮張飛上，唱科，白〕你爲何攢打我庫吏？〔魏明白〕你是甚麽人，擅撞衙門！ 叫皂隸拿那黑臉賊下去打。〔諢科。張飛白〕那個要三千兩金？〔魏明白〕十常侍要。〔張飛白〕你要多少？〔魏明白〕我只要一千兩。 没有，五百也罷，再少些也罷，三二百也使得。〔張飛白〕我有五分與你，不爲好漢！〔作打魏明科。張飛唱〕

【又一體】居官豈可負君恩(韻)，必須要忠義立身(韻)。廉勤務報朝廷本(韻)，方不負委質爲臣(韻)。〔合〕你這樣貪鄙小人(韻)，打斷你脊梁筋(韻)。〔魏明唱〕

【又一體】含悲忍辱拜將軍(韻)，望寬容息怒停嗔(韻)，弱人子畏聞雷震(韻)。〔張飛白〕金銀與你，你要不要？〔魏明唱〕再不敢需索金銀(韻)。〔合〕我薄命懸於此辰(韻)，求饒恕返家門(韻)。〔魏明下。劉備、關公上，白〕兄弟，上司差來一個人，你怎麽胡打他？ 没理。〔張飛白〕打死他怕怎麽！〔劉備白〕我與你此處住不得了，快些掛冠而去。〔關公、張飛白〕如今到那裏去纔好？〔劉備白〕竟奔代州叔父劉恢處暫避，再作道理。〔張飛白〕好好好，我三人快走罷。〔劉備白〕可恨奸雄用意深，〔關公、張飛白〕磨礲國士欲求金。〔劉備白〕早知今日是如此，〔同白〕悔不當初莫用心。〔下〕

第廿二齣　會虎牢驍騎傳檄

〔雜扮衆軍士，扮衛弘、樂進、李典，引净扮曹操上，同唱〕

【黄鐘宫正曲·出隊子】争王圖霸(韻)，須用張威露爪牙(韻)。奇謀陰蓄取官家(韻)。願得英雄都助咱(韻)。〔合〕集草屯糧(讀)，招軍買馬(韻)。〔白〕坐壓轅門日月間，男兒仗義敢辭艱。此行料不空回首，滿借神鋒斬虎關。下官曹操。如今董卓弄權，不能前進，居他之下，甚是惶愧。前日蒙王司徒贈寶劍一口，欲托進劍爲名，誅此國賊。豈料所謀不遂，只得逃出長安，另圖大舉。不免乘此機會，招集義兵，藏鋒蓄鋭，待時而動。殺了董卓，方遂吾願。軍士們！〔軍士白〕有！〔曹操白〕把招軍旂號扯起，但有投軍的，放他進來。〔軍士白〕扯起招軍旂號，但有四方英雄投軍的，都進來。〔衆扮八壯士，引夏侯淵、夏侯惇上，白〕大將登壇貴，三軍拔幟豪。龍雀鑄鐶鍔，常觀百辟刀。俺夏侯淵是也。俺夏侯惇是也。聞兄曹公招兵，討亂勤王，帶了壯士三千，特來相助。通報：有夏侯氏兄弟，特來投見。〔小校禀科。曹操白〕令進來。〔小校帶二將進科，白〕曹公在上，吾二人參見。〔曹操白〕汝二人何來？〔夏侯淵、夏侯惇白〕我二人聞仁兄招兵勤王，帶領壯士三千，前來相助。〔曹操白〕壯哉！此乃天助我。二員虎將，就命爲中軍守將之職。〔夏侯淵、夏侯惇白〕多謝曹公。〔衆扮八勇士，引曹仁、曹洪上，白〕豪氣平生壓腕刀，燕南俠客在知交。誰憐君有翻身術，解向秦宫殺趙高。俺曹仁是也。俺曹洪是也。聞兄勤王招兵，特來投見。小校通報：説有曹氏弟兄投見。〔小校禀科。曹操白〕令進來。〔小校虚白，帶進科。曹操白〕賢弟何來？〔曹仁、曹洪白〕兄長人雄之望，海内仰瞻，同胞共氣，家國所憑。〔曹操白〕賢弟請起。〔曹仁、曹洪白〕我二人帶兵一千，特來相助。〔曹操白〕妙嗄！曹氏門中有此英雄，何愁大事不成就。命爲中軍護尉將軍之職。〔曹仁、曹洪白〕多謝曹公。〔副扮許褚上，白〕鳥無定止，林深則栖。魚無定止，水深則趨。大哥通報一聲，我是投軍的。〔軍士白〕且住。待我通報。禀爺：有投軍的在外。〔曹操白〕令他進來。〔軍士白〕投軍的進。〔許褚白〕禀老爺，投軍的叩頭。〔曹操白〕你是投軍的？姓甚名誰？有甚本領？〔許褚白〕小人姓許名褚，把我本事説與老爺知道：行去岩前縛虎，怒時一吼如雷。彘肩斗酒始盈腮，不數鴻門樊噲。幾度曾衝敵寨，争鋒無奈饑來。拏將大漢當嬰孩，口饞只扯四塊。〔曹操白〕這厮身材壯健，猶如猛虎一般。軍士，與我上了招軍册籍，帳前聽用。〔軍士應科。許褚白〕多謝老爺。〔曹操白〕爾等到後面更衣者。〔衆將應下。曹操白〕妙嗄！我自招集義兵以來，四海英雄投之，紛紛如市。數月之間，謀臣霧集，戰將雲屯。文士彬彬，盡是經綸匡濟棟梁才；武臣糾糾，俱是超群武藝干城將。目下雄兵百萬，戰將千員，我不免遍傳羽檄，會集十八路刺史。共起勤王之師，殺入虎牢關，攻破長安，擒取董卓，方遂吾願，有何不可！軍士過來，你可露布各路刺史，共起義兵，誅殺董卓，在一月之内，虎牢關外會齊，不得有誤。〔軍士應科，下。衆將上，白〕衆將打恭。〔曹操白〕侍立兩傍。吩咐安排香按，祭告一番。〔衆應科。雜扮執纛人、雜扮禮生上。喝禮生上，喝禮科。同唱〕

【正宫集曲・傾盃玉芙蓉】播義施恩聚俊傑(韻)，虎帳香煙爇(韻)。惟願后土皇天(句)，過往神祇(句)，昭鑒微枕(句)，將漢室扶挾(韻)，從此去祛奸削佞把朝綱攝(韻)，拯急扶危我把半壁遮(韻)。〔衆拜科，同唱〕三山瀉(韻)，似河翻海決(韻)。覷奸雄(讀)，孤豚腐鼠自應滅(韻)。〔曹操白〕衆將聽吾號令！如今國家多事，奸佞弄權。我今大舉義旅，召慕英雄，戮力勤王，肅清宇宙。内除君側之奸，外靜風煙之寇。在我者披肝瀝膽，在爾者併力同心。聞鼓則進，聞金則退，毋得畏縮，首鼠兩端。如違吾令，斬首示衆。功成之後，分茅列土，蔭子封妻，決不食言。今乃黄道吉日，就此發炮，起兵前去。〔衆應科，同唱〕

【正宫正曲・朱奴兒】逐隊隊旌旂遍野(韻)，威凛凛鎗刀排設(韻)。馬到成功誰敢遮(韻)，擁貔貅千城兒罝(韻)。〔合〕蒼雕奮(句)，弓彎新月(韻)。管一箭把天狼射(韻)。

【尾聲】義聲先振軍威冽(韻)，殺氣横空神鬼嗟(韻)。有日定鼎長安，方顯英雄也(韻)。〔同下〕

第廿三齣　抱忠憤歃血勤王

〔雜扮四旗牌官上，白〕鐵騎穿城已不仁，奈何跋扈更無君。貽謀何進招災釁，各願同心斬賊臣。我等乃是祈郡侯、勃海太守袁明府麾下旗牌官是也。俺盟主老爺四世三公，門多故吏，推爲盟主。麾下文有田豐、審配，武有文醜、顔良。今日各路刺史，帶領軍馬多寡不等，有三萬者，有二萬者，文官武將，無鎮無人。那十八路刺史，個個擁雄師，好似桓公糾合；人人誇武藝，全憑盟主經綸。道猶未了，俺盟主老爺陞帳也。〔衆扮軍校、將官，净扮顔良、文醜，引外扮袁紹、末扮袁術、雜扮孔伷上，唱〕

【中吕調隻曲·粉蝶兒】義薄雲天㊀韻，只看俺義薄雲天㊀疊，擁朱輪國恩非淺㊀韻。〔雜扮韓馥、生扮王匡、末扮劉岱上，唱〕總六師借重諸賢㊀韻。〔生扮張邈、小生扮喬瑁上，生扮袁遺、副扮鮑信上，唱〕。贊皇猷㊀讀，安聖主㊀句，齊心方面㊀韻。〔生扮孔融、末扮張超、外扮陶謙、外扮馬騰上，唱〕今日個手握兵權㊀韻。〔生扮公孫瓚、净扮張揚、副净扮孫堅、净扮曹操上，唱〕露丹衷誓把那奸臣誅殄㊀韻。〔袁紹白〕下官袁紹是也。〔袁術白〕下官袁術是也。〔孔伷白〕下官孔伷是也。〔韓馥白〕下官韓馥是也。〔王匡白〕下官王匡是也。〔劉岱白〕下官劉岱是也。〔張邈白〕下官張邈是也。〔喬瑁白〕下官喬瑁是也。〔袁遺白〕下官袁遺是也。〔鮑信白〕下官鮑信是也。〔孔融白〕下官孔融是也。〔張超白〕下官張超是也。〔陶謙白〕下官陶謙是也。〔馬騰白〕下官馬騰是也。〔張揚白〕下官張揚是也。〔公孫瓚白〕下官公孫瓚是也。〔孫堅白〕下官孫堅是也。〔曹操白〕下官曹操是也。〔袁紹白〕列位大人！〔衆白〕盟主！〔袁紹白〕方今漢室不幸，賊臣董卓，乘釁縱害。紹以菲才，蒙衆位大人推戴，糾合義兵，同赴國難。幸衆位齊心戮力，以盡臣節。國有常刑，軍有紀律，各宜遵守，不可違犯。〔衆白〕盟主鈞令，敢不欽遵。〔袁紹白〕列位大人！〔同唱〕

【中呂宮正曲·好事近】秦祚自難延(韻)，到炎劉四百餘年(韻)。時衰靈獻(句)，致使那災祲疊現(韻)。〔袁紹唱〕跳梁董卓(句)，恣奸頑(讀)，國步多遷變(韻)。〔衆同唱合〕我勳臣歃血同盟(句)，與國家金甌重奠(韻)。〔雜扮報子白〕啟上盟主並各位大人：今董卓遣華雄出汜水關搦戰。〔袁紹白〕再去打聽。〔報子應，下。〕〔袁紹白〕衆位大人，今華雄搦戰，何人肯爲先鋒，禦敵取勝。〔孫堅白〕盟主大人只管放心，我孫堅雖不才，願爲先鋒，去戰華雄。我部下有祖茂、鮑忠二人，勇冠三軍，力能破敵。〔公孫瓚白〕盟主大人，下官幼年與劉備同學，見爲安喜縣令。他有兩個兄弟關公、張飛，他二人勇猛絶倫。用此二人，華雄不足慮也。〔袁紹白〕此二人見居何職？〔公孫瓚白〕馬步弓手。〔孫堅白〕公孫大人差矣。衆刺史之中，豈再無一人可用，乃用馬步弓手出陣，豈不爲敵人所笑乎？〔衆白〕這也説得是。〔袁紹白〕既如此，鮑忠、祖茂聽令。鮑忠可引一枝兵，打從小路逕去，先斬華雄。祖茂可引一枝兵，與文臺遥振聲勢，可守則守，可擒則擒。嗄，孫大人，你此去務在同心，不得有違軍令。〔孫堅白〕領鈞旨。帶馬，就此起兵前去。〔衆引下。袁紹白〕孫文臺去抵敵華雄，我等隨後移兵接應便了。〔衆白〕盟主大人言之有理。〔袁紹白〕衆將官，就此移兵前去。〔衆應科，同唱〕

【又一體】那黃巾(句)餘黨擾中原(韻)，逃亡死者堪憐(韻)。身填溝壑(句)，只飼得餓犬饑鳶(韻)。十存五六(句)，受流離(讀)，否極應回轉(韻)。〔合〕只指望芟惡除奸(句)，指日間救民殘喘(韻)。〔同下。衆扮小軍、雜扮鮑忠、雜扮祖茂，引孫堅上，同唱〕

【中呂宮正曲·太平令】如此荒年(韻)，尚自徵糧更積錢(韻)。〔合〕欺君誤國難饒免(韻)。急剪滅，各争先(韻)。〔孫堅白〕本帥孫堅是也。打聽得董賊特差華雄前來搦戰，吾在衆刺史面前，情願作爲先鋒，帶領祖茂、鮑忠二將，來此禦敵。大小三軍，用心殺上前去。〔衆應科，同唱〕

【黃鐘宮正曲·出隊子】兵如潮湧(韻)，糾合諸侯厲素衷(韻)。當先出馬顯英雄(韻)，正好疆場立大功(韻)。誰敢前來(讀)，把吾陣衝(韻)。〔衆同下，衆扮小軍，引净扮華雄上，同唱〕

【又一體】誇强張勇(韻)，董相先鋒名華雄(韻)。看人如狼虎馬如龍(韻)，旗似行雲刀似風(韻)。〔白〕威風熊虎勇，偉績冠群公。抑揚駕人傑，叱咤掩時雄。本帥華雄是也。俺生來面如噀血，天然就虎體狼腰。旅力猛猶如孟賁，武勇精不亞孫吴。彪像熊身，好似略地黃旛帥；豹頭猿背，儼如九天赤火星。正是雄威一代麒麟將，誓立千年不朽功。奉董太師將令，來此汜水關征勦各路刺史。大小三軍，即此殺上前去。〔衆應科，同唱合〕誰敢前來(讀)，把吾陣衝(韻)。〔衆小軍引鮑忠、祖茂、孫堅沖上。華雄白〕

來將何名？〔孫堅白〕吾乃長沙太守、烏程侯孫堅是也。汝是何人？〔華雄白〕吾乃董太師麾下大將華雄是也。〔孫堅白〕華雄，我看你也是員驍將，爲何在奸賊手下驅使？早早投降，共扶王室。〔華雄白〕休得胡説，看刀！〔戰科。孫堅敗下，鮑忠、祖茂接戰。華雄殺鮑忠，祖茂下。華雄白〕鮑、祖二將，被吾斬首，孫堅敗走。衆將官，與我追上前去。〔衆應科，同唱〕

【尾聲】鷹揚威武鏖兵衆(韻)，要顯吾儕志節雄(韻)，管取天山早掛弓(韻)。〔同下〕

第廿四齣　奮神威停杯斬將

〔衆扮小軍，引衆扮刺史、外扮袁紹上，唱〕

【南呂宮引·生查子】英偉氣軒昂(韻)，位列群臣上(韻)。〔衆唱〕長彗暗無光(韻)，叛賊應殂喪(韻)。〔袁紹白〕漢祚衰微，憑董卓刼遷車駕，恣猖狂。滔天罪惡難容恕，糾合群臣共滅强。下官袁紹是也。只因董卓弄權，與曹操糾合群臣，同集于此。昨日孫文臺爲先鋒，去拒華雄，不知勝負若何。且等孫文臺回營便知。〔衆小軍引曹操上，白〕群臣戮力除奸惡，扶漢興劉第一功。〔衆白〕曹大人到。〔曹操白〕盟府大人、列位大人，請了。〔袁紹、衆白〕孟德請了。〔曹操白〕昨聞孫文臺出軍不利，折挫軍馬，如何是好？〔袁紹白〕有這等事！且待回營，看他怎麽説。〔曹操白〕小校，孫大人來，即忙通報。〔副净扮孫堅上，唱〕

【又一體】二世守長沙(韻)，威武人驚怕(韻)。董卓起陰謀(句)，殄滅方干能(韻)。〔白〕下官孫堅是也。昨與華雄交戰，此人真個驍勇，若不是走的快，遲了一步，險些被他送了性命。我便先走了，還有祖茂、鮑忠這兩員驍將在那裏交戰，不知勝負若何，一定有些蹺蹊。將此戰敗一事，且瞞過各位刺史，再作道理。〔雜報科。孫堅見科。白〕盟府、列位大人拜揖。〔袁紹白〕文臺，昨日出軍，勝敗如何？〔孫堅白〕我不曾出戰，自有鮑忠、祖茂與他交戰。我恐大人有事，故此先來了。〔袁紹白〕文臺，那華雄猖狂日盛，聖主寢食不安，爲臣子者，豈可坐視不出？〔孫堅白〕董卓欺君罔上，刺史無不切齒，我孫堅恨不能速退此賊。奈兩次出軍，令兄袁公路不知主何意見，不肯賫發糧草，故此特告盟府。〔袁紹白〕若是如此，是吾弟之罪，吾當自責之，一并奉補。列位大人，華雄勇猛猖獗，如何是好？〔公孫瓚白〕昔日所薦劉備，還有兄弟二人，關公可拒華雄，張飛可敵吕布。前者被孫大人所言「我刺史中豈無人，用馬步弓手」？慢他一次，他已知道了，豈可再乎？〔袁紹白〕如今在那裏？〔公孫瓚白〕見在轅門首，未敢擅入。〔袁紹白〕請進相見。〔公孫瓚白〕請劉平原。〔卒白〕是。劉平原有請。〔生扮劉備、净扮關公、净扮張飛上，白〕高談百戰術，爵作丈夫行。〔劉備白〕二位賢弟少待，待我先進去。〔進科，白〕列位大人請上，待劉備拜見。〔袁紹白〕不勞。〔劉備拜科。袁紹白〕劉平原是漢室宗親，請坐。〔劉備白〕不敢。〔袁紹白〕你兩個義弟見在哪裏？〔劉備白〕見在轅門首，未蒙鈞旨，不敢進見。〔袁紹白〕快請進來。〔劉備白〕是。二位賢弟進去見刺史大人，小心些。〔關公、張飛白〕列位大人請上，待關某、張飛拜見。〔袁紹白〕好兩個漢子。〔孫堅白〕人物雖好，不知本事如何？〔袁紹白〕爾兄弟三人，同領三軍，去戰華雄，與國家出力乎？〔關公白〕賊將威勢重大，只怕不能敵也。〔孫堅白〕如何？我說道不須盟府大人費心，有我部下祖茂、鮑忠在彼交戰，必然取勝，就有人來報了。〔袁紹白〕既如此，劉平原初到，看酒來，

與平原接風。〔孫堅白〕我每只管吃酒，管取没事。〔衆同唱〕

【仙吕宫正曲·解三酲】領三軍保國立寨(韻)，約勳臣十八齊來(韻)。〔白〕董卓(唱)，笑伊空把心術壞(韻)，深辜負位三台(韻)。我這裏兵多將廣威力大(句)，他那裏將少兵稀勢必衰(韻)。〔合〕深堪怪(韻)，怪他郿塢(讀)，廣積錢財(韻)。〔雜扮報子上，白〕報。〔衆白〕報甚事？ 起來講。〔報子唱〕

【黄鐘宫正曲·滴溜子】征鼓響(句)，征鼓響(疊)，轅門始開(韻)。鑾鈴響，〔白〕鑾鈴響(疊)，旗軍報來(韻)。看華雄(讀)，威聲堪駭(韻)。鮑忠跨上馬(句)，剛剛離寨(韻)。〔孫堅白〕鮑忠怎麽樣了？〔報子唱〕合被賊一刀(讀)，命捐九垓(韻)。〔孫堅白〕那鮑忠被賊將斬了。〔袁紹白〕再去打聽。〔報子應，下。又雜扮一報子上，白〕報。〔衆白〕又報何事？ 起來講。〔報子唱〕

【又一體】賊兵進(句)，賊兵進(疊)，重將陳排(韻)。連聲喊(句)，連聲喊(疊)，漢兵出來(韻)。祖茂(讀)方出孫寨(韻)，兩邊兵始接(句)，孫兵復敗(韻)。〔孫堅白〕祖將軍怎麽樣了？〔報子唱合〕被賊一刀(讀)，命捐九垓(韻)。〔孫堅白〕祖茂也陣没了，可惜。〔袁紹白〕再去打聽。〔報子應，下。袁紹白〕可惜折了兩員大將。〔唱〕

【又一體】聞報到(句)，聞報到(疊)，吾軍兩敗(韻)。致營伍(句)，致營伍(疊)，人人驚駭。〔白〕再有誰人出馬？ 嗄，怎麽無人答應我？ 如今爲國舉人，若有勇將出馬，我袁紹跪送酒一杯。〔關公白〕盟府大人，關某前去擒拿這厮。〔袁紹白〕甚好！ 請此一杯，以壯行色。〔關公白〕盟府大人且將這一杯酒放在石欄杆上，待小將斬了那賊子來飲。〔孫堅白〕又説嘴了。〔袁紹白〕好。 軍校，放在石欄杆上，將軍小心在意。〔關公應,白〕帶馬。〔下。袁紹白〕列位大人,我等上高阜處,看關將軍與華雄交戰。〔作高處看科。唱〕壯哉(韻)! 關某氣概(韻)。一騎逞英才(句),英雄無賽(韻)。〔合〕只聽捷音(讀),探子報來(韻)。〔華雄、關公上,白〕賊子可認得某家?〔華雄曰〕許多上將,尚且不懼,何況爾小卒乎?〔殺介,作斬科。衆下高處。報子上,白〕報,一個紅臉將軍,手中提着一個首級來了。〔關公提首級上,唱〕

【尾聲】纔騎戰馬出營外(韻),何暇重將陣勢排(韻),斬將揚鞭報捷來(韻)。〔白〕華雄首級在此!〔袁紹白〕好! 真乃虎將也。〔孫堅白〕不知是真的,是假的?〔袁紹白〕我袁紹當跪送一杯。〔關公白〕關某怎敢消受!〔袁紹白〕一定要奉敬。〔關公白〕既如此,還將初斟那一杯酒來飲。〔雜白〕酒在此。〔袁紹接科,白〕你看杯酒未寒,賊將授首,好將軍也,請!〔關公白〕大人乃一鎮刺史之主,關某多多有罪了。〔飲科。袁紹白〕將軍破董卓第一功勞,吾當保奏各鎮書名。〔關公白〕關某乃劉平原部下馬弓手,有功還該保奏俺大哥。〔衆白〕此言尤可敬也。〔關公白〕不敢。〔衆白〕爲入稠人廣坐中,無能此際識英雄。男兒抱負終難隱,須記扶劉第一功。〔報子上,白〕報董卓聞知汜水關失守,華雄陣没,帶兵二十萬,攔住虎牢關,令吕布爲先鋒,特來報知。〔袁紹白〕再去打聽。〔報子應,下。袁紹曰〕誰人敢戰吕布?〔張飛白〕列位大人,憑着俺老張蛇矛丈八鎗、抱月烏騅馬,去擒吕布,打破虎牢關,拿住董卓,匡扶漢室。這差俺老張前去。〔孫堅白〕老三,你不濟灶灰擦了臉,有甚本事。比不得你二哥,若擒吕布,還是老孫去。要活的就是活的,要死的就是死的。〔張飛白〕既如此,我要活的。〔孫堅白〕就是活的。〔張飛白〕敢與我打一個掌？〔打掌科。孫堅白〕帶馬。〔衆引下。袁紹白〕衆位大人，我等一面攻破汜水關，王大人、公孫大人同劉平原三傑殺奔虎牢關，曹大人總握中軍事務，以爲諸路救應，不知衆位意下如何？〔曹操白〕下官不才，只怕不勝此任。〔袁紹白〕休得太謙。衆將官就此分兵前去。〔衆應科，各上馬。唱〕

【中呂宮正曲・太平令】董卓持權叶，聖主憂危遭播遷韻。〔合〕中宮都是遭凌賤韻。欺罔處，莫能言韻。〔下〕

第一齣　中軍帳探子宣威

〔雜扮衆卒、楊鳳，引生扮吕布上，唱〕

【仙吕調隻曲・點絳脣】手握兵符(韻)，闢當要路(韻)。張威武(韻)。虎視耽耽(句)，誰敢闢前過(叶)。

〔白〕自古安不忘危，治不忘亂。頗乃袁紹這厮，會合諸路刺史，前來侵犯。奉董太師之令，帶領三萬人馬，出虎牢關扎營。曾差能行探子，前去打聽，待他回來，便知分曉。〔雜扮探子上，白〕打聽軍情事，名爲夜不收。日間藏草内，黑夜過荒丘。自家能行探子是也，奉吕將軍之命，差我打探曹兵虛實。那曹兵甚是凶勇，須索回覆走遭也。〔唱〕

【黄鐘調套曲・醉花陰】虎嘯龍吟動天表(韻)，黑漫漫風雲亂攪(韻)。覷兵百萬逞英豪(韻)，唬得俺汗似湯澆(韻)。緊緊將芒鞋捎(韻)，密悄悄奔荒郊(韻)。聲喏轅門(讀)，〔白〕報探子回，〔唱〕聽小校説分曉(韻)。

〔吕布白〕探子，你回來了麽？〔探子白〕是。〔吕布白〕看你短甲隨身衲襖齊，曹兵未審意何如。兩脚猶如千里馬，肩上横擔令字旗。我着你打聽曹兵聲勢，如何？你喘息定了，慢慢的説來。〔探子唱〕請爺穩坐中軍帳，聽小校慢慢説來。〔唱〕

【黄鐘調套曲·喜遷鶯】打聽得各軍來到(韻)，打聽得各軍來到(疊)。展旌旗，將戰馬連鑣(韻)。週遭(韻)，鬧攘攘争先鼓噪(韻)。盡打着白旗旛，將義字兒標(韻)。聲聲道(韻)，肅宇宙斬除妖(韻)，奮威風掃蕩塵囂(韻)。〔吕布白〕白旗標姓字，各路合兵戎。屯營在何處？那個是先鋒？喘息定了，慢慢説來。〔探子唱〕

【黄鐘調套曲·出隊子】俺只見先鋒前導(韻)，猛張飛膽氣豪(韻)，却便似黑煞神(讀)降下碧雲霄(韻)。手執着點鋼鎗(讀)，丈八矛晃耀(韻)。怎當他光掣電鋒芒來纏繞(韻)。〔吕布白〕那張飛我也認得。他面如黑漆奔如飛，豹額虬髯相貌奇。挺挺身材長八尺，聲如霹靂喊如雷。跨下烏錐能捷戰，蛇矛丈八手中提。先鋒翼德非吾慮，後隊何人説與知。〔探子唱〕

【黄鐘調套曲·刮地風】後隊雲長氣勇驍(韻)，倒拖着偃月長刀(韻)。焰騰騰(讀)，驟馬紅纓罩(韻)，跳霜蹄突陣咆哮(韻)。劉玄德(讀)弓箭真奇妙(韻)，發一矢能射雙鵰(韻)。這壁廂(句)、那壁廂(句)，金鼓齊敲(韻)，天聲振星斗摇(韻)，地軸翻沸起波濤(韻)。中軍帳(讀)號令出曹操(韻)。他們掌三軍、展六韜(韻)，他們掌三軍、展六韜(疊)。〔吕布白〕那雲長我也認得。他面如重棗唇如硃，一雙鳳眼卧蠶眉。十圍腰大身一丈五，綹鬚長尺八餘。身騎驟馬紅纓罩，義結桃園永不移。能使青龍刀偃月，黄巾勦滅把名題。那玄德我也認得。他面如貫月七尺軀，龍眉鳳準世間稀。兩耳垂肩能自視，過膝雙手可稱奇。白袍素鎧銀鬃馬，箭射穿楊百步餘。玄德後裔非我慮，彼兵多少再言知。〔探子唱〕

【黄鐘調套曲·四門子】亂紛紛(讀)甲冑知多少(韻)，擺隊伍分旗號(韻)。步隊兒低(句)，馬隊兒高(韻)，把城池(讀)蟻聚蜂屯遶(韻)。左哨又攻(句)，右哨又挑(韻)。呀，滿乾坤風塵暗了(韻)。〔吕布白〕他那裏人馬雖多，俺這裏人馬也不少。待俺戴了疊珠嵌玉冠束髮，紫金鳳額雉尾插。大紅袍上繡團花，獸面吞頭連環甲。獅蠻寶帶現玲瓏，馬騁赤兔殺雜踏。手提畫桿方天戟，擋住咽喉把虎牢扎。〔探子唱〕

【黄鐘調套曲·古水仙子】忙忙的掛戰袍(韻)，忙忙的掛戰袍(疊)，吕將軍(讀)領兵須及早(韻)。快快快(格)，快騎駿馬走赤兔(讀)，持畫戟鬼哭神號(韻)。緊緊緊(格)，虎牢關緊守着(韻)。狠狠狠(格)，看群雄眼下生奸狡(韻)。蠢蠢蠢(格)，那群雄不日氣自消(韻)。嗜嗜嗜(格)，截住了關隘咽喉道(韻)。望望望(格)，望策應助神勞(韻)。〔吕布白〕探子你辛苦了，賞你一腔羊、一罎酒，免你一個月打差，去罷。〔探子白〕謝爺賞。〔唱〕

【煞尾】俺這裏得勝軍兵齊受犒(韻)，一個個都要展土分毫(韻)。吕將軍騎赤兔馬(讀)，破曹兵把名標(韻)。〔下。吕布白〕衆將官，就此前去迎敵。帶馬。〔衆帶馬遶場科〕

第二齣　虎牢關義師決勝

〔衆扮軍卒，引副净扮孫堅上，唱〕

【越調正曲・水底魚兒】奮武揚威(韻)，孤單欲勝誰(韻)。〔合〕看他今日(句)，定爲泉下鬼(韻)，定爲泉下鬼(疊)。〔衆引吕布上，唱〕

【又一體】擂鼓摇旗(韻)，刀鎗耀日暉(韻)。〔合〕聲聲吶喊(句)，人人耀武威(韻)，人人耀武威(疊)。〔吕布白〕來將何名？〔孫堅白〕吾乃烏程侯孫爺。〔吕布白〕甚麽烏程侯孫，無名小將。〔孫堅白〕來將何名？〔吕布白〕吾乃董粱王駕下温侯吕布是也。〔孫堅白〕我把你三姓家奴，敢來出馬！〔戰科，孫堅敗下。卒白〕孫堅走了。〔吕布白〕與我追上。〔同下。孫堅引衆敗，上，白〕那吕布看看來得緊了，怎麽好？眉頭一蹙，計上心來，我有一個計較在此。〔卒白〕甚麽計較？〔孫堅白〕前面有一個樹樁，做個金蟬脱殼之計。且把戰袍罩在樹枝頭，盔戴在樹上，走了罷。〔急下。吕布引衆上，白〕衆將官，不要走了孫堅。這厮做個金蟬脱殼之計走了。楊鳳，拿了孫堅頭盔，插在旗上，羞辱衆刺史。〔楊鳳應科。吕布白〕可笑長沙將，狂言把我欺。誰知臨陣上，做了鬪輸鷄。〔衆同下。衆軍校引王匡、喬瑁、鮑信、袁遺、孔融、張楊、

陶謙、公孫瓚，浄扮方悦、末扮穆順、浄扮武安國上，衆同唱〕

【越調正曲・水底魚】董卓專權(韻)，君王遭播遷(韻)。〔合〕中宫凌賤(韻)，欺罔莫能言(韻)，欺罔莫能言(疊)。〔衆白〕我等八路刺史，奉盟主之令，分兵迎敵，已差劉關張三人帶兵接應。你聽喊殺之聲，那吕布來也。〔衆引吕布上。八路刺史佈陣，四將分侍。吕布沖陣。方悦白〕來者莫非吕布？〔吕布白〕知吾名號，快快投降。〔戰科。刺方悦死，下。穆順接戰。刺穆順死，下。武安國持鎚戰。刺武安國手腕，敗下。八路刺史同戰，各分下。楊鳳上，白〕俺楊鳳奉温侯之將令，將這孫堅頭盔羞辱刺史去。衆刺史聽者，這是你家勇將孫堅之盔，被吕將軍挑得在此。〔張飛上，白〕拿來與我。〔楊鳳白〕你是什麽人？我怎麽與你？〔張飛白〕不與我，吃我一鎗。〔戳楊鳳，下。張飛拿盔科。衆小軍引劉備、關公上，唱〕

【又一體】萬馬奔馳(韻)，飄摇五彩旗(韻)。〔合〕人披盔甲(句)，腰插鳳翎鈚(韻)，腰插鳳翎鈚(疊)。〔張飛白〕大哥、二哥，這是孫堅頭盔，被我奪在此，拿到本營衆刺史面前，羞辱他去。〔劉備白〕衆將官，就此殺向前去。〔唱合前。吕布内白〕大小三軍，就此殺上前去。〔衆引吕布上。張飛白〕呀，〔唱〕

【越角隻曲・調笑令】門旗下交起(韻)，門旗下交起(疊)。〔戰科。吕布白〕來將通名。〔張飛笑科，白〕大哥、二哥，那廝與俺殺了半日，還不知張爺爺的姓名。〔唱〕他問俺姓甚名誰(韻)，呀(格)，俺是你吕布的爺爺張翼德(韻)。他戴一頂紫金冠，手持着方天畫戟(韻)，驟征鞍來往如飛(韻)。〔劉備殺科，唱〕雙股劍飛龍陣勢(韻)。〔關公殺科，唱〕三停刀虎向奔馳(韻)。〔張飛殺科，唱〕則某丈八矛與他没些面皮(韻)。趕向東來殺向西韻，殺得他手忙脚亂怎支持韻。來來來，敢沖破了七重圍韻。〔殺科。吕布、劉備、關公、張飛下。曹操上，白〕衆將官，踹破吕布營盤，違令梟首。〔衆引衆刺史上。許褚、夏侯惇、衆軍校對殺科。吕布軍敗下。吕布上，劉備、關公、張飛追上殺科。吕布白〕住了，三人戰一人，不爲好漢。〔張飛怒科，白〕誰要你兩個來，被吕布説了嘴去了。大哥、二哥，他道三人戰一人，不爲好漢，你二人退後，待我一人擒他便了。〔戰科。吕敗下。張飛挑吕布盔科。張飛笑科，白〕吕布的紫金冠，失落戰場，被俺挑在此了。〔曹操白〕好三位，就此追殺上去。〔劉備、關公、張飛應科，追下。吕布敗上，劉備、關公、張飛追上。吕布白〕開關。〔衆應，作開關科。吕布白〕衆將官，放箭，把虎牢關緊閉者。〔曹操白〕吕布敗進虎牢關，就此收兵回營。〔同下。衆卒引袁紹、衆刺史上，白〕將掛征袍馬上鞍，争鋒各自用機關。霸王迷失陰靈路，咫尺江東不敢還。〔報子上，白〕報報，那吕布被三位將軍戰敗，閉關不出。〔袁紹白〕得勝將軍回來，疾忙通報。〔報子應，下。衆小軍引八路刺史、劉備、關公、張飛上，白〕人稱吕布兼人勇，一戰魂消緊閉關。〔衆軍白〕衆將官得勝回營。〔八路刺史白〕列位大人。〔袁紹白〕衆位大人，請坐。〔關公、張飛白〕關某、張飛參見。〔衆白〕二位將軍免禮。張將軍手中是什麽東西？〔張飛白〕這是吕布的紫金冠，特來報功。〔衆刺史白〕兵交勝敵，馬到成功，賢昆玉果然名下無虚，另行陞賞。〔劉備、關公、張飛白〕不敢。〔孫堅上，白〕臨機須要算，就與下棋同。一着不到處，滿盤都是空。老孫若不做個金蟬脱殻之計走了，幾乎死在吕布之手，如今怎麽去見盟主？醜媳婦免不得見公婆。劉關張不在還好，若在，一發不好相見。小校，劉關張兄弟來了不曾？〔軍校白〕在裏面。〔孫堅白〕怎麽好？小校，我叫通報，纔可通報。〔小校應科。孫堅白〕不知張飛在那一隊，待我看一看。〔叫科，白〕老三。〔張飛作見科。孫堅白〕老三來。〔張飛白〕孫大人得勝回來了。〔孫堅白〕好將軍，我學你不得。我孫堅也是一員大將，今被吕布殺慌了些，望老三替我圓一圓慌。出來，一甑餅、一個大猪首、一埕老酒，與老三解驚。〔张飛白〕這個在我。〔孫堅白〕小校通報。〔小校報科。孫堅進見科，白〕列位大人請了，三位將軍請了。滿軍中只説好個劉關張，其次也到我老孫了。〔張飛白〕孫將軍，既然你勇，你與吕布交戰，怎麽倒教我受虧？〔孫堅白〕我出軍時並不曾見你，怎麽倒教你受虧？〔張飛白〕盟主、列位大人，他被吕布殺慌了，做個金蟬脱殻之計走了，被我搶得他的頭盔在此，你看。〔孫堅看科。張飛白〕這不是受虧麽。〔袁紹白〕孫文臺，我説那吕布有萬夫不當之勇，你務要與他相戰。若非劉關張賢昆季截殺，幾辱吾輩。〔曹操白〕不惟有辱吾輩，孫大人，你若没他兄弟三人來救，你的性命也是難保。彼今閉關不出，其興掃盡，我等軍威甚壯，亦賴玄德公賢昆玉之力也。〔劉備白〕一來聖天子之洪福，二來衆位大人之奇謀，愚兄弟何功之有。〔曹操白〕請賢昆仲到後營酒飯。〔劉備、關公、張飛下。曹操白〕列位大人，兵之行止，貴在神速，使敵人不可測度。若久霸不去，猶恐生變，不惟不能保百姓，而反遺之憂也。不如暫且收兵回去，以爲上策。〔衆白〕孟德言之有禮。〔袁紹白〕衆將官，就此班師回軍。〔衆應科，同唱〕

【雙調集曲·五馬摇金】進退乘機施智(韻)。戰三番，竟服輸(叶)。可笑兼人之勇(句)，力憊奔馳(韻)。殺得他虎牢關忙緊閉(韻)，俺便得勝回歸(韻)，奏凱旋師(叶)。暫且傍觀袖手(句)，待他蕭牆禍起(韻)，羽翼自離披(韻)。真個是玉壺傾石壘之趾(韻)。〔衆同下〕

第三齣　呂布私收束髮冠

〔雜扮董卓上，唱〕

【高大石調引・哭岐婆】兵戈前往韻，虎牢關上韻。慮他愚莽韻，不知趨向韻。〔合〕旌旗捷報杳茫茫韻，教人朝夕空懸望韻。〔白〕氣吹簷瓦非爲勇，手搗飛燕未爲能，仗劍入朝文武懼，直將天子令來行。我差呂布往虎牢關禦敵，連日未聞捷報，好生悶懷。〔雜扮報子上，白〕報！啟上太師，温侯得勝回府。〔董卓白〕温侯得勝回府，可喜，可喜！吩咐後堂排宴，報人明日領賞。〔報子謝科，下。衆扮小軍，引小生扮呂布上，唱〕

【越調引・霜天曉角】重關緊閉韻，任爾誇英鋭韻。不戰戒嚴壁壘韻，收兵暫且回歸韻。〔見科。董卓白〕我兒得勝回來了，可喜。〔呂布白〕太師請上，待呂布拜見。〔董卓白〕交戰辛苦，只行常禮罷。〔呂布白〕從命了。〔董卓白〕看坐。〔呂布白〕告坐了。〔董卓白〕我兒，你把交戰之事，説與我知道。〔呂布白〕布賴虎威，連戰退敵兵二陣，不意第三陣伏兵四起，劉關張等勇冠三軍，鋭氣正盛。布聞兵法有云避其鋭，擊其歸，爲此暫且收兵而回。〔董卓白〕好！好個避其鋭，擊其歸，是爲將者，正該如此。

吾當論功陞賞。〔呂布白〕多謝太師。〔董卓白〕我兒，你的金冠爲何不戴？〔呂布白〕呂布自知有罪。〔董卓白〕你是有功之人，有什麽罪？〔呂布白〕金冠失在戰場之内了。〔董卓白〕嗄！ 怎麽説金冠失在戰場之内，反説得勝回來，好惶恐，好惶恐！〔呂布白〕他深入重地，不能漕輓。 況且關道險阻，相持甚難。 料他不日兵自潰矣。〔董卓白〕雖然如此，無功而回，難以壓伏人心。〔呂布唱〕

【仙呂宮正曲・桂枝香】曹劉勇悍(叶)，連兵合戰(韻)。 從來鋭氣難當(句)，只得收兵暫轉(韻)。〔董卓白〕方纔那個來報的？〔卒應科。董卓唱〕你無功來獻(韻)，你無功來獻(疊)，還師何面(韻)！ 不應他又生機變(韻)。〔白〕呂布呂布，呸！ 人人説你有萬夫不當之勇，那劉關張三人還戰他不過，你的勇在那裏？〔唱合〕好羞慚！ 押空使方天戟(句)，笑你難尋束髮冠(叶)。〔雜扮院子，捧金冠上，白〕手捧紫金冠，投入温侯府。乞煩通報，説司徒王允，差院子送紫金冠與温侯爺的。〔雜白〕住着。 啟太師爺，王司徒差院子送紫金冠與温侯爺。〔董卓白〕收不收，教他自去打發。〔虚下。呂布白〕着他進來。〔雜白〕嗄，着你進來。〔院子白〕曉得，院子叩頭。〔呂布白〕起來，到此何幹？〔院子白〕家爺聞知温侯爺失了金冠，把明珠數顆嵌成一頂，特遣院子送來。〔呂布白〕我正失了金冠，多承你老爺送來，回去多多拜上，説我明日自來拜謝。〔院子白〕曉得。 口傳温侯命，回報俺爺知。〔下。董卓上，白〕呂布，我且問你，王司徒差人送什麽東西與你？〔呂布白〕送金冠與我。〔董卓白〕你受他不受？〔呂布白〕受了。〔董卓白〕你道他是好意是歹意？〔呂布白〕他好意送來，怎麽説是歹意？〔董卓冷笑科，白〕是好意？ 那王司徒乃奸詐之

人，他送金冠，明明嘲笑你。〔唱〕

【商調正曲·琥珀猫兒墜】在虎牢交戰（讀），失却紫金冠（叶）。回首堅城何見淺（韻），干戈重整防謀變（韻）。思算（叶），何須殺却曹劉關張（讀），方免後患（叶）。〔呂布唱〕

【尾聲】太師且把愁眉展（韻），我堅壁他怎生攻戰（韻）。論成敗總由天判（叶）。〔白〕勝敗兵家未可期，含羞忍耻是男兒。〔董卓白〕虎牢關險難攻擊，〔呂布白〕且自開懷莫皺眉。〔董卓白〕那個皺眉，你自己失了金冠，倒説我皺眉呣，羞也不羞！雖然如此，那王司徒老兒處，該謝他一聲。〔呂布不應科。董卓白〕嘎，〔呂布白〕是。〔董卓白〕是呣呣，做老子的説了你幾句，就是這等使性，後堂有宴。〔呂布不應科。董卓白〕呣，怎麼了？〔下。呂布白〕打道回府。〔衆應，走科。呂布白〕迴避了。〔衆應，下。呂布白〕可惱可惱！我就失了金冠，也不爲什麼大事，如何就在衆軍面前，把我這等羞辱！惱了我的性兒，我就——咳！正是：人情若比初相識，到底終無怨恨心。〔下〕

第四齣　貂蟬初試連環計

〔雜扮院子，引生扮王允上，唱〕

【南呂宮引・步蟾宮】今朝西閣開樽酒(韻)，那人怎識機彀(韻)。只知翠袖捧金甌(韻)，一經墮術難剖(韻)。〔白〕風花鬧引迷魂陣，錦繡粧成陷馬關。上智怎開金串鎖，搜神難解玉連環。下官欲致吕布來此，聞得他在陣上失了金冠，我將明珠數顆，嵌成金冠一頂，差人送去。他不勝之喜，説今日親自來謝。我不免備酒以待。院子過來。〔雜扮院子暗上，白〕有。〔王允白〕少間温侯來時，我留他後堂飲宴。飲酒中間，你連報幾次，説西府差人請我議事。我自有道理。〔院子白〕曉得。〔同下。衆扮小軍，引小生扮吕布上，唱〕

【又一體】柳營夜宿懸星斗(韻)，正朝廷無事之秋(韻)。英雄年少拜温侯(韻)，來謝司徒情厚(韻)。〔衆白〕温侯爺到了。〔院子上，白〕老爺有請。〔王允上，白〕怎麽説？〔院子白〕温侯到了。〔王允白〕快請。〔院子應科。王允白〕温侯請。〔吕布白〕司徒大人請。〔王允白〕老夫失於遠接，休得見罪。〔吕布白〕豈敢。大人請上，待小將拜謝。〔王允白〕老夫也有一拜。〔吕布白〕蒙賜金冠，壯我雄威，特來拜謝。〔王允白〕

微物拜瀆，何勞致謝，請坐。〔呂布白〕請。〔王允白〕近聞曹劉兵散，寔乃温侯之妙策。〔呂布白〕惶恐惶恐。〔王允白〕温侯禦敵遠勞，且喜凱旋。幸蒙枉顧，聊備小酌，與温侯洗塵。〔呂布白〕多謝大人。〔王允白〕看酒來。〔雜白〕有酒。〔王允定席科。呂布白〕小將乃相府將佐，司徒係朝廷大臣，過蒙錯愛，焉敢僭越。〔王允白〕説那裏話。方今天下，别無英雄，惟有將軍一人耳。允非敬將軍之職，乃敬將軍之才耳。〔呂布白〕忒過獎了。〔王允定席畢科。同唱〕

【黄鐘宫正曲·畫眉序】美酒泛金甌(韻)，小集華堂洗塵垢(韻)。喜雄兵星散(讀)，高出奇謀(韻)。據虎關氣吐虹霓(句)，標麟閣名垂宇宙(韻)。〔合〕洞天深處同歡笑(句)，直飲到月明時候(韻)。〔院子白〕啓爺，衆將官的飯，已齊備了。〔王允白〕温侯，衆將有一飡小飯，請出軍令。〔呂布白〕多謝大人費心，衆將過來。〔衆白〕有。〔呂布白〕謝了王老爺。〔衆白〕嘎，謝王老爺賜飯。〔王允白〕起來，引到前廳酒飯。〔衆白〕嘎。〔院子領衆下。王允白〕請問温侯，前日虎牢關交戰，老夫願聞其詳。〔呂布白〕大人聽稟。〔唱〕

【又一體】三戰怯曹、劉(韻)。莫笑收兵落人後(韻)，把邊疆固守(讀)，高擁貔貅(韻)。〔白〕大人，不是小將誇口，前日在虎牢關上，殺得那十八路刺史呵，〔唱〕看拔寨席捲囊收(句)，盡倒戈雲奔電走(韻)。〔同唱合〕洞天深處同歡笑(句)，直飲到月明時候(韻)。〔院子暗上，白〕住着。啓爺，西府差人請老爺議事。〔王允白〕曉得了，説我就來。〔院子應，下。呂布白〕司徒，告辭了。〔王允白〕酒還未飲，請坐。請問温侯，前日送來金冠，可製度的好麽？〔呂布白〕甚是美製，勝似我舊時戴的。不知甚麽良工所製？〔王允白〕良工所製，什麼稀罕。老夫前日，與老荆閒坐中堂，小女就站在旁邊，正在道及温侯虎牢關失却紫金冠——呸！失言了不是。嗄，也是一時之錯。那時小女走近，前來説道：爹爹，待孩兒製度一頂送去罷。那時老夫道：嘎嘎，你是個女孩家，曉得什麼。你製度的，未必温侯中意嘎。〔呂布白〕嘎，是令愛小姐所製，天下有這等聰明智慧的？〔王允白〕女工是他的本等，又且喜於音律。待下官喚出小女，來奉温侯一杯酒。〔呂布白〕這個——何敢當此。〔王允白〕叫翠環扶侍小姐出來。〔雜應，傳科。丑扮翠環、小旦扮貂蟬上，唱〕

【又一體】粧罷下紅樓(韻)。笑拆花枝在纖手(韻)，惹偷香粉蝶(讀)，飛上釵頭(韻)。〔翠環白〕老爺，小姐來哉。〔貂蟬白〕爹爹。〔王允白〕過來，見了温侯。〔貂蟬見科。呂布白〕小姐。〔王允白〕我兒，唱一曲，奉温侯一杯酒。〔呂布白〕豈敢。〔貂蟬唱〕捧霞觴琥珀光浮(韻)，敲象板宫商節奏(韻)。〔唱合〕洞天深處同歡笑(句)，直飲到月明時候(韻)。〔院子上，白〕有事忙傳報，低聲入畫堂。稟老爺，西府有人在外面，請老爺議機密事。〔王允白〕西府有人請我議機密事。〔翠環白〕啐，小姐拉裏，還勿走來。〔呂布白〕司徒，什麼機密事。〔王允白〕嘎，就是令尊大人要我去議事。我若去了，温侯在此没人奉陪，我若不去，又違了太師，怎麼處？〔呂布白〕小將告辭了。〔王允白〕豈有此理。酒還未飲，怎麼就去？就是令尊大人那裏，諒也不多幾句話，老夫去去就來。只是去了無人奉陪，事在兩難，怎麼處？嘎，有了。我兒，你在此奉敬温侯一杯，我去就來。〔呂布白〕這却怎敢？〔王允白〕温侯是通家，何妨。〔走科。貂蟬隨走，呂布白〕司徒。〔翠環白〕老爺，小姐像是怕面光了。〔王允白〕温侯，我家小女害羞，隨了老夫就走。這原是老夫不是，待我先吃個告罪杯。〔吃科〕阿呀，酒寒了。翠環，快换煖酒伺候。〔翠環應，下。王允白〕温侯，失陪了，請了。〔吕布白〕請便。〔王允下。貂蟬白〕温侯請一杯，待奴家再歌一曲(唱)。〔合〕洞天深處同歡笑(句)，直飲到月明時候(韻)。〔吕布白〕妙嘎，唱得好，此乃詞出佳人口。請問小姐，方纔令尊説金冠是小姐製造的麽？〔貂蟬白〕正是，只是不佳。〔吕布白〕妙得緊！可愛小姐，可識字麽？〔貂蟬白〕識得不深。〔吕布白〕女兒家，不深倒好。〔貂蟬笑科。吕布白〕小姐青春多少了？〔貂蟬白〕一十八歲。〔吕布白〕曾適人否？〔貂蟬白〕還未。〔吕布白〕小姐青春十八，爲何錯過佳期？〔貂蟬白〕温侯，《易經》有云：遲歸終吉。〔吕布白〕小姐但曉得遲歸終吉，那曉得《詩經》云：窈窕淑女，君子好逑。〔貂蟬白〕温侯言及至此，使奴家肺腑洞然。温侯若未曾娶妻，奴家願侍巾櫛。〔吕布白〕小將實未曾娶妻。〔貂蟬白〕既然如此，何不央人與我爹爹説合？〔吕布白〕多蒙小姐厚意，小將先把鳳頭簪爲記便了。〔貂蟬白〕妾聞投之以木桃，報之以瓊瑶。既蒙温侯先把鳳頭簪爲記，奴家豈無回答？就將玉連環爲贈。〔吕布白〕多謝小姐，小將有一拜。〔貂蟬白〕奴家也有一拜。〔同唱〕

【黄鐘宫正曲・滴溜子】連環結(句)，連環結(疊)，同心共守(韻)。〔貂蟬唱〕鳳頭簪(句)，鳳頭簪(疊)，雙飛並偶(韻)。密意(讀)深情相媾(韻)。調和琴瑟絃(句)，休亭素手(韻)。〔合〕海誓山盟(讀)，天長地久(韻)。〔王允暗上，作撞見怒科。貂蟬下，王允白〕阿呀，罷了！嘎，罷了！〔唱〕

【又一體】男共女(句)，男共女(疊)，立不接肘(韻)。怎生的(句)，怎生的(疊)，並肩攜手(韻)。〔白〕我女兒呵，〔唱〕是荳蔻(讀)含香包秀(韻)。休猜牆外枝(句)，章臺路柳(韻)。〔白〕這妮子跪着(唱)。〔合〕可怪當場(讀)，出乖露醜(韻)。〔白〕温侯，你是世上奇男子、人間大丈夫，如何行此苟且之事？我好意喚小女出來奉酒，如何戲謔他？這是明明是欺壓老夫，是何道理？氣死我也！〔呂布作醉科，白〕呂布酒醉，一時錯亂，非敢無禮，望乞恕罪。〔呂布半跪科。王允白〕請起，你也忒醉了些不是？嘎，你是個男子漢大丈夫，行此苟且，却不壞了你一生的行止？你若看得這妮子中意，就明對老夫説，下官豈惜一女子。我從幼與他算命，説他日後富貴無極。我看你燕額虎頭，封侯萬里，若不嫌小女貌醜，願操箕箒，終身之托，吾無憂矣。今日我就許了你，擇一吉日，備了粧奩，送到董府成親便了。〔呂布白〕司徒大人，不可戲言。〔王允白〕決不戲言。〔呂布白〕幾時送到府中來？〔王允白〕今日是十三。〔呂布白〕就是今日罷。〔王允白〕那裏來得及？明日十四是個月忌。〔呂布白〕就是月忌也不妨。〔王允白〕豈有此理。嘎，後日十五日，乃是團圓之夜，老夫親送小女到府成親便了。〔呂布白〕得成鸞鳳之交，願效犬馬之報。岳父大人請上，受小婿一拜。〔王允白〕不消温侯。〔同唱〕

【黄鐘宫正曲·雙聲子】拿雲手(韻)，拿雲手(疊)，番做了偷香手(韻)。洗塵酒(韻)，洗塵酒(疊)，到做了合歡酒(韻)。開笑口(韻)，笙歌奏(韻)。〔合〕看乘龍佳婿(讀)，喜氣盈眸(韻)。

【尾聲】天緣兩地誇輻輳(韻)，佳期准擬在中秋(韻)，月正團圓照綵樓(韻)。〔王允白〕指日門闌喜氣濃，中秋佳婿近乘龍。〔吕布白〕有緣千里來相會，無緣對面不相逢。岳父大人，不可失信，請了。〔别下。王允白〕院子過來。〔院子白〕有。〔王允白〕聽我吩咐。你持我帖兒，明日請太師飲宴，説庭前丹桂盛開，敬備小酌，請太師賞玩，伏乞俯臨，就去。〔院子白〕曉得。〔下。王允白〕連環施巧計，麗色感奸臣。〔下〕

第五齣　貪美色中計納姬

〔雜扮堂候上，白〕翠幙銀屏列綺羅，洞房深處擁嫦娥。華堂今日排佳宴，迎迓天仙出絳河。我們乃董太師府中堂候是也。昨日王司徒請我太師飲宴，不想席間喚出他女兒貂蟬出來侑酒。那貂蟬十分美貌，俺太師甚是歡喜。那王允老頭兒却也知趣，更把貂蟬小姐送與太師爲妾。今日着我們準備鼓樂鸞輿前去迎接。不免喚齊衆人，即便前去。正是：司徒附勢趨承奉，却不到老籐纏住嫩花枝。〔下。生扮王允上，唱〕

【黄鐘宫引·玩仙燈】計設連環(叶)，其中誰識機關(叶)。安排着今宵合巹(句)，天假良緣(韻)。〔丑扮翠環，隨老旦扮梁氏上，唱〕正中秋桂魄高懸(韻)，人共月恰喜團圓(韻)。〔見科，白〕相公。〔王允白〕夫人請坐。夫人，我今日孩兒到董府去，粧奩可曾完備麽？〔梁氏白〕粧奩都已完備。相公，今日孩兒到董府去，倘吕布也在府中，如何是好？〔王允白〕八月十五，輪該他值禁。我聞得太師又差他往虎牢關上收斂軍馬去了。就是今日回來，也是遲了。〔梁氏白〕倘吕布虎牢關上回來，怎麽處？〔王允白〕夫人，不須掛慮，我已籌之熟矣。翠環，請小姐出來。〔翠環白〕小姐，有請。〔小旦扮貂蟬上，唱〕

【商調引・意遲遲】心事如麻都打疊(韻)，休對傍人説(韻)。〔白〕老爺、夫人萬福。〔王允白〕貂蟬，今日送你到董府，做爹爹的話你須記。〔貂蟬白〕孩兒謹記在心，不用叮嚀。〔梁氏白〕我看貂蟬聰明決烈，事必有成。〔王允白〕但願如此。　翠環伏侍小姐梳粧，帶了翠冠兒。〔翠環白〕曉得。　小姐，戴了翠冠兒。〔貂蟬白〕這不是翠冠兒。〔翠環白〕是奢個？〔貂蟬唱〕

【商調正曲・山坡羊】翠冠兒(讀)，是鐵兜矛誰人能見(韻)。〔王允白〕你穿上那紫緋袍。〔貂蟬白〕這紫緋袍(讀)，是金鎖鎧誰人能辨(韻)。〔梁氏白〕我與你把金釵寶簪都安排停當了。〔貂蟬唱〕排兩行(讀)金釵寶簪(句)，看將來(讀)總是鎗和劍(押)。〔翠環白〕小姐，八雲環彎了些。〔貂蟬唱〕八雲環(叶)分明是九里山(叶)，鈿蟬也是弓和箭(韻)，有智難知(韻)中間機變(韻)。〔合〕羞慚(押)，教奴家難上難(叶)。　留連(韻)，當昭君出塞邊(韻)。

〔王允、梁氏唱〕

【越調正曲・憶多嬌】將拜別(韻)，休淚血(韻)，生怕爹行心似鐵(韻)，九曲柔腸千萬結(韻)。〔同唱合〕離情慘切(韻)，離情慘切(疊)，涕淚西風哽咽(韻)。

【越調正曲・鬬黑麻】你去東畔留情(讀)，西邊掉舌(韻)。　不是義結朱陳(讀)，要他仇分吳越(韻)。　使他們(句)如火烈(韻)。　這等機關(讀)，萬無漏泄(韻)。〔同唱合〕因伊冤孽(韻)，要他取亡滅(韻)。　禍起蕭牆(句)，禍起蕭牆(疊)，冰消瓦裂(韻)。〔雜扮樂人、院子、侍女、轎夫吹打上，堂候白〕有人麼？〔雜扮院子上，白〕什麼人？〔堂候白〕奉太師鈞旨，來迎娶小姐的。〔院子白〕住着。　禀爺，董府花轎到門，請小姐上轎。〔貂蟬白〕老爺、

夫人請上，孩兒就此拜別。〔唱〕

【南呂宮引·哭相思】莫惜微軀探虎穴(韻)，只愁難得成功業(韻)。〔王允唱〕料不是爹行(讀)，將伊抛撇(韻)。霎時不忍成分別(韻)。〔院子白〕打轎上來。〔衆應科。王允、梁氏、翠環同送貂蟬上轎科。王允、梁氏、院子、翠環同下。樂人吹打，衆遶場走科。同唱〕

【雙調正曲·柳摇金】鸞輿朱幌(韻)，鳳冠繡裳(韻)，花燭照輝煌(韻)。强笑迎人意(句)，悲歌斷妾腸(韻)。準備着朝雲暮雨(句)，好夢傳襄王(韻)。看梅花弄影(句)，風月歡場(韻)。〔合〕艷飾濃粧(句)，濃粧艷飾(韻)。艷飾濃粧(疊)，争羡新人模樣(韻)。〔吹打衆下。浄扮董卓上，唱〕

【雙調正曲·普賢歌】王家有女貌傾城(叶)，歌舞當筵妙入神(韻)。從教鐵石人(韻)，一見也留情(叶)，〔合〕意馬心猿都被引(韻)。〔白〕管家婆那裏？〔管家婆上，白〕忽聽堂前呼老嫗，疾忙移步應聲頻。太師，管家婆叩頭。〔董卓白〕起來。今夕中秋節，團圓好明月。司徒送女來，與我爲侍妾。後堂忙傳報，早把華筵設。那王司徒送貂蟬小姐到府，可曾安排使女迎接麽？〔管家婆白〕早已安排了，待我唤他們出來。使女們走動。〔内應科。衆扮使女上，白〕舞低楊柳樓頭月，歌罷桃花扇底風。使女們叩頭。〔董卓白〕起來。〔管家婆白〕請問太師，那貂蟬小姐可曾見來？〔董卓白〕我已見來。〔管家婆白〕他把什麽筵宴款待？〔董卓白〕他昨日請我去呵，〔唱〕

【中吕宫正曲·好事近】開宴出紅粧(韻)，論姿色絶世無雙(韻)。温柔嬝娜(句)，花前解語生香(韻)。〔管家婆白〕如此，把什麼比他？〔董卓唱〕把奇珍比方(韻)，似珊瑚(讀)初出滄溟網(韻)。〔管家婆白〕太師可喜，又有一個鋪床疊被的來了。〔董卓唱合〕但侍我勸酒持觴(句)，怎教他疊被鋪床(韻)。〔管家婆白〕呀，外邊鼓樂聲響，想是來了，我們大家出去迎接。〔樂人、堂候、侍女、轎夫擁貂蟬上，同唱〕

【仙呂宮正曲・不是路】一路輝煌(韻)，滿地紗燈奪月光(韻)。笙歌響(韻)聲聲慢唱賀新郎(韻)。〔侍女白〕新人到了。〔衆同唱〕響叮噹(韻)，湘裙環珮鳴聲響(韻)，迎迓天仙入洞房(韻)。〔扶貂蟬出轎。轎夫下。董卓唱〕銷金帳(韻)，相攜共飲葡萄釀(韻)。淺斟低唱(韻)，淺斟低唱(疊)。〔樂人白〕樂人叩頭。〔董卓白〕幾百名在此？〔雜樂人白〕二百名。〔董卓白〕每人賞個元寶。〔樂人白〕謝太師爺賞。〔樂人、堂候同下。侍女白〕侍女們叩頭。〔董卓白〕幾十名在此？〔侍女白〕二十名在此。〔董卓白〕每人賞他一把金豆。〔侍女白〕多謝太師爺。〔董卓白〕掌燈，送入洞房。〔衆應科，同唱〕

【仙呂宮正曲・掉角兒序】浸樓臺瑶天月上(韻)，喜嫦娥早從天降(韻)。步香塵羅襪輕盈(句)，蹙金蓮絳裙飄蕩(韻)。翠眉纖(讀)，秋波瑩(句)，内家粧(讀)，嬌模樣(句)，魂魄飛揚(韻)。〔合〕兩情歡暢(韻)，和鳴鳳凰(韻)。休傳報(句)，漏催五鼓(讀)，鷄聲三唱(韻)。

【尾聲】攜雲握雨同歡暢(韻)，倒鳳顛鸞樂未央(韻)，直睡到紅日曈曈上鎖窗(韻)。〔同下〕

第六齣　戀私情爭鋒擲戟

〔雜扮四家丁，引小生扮呂布上，白〕罷了，罷了。〔唱〕

【仙呂宮正曲·六幺令】心中懊惱(韻)，這其間做得蹊蹺(韻)。鵲鴞僭了鳳凰巢(韻)。迷楚岫(句)，斷藍橋(韻)。〔白〕叵耐王允這老賊，前日已將貂蟬許我爲妻，反獻董卓，使我不勝氣憤，今日特到他家問個端的。家丁每，快走。〔唱合〕騰騰火起祆神廟(韻)，騰騰火起祆神廟(疊)。〔家丁白〕這裏是了。〔呂布白〕叫門。〔家丁白〕開門。〔雜扮院手上，白〕是那個？〔家丁白〕呂温侯在此。〔院子白〕少待，老爺有請。〔生扮王允上，白〕襄王已熟陽臺夢，神女應傾雲雨情。〔院子白〕呂温侯在外。〔土允白〕説我出來。院子應科。〔王允白〕温侯請。〔呂布白〕咳，請什麽！你好没理嘎，前日已將貂蟬許我爲妻，如何又送與太師爲妾，豈是人之所爲？人而無信，禽獸不若。〔王允白〕温侯且息怒，老夫因爲此事，惱得幾死。老夫平日所爲之事，未常有不可對人言者，亦未曾失信於人。前日自許温侯之後，心甚喜悦，以爲小女所歸得人。令尊大人昨日來議天下大事。議畢之後，説及小女許嫁温侯，令尊十分之喜，説令愛過門，當開筵以待。老夫不合喚小女出來，拜了公公。蒙令尊賞金一錠。等至元宵佳節夜，合當送到温侯府中成親。令尊説我與他父子之情，送到我府中，與他洞房花燭，是一樣的。今日如期送來，不料温侯未回，誰想令尊邀入府中，强納爲妾，非老夫之罪也。〔呂布白〕嘎，原來如此！咳，可恨！這老賊，不念父子之情，奪我夫妻之愛。如此説，倒錯怪了你，容當請罪。司徒，〔唱〕

【仙呂宫正曲·玉胞肚】你的言猶在耳(句)，以貂蟬許我爲妻(韻)。爲官差錯過佳期(韻)，這良緣是禍胎胚(韻)。綏綏狐行豈人爲(韻)，不管傍人講是非(韻)。〔王允唱〕

【又一體】教人怒起(韻)，見嬌娃心動意移(韻)。全不顧父子人倫(句)，恁胡行不畏人知(韻)。〔白〕想我小女此時呵，〔唱〕無端懊恨淚雙垂(韻)，舡到江心補漏遲(韻)。〔呂布白〕司徒，小將告辭了。〔王允白〕往那裏去？〔呂布白〕即往府中，潛入後堂，打聽小姐消息。〔王允白〕甚好。〔呂布白〕老賊無端占我妻，〔王允白〕鵰鶚强與鳳凰栖。〔呂布白〕要將我語和他倫，〔王允白〕温侯，你免被傍人講是非。〔分下。小旦扮貂蟬上，唱〕

【仙呂宫引·探春令】一嚬一笑總關情(韻)，暗算誰能省(韻)。似棋邊(讀)，袖手看輸贏(韻)。車共馬，空馳騁(韻)。〔白〕這幾日太師身子勞倦，不時高卧。適來且喜又睡着了，且往後花園閒步一回，少舒悶懷，多少是好。此間是鳳儀亭了，待奴家口占一詞。嗟哉鳳儀亭，四遶梧桐樹。鳳凰不見來，烏雀日成隊。〔呂布内嗽科。貂蟬白〕呀，那來的好似温侯，我且躲在亭子後，待他來時，我把言語打動他便了。〔下。呂布上，白〕偶來鳳儀亭，悶把欄干倚。欲採芙蓉花，可憐隔秋水。你看亭子後邊，好似貂

蟬，我且躲在太湖石畔，聽他説些甚麽來。〔下。貂蟬上，唱〕

【雙調正曲・鎖南枝】奴薄命(句)，淚暗流(韻)，無媒徑路羞錯走(韻)，勉强侍衾裯(韻)。見人還自醜(韻)，歎沈溺(句)，誰援救(韻)。我欲見温侯(韻)，〔白〕阿呀，温侯嘎，〔唱〕怎能勾(韻)。〔呂布上，唱〕

【又一體】青青柳(韻)，嬌又柔(韻)，一枝已折在他人手(韻)，把往事付東流(韻)。良緣嘆非偶(韻)。簪可惜(句)，雙鳳頭(韻)，玉連環(句)，空在手(韻)。〔見科。貂蟬白〕温侯，你好負心也。〔呂布白〕是你爹爹失信，將你送與太師，怎麽到説我負心？〔貂蟬白〕天嘎，中秋夜，我爹爹送奴與温侯成親，不知你那裏去了，乃見狂且。〔呂布白〕狂且是誰？〔貂蟬白〕就是太師。〔呂布白〕太師便怎麽？〔貂蟬白〕他起不仁之心，將奴家邀入府中淫污，恨不得一死。今日得見温侯，死亦瞑目矣。〔呂布白〕嘎，司徒之言，與小姐無二，但未知小姐意下如何？〔貂蟬白〕有死而已，願從温侯。〔呂布白〕咳，只恨我關上來遲了。〔唱〕

【仙呂宫正曲・红衲襖】只指望上秦樓吹鳳簫(韻)，却緣何抱琵琶彈别調(韻)。香褪了含宿雨梨花貌(韻)，帶寬了舞東風楊柳腰(韻)。不能勾畫春山眉黛巧(韻)，羞見你轉秋波顔色嬌(韻)。早知道相見難爲情思(句)也(格)，何不當初不見高(韻)。〔貂蟬唱〕

【又一體】你只圖虎牢關功業高(韻)，頓忘了鳳頭簪恩義好(韻)。同心帶(讀)，急攘攘被他扯斷了(韻)；玉連環(讀)，屹峥峥想已搥碎了(韻)。〔呂布白〕你好生伏侍太師去罷。〔貂蟬唱〕我若不與温侯同到老(韻)，就死在池中恨怎消(韻)。〔呂布白〕我今生不得你爲妻，非蓋世之英雄也。〔貂蟬白〕温侯請上，受奴一拜。〔呂布白〕小將也有一拜。〔拜科。貂蟬唱〕你若念夫妻情意(句)也(格)，把我屍骸覆草茅(韻)。〔董卓內白叫，貂蟬急走下。净扮董卓上，白〕不要跪，慢慢走。〔見科〕嘎，你你你是呂布？〔呂布白〕是呂布。〔董卓白〕你不在虎牢關上理正事，反在鳳儀亭上戲我愛姬，是何道理？反了！反了！〔呂布白〕王司徒已將貂蟬許我爲妻，被你强納爲妾，反説我戲你的愛姬！〔董卓白〕倒是我强佔你的，我把你這畜生！〔呂布白〕老賊！〔董卓白〕呀呸！〔唱〕

【中呂宫正曲·撲燈蛾】你潛身鳳儀亭(韻)，你潛身鳳儀亭(疊)，將我愛姬來調引(叶)。巧弄如簧舌(句)，禮義全不思忖(句)也(格)，做出這般行徑(韻)。〔白〕畜生！我與你什麽相稱？〔呂布白〕不過是父子罷了。〔董卓白〕可又來！〔唱〕你既稱父子昧彝倫(叶)，〔合〕頓教人心中發忿(叶)。難消恨(讀)，把方天畫戟擲下了殘生！(韻)〔呂布白〕

【又一體】錦屏多玉人(叶)，錦屏多玉人(疊)，珠翠相輝映(韻)。瑣瑣裙釵女(句)，何必欺心謀占(句)也(格)。〔董卓白〕倒説我謀占。〔笑科。呂布白〕老賊嘎！〔唱〕休得要笑中藏刀(叶)，使我百年夫婦割恩情(韻)。〔合〕頓教人心中發忿(叶)，難消恨(讀)，把方天畫戟擲下了殘生(韻)。〔與董卓奪戟科，跌。呂布下。外扮李儒上，白〕不要動手。〔李儒、董卓各跌科。董卓白〕李儒，拿刀來。〔李儒白〕主公，是我。〔董卓白〕李儒，拿刀來。〔李儒白〕主公，是李儒。〔董卓白〕我打死你這畜生！李儒，快拿刀來。〔李儒白〕主公，李儒在底下。〔董卓白〕罷了罷了！反了反了！〔李儒白〕主公，爲何這等大怒？〔董卓白〕就是那呂——〔李儒白〕呂什麽？〔董卓白〕就是那吕布。〔李儒白〕主公，那吕布怎麽樣？〔董卓白〕他不在虎牢關上理正事，反在鳳儀亭上戲我的愛姬。〔李儒白〕原來如此。主公，豈不聞楚莊王絶纓的故事？今天下皆懼吕布之勇，若罪責此人，恐生不測之禍。主公富貴已極，何惜一女？既吕布所愛，莫若賜之。彼必傾心從事主公。〔董卓白〕放你的屁！你的老婆肯讓與别人麽？〔李儒白〕吕布喜的是貂蟬，我的老婆花嘴花臉，那裏使得。〔董卓白〕可又來！快唤李肅過來。〔李儒白〕曉得。李肅，主公呼唤。〔下。末扮李肅上，白〕來了。勸君行正道，莫使念頭差。主公有何吩咐？〔董卓踢李肅科。李肅白〕主公爲何發怒？〔董卓白〕你薦得好人！〔李肅白〕李肅不曾薦什麽人。〔董卓白〕那吕布可是你薦的？〔李肅白〕吕布薦得不差。〔董卓白〕他不在虎牢關上理正事，反在這鳳儀亭上戲我的愛姬，是何道理？〔李肅白〕主公，吕布無理，何不殺之？〔董卓白〕好，該殺！走來，你如今頂盔貫甲，去問王允，這老兒説貂蟬送與我的，竟説送與我；送與吕布，就説送與吕布一個人。送得來不明不白，使我父子在家吃醋拈酸，是何道理？講得是就罷了，講得不是，找頭回諾。〔李肅白〕是。領着太師命，去問老司徒。〔下。貂蟬上，唱〕

【仙吕宫正曲·不是路】掩袂悲啼(韻)，舊恨新愁眉鎖翠(韻)。〔白〕呵呀，太師嘎！〔董卓唱〕呀，看你淚珠垂(韻)，似梨花一枝輕帶雨(叶)。〔白〕貂蟬，〔唱〕爲何的(韻)低頭倒入在人懷裏(韻)？全不顧禮義綱常是與非(韻)。〔貂蟬白〕妾將謂温侯是太師之子，甚相敬重。誰想他今日乘太師高卧，直入後堂戲妾。妾逃於後園，他又趕來。〔董卓白〕他又趕來？你説你説！〔貂蟬白〕妾欲投水，被他抱住，正在生死之間，幸得太師前來救了性命。〔董卓唱〕怪狂且(叶)，敢探虎穴尋鴛侶(叶)，使人驚愧(韻)。〔貂蟬唱〕不須驚愧(疊)。〔董卓白〕你那老子好没分曉，把你送與我，就送與我；送與吕布，就送與吕布。如何送的不明不白？〔貂蟬白〕我爹爹只教奴家伏侍太師，並不曾許吕布的呢。〔董卓白〕唔，〔唱〕

【仙吕宫正曲·長拍】拂拭啼痕(句)，拂拭啼痕(疊)，重施脂粉(句)，新郎再嫁休推(韻)。改絃再續(句)，憐新棄舊(句)，把恩愛付與天涯(韻)。〔貂蟬唱〕此話不須提(韻)。我終身願托(讀)，誓無他意(韻)。此心今日惟有死(句)，妾豈肯暫相離(韻)。一馬一鞭立志(叶)，〔合〕願鳥同比翼(讀)，樹效雙枝(叶)。〔董卓白〕罷，你去伏侍吕布去罷。〔貂蟬白〕太師嘎！〔哭科。董卓白〕我是老了，吕布好。〔貂蟬白〕太師好。〔董卓白〕如此起來，後不爲例。早是你立志堅貞，不然被淫媾了，可不玷辱了我。〔貂蟬白〕太師，但恐此處不宜久居，必被吕布之害。〔董卓白〕既如此，我和你到郿塢中去罷。〔貂蟬白〕郿塢中可居得麽？〔董卓白〕郿塢中有三十年糧儲，門外列數十萬軍兵。事成之後，則汝爲貴妃，慎勿憂慮。〔衆扮甲將車馬上，管家婆、梅香隨上，同唱〕

【仙吕宫正曲·短拍】往郿塢繁華(句)，郿塢繁華(疊)。粧成金屋(句)，貯玉人翠繞珠圍(韻)。花木總芳菲(韻)。長春景另是(讀)，一壺天地(韻)。〔白〕丫環、侍女、管家婆何在？〔丫環、侍女、管家婆上，白〕來了。聽得一聲唤，忙步到廳前。太師有何吩咐？〔董卓白〕唤甲將每，與我擺駕，往郿塢中去。〔管家婆白〕

曉得。家將們何在？〔衆甲將上，白〕來了。〔管家婆白〕太師吩咐，擺駕往郿塢中去。〔同唱〕儀從隨行前去叶，合看褰帷歡笑謾同車叶。

【尾聲】百花裳，香旖旎韻。遊蜂偏近好花枝叶，空逐東風上下飛韻。〔同下〕

第七齣　吐真情虎賁助力

〔生扮王允上，唱〕

【南呂宫引·生查子】一餌藉羶腥(句)，二虎張饑吻(韻)。〔白〕老夫近聞吕布與董卓，兩心共生荆棘，總爲貂蟬之故，想連環之計成矣。古云兩虎共鬬，勢不俱生。吾見其亡矣。今已差人去請吕布到來，問個分曉，然後行事。〔衆扮小軍，引小生扮吕布上，唱〕離思與幽情(句)，戀戀縈方寸(韻)。〔衆白〕吕將軍到。〔衆下。王允白〕温侯請。〔吕布白〕司徒請。〔王允白〕温侯請坐。老夫連日聞得温侯與太師甚是相合。但不知小女在左右，懷抱如何？〔吕布白〕我與老賊有甚相合！令愛我也曾見來。〔王允白〕那裏見來？〔吕布唱〕

【黄鐘宫正曲·啄木兒】閒消悶(讀)，信步行(韻)，邂逅貂蟬在鳳儀亭(韻)。〔王允白〕曾説甚來？〔吕布唱〕他訴衷腸涕淚交零(韻)，方信你不改初心(押)。〔王允白〕可憐所見不背前盟，老夫怎敢説謊。〔吕布唱〕不料他們睡起偷窺聽(韻)。〔王允白〕嗄，聽見便怎麽？〔吕布唱〕他猛然一見生焦忿(句)。〔王允白〕可曾争論麽？〔吕布白〕司徒，我那時呵，〔唱〕擲戟三番，險些喪了身(叶)，〔王允白〕嗄，反行無狀，這也可惡！

温侯嗄,〔唱〕

【又一體】只是我年老(讀)不足稱(韻),只可惜將軍播天名(韻)。〔吕布白〕我也曾替他一臂之力。〔王允唱〕人都説你是蓋世英雄(句),不能保閨閫佳人(韻),他公然姦占圖僥倖(韻)。〔吕布白〕我要殺此老賊,方洩此恨。〔王允白〕禁聲。倘事若不成,反累我也。〔吕布白〕嗄,争奈有父子之情,不忍下手。〔王允白〕温侯差矣!〔唱〕分明董吕非同姓(韻),擲戟焉能有甚父子情(韻)。〔雜扮院子上,白〕稟爺,虎賁中郎將李肅進來也。〔王允白〕這是太師差來的。温侯少退屏風後,聽他説些什麽來。〔吕布白〕是,領命。〔暫下。衆扮軍士,引末扮李肅上,同唱〕

【黄鐘宫正曲·歸朝歡】太師的(句)、太師的(疊)山岳令行(韻),肅敢不欽遵順承(韻)。〔衆白〕李將軍到。〔王允迎科,白〕李將軍請了。〔李肅白〕咳,請什麽。太師差我來問你,〔唱〕那貂蟬的(句)、貂蟬的(疊)姻緣已成(韻),却緣何(讀)又納了温侯之聘(韻)。〔王允白〕李將軍,其中有個緣故,不可向衆人言已。〔李肅白〕爾等迴避。〔衆軍分下,王允白〕李將軍,你有所不知,實是先許温侯,被太師謀占也。〔李肅白〕就是主公占了,吕布也不該與他争論纔是。〔王允白〕嗄,連你也差了。我且問你,那吕布是誰人薦於太師的?〔李肅白〕哎呀!是我薦的。〔王允白〕如此,連你也有干係了。〔李肅白〕是嗄。〔王允白〕將軍,〔唱〕假若君家以禮先爲聘(韻),豈肯容人姦占爲妾媵(韻)。〔李肅白〕嗨,是嗄。〔王允白〕李將軍,你與温侯,與太師皆有父子之情。假如將軍定下一房妻室,也被太師占了,你心下如何?他竟占了温侯的妻室，將軍有何面目？正所爲兔死狐悲，物傷其類。〔唱〕你若體察其情怒亦增(韻)。〔李肅白〕是嗄。不差！告辭了。〔王允白〕不可生嚷，往那裏去？〔李肅白〕去尋温侯殺那老賊。〔王允白〕温侯已在此，待我請他出來。〔李肅白〕嗄，有此奇遇，快請出來。軍士每迴避。〔衆應下〕〔王允白〕温侯有請。〔呂布上，白〕鄉兄請了。〔見科，白〕嗄，鄉兄，那老賊奪我妻室，不聽李儒之言，領了貂蟬，竟往郿塢中去了。我欲殺他，怎生是好？〔李肅白〕此情委實可惱。若賢弟果要殺他，李肅願助一臂之力。〔王允白〕二位將軍，王允有一言相告。〔李肅、呂布言〕有何見教？〔王允白〕古人有歃血訂盟，出王允之口，入二位將軍之耳，只可三人知之，不可洩漏。明日會百官，俱朝服於午門等候着。幾個大臣持矯詔，去請太師入朝受禪，等他來時，待我懷中取出詔書，高聲言道：天子有令，着中郎將李肅誅殺董卓，夷其三族。〔呂布白〕住了！夷其三族，貂蟬可也不死在其内了？〔王允白〕獨赦貂蟬，餘黨不問。不知二位意下如何？〔呂布、李肅白〕司徒之言甚高。〔王允白〕此盟既設，金石不移。〔呂布、李肅白〕三人同心，其利斷金；若有負盟，天必誅之。〔王允白〕説得有理。明日早早到朝門相會。〔呂布、李肅白〕謹依尊命。〔王允白〕計就月中擒玉兔，〔呂布、李肅白〕謀成日裏捉金烏。〔分下〕

第八齣　傳假詔梟賊燃臍

〔丑扮董君雅魂上弔場虛白發諢科，下。丑扮董母、董卓妻貂蟬上，同唱〕

【商調引・憶秦娥】黄金塢韻，偎紅倚翠酣舞歌韻。〔浄扮董卓上，唱〕酣舞歌格。花朝月夕讀，莫教虛度韻。〔見科。董卓白〕母親拜揖。〔董母白〕孩兒，你這幾日貪酒好色，事業不成，奈何奈何！〔董卓白〕孩兒稟母親得知，吕布這廝無禮，他倒來戲我愛姬，因此悶懷不釋，退居郿塢。不然，這幾日大事已成了。〔末扮李肅上，白〕轉過緑水橋邊，便是黄金塢下。啟主公，李肅領命去問司徒小姐之事，王允道，只許了太師，並不曾許吕布。〔董卓白〕却又來！我道他是志誠君子。若聽李儒之言，幾乎錯了。那吕布呢。〔李肅白〕不知逃往那裏去了？〔董卓白〕如此，你可畫影圖形，急速拿來便了。〔李肅白〕領旨。〔雜扮軍士，引雜扮黄琬持詔書上，白〕遠聞天子詔，飛下九重天。此間已是，通報。〔軍士白〕有人麼？〔李肅白〕什麼人？〔軍士白〕司隸校尉黄琬持詔書在此。〔李肅白〕啟太師，司隸校尉黄琬持詔書在外。〔董卓白〕着他進來。〔李肅應科。黄琬進見，白〕小官奉王司徒之命，天子有詔在此。〔董卓白〕爲什麼來？〔黄琬白〕天子病體新痊，會文武於未央殿，特將天下讓與太師，故有此詔。〔董卓白〕王允怎麼說？〔黄琬白〕王司徒着人築起受禪臺，僕射士孫瑞已草受禪詔，特請太師入朝受禪。〔董卓白〕

真個？〔大笑科〕怪道我夜來夢一龍罩體，今日果應佳兆。李肅，我若登基，汝爲執金吾必定矣。〔李肅白〕願主公垂拱萬年，肅之子孫亦沾天恩。〔董卓白〕吩咐甲士，準備鑾輿，即刻起駕。〔李肅應科。雜扮甲士擁鑾輿，外扮李儒上，董卓白〕母親，孩兒去受漢禪。〔董母白〕我兒，這幾日肉顫心驚，恐是不祥之兆。〔李肅白〕爲萬民之主母，豈不預有驚報。〔李儒白〕主公不可！王允乃奸詐之人，恐其中有變。〔董卓白〕我心腹人所見甚明，不必多疑。〔貂蟬白〕貂蟬送太師。〔董卓白〕不消了。〔董卓母、貂蟬下。李肅白〕太師請上鑾輿。〔董卓唱〕

【仙呂宮正曲·望吾鄉】纔上鑾輿(韻)，依依戀愛姬(韻)。想他嬌聲細語抒情愫(韻)，〔董君雅魂暗上。董卓唱〕教人怎不戀歡娛(韻)，何忍別須臾(韻)。〔白〕什麼響？〔甲士白〕車輪折了。〔董卓白〕這是怎麼說？〔李儒白〕主公，輪折了，不可前去，恐生不測。〔董卓白〕說那裏話。〔李肅白〕主公，這是個吉兆也。此去有龍車鳳輦，要車輪何用。〔董卓白〕說得是。快喚玉馬過來。〔同唱合〕輪兒折(句)，怎挽車(韻)，心下生疑慮(韻)。〔同下。雜扮儀從執儀仗，雜扮文武官、小生扮呂布、生扮王允持詔書上，同唱〕

【黃鐘宮正曲·神仗兒】胸藏詔語(韻)，胸藏詔語(疊)，身隨隊伍(韻)，此去遥迎當路(韻)。一見(句)登時斬取(韻)，〔合〕將屍首棄街衢(韻)，將屍首棄街衢(疊)。〔同下。董君雅魂隨上。衆甲士、黃琬、李肅、李儒引董卓騎馬上，同唱〕

【仙呂宮正曲·望吾鄉】人馬歡呼(韻)，加鞭道轉紆(韻)，忽驚轡斷心無主(韻)。〔董君雅魂下。董卓白〕

李肅，車折輪、馬斷鞦，主何吉兆？〔李肅白〕主公今受漢禪，乃棄舊更新之兆。〔李儒白〕主公，此乃不祥之兆。〔董卓白〕咄！我心腹人所見甚明，不必多慮，看轎來。〔李儒白〕主公，不要去罷。〔董卓白〕哇！胡説！〔李儒白〕主公若去應遭禍，却把忠言當惡言。〔下。李肅白〕李儒去了。〔董卓白〕這等薄福小人，由他去罷。〔同唱〕紅雲紫霧滿街衢(韻)，引隊執金吾(韻)。〔李肅白〕公卿都來迎候了。〔同唱合〕公卿侯(句)，合稱孤(韻)，轉眼離郿塢(韻)。〔衆文武官、儀從、吕布、王允同上，王允白〕聖旨已到，跪聽宣讀。〔董卓白〕怎麼還要跪麼？〔李肅白〕只跪這一次了。〔王允白〕逆賊董卓，誅戮大臣，擅殺妃后，謀爲不軌，圖逆篡弑，罪惡貫盈，國法不赦。着温侯吕布即行梟斬謝恩。武士每綁了。〔董卓白〕王允謀反！李肅快來救我。〔吕布上，白〕奉詔誅討反賊，拿去斬了。〔拿董卓，儀從同下。衆同唱〕

【南吕宫正曲·香柳娘】論賊臣妄爲(句)，論賊臣妄爲(疊)。刼遷君父(韻)，令行海内諸侯懼(韻)。把黄金築塢(韻)，把黄金築塢(疊)，妄想篡中都(韻)。奸雄竟無補(韻)。〔王允白〕温侯，你可領一枝人馬到塢中，夷其三族。府庫金珠，一半賞軍，一半封記。〔吕布白〕是。〔同唱合〕合今朝伏誅(韻)，合今朝伏誅(疊)。市曹暴屍(句)，萬民心腹(韻)。〔同下。雜扮衆百姓上，白〕人惡人怕天不怕，人善人欺天不欺。〔暗抬董卓切末放場上科，白〕司徒早設連環計，董卓今朝火燒臍。列位，董卓罪大惡極，今日在午門外梟首示衆，我們同去一看如何。〔衆白〕説得有理，就此前去。衆人擁擠，想必就是。你看他身軀肥胖，肚臍有燈盞深，倒好點燈耍子。〔衆白〕説得有理。拿火來點在臍中。〔作點燈科，指屍罵科〕

【又一體】論奸臣所爲(韻)，論奸臣所爲(疊)，逆天大罪(韻)。今朝天網難逃避(韻)，看臍中火起(韻)，看臍中火起(疊)。徹夜有光輝(韻)，脂膏流滿地(韻)。〔合〕合今朝伏誅(韻)，合今朝伏誅(疊)。市曹暴屍(句)，萬民心服(韻)。〔作諢科，同下。貂蟬、翠環上，貂蟬唱〕

【又一體】歎堂前燕子(句)，歎堂前燕子(疊)，孤飛獨宿(韻)。將傾大廈巢寧固(韻)。我潛歸故里(句)，我潛歸故里，(疊)，且去見司徒(韻)。連環計不負(韻)，〔合〕合今朝伏誅(韻)，合今朝伏誅(疊)。市曹暴屍(句)，萬民心服(韻)。〔下。呂布、衆上，白〕軍士們，〔唱〕

【又一體】把郿塢四圍(句)，把郿塢四圍(疊)。甲兵如蟻(叶)，勦除族屬難饒恕(韻)。〔白〕衆軍士，〔軍士白〕有。〔呂布白〕聽我吩咐。有一個女子，名喚貂蟬者留下，其餘的老少都綁來。〔衆軍下。呂布白〕衆將官，〔唱〕問貂蟬何處(韻)？問貂蟬何處(疊)？〔衆内應白〕没有貂蟬。〔呂布白〕想已喪溝渠(韻)。空庭委球翠(韻)，〔衆軍捉董卓母上，唱合〕合今朝伏誅(韻)，合今朝伏誅(疊)。市曹暴屍(句)，萬民心服(韻)。〔白〕稟將軍，董卓一家眷屬，都拿得在此。〔呂布白〕

【又一體】是董卓母氏(句)，是董卓母氏(疊)。〔董母唱〕乞恩寬恕(韻)。龍鐘老朽無干預(韻)。〔呂布白〕多少年紀？〔董卓母唱〕年九十有餘(韻)，年九十有餘(疊)。暮景逼桑榆(韻)，將軍施異數(韻)。〔呂布白〕你養的好兒子！拿去砍了。〔衆應殺科。呂布白〕衆將官，就此與我抄没財寶者。〔衆抄没科。呂布白〕就此回覆司徒之命。〔同唱合〕合今朝伏誅(韻)，合今朝伏誅(疊)。市曹暴屍(句)，萬民心服(韻)。〔同下〕

第九齣　蔡邕感舊陷囹圄

〔雜扮衆武士、堂候，引生扮王允上，唱〕

【黄鐘宫引・瑞雲濃】元凶殄滅(韻)。看朝野齊聲懽悦(韻)。河清海晏(句)，合早把昇平宴設(韻)。〔白〕深機妙算費謀謨，且喜奸雄一旦鋤。今日太平知有象，從教漢室奠鴻圖。且喜董卓伏誅，重見太平。聖上命舉朝文武，在都堂賜宴三日，慶賀昇平。昨日李傕、郭汜、張濟、樊稠四人遣人上表求赦，我想卓之跋扈，皆此四人助之，今雖大赦天下，獨不赦此四人。官兒，衆位老爺到齊，即忙通報。〔堂候應，同下科。末扮黄琬，外扮馬日磾，生扮士孫瑞，生扮蔡邕，外扮皇甫嵩，小生扮吕布，末扮李肅，小生扮周奂上，同唱〕

【黄鐘宫引・女冠子】帝明臣哲(韻)，萬姓安居樂業(韻)。元兇殄滅(韻)。肅清朝野(句)，太平時節(韻)。芳名青史列(韻)。只見巷舞衢歌(句)，童歡叟悦(韻)。共把赤心義膽(句)，同扶漢家基業(韻)。〔各通名見科，白〕我等蒙聖恩賜宴都堂，通報。〔手下通報科。王允上，各見科、告坐科。衆白〕董卓弄權，朝綱幾廢。幸得司徒大人深謀遠計，國賊誅夷，重見太平景象也。〔王允白〕董賊欺君罔上，人人得而誅之。皆賴天子福蔭，致使偶墮其術。今日大惡全消，昇平重見，蒙聖恩賜宴，合當慶賀。〔堂候上，白〕禀老爺，酒筵齊備。〔王允白〕看酒。〔定席各坐科。同唱〕

【黄鐘正曲·畫眉序】國賊已誅滅(韻)。慶賞昇平宴排設(韻)。盡簪纓世胄(讀)，濟濟班列(韻)。今日會文武公卿(句)，明日裏共朝金闕(韻)。〔合〕太平重見人安樂(句)，民歌人壽歡悦(韻)。〔蔡邕嘆科，唱〕

【又一體】反側未寧貼(韻)，黨羽根株正盤結(韻)。似幕巢飛燕(讀)，禍機方烈(韻)。〔王允白〕董卓身受天誅，同朝無不歡悦，伯喈何故喟然而嘆？〔蔡邕白〕念邕事非其人，已昧知人之明，出非其時，難言保身之哲。諸公固同歡悦，邕自傷嗟，何勞司徒驚訝？〔王允白〕我誅此元兇，名正言順，縱有餘黨，其奈我何？〔蔡邕唱〕你道是討罪除凶(句)，他道是陰謀詐譎(韻)。〔合〕還愁禍起蕭牆内(句)，海宇四分五裂(韻)。〔王允怒，白〕諸公，聽他言語，明明是左袒奸賊，叛逆顯然耳。〔蔡邕白〕你見偏心窄，反疑我爲逆黨。邕之一嘆，非獨爲董卓然，亦爲司徒耳。〔王允白〕我與漢室除害，有何可嘆？〔蔡邕白〕即此李、郭、張樊不赦，倘誘集陝人，兵至長安，只怕你身首不保。豈不長嘆乎？〔王允白〕嗄，諸公聽他之言，逆情已露，明與董卓一黨。武士，速將蔡邕收伏，廷尉監禁。吾當請旨，明正其罪便了。〔衆應科，拿下。衆官白〕司徒且請息怒。伯喈乃曠世逸才，況是三朝舊臣，熟知典故，當令續成漢史，爲一代大典，勿使司徒有殺害賢才之名。我等願代伯喈請罪。〔拱揖科，唱〕

【黄鐘宫正曲·滴溜子】雖則是(句)，雖則是(疊)，無端饒舌(韻)。論當代(句)，論當代(疊)，首推才傑(韻)。

漢書未曾卒業(韻)，還求恕罪，姑(句)從寬黥刖(韻)。一老憖遺(讀)，史編無闕(韻)。〔王允白〕列位有所不知。昔武帝不殺司馬遷，使作謗書，流于後世。今國家多難，不可使佞臣執筆，使吾黨蒙其訕譏。〔唱〕

【黃鐘宮正曲·鬧樊樓】邪朋佞黨心腸別(韻)。若司編纂(句)，是非乖劣(韻)。謗毀中興業(韻)，抹煞良臣節(韻)。況恃才凌傲(句)，定不容傍人辨折(韻)。我上封章(讀)，請明廷示決(韻)。〔衆官白〕還請司徒三思爲上。〔馬日磾白〕嗄，列位：今日王公此舉亦太過矣。我想善人國之紀也，制作國之典也，滅紀廢典，豈能久乎。恐王公其無後矣。〔衆官白〕我等且自散歸，明日同詣朝堂，再爲保救便了，請。〔唱〕

【尾聲】司徒秉政多偏劣(韻)。枉了衆口嘵嘵空自說(句)，則可惜曠世奇才遭罰折(韻)。〔同下〕

第十齣　董祀乞骸歸窀穸

〔小生扮董祀上，唱〕

【南北合套·新水令】從師負笈遠遊遨(韻)，膽輪困一腔忠孝(韻)。端居多受益(句)，臨難忍逋逃(韻)，淚灑青袍(韻)。俺只恨天遠閽難告(韻)。〔白〕小生董祀，隨侍吾師蔡中郎，間關到此。那王司徒指爲奸黨，把我老師囚禁，不免往獄中探望一遭來。此已是。禁長哥有麽？〔净扮禁子上，白〕但知天子三分理，不犯蕭何六尺條。你是個秀才，到此何幹？〔董祀白〕小生董祀，陳留郡人。有個酒資在此，送與大哥，望你開了監門，放俺進去。〔禁子白〕也罷，放便放你進來，只是就要出來的。〔董祀白〕這個自然，不連累你的。〔禁子放董祀入科，白〕老師在那裏？〔禁子白〕在這裏，隨我來。〔同下。生扮蔡邕上，唱〕

【南北合套·步步嬌】老戴南冠誰相吊(韻)，三水將身靠(韻)。愆尤總自招(韻)。戇直忠言(句)，反遭桀奡(韻)。〔白〕王司徒，〔唱合〕你執見太虛囂，(韻)爲權奸波及忠和孝。(韻)〔董祀上，白〕老師在那裏？〔禁子白〕不要做聲。你們在此略説説，我去去就來。〔下。董祀見跪科，白〕哎喲，老師嗄，爲何一旦至此？痛殺我也。〔蔡邕白〕老夫不願出山，賢弟素知。誰想瓦全於董卓，玉碎了王允。自悔保身無術，取禍

有階。你該以我爲戒，早宜遠避禍機，還來看我怎麽？〔董祀哭科，白〕老師嗄，〔唱〕

【南北合套・折桂令】論如今聖主當朝(韻)，把蔽日陰霾(韻)，一概都消(韻)。等閒的採及蒭蕘(韻)。早難道清流被枉(句)，不把冤昭(韻)。又何惜金堦碎首(句)，那怕他斧鑕纏腰(韻)。便道是憲典難饒(韻)，論無過貶削官僚(韻)。〔蔡邕白〕王司徒剛愎任性，他必欲殺我，料叩閽也是無益。〔董祀哭科，白〕嗄，王允王允，你好狠毒也。老師若是不免呵，〔唱〕俺情願地下相從(句)，也博個青史名標(韻)。〔蔡邕白〕賢弟休出此言，我還有相託之事。我前將《漢書》屬成半稿，付與小女收藏。昨遣倉頭寫書一封寄去。賢弟你若是歸陳留呵，只説〔唱〕

【南北合套・江兒水】老父身垂死(句)，嬌兒隔絶遥(韻)。遺編付汝收藏稿(韻)。名山大業勤蒐討(韻)，家門瑣瑣俱不道(韻)。〔白〕還有一件。〔唱〕焦尾桐材至寶(韻)，〔合〕縱遇顛連(句)，慎勿輕遺荒草(韻)。〔董祀應科。蔡邕白〕我死之後，屍骸必然暴露。你能收拾還鄉，葬於先人墓側，即將小女文姬與汝爲配。取紙筆來，寫一紙爲照。〔董祀白〕師生大誼，分所宜然，老師何出此言。〔蔡邕白〕怎麽，筆硯收過了。也罷，待我裂下衫襟，咬破指尖，寫一血書便了。〔咬指裂衣急寫科。董祀痛哭科。唱〕

【南北合套・雁兒落帶太平令】痛殺他破零星裂緼袍(句)，痛殺他血淋漓將指咬(韻)。痛殺他意慌張語未終(句)，痛殺他血慘淡書多草(韻)。〔蔡邕付書科。董祀收科。蔡邕白〕俺後事付你了，去罷。〔董祀哭科，白〕老師呵，〔唱〕一任你委骨在荒郊(韻)，俺可也願作青蠅吊(韻)。哭政屍的聶姊(讀)猶拚命(句)，祭彭越的欒生（讀）豈憚勞（韻）。牢騷（韻），這冤苦憑誰告（韻）。悲號（韻），叫蒼旻聽轉高（韻）。〔丑扮差官送袋上。禁子推董祀出科，董祀白〕我怎忍遠去，且在外邊静聽消息。〔虚下。差官白〕蔡老爺在那裏？〔禁子白〕在後邊。〔差官白〕王司徒有令，速將蔡邕囊首取命，我在獄神堂等候。〔禁子白〕蔡老爺有請！〔蔡邕白〕怎麽説？〔禁子白〕方纔有聖旨，有一件東西，老爺請看。〔蔡邕笑科，白〕原來是囊首。我只道是一刀一剮，原來還放我全屍而死。司徒公，我可也感你厚情了。且待我拜别聖上。〔拜科，白〕萬歲嗄，〔唱〕

【南北合套·僥僥令】微臣多罪狀（句），理合肆諸朝（韻）。已得全屍歸陰府（句），合俺去化長虹亘碧霄（韻）。〔差官、禁子作科。蔡邕吊死科。雜扮看屍人上，白〕司徒有令，速將蔡邕屍首，號令朝門。如有擅敢收者，罪及三族。〔衆抬屍出監放科，隨意白下。董祀上，哭跳科，唱〕

【南北合套·收江南】呀（格）！早知道這般樣慘死呵（讀），倒不如沙場馬革裏屍拋（韻）。有多少門生故吏與同朝（韻），今日個奠酒，無人賦《大招》（韻）。痛星星二毛（韻），痛星星二毛（疊），可爲甚骷髏暴露野風飄（韻）。〔雜扮軍校上，白〕你是什麽人？伏屍而哭。拿他去見司徒老爺。〔董祀白〕我正要見他。〔軍校白〕走走！老爺有請！〔王允上，白〕怎麽説？〔軍校白〕啟爺，有一書生，伏屍而哭，拿獲在此，特來禀知。〔王允白〕帶過來。〔衆應帶見科。王允白〕嘍！蔡邕奉旨陳屍，你是何人，擅敢伏屍而哭，不怕罪及三族麽？〔唱〕

【南北合套·園林好】這狂生胡啼亂號（韻），是奸黨不刑自招（韻）。敢把俺虎鬚輕撩（韻），〔合〕蛾赴火自焚燒(韻),蛾赴火自焚燒(疊)。〔董祀白〕小生董祀,非但伏屍而哭,還要負骨而歸。〔王允白〕嗄,只怕没有這個道理。〔董祀白〕明公有所不知。中郎隱居陳留,董卓差人徵召,不得已强出就職。及卓被誅,中郎不忍國士之知,坐中一嘆。不負董卓,正是不負國家。〔唱〕

【南北合套·沽美酒帶太平令】望明公將仁義昭(韻),愜愚情苦哀號(韻)。〔白〕念蔡邕呵,〔唱〕身列三朝舊大僚(韻)〔念〕往日故交(韻),兔狐悲自應度(韻)。司徒是除殘去暴(韻),須諒祀愚忠愚孝(韻)。蔡邕死罪已名標(韻),這朽骨何讐可報(韻)。俺呵(格),忍不住血拋淚拋(韻),爲師情悲號痛號(韻)。呀(格),再不得傍思門把一靈長叫(韻)。〔哭科。王允白〕他也説得有理,倒是老夫見識不到。嗄,董祀,我念你一點義氣之心,今將骸骨付你,去罷。〔董祀白〕多謝明公! 正是:得他心肯日,是我運通時。〔下。王允白〕吩咐打導回衙。〔衆應科,唱〕

【尾聲】這般異士人間少(韻)。憐他爲師情悲悼(韻),生死方纔見至交(韻)。〔同下〕

第十一齣　邀赦書餘孽稱兵

〔雜扮小軍，引净扮李傕上，唱〕

【仙吕宫引·天下樂】鐵面虬髯膽氣粗(韻)，精兵十萬想雄圖(韻)。〔副扮郭汜上，唱〕封侯未足酎人願(句)，要把炎劉合讓吾(韻)。〔李傕白〕自家李傕是也。〔郭汜白〕自家郭汜是也。〔見科〕請了。〔李傕白〕兄弟，我等本是董太師部將。太師被王允把他全家誅戮，我等指望朝廷赦罪招安，誰想王允執意不肯，如之奈何？〔郭汜白〕哥，不赦也是一死，謀反不成也是一死，不如拚命大家殺一殺。成則爲王，敗則爲寇。〔李傕白〕且待賈軍師出來，一同商議。〔生扮賈詡巾服上，唱〕

【小石調引·宴蟠桃】羽扇綸巾(句)，封侯骨相(韻)，高誼雲臺之上(韻)。〔見科。李傕、郭汜白〕軍師。〔賈詡白〕二位將軍請了。〔李傕、郭汜白〕請坐。〔賈詡白〕有坐。〔李傕、郭汜白〕賈先生，我們自太師死後，鼠竄陝西，只圖降赦招安。今聞大赦天下，單不赦此一軍，難道束手受死不成？〔賈詡白〕依俺賈詡看來，二位將軍英勇蓋世，西涼兵馬精鋭有餘，此霸王之資，豈可受制他人之手。只該起兵誅討王允，與董太師報讐。〔李傕、郭汜白〕有吕布在彼，只怕難以取勝。〔賈詡白〕二位將軍果然不是吕布的對手，何不遣張濟、樊稠約結右賢王，請兵相助，可勝吕布。〔李傕、郭汜白〕言之有理。軍師可一面修書于右賢王，我等就此起兵前去。〔賈詡白〕修書不難，但行兵之事，須要立一元帥。〔李傕白〕元帥自然是我。〔郭汜白〕還該我做元帥。〔李傕怒科，白〕我偏要做元帥。〔郭汜亦怒科，白〕我和你一般兄弟，你如何强占？〔李傕白〕我偏不讓你。〔郭汜白〕你不讓我，殺你這狗囊的。〔各拔刀欲鬭科。賈詡笑科，白〕住了，住了，這就做不得大事了。〔唱〕

【中吕宫正曲·尾犯序】各自逞雄强(韻)。敗不相扶(讀)，勝不相讓(韻)。二牧臨岐(讀)，問如何牽羊(韻)。思想(韻)，纔起得一州兵馬(句)，便想把三軍自掌(韻)。〔合〕還只怕(句)紛争無已，心事兩參商(韻)。〔李傕、郭汜白〕我等粗鹵之人，其實見不到此。賈先生足智多謀，倒奉你做元帥罷。〔賈詡白〕小生一介書生，手無縛雞之力，如何做得元帥？倒有個愚計在此。如今是替董太師報讐，何不虚着中軍，立起董太師牌位來，凡事禀命而行。〔李傕、郭汜白〕那牌位又不會説話，禀甚命來？〔賈詡白〕這個，小生參預末議便了。〔李傕、郭汜白〕有理。大小三軍，把太師牌位抬出來，大家哭祭一番，然後起兵。〔雜扮軍士、傘夫，擡龍亭内設董太師牌位上，設祭科。李傕、郭汜哭祭科，白〕我的太師爺！〔唱〕

【又一體】三軍(句)盥手炷明香(韻)，想起恩深(讀)，無過丞相(韻)。大事垂成(讀)痛，身家罹殃(韻)。〔白〕你們衆人愛哭的，也哭一聲兒，鬧熱些。〔衆俱哭科，白〕俺的太師爺呵！〔唱〕悲愴(韻)。恨殺那司徒奸佞(句)，恨殺那温侯逆黨(韻)，〔合〕生把你(句)燃臍郿塢，骨肉慘凋傷(韻)。〔賈詡白〕太師有令：李傕爲左將軍，郭汜爲右將軍，即日起兵徑取長安，征討奸臣王允，勿得傷犯天子，違者處斬。〔李傕、郭汜白〕得令！大小三軍，今乃黄道吉日，就此起兵前去。〔衆應科，行科，同唱〕

【中呂宮正曲・馱環着】閃銀盔晃亮(韻)，閃銀盔晃亮(疊)，鐵甲鏗鏘①(韻)。旗號鮮明(韻)，金鼓悲壯(韻)。只見來來往往(韻)，紛紛攘攘(韻)。隊隊兒驍雄(讀)，人人粗莽(韻)。作漢代封疆屏障(韻)，把朝内奸雄清蕩(韻)。〔合〕誰堪敵(句)，誰敢當(韻)。看麟閣勳名(讀)，雲臺拜將(韻)。〔同下〕

① 「鐵」，原作「錢」。

第十二齣　衛京城孤忠殉節

〔雜扮小軍，引小生扮吕布上，唱〕

【越調正曲·水底魚】捲地雄兵(韻)，惟聞喊殺聲(韻)。〔合〕重圍匝月(句)，鐵騎困神京(韻)，鐵騎困神京(疊)。〔白〕俺吕布苦勸，司徒不聽好言，逼反了李傕、郭汜，起兵十萬與董卓報仇。這些毛賊，雖不是俺的對手，但賊兵勢大，衆寡不敵，俺已辦下一條走路，特約司徒同行。來此已是司徒府中。司徒那裏？〔生扮王允上，白〕疾風知勁草，版蕩識忠臣。呀，温侯匆遽而來，賊兵怎麽樣了？〔吕布白〕與李、郭二賊，連戰幾陣，不能勝他，勢甚猖獗。他們口口聲聲，只要司徒首級，你也該避他一避。爲此徑來相約，和你同行。〔王允白〕温侯差矣。老夫若去，聖駕誰保你？今正吾效命之秋也。〔唱〕

【南北合套·粉蝶兒】耿耿丹誠(韻)，矢一片耿耿丹誠(疊)，到臨危早辦個損軀畢命(韻)。則看俺兩鬢星星(韻)，怎效那(讀)，莽兒曹(句)，無端奔競(韻)。仗的是九廟神靈(韻)，難道直恁地縱他梟獍(韻)。〔李傕、郭汜内白〕大小三軍，就此圍城者。〔衆應上遶場科，下。吕布白〕呀，城已潰了，賊兵漸近五鳳樓。司徒不去，頃刻間有殺身之禍。〔唱〕

【南北合套・好事近】狡寇勢憑陵(韻)，十萬兵威方盛(韻)。他待把城池踹碎(句)，頃刻裏社稷填平(韻)。〔王允白〕聖天子在上，他敢無理麽！〔呂布白〕他認得什麽聖天子！〔唱〕西涼悍勇(句)，這些時(讀)，恃不得天王聖(韻)。〔合〕他道是雪恥伸仇(句)，昧倫常一味强行(韻)。〔王允白〕這等，你自去做你的事，我自去做我的事，不必顧我了。〔呂布白〕司徒真個不去？〔王允怒科，白〕哎喲，你叫我到那裏去？〔唱〕

【南北合套・石榴花】任他共工頭觸不周頃(韻)，俺巨靈伸掌獨支撑(韻)。猛拚個身家碎裂(讀)，骨肉零星(韻)。一死泰山難比重(讀)，〔白〕若是逃走呵，〔唱〕鴻羽一般輕(韻)。〔白〕賊來呵，〔唱〕俺把那鐵錚錚(句)，俺把那鐵錚錚(疊)大義兒(讀)，和他相折證(韻)。格支支綱常要整(韻)，赤淋淋熱血相噴。〔白〕赤淋淋熱血相噴(疊)。那怕他白森森(讀)，鋒刃交加頸(韻)。這叫做(讀)，縱死也留名(韻)。〔内喊科。王允白〕温侯好去迎敵，俺入朝保駕去也。〔下。衆軍引李傕、郭汜上，白〕呂布你降也不降？〔呂布白〕李傕、郭汜，你是我手裏敗將，休得無禮。〔戰科。呂布敗走科，下。小生扮獻帝、王允立城上科。李傕、郭汜作攻城科。王允白〕反賊不得無禮，聖駕在此。〔李傕白〕既是聖駕在此，與我攻城。〔郭汜扯李傕科，白〕李哥，軍師有令，不得傷犯天子。我們只可跪求。〔李傕、郭汜向城跪科，白〕萬歲在上，臣李傕、郭汜特因求赦而來。〔獻帝白〕司徒可即宣赦退兵。〔王允白〕二賊罪大惡極，陛下不可輕赦。〔李傕、郭汜怒科，白〕怎麽聖上倒赦我們，王允老賊不肯！董太師社稷之臣，王允無故誅戮，我等正要替太師報仇。殺上去。〔獻帝白〕卿等休得造次，若有冤情，你且奏來。〔李傕、郭汜白〕董太師呵，〔唱〕

【南北套曲・好事近】巍巍(句)宗社仰干城(韻)，被誣謗俎醢韓彭(韻)。臣來問罪(句)，望吾王追賜褒旌(韻)。三軍義憤(叶)，誓同仇(讀)，立刻誅奸佞(韻)。〔獻帝白〕卿等且退，朕當即有處置。〔李傕、郭汜白〕陛下不殺王允，臣等雖死不退。〔唱合〕儘吾儕殫極兵威(句)，又何難撼破神京(韻)。〔王允白〕你等休得亂動，聽我一言。〔李傕白〕快快説來。〔王允白〕你那董卓呵，〔唱〕

【南北合套・鬬鵪鶉】莽滔滔罪逆通天(句)，莽滔滔罪逆通天(疊)，惡狠狠豺狼劣性(韻)。慘離離逼主遷都(句)，慘離離逼主遷都(疊)，血漉漉把公卿併命(韻)。那些兒不萬剮千刀罪總輕(韻)，那許你更連兵(韻)。潑生生把虛燄重張(句)，潑生生把虛焰重張(疊)，眼睜睜誅夷在俄頃(韻)。〔李傕、郭汜白〕好罵！好罵！王允，便依你説，董太師有罪，我等有何罪乎？你不赦我等，激變三軍之心，量你這剛愎之夫，也難做漢朝宰相。衆將校，與我攻城。〔獻帝與王允抱哭科，白〕司徒，賊勢如此，朕亦不能相保了。〔王允白〕臣爲陛下社稷之計，不料至此。陛下不可惜臣一身。待臣下城去，與他講話。吩咐開城。〔作下樓出城，衆向前殺王允科。獻帝白〕王允已誅，何故不退？〔李傕白〕臣等雖已赦罪，尚無官職，求陛下賞封，願留保駕。〔獻帝白〕卿等欲作何官，從直奏來，朕當除授。〔李傕白〕臣李傕願爲車騎將軍、池陽侯。〔郭汜白〕臣郭汜願爲司隸校尉、建陽侯。〔獻帝白〕依卿所奏便了。〔李傕、郭汜呼萬歲。獻帝下。李傕白〕郭兄弟，今日我是朝廷大臣了，這獻帝須請到我營中去。〔郭汜白〕你們是大臣，我偏不是大臣？獻帝還該到我營中去。〔爭三度科，拔刀起相殺科。賈詡上勸科，白〕二位將軍，休得相爭，壞了大臣體面。

〔賈詡唱〕

【南北合套・撲燈蛾】因甚的怒吽吽白刃争(韻)，鬧垓垓惹得征塵迸(韻)。這壁廂氣昂昂(讀)思將天子挾(句)，那壁廂急攘攘(讀)要把諸侯令(韻)。笑區區真同蠻觸(句)，亂紛紛(讀)何日始澄清(韻)。〔李傕、郭汜白〕我等自争天下大事，不要你秀才多管。〔賈詡背科，白〕你看這兩個匹夫，成何大事？我在此無益，不如棄此二人，暫歸故里，①待天下太平，然後出仕便了。〔唱〕也强如干碌碌無謀竪子(句)，烈轟轟吾當棄暗待投明(韻)。〔下。李傕白〕軍師去了。郭兄弟，這獻帝還是我的。〔郭汜白〕是我的。〔李傕白〕不必争，做出便見。〔急下。衆軍挾獻帝、伏后、董妃、太監、宫女上，李傕白〕我已迎得聖駕在此，有偏了。〔急下。郭汜望科，作呆科，白〕嗄，他竟把獻帝搶入營中去了。且住，只消到他營中，就假傳聖旨，稱我反叛，我就有滅門之禍了，却怎麽處？〔思科〕有了。我想就有旨意，也要公卿草詔。我把衆公卿都搶到營中去，誰人替他傳旨。好計！大小三軍，把衆公卿搶到我營中去。〔引兵下，扯雜扮衆官上，衆白〕郭將軍，你刼我等爲何？〔郭汜白〕往我營裹去。〔衆白〕有飯喫喫就罷了，我們就走。〔互扯下科。賈詡上，唱〕

【南北合套・上小樓】急忙忙去投明(韻)，步匆匆離陷阱(韻)。那廝們殺了司徒(句)，那廝們殺了司徒

① 「歸」，原無。

㊃，刼了天王㊁，搶了公卿㊅。俺做甚抵死寃家㊁，俺做甚抵死寃家㊃，把漢家百姓㊅，恣情淩迸㊅？大凡事且留情分㊆。〔白〕某賈詡棄了李傕、郭汜這兩個匹夫，不免趲行幾步。〔行科，白〕你看天色已晚，且到前面尋一人家，住過一宵，明早取路歸家便了。〔唱〕

【煞尾】早知機還安命㊅。漫笑春風不世情㊅，拂衣依舊一書生㊅。〔下〕

第十三齣　掠兩都右賢獲艷

〔雜扮衆小番，净扮右賢王，外扮谷蠡王，末扮屠耆王上，分唱〕

【仙吕調隻曲·點絳唇】玉帳風高（韻），黑河秋老（韻），軍聲浩（韻），大戟長刀（韻），把漢塞煙塵掃（韻）。〔分白〕金眼高顴赤鼻梁，千群鐵騎出沙場。酪漿解渴氈裘暖，不放昭君憶故鄉。自家右賢王是也。〔谷蠡王白〕自家谷蠡王是也。〔屠耆王白〕自家屠耆王是也。〔右賢王白〕俺國自從頭曼開基、冒頓創霸，世雄漠北，與漢争衡，勝負却也相當，和戰時常不一。今東漢遭桓靈之亂，咱家正有窺伺之心。恰有董卓部將李傕、郭汜，欲取長安，要殺王允與董卓報仇，特遣張、樊二將，卑詞厚禮，請俺與兵協助。〔谷蠡王、屠耆王白〕爲此某等共起番兵十萬，以爲後應。今長安城已破，叵耐李、郭二人，並無感念我等幫助之思。乘此兵威，進城搔擾一番，有何不可。〔右賢王白〕聞得東西兩都，富庶非常。借此爲名，便行刼掠，再往各處鄉村擄掠些子女金珠，以壯軍威。〔谷蠡王、屠耆王白〕賢王之言，正合吾意。

衆番兵，就此殺上前去。〔衆番軍吶喊科，同唱〕

【仙吕宫正曲・清江引】漢兒們墮却咱圈套(韻)，借此爲聲號(韻)。俺風頭起的高(韻)，陣脚扎的牢(韻)。

〔合〕似這樣(讀)硬幫兒何處討(韻)。〔同下。小旦扮文姬，旦扮惜春隨上。文姬唱〕

【仙吕宫引・奉時春】嚴親一去没音書(韻)，賴使我夢魂常係(韻)。〔白〕奴家蔡文姬，自爹爹出仕之後，未知凶吉如何。早晚之間，音信全無，使我日夜掛念。已令蒼頭前去打聽，怎麽也不見回來。

〔末扮蒼頭上，白〕忙將奇異天翻事，報與深閨年少人。小姐那裏？〔文姬白〕蒼頭，你回來了麽？〔蒼頭白〕是，回來了。〔文姬白〕老爺一向可好？〔蒼頭白〕一向是好的。近來董卓被誅，不合在王司徒座上嘆了一聲，便被拿問。有書在此。〔文姬拆書科，白〕咳！原來爹爹被逮，性命難保，兀的不痛殺我也！〔倒哭科，惜春白〕小姐醒來。〔扶起科。文姬白〕爹爹嗄，〔唱〕

【商調雙曲・集賢聽黄鶯】原來此是絶命題(韻)，看碧血迷離(韻)。垂死丁寧無别意(韻)，只把那漢史頻提(韻)。〔白〕爹爹〔唱〕，你的音容那裏(韻)，空叫我呼天搶地(韻)。〔蒼頭白〕老爺全虧董官人在監伏侍。老奴來後，如今就不曉得怎麽樣了。〔文姬唱〕痛歔欷(韻)，一家破敗(句)，生死判東西(韻)。〔丑扮李旺上，白〕福無雙至，禍不單行。小姐，不好了。塞外右賢王起兵，搶到陳留郡，但見婦女就搶。左鄰右舍紛紛逃竄。小姐須避一避纔好。〔文姬白〕我是中郎之女，縱然逃走，也是一死，不如尋個自盡罷。〔惜春白〕小姐，螻蟻尚且貪生，爲人豈不惜命。小姐若是死了，太老爺的書香無人可繼。〔文姬哭科，白〕

別的罷了，爹爹書上説焦尾琴生平所愛，惜春，你可背負同行，就此逃生去罷。〔取琴自負，同李旺、惜春、蒼頭走科，唱〕

【商調正曲・簇御林】時離亂(句)，家當析(韻)。歎蕭然無所遺(韻)，傳家祇剩琴焦尾(韻)。〔白〕惜春，〔唱〕我深閨弱質何方避(韻)。〔内金鼓聲。驚科，唱合〕馬頻嘶(韻)，風聲漸緊(句)，如在畫橋西(韻)。〔番兵上，沖散李旺下，作拿住文姬、惜春科。番兵白〕你背上什麼東西？你是什麼人？〔惜春白〕我是蔡中郎家使女，這是小姐文姬。我背的是琴，問他什麼？〔二番兵私語科，白〕原來這女子會彈琴。記得大王吩咐，要個琴棋書畫俱全的女子，納做閼氏。這個一定是了，不免送與大王去。〔惜春白〕如此，我同小姐前去。〔衆白〕你花嘴花臉，要你去做什麼？〔作推倒惜春科。文姬哭科，白〕天嗄，正是烏鵶、喜鵲同行，凶吉全然未保。〔二小番扯下。李旺慌上，惜春叫科，白〕李旺哥在那裏？〔李旺白〕小姐在那裏？〔作見科。惜春白〕唔拉裏好哉！拉裏好哉！〔李旺白〕小姐怎麼不見了？〔惜春白〕被番軍搶去了。〔李旺白〕原來如此，這便怎生是好？〔哭科。惜春白〕那番兵往前不遠，我和你趕去罵渠一場，搶小姐回來。〔李旺白〕啐！番兵可是好惹的。〔惜春白〕如今躲向那裏去好？〔李旺白〕我到有個道理。太老爺墳上有兩間破屋，我和你做對魚水夫妻，一則替他看了墳，你道如何？〔惜春白〕事已至此，也只得但憑你了。〔虚白諢下，衆小番引右賢王、谷蠡王、屠耆王上，同唱〕

【越調正曲・水底魚】鼓角風高(韻)，旗開山岳摇(韻)。〔合〕觱篥聲響(句)，番兵似湧潮(韻)，番兵似湧潮

（疊）。〔右賢王白〕我等從東都一路殺掠而來，可笑李、郭二人，一個搶了皇帝，一個搶了公卿，把我們睬也不睬。〔谷蠡王白〕二位名王，我與漢朝天子原無仇隙，他們草竊如此，休要理他。我已搶得許多玉帛子女，心滿意足，不如及早收兵回去。〔右賢王、屠耆王同白〕言之有理。〔番兵上。白〕啟大王，軍中擄得美女一名，身背古琴，口稱是蔡中郎之女，名喚文姬，請大王發落。〔谷蠡王、屠耆王白〕久聞蔡中郎乃中朝名士，其女必有才色。大王缺了閼氏，我等爲媒，願以文姬上配大王。〔右賢王白〕孤家正有此意。吩咐軍中，好生整備香車寶馬，伏侍娘娘，隨後進發。須要小心，不須怠慢。〔番兵應下。右賢王白〕衆番兵，就此班師回國者。〔衆應科，同唱〕

【又一體】將勇兵驍（韻），乘機擄這遭（韻）。〔合〕擄歸美女（句），毳帳詠桃夭（韻），毳帳詠桃夭（疊）。〔同下〕

第十四齣　鼓三軍孟德勤王

〔雜扮軍卒、衆將，引净扮曹操上，唱〕

【仙吕調隻曲·點絳唇】海縣瓜分（韻），潢池厄運（韻）。神龍困（韻），赤子遭迍（韻），莽激起英雄恨（韻）。〔白〕下官曹操是也，向與衆刺史征討董卓，師老無功，棄師歸鎮，大事不成。幸得王司徒計除董賊，只道漢室粗安，豈料餘黨李傕、郭汜，重復猖亂。下官素有澄清四海之志，目今兵精糧足，俯視群雄。前者賈詡遠來相投，勸俺大起勤王之師，聲討李、郭之罪。但未知天子下落，已差許褚打探長安消息去了。且待回來，商議起兵之事。〔副净扮許褚走馬急上，唱〕

【高宫套曲·端正好】虎癡名（句），中華震（韻），能鏖戰膂力超群（韻）。笑殺那蠢兒曹（讀），心計疲營運（韻）。俺則要奪取封侯印（韻）。〔白〕自家許褚是也，奉主公之命，打探長安軍情回來，只索進見。〔見科〕主公，許褚見。〔曹操白〕你回來了。長安事體如何？〔許褚白〕主公聽稟。〔唱〕

【高宫套曲·滚繡毬】俺則傍帝城邊把氣色觀（句），又向那賊營中將機密詢（韻）。〔白〕那王允呵，〔唱〕因罵賊墮城身殞（韻），〔白〕那吕布呵，〔唱〕遇强兵敗了全軍（韻）。那李傕刼遷了車駕（句），那郭汜囚辱了朝臣(韻)。〔曹操白〕如今天子在李傕營中，可還受用麽？〔許褚白〕受用甚麽！〔唱〕鼻牛骨將來供膳(句)，禿牛車準備遊巡(韻)。弄得個漢天子崎嶇盡日馳荆棘(句)，〔衆公卿〕泣血啼號曉夜奔(韻)，成甚麽乾坤(韻)。

〔曹操哭科，白〕我那主上呵，難道就没人保駕？〔許褚唱〕

【高宫套曲·倘秀才】多虧了董承、楊奉忙前進(韻)，近日來遷駕在洪農郡(韻)。〔白〕那李、郭二賊呵，〔唱〕日夜要磨牙恣併吞(韻)。只怕早共晚(句)又蒙塵(句)，真乃是魚龍斷混(韻)。〔曹操白〕這等説來，我起兵之意決矣。就着你做先鋒，你可去得去不得？〔許褚跳舞科，白〕我有甚去不得！〔唱〕

【高宫套曲·叨叨令】俺喊一聲斷琅琅(讀)，山摇嶽倒江河震(韻)。舞一回黑漫漫(讀)，風馳電起雲雷迅(韻)。鼓一通撲騰騰(讀)，沙飛石走陰陽混(韻)。殺一場赤淋淋(讀)，屍横血濺人頭滚(韻)。兀的不喜殺人也麽哥(格)，兀的不快殺人也麽哥(疊)。俺情願領一軍(讀)，衝鋒踏刃星忙進(韻)。〔曹操白〕目今天子有難，汝不可覇遲。可點精鋭三千，直抵弘農界上，[①]遇賊殺賊，遇駕保駕。我自領大軍，隨後而進便了。

〔曹操、軍卒同下。許褚白〕得令。衆三軍聽吾號令。〔雜扮衆軍士暗上應科。許褚唱〕

【煞尾】道勤王(讀)，名與言俱順(韻)。好提着虎旅桓桓保至尊(韻)。把數百萬賊軍(讀)，一霎時勦盡(韻)。管奪取錦繡江山(讀)，交還漢隆準(韻)。〔同下〕

① 「弘」，原作「洪」，係避清高宗諱。今改回，下同。

第十五齣　癡虎迎鑾幸許都

〔雜扮太監隨意白，扶小生扮漢帝，同正旦扮伏后，小旦扮董妃，生扮董承、楊鳳徒步上，唱〕

【雙調正曲・鎖南枝】身饑困(句)，足力疲(韻)，倉皇避兵東復西(韻)。〔相抱哭科。漢帝白〕御妻呵，〔唱〕到此步難移(韻)，多應事不濟(韻)。〔跌科。伏后、董妃扶科。漢帝白〕我和你在賊營中逃出，受盡艱難，如今從官一個也無，車馬都被搶去，如何是好？〔伏后、董妃白〕李、郭二賊，聲言要來奪駕，倘然遇着，性命難保。且自扶掖而行，尋個人家躲去。〔相扶行科。唱合〕倒不如長安市(句)一布衣(韻)。且前途(句)覓休憩(韻)。〔同下。净扮李傕、副扮郭汜，引雜扮衆軍上，同唱〕

【又一體】山徑雜(句)，多路岐(韻)，吾皇竄身在那裏(韻)。〔李傕白〕我和你併做一路，只向洪農郡追趕便了。〔郭汜白〕他有伏后、董妃同行，料去不遠。大小三軍，快些趕上去。〔唱〕妃后步行遲(韻)，前途必有滯(韻)。〔合〕逢村店(句)，須要大合圍(韻)。倘收留(句)，把他一家殪(韻)。〔同下。伏后、董妃、漢帝、董承、楊鳳、太監上，漢帝白〕再行不動了。〔伏后白〕我們落荒而來，望見此處，有一所民房，不免叩門而入。〔敲門科〕開門！開門！〔外扮村翁上，唱〕

【又一體】爲農圃(句),無是非(韻),家常麥飯堪療饑(韻)。〔白〕是誰?〔伏后白〕我夫妻是逃難的,借坐一坐。〔村翁唱〕此語太蹺蹊(韻)。莫非是追兵霎時至(叶)?〔伏后又叩門科。村翁白〕自古道,天上人間,方便第一,且開門放他進來。〔開門科。漢帝、伏后入科。伏后白〕快關上門。〔村翁關門科,白〕賢夫妻何來?〔唱合〕爲甚情慌亂(句),意慘悽(韻)?覷容顔(句),像是舊門第(韻)。〔漢帝白〕俺夫婦們行路饑餓,求告一飡。〔村翁白〕有有。〔取飯進科,白〕麥飯在此,胡亂充饑罷。〔漢帝、董妃、伏后作强咽科,唱〕

【又一體】這是麥中麩(句)、穀内粞(韻),權當玉食甘似飴(韻)。〔内吶喊科。漢帝、伏后、董妃泣科,白〕追兵漸近,怎了。〔唱〕我死一身宜(韻),無辜把人累(韻)。〔村翁白〕外面殺聲震地,你們夫婦畢竟是甚麽人?〔漢帝唱,合〕休驚懼(句),聲且低(韻)。我是亂離中(句)漢皇帝(韻)。〔村翁驚叩頭科,白〕呀!小民不知是萬歲爺,多有怠慢。〔伏后白〕倉卒受庇,便是俺夫婦恩人了。〔村翁白〕如此,且請到裏面躲避,恐賊來搜尋。〔同下。衆軍引李傕、郭汜上,白〕一路追來,不知獻帝往那裏去了。衆軍士與我快趕上去。〔許褚引兵衝上大戰,殺死李傕、郭汜科。許褚吊場科,白〕且喜二賊已被我殺死,但不知聖駕今在何處。衆軍士們與我沿路尋訪,須要小心,不可驚了聖駕。〔行科〕。呀,此處有人家,不免問一聲。〔叩門科。村翁上,問科,白〕甚麽人叩門?〔許褚白〕聖駕可在你家?〔村翁白〕没有甚麽聖駕。〔許褚白〕不是。方纔刼駕的李傕、郭汜,已被俺殺了。我是許褚,曹將軍的先鋒,差來迎駕的。俺主將立時就到。〔村翁白〕如此少待。萬歲爺有請。〔漢帝上。村翁白〕恭喜陛下!曹將軍差先鋒來迎駕。〔漢帝白〕這等,宣他進來。〔村翁引許褚入見科。許褚白〕萬歲，臣許褚保駕來遲，望乞赦罪。〔漢帝白〕脱朕夫婦於難者，卿之功也。曹將軍今在何處？〔許褚白〕即時就到。〔衆軍卒引浄扮曹操上，唱〕

【又一體】兼程趲(句)，曉夜馳(韻)，壺漿載途迎義旗(韻)。〔許褚獻首級科，白〕李、郭二賊首級已取在此，聖駕就在前面。〔曹操下馬進跪科，白〕萬歲，〔唱〕救駕恕來遲(韻)，蒙塵俺之罪(韻)。〔漢帝白〕賜卿平身。〔唱合〕卿忠義(句)，朕所知(韻)。願留卿(句)，佐匡濟(韻)。〔曹操白〕陛下憔悴至此，有新製龍袍。〔漢帝、伏后換衮冕科。曹操白〕臣啟陛下：東都已被董卓所焚，長安又遭李、郭之亂，俱不可住。臣已新造許都，伏乞大駕即時臨幸。〔漢帝白〕卿有再造之功，悉依所奏。今進卿爲漢丞相，封魏公，賜劍履上殿，贊拜不名，斧鉞弓矢，得專征伐。許褚可封爲前將軍。洪農老父，〔村翁慌跪科。漢帝白〕有保駕之功，賜一品誉身，良田千頃，以爲養老之資。〔衆叩頭科，白〕萬歲萬萬歲！〔村翁下。曹操白〕吩咐擺駕，即此起行。〔同唱〕

【黄鐘宫正曲·滴溜子】洛陽郡(句)，洛陽郡(疊)，遭兵殘毁(韻)。長安郡(句)，長安郡(疊)，又成荆杞(韻)。新遷(句)許都是理(韻)。依然鹵簿排(句)，軍民歡喜(韻)。〔合〕布告群臣(讀)，務令盡知(韻)。〔同下〕

第十六齣　文姬止輦弔青塚

〔雜扮衆枯忒力，跑馬發諢虛白科，即下。雜扮番官上，白〕朔風凍合鷿鵜泉，飲馬長城窟更寒。塞外征行無盡日，馬馱絃管向陰山。俺乃右賢王帳下宰桑是也。俺大王威尊窮塞，名播華夷。前者李傕、郭汜借兵南犯，直抵中原，與董卓報仇。且喜得勝班師，擄得個美女，口稱是蔡中郎之女，名唤琰娘，二賢王爲媒，請大王納爲閼氏。俺大王已准其情，叫俺們好生伏侍。來此已是玉門關外，只得護着車兒，緩緩而行。侍女們請娘娘走動。〔小旦扮文姬，雜扮侍女隨上。文姬唱〕

【正宫正曲·普天樂】玉門關，邊城路（韻），〔衆枯忒力跑馬上遶場下。内作雁聲。文姬唱〕聽嘹嚦雁聲淒楚（韻）。冷颼颼射眼酸風（句），慘戚戚侵肌冰縷（韻）。盼故國，家何處（韻），今朝猶踏中原土（韻）。恨柳條（讀），綰不住征車（韻）。嘆一身，形單影孤（韻）。〔合〕漫回頭（讀），教人湧淚悲楚（韻）。〔白〕番官，前面一望，黄沙白草中間，一個土堆，獨有青葱之色，此是何處？〔番官白〕啟娘娘：這叫做青塚也，是中國人昭君之墓。〔文姬白〕原來是明妃葬於此地，咳，好傷心也。番官且往彼處暫住車馬，待俺憑弔一回。〔番官白〕娘娘有令，且往彼處暫住車馬，娘娘要弔奠哩。〔文姬唱〕

【正宫正曲·傾盃序】嗟吁(韻)！想漢劉王覓艷殊(韻)，畫作宫娥譜(韻)。誰似你國色天香(句)，皓齒明眸(句)，光艷驚人(讀)，絶代名姝(韻)。又誰知呼韓求偶(句)，妙選良家(讀)，遠嫁穹廬(韻)。〔合〕便拚得個驚沙撲鬢(讀)，爲國却捐軀(韻)。〔番官白〕小番們，把祭禮擺下，就請娘娘奠酒。〔衆應科。子等物文姬唱〕

【正宫正曲·玉芙蓉】駝酥馬湩飧(句)，白草黄榆路(韻)。恨琵琶幽怨(讀)，千載遺語(韻)。畫圖識面春風遠(句)，環珮歸魂夜月孤(韻)。〔合〕情難訴(韻)，誰表泉壚(韻)。只憑着一痕青(讀)，點破了塞雲孤(韻)。〔番官白〕衆小番搭起氈帳，就此安營。〔衆應科。文姬哭科，白〕明妃嗄，我想失意丹青，遠嫁異域，還是爲國和親，名垂青史。你死葬沙漠，墓草長青，只道再無人來繼你後塵。誰想我文姬今日，無端被掠，也到此間。不如觸死塚上，與你死葬一處，免得屈身受辱。〔作觸塚科，衆抱住科。白〕娘娘且請寬懷，休得如此。單于將娘娘命我等護送歸國，娘娘如此，我等性命休矣。可憐衆人之性命，且免愁煩，自有還鄉之日。〔侍女白〕娘娘且免愁煩。天色已晚，帳床已搭在這裏了，請安歇罷。〔文姬白〕咳，罷！明妃嗄，〔唱〕

【尾聲】你是漢宫妃，我是中郎女(韻)。一樣窮荒紅淚雨(韻)。古今來恨事多(讀)，願明妃同調獨憐余。(韻)。〔作入帳房下〕

第十七齣　感同調明妃入夢

〔小旦扮昭君魂，番粧抱琵琶，雜扮鬼使女隨上。唱〕

【雙角套曲·新水令】一聲哀角漢關秋（韻），耳邊廂似聽宮漏（韻）。土花埋艷質（句），怨血染青坵（韻）。萬古離愁（韻），還不到（讀）地老天荒後（韻）。〔白〕俺漢王嬙是也，地窟之下，忽聽得有人呼名哭奠，不知是誰。趁此風清月白，不免向塚上遊行一番。〔唱〕

【雙角套曲·駐馬聽】嫁遠分憂（韻），不惜黃沙埋螓首（韻）。畫圖呈醜（韻），重勞明主泫青眸（韻）。魂羈毳幕晚行遊（韻），名傳樂府乾生受（韻）。揮素手（韻），向窮泉自把鵾絃奏（韻）。

【雙角套曲·雁兒落】到今日窮廬幾變遷（句），漢室將傾覆（韻）。俺長眠人猶未醒（句），則墓上草還依舊（韻）。

【雙角套曲·得勝令】忽聽款雨夜啾啾（韻），好陣怨氣冷颼颼（韻）。又不是寒時梨花節（句），誰把涼漿奠趙州（韻）。躊躇（韻），好似我鄉中舊（韻）。休囚（韻），滿襟懷都是愁（韻）。

【雙角套曲·收江南】假若是漢家天使呵（讀），又何勞枉駕此淹留（韻）。想當日忍心拋撇在邊陬（韻），望斷羊車夜出遊(韻)。料生前已休(韻)，料生前已休(疊)。誰承望死將盃酒酹荒丘(韻)。〔白〕使女們，與我喚土地來見。〔作喚科。土地上，白〕小老玉關土地，天生一把年紀。頭戴一頂嘛拉哈，身穿一件短馬褂，到也別致。職分雖則卑微，却算一尊神位。山上土地是我阿哥，河邊土地是我舍弟，樹林土地是我姊夫，草地土地是我妹婿，邁墾土地是我同宗，布帳房土地是我夥計。每日應接鑒察神祇，時常朝參玉皇大帝。只因性喜清幽，封我青塚安置。昭君娘娘呼喚，故此前來趨詣。娘娘有何吩咐？〔作見昭君科。昭君白〕與我看誰人到此。〔土地白〕這是蔡中郎之女，文姬是他名字，被右賢王擄掠至此，要做閼氏一位。〔昭君白〕你且迴避。〔土地應科，下。昭君唱〕

【雙角套曲·沽美酒】原來是外孫家黄絹儔(韻)，曾聽那焦尾琴中郎奏(韻)。他爲甚淚灑蘆笳(句)塞外投(韻)，一般兒抱琵琶賦遠遊(韻)？可正是漢王嬙曠世的知心友(韻)。〔作進帳扶出文姬見科。白〕原來是昭君娘娘，文姬叩頭。〔昭君白〕起來。咳，文姬，我昭君委骨于此，荒寒寂寞，難得你遠來相弔。但你志欲捐生，這却斷然不可。想俺當日遠嫁呼韓，何難一死，也只恐和親不成，有違君命，是謂不忠。你今日受父遺囑，續修漢史，倘身死書亡，是謂不孝。且勉留北地，十年之後，自有還鄉之日。且聽我道：〔唱〕

【雙角套曲·太平令】大古來姻緣不偶(韻)，多半是委骨荒陬(韻)。誰似你書香繼後(韻)，終有日錦衣歸晝(韻)。你呵(格)，切莫要言愁訴愁(韻)，包羞忍羞(韻)。〔內吹角科。白〕呀，文姬、文姬，我要與你細談衷曲，奈天色將曉，不可久留，你須切記吾言。〔唱〕若不嫁單于，怎得你史編成就（韻）。〔作送文姬進帳，引鬼使女下。文姬作醒出帳科，白〕昭君娘娘那裏呀？ 原來是一場大夢。方纔昭君明明勸我强居北地，後來仍得還鄉。事已至此，如此奈何。〔淚科番官白〕天色已明，衆小番就此拔寨起行，請娘娘上路。〔衆應上馬科。文姬唱〕

【雙角套曲·清江引】塞垣春（讀），强作裙邊繡（韻）。自覺紅顔厚（韻）。殊方總斷魂（句），故國難回首（韻）。收拾起（讀），奠昭君墳上酒（韻）。〔下〕

第十八齣　送人情曹操致書

〔雜扮小軍，引净扮曹操上，唱〕

【商調引·三臺令】微名喜到三公㊀，柱國更堪梁棟㊀。勦滅衆英雄㊀，把天下歸吾一統㊀。

〔白〕尺地莫非王土，一民莫非王臣。自家曹操是也，聞得徐州牧陶謙，年老不能治事，將徐州讓與劉備執掌，目今所慮者，袁紹、袁術、吕布耳，乃吾心腹大患。特唤荀彧出來，與他商議。左右請荀先生出來。〔生扮荀彧上，白〕來了。機心通豹略，決勝按龍韜。曹丞相拜揖。〔曹操白〕荀先生請坐。〔荀彧白〕不敢。〔曹操白〕聞得徐州牧陶謙，年老不能理事，把徐州要讓於劉備。我欲加兵伐之。況大小袁、吕布，患在心腹。先生如何處之？〔荀彧白〕學生有一計。〔曹操白〕計將安在？〔荀彧白〕名爲二虎競食。陶謙雖然有讓徐州與劉備，必請命與朝廷。明公一發做個人情，寔封劉備爲徐州牧，修書一封，教他先擒吕布。劉備若不擒吕布，必爲吕布所害；若擒吕布，先除此一患，劉備亦可緩圖也。〔曹操白〕好計！我就差人去。〔唱〕

【中吕宫正曲·剔銀燈】定此計委寔出奇㊀。那吕布不妨劉備㊀，争持二虎須一斃㊀。一死後

盡堪除矣(韻),〔合〕即時(叶)將書投遞(韻),捧鸞章恩頒紫泥(韻)。〔荀彧唱〕

【又一體】論劉呂難堪比擬(韻),誰肯屈他人箇底(韻)。雙梟並處多猜忌(韻),那其間弋人私喜(韻)。即時(叶)將書投遞(韻),捧鑾章恩頒紫泥(韻)。〔曹操白〕即速差人把計施,〔荀彧白〕劉君未必識深機。〔曹操白〕一封丹詔徐州去,〔合白〕管取他人旦夕危。〔下〕

第十九齣　尊有德陶謙讓州

〔雜扮手下，引外扮陶謙上，唱〕

【南呂宮引·臨江仙】少喜修文和講武(句)，老愁論是爭非(韻)。又防曹操取城池(韻)。讓州尊有德(句)，束手欲無爲(韻)。〔白〕五馬行春萬物甦，仁聲德政播江湖。曹瞞常有窺吾意，彼丈夫兮我丈夫。下官徐州牧陶謙是也。今曹操自領兗州牧，收黄巾降卒三千餘萬，嘗有窺吾之意。吕布亦有虎視之心。老夫年紀高邁，二子尚幼，不能領此職事。吾聞劉玄德仁義兼備，吾想此州非此公莫能領也。下官已差糜竺去請，倘若來時，徐州有主矣。〔雜扮糜竺上，白〕一使傳書忙且去，三人命駕賁然來。小將回來了。〔陶謙白〕劉玄德來也不來？〔糜竺白〕隨後就到了。〔陶謙白〕來時通報。〔糜竺應科。生扮劉備、净扮關公、净扮張飛上。劉備唱〕

【又一體】仗義欲除奸與宄(句)，何堪國勢傾危(韻)。〔關公唱〕若逢對壘壯軍威(韻)。〔張飛唱〕莫忘桃園義(句)，初經花縣回(韻)。〔糜竺白〕列位少待，待我通報。稟老爺：劉關張兄弟在衙門首了。〔陶謙白〕有請。〔相見科。劉備白〕陶大人請上，待劉備拜見。〔陶謙白〕老夫年邁，有失迎接。久仰台譽，今幸識荆。〔劉備白〕久欲造拜，未遂鄙懷。俯賜見招，冒干恕罪。兄弟過來。〔關公、張飛同白〕陶大人請上，待關某、張飛拜見。〔陶謙白〕向聞關將軍斬華雄，杯酒未寒，賊將已斬，張將軍逼吕布閉關不出，真虎將也。〔關公、張飛同白〕不敢。〔陶謙白〕請坐。〔各坐科。陶謙白〕曹操已恃兵多計巧，袁術、吕布亦有妄想之心。老夫二子尚幼，此城無主。惟使君賢昆玉足以拒此三人。老夫情願讓與使君，徐州百姓得有庇蔭矣。伏望使君勿却，幸感。〔劉備白〕未奉朝命，決不敢領此。〔陶謙白〕不必更辭，老夫已有表章奏達朝廷去了。〔唱〕

【南吕宫正曲·宜春令】陶謙告(讀)，聽拜啟(韻)。此徐州人民久治(韻)。吾今老矣(韻)，不忍生靈遭災異(韻)。那曹瞞毒似蛇蝎(句)，那袁吕狠如鷹鷙(韻)。〔合〕望明公(句)，慨然賜允(讀)，萬民沾庇(韻)。〔劉備唱〕

【又一體】蒙台召(讀)，來此地(韻)，爲賢侯扶危濟急(韻)，敢行代替(韻)？請自安心休驚悸(韻)。那曹吕薄德之徒(句)，念劉備孤身之輩(韻)。〔合〕方州(句)，庸庸一介(讀)，敢輕撫治(韻)。〔陶謙白〕取牌印過來。即今四海鼎沸，正丈夫立功之日。徐州馬步軍卒，十萬有餘，糧亦彀數年之需，可以匡君濟民，使君切勿推辭。〔劉備白〕未奉朝命，決不敢受。〔陶謙白〕老夫已差人奏達朝廷去了，想此時也該來了。〔雜扮小軍上，報科，白〕有事不敢不報，無事不敢亂傳。稟老爺知道，朝廷有詔書到來。〔陶謙白〕快排香案。〔雜扮儀從、雜扮使臣上，白〕一封丹鳳詔，飛下九重大。聖旨已到，跪聽宣讀。詔曰：爾劉備仁慈素著，文武兼備，兹封鎮東將軍、領徐州牧。關公拜左司馬，張飛拜右司馬。同心盡職，贊畫兵機，各恭乃事，毋替朕心。謝恩！〔衆白〕萬歲、萬歲、萬萬歲！〔使臣白〕請過聖旨。〔劉備白〕供奉龍亭。〔見科。使臣白〕還有曹丞相一封書在此。〔劉備接念科，白〕吕布不仁，世之巨賊，若不討除，必成後患。務須見機而作，千萬千萬。〔使臣白〕曹丞相專望回書。〔劉備白〕待我就寫回書便了。〔作人卓寫科，白〕謹奉明公尊命，備當用心奉行。奈吕布狼虎之徒，率爾難敵。蓋因兵微將寡之故。待王師一到，當效犬馬之勞，以報明公。謹此奉覆，不宣。天使大人，書在此，煩奉曹公。〔使臣白〕如此，下官告辭了，請。〔下。陶謙作笑科，白〕玄德公如今再没得説了，取印牌過來。〔手下應取科。陶謙白〕玄德公請受了。〔劉備白〕既如此，老大人請坐，待劉備拜謝。〔陶謙白〕老夫爲天子薦賢，爲百姓求士，還該老夫拜謝纔是，反教大人謝，於理何當？〔同拜科。唱〕

【又一體】賢州牧(讀)，恁謙撝(韻)，把名邦不傳子弟(韻)。英賢國士(句)，恩德難忘於没世(韻)。我今日方寄州城(句)，公他日名標丹陛(韻)。〔合〕待後(句)搴旗斬將(讀)，報公恩誼(韻)。〔陶謙白〕請到後堂小酌。〔劉備白〕不敢。〔陶謙白〕盛世巍巍樑棟才，〔劉備白〕從今借步到三台。〔關公、張飛白〕丹心報國扶炎漢，〔合白〕故把徐州讓俊才。〔同下〕

第二十齣　進讒言侯成受責

〔雜扮衆軍士，引小生扮吕布上，唱〕

【中吕宮引・菊花新】平生驍勇壯威稜韻，滅董征曹勢不輕韻。唾手取功名韻，指日把山河來定韻。〔白〕我吕布自殺董卓，威傾朝野，勇冠群臣。叵耐李傕、郭汜兵犯長安，一時失計，天子蒙塵。我再三勸王司徒同走，司徒不肯，以致司徒被害。我只得逃出關來，坐據下邳，剋日取山東諸郡，掃盡群雄，是吾之願也。張遼、陳宮那裏？〔生扮張遼，末扮陳宮上，白〕逕入轅門聽號令，忽聞堂上又呼名。温侯小將，叩頭。〔吕布白〕聞曹操封劉備爲徐州牧，明降詔書征討袁術。吾欲襲曹之後，以圖大業，二位如何區處？〔張遼、陳宮白〕但恐此事未實。〔吕布白〕現有使臣從此經過，左右快去請來。〔卒應下。吕布白〕陳宮，莫若與他合兵，同攻曹操，你道如何？〔陳宮白〕元帥兵微將少，正好與他連合，所謂唇齒相倚。〔雜扮卒，引雜扮使臣上，白〕風疾馬蹄疾，官差心意忙。我做使臣到此，怎奈吕布要與我相見，只恐曹公事泄，只推風疾舉發罷。〔卒白〕使臣已到。〔相見科。吕布白〕你是曹操手下人麽？〔使臣白〕不敢。〔吕布白〕曹操有書與劉備麽？〔使臣白〕不敢。〔吕布白〕劉備有書回與曹操麽？〔使臣白〕不敢。〔吕布白〕怎麽有許多不敢？其間必然有詐。張遼、陳宮，與我搜來。〔陳宮白〕有書。〔吕布白〕念來我聽。〔陳宫白〕謹承明公尊命，備當用心奉行。奈吕布狼虎之徒，率爾難敵，蓋因兵微將寡之故。待王師一到，當效犬馬之勞，以報明公。謹此奉覆，不宣。〔吕布白〕可恨劉備這厮。向時袁紹遣紀靈來襲徐州，我在轅門射戟以救之，今不將恩報，反來害我，可謂不仁矣。拿使臣去砍了。〔雜應科，殺使臣下。吕布白〕張遼、陳宫，來日點兵，攻破徐州，先擒劉備，後斬曹操便了。〔陳宫、張遼應下。吕布白〕左右且退，待我後堂歇息一回。〔雜應下。衆雜扮衆軍，引雜扮夏侯淵、夏侯惇、曹仁、曹洪上，白〕曹相威權重，三軍奉令行。吕布無能士，今朝必命傾。〔四將通名〕奉丞相之命，帶領三千人馬，決淮水以淹下邳城，就此前去。一聽雷霆施號令，休言星斗換文章。〔下。小旦扮貂蟬上，唱〕

【南吕宫引・一剪梅】蛟龍戰鬬息紛争韻。要辨輸贏韻，誰辨輸贏韻。〔吕布上，唱〕平生英武更誰能韻。今日攻城韻，明日攻城韻。〔貂蟬白〕元帥萬福。元帥，聞得曹操引兵至此，未知元帥有何計以破之？〔吕布白〕憑我手中畫戟、麾下雄兵，縱然曹操千軍萬馬，管教立成虀粉。〔貂蟬白〕以將軍之英勇，更兼有張、陳相佐，何患曹賊不破、中原不平。妾備有酒宴，請元帥且開懷暢飲，以答良宵，何如？〔吕布白〕夫人言之有理，看酒宴來。〔同唱〕

【黄鐘宫正曲・畫眉序】莫負好良宵韻，對此韶華稱年少韻。且開懷暢飲讀，自宜歡樂韻。頻斟酒象板輕敲韻，瀟灑處笙歌繚繞韻。〔合〕共依願得雙雙老韻，如魚似水無拋韻。〔吕布醉科，内叫白〕衆將官，就此水淹下邳。〔副扮侯成上，白〕水淹城郭難防禦，報與華堂主將知。報去説侯成有事，特來禀知。〔院子白〕啟元帥：侯成有事來禀。〔吕布白〕着他進來。〔侯成作見科。吕布白〕侯成，你來有甚事？

〔侯成白〕啟元帥：得知如今曹操與劉關張繫攻下邳，四面水圍着城，軍圍着水。元帥尋個出城之計便好。〔呂布白〕打什麽緊！兵來將敵，水來土堰。着沙囊土布袋，堰住城門上的水，且有水犀赤兔馬，四足不着水，怕什麽！我與夫人且飲酒。〔貂蟬白〕將軍，侯成説得是。少飲酒，尋思出城之計方好。〔呂布白〕夫人放心，只管飲酒。〔侯成白〕元帥休要飲酒。你若不依侯成勸呵，必死在曹操之手。〔呂布怒科，白〕哇！這廝無禮！我正與夫人飲酒，説這等不利之言！左右拿去斬了。〔卒應科。貂蟬白〕刀下留人。將軍息怒，侯成之言也説得是，可免他項上一刀。此時正用人之際。饒了他罷。〔呂布白〕帶過來。侯成，我正與夫人飲酒，你把言語譏誚我麽。本待斬你，看夫人之面，饒你項上一刀。左右與我打上四十背花，扯出去。〔卒應打科，打畢扯侯成出科。侯成白〕罷了！罷了！〔卒扯侯成下。呂布白〕侯成已去。夫人，再與你飲酒，看酒來。〔唱〕

【又一體】鋭氣貫層霄(韻)，天下諸侯有誰效(韻)。漢乾失政(讀)，有君無道(韻)。我如今欲滅劉曹(韻)，不日裏寶刀出鞘(韻)。〔合〕共依願得雙雙老(韻)，如魚似水無拋。(韻)。〔張遼、陳宮上，同唱〕報元帥知道：侯成盗了戟、馬，獻與曹操去了。〔呂布白〕不好了！夫人，你自進去，我呂布殺賊去也。〔呂布、衆、貂蟬分下。侯成牽馬荷戟上，白〕恨小非君子，無毒不丈夫。我侯成好意勸呂布出城禦敵，叵耐這家奴好生無禮，説我阻他酒興，將我打了四十背花。我想他生平全仗畫杆方天戟、坐下赤兔馬，我已乘他酒醉，盗得在此，連夜趕到白門樓獻與曹丞相，不但報讐，且可爲進身之計。正是：一心忙似箭，兩脚走如飛。〔下〕

第廿一齣　白門樓家奴就戮

〔扮小軍、張遼、陳宮，引吕布上。唱〕

【仙吕宫正曲・掉角兒序】亂紛紛營中鼎沸(韻)，白茫茫繞城皆水(韻)。侯成的盜戟奔馳(韻)，侯成的將馬歸敵(韻)。好教我勢已迫(讀)，難主張(句)，兵將散(讀)，怎支撑(句)，尋思無計(韻)。〔生扮劉備、净扮關公、净扮張飛，引雜扮衆軍士上，同唱合〕兵臨下邳(韻)，三姓相持(韻)。且盡力(句)，北門一戰(句)，便見高底(韻)。〔合戰科。劉備追陳宮，關公追張遼，吕布、張飛戰科，下。關公、張飛、陳宮、張遼上，戰科。張遼、陳宮被擒下。張飛追吕布上，戰科。吕布白〕張飛，你也是員名將，我也是員名將，我髮髻散了，待我下馬挽好髮髻再戟。〔劉備、關公白〕三弟不要下馬。〔拿住科。衆將押張遼、陳宮上，白〕啟使君：衆將奉令水淹下邳，擒得張遼、陳宮在此。〔劉備白〕將他三人押到白門樓曹營處，請令定奪。〔衆將應科。合唱〕

【正宫正曲・四邊静】運籌決勝多奇策(韻)，身便衽金革(韻)。社鼠一時消(句)，城狐盡藏跡(韻)。〔同唱合〕三軍整齊(韻)，六師奮力(韻)。一戰破奸雄(句)，方才建功績(韻)。〔下。雜扮衆軍將官，引净扮曹操上，同唱〕

【雙調正曲・清江引】思之吕布真無忌(韻)，全不知天意(韻)。仗勇要欺孤(句)，此事難饒你(韻)。〔合〕

到如今口難言(讀)，殘生棄(韻)。〔合〕今有侯成盜馬來獻，又聞吕布、陳宫、張遼被玄德兄弟拿住，今日到來，明證其罪。左右，打道到白門樓去。〔衆應走科。軍卒白〕玄德兄弟來了。〔劉備、關公、張飛綁三人上，唱〕

【又一體】相持鷸蚌空争氣(韻)，反致漁人利(韻)。一入羅網中(句)，怎得身逃避(韻)。〔合〕白門樓(讀)，這回兒難存濟(韻)。〔劉備白〕小校進去通報。〔軍卒白〕禀爺：劉關張兄弟得勝回來了。〔曹操白〕有請。〔劉備、關公、張飛白〕丞相請。〔曹操白〕三位請。〔劉備白〕明公請上，待備兄弟拜謝。〔曹操白〕賢昆季爲我擒吕布，此爲上功。吾未謝公，公何謝焉。〔劉備白〕吕布、陳宫、張遼已拿在此了。〔曹操白〕帶上來。〔見科。曹操白〕吕布賊子，你也有今日麽？〔吕布白〕容吕布口伸一言，死而無悔。〔曹操白〕你有何話説？〔吕布白〕明公最患者，吕布也。布今已服矣。倘賜全生，令布爲將，天下不難定也。〔曹操看劉備，不答。吕布白〕劉使君，你爲坐上客，我爲帳下虜，能無一言以相寬乎？〔曹操白〕使君，我欲緩其縛而用之。〔劉備白〕豈不見丁建陽、董卓之事乎？〔曹操白〕使君言之有理。叫群刀手拿去斬了。〔吕布怒科，白〕我把你這大耳兒！如此無情，不記轅門射戟救你性命之功，乃大奸雄也。〔左右斬吕布科，下。曹操白〕帶陳宫過來。〔見科。曹操白〕公臺别來無恙。〔陳宫白〕汝心術不正，吾故棄汝。〔曹操白〕吾心不正，公又奈何獨事吕布？〔陳宫白〕布雖無謀，不似你詭詐奸險。〔曹操白〕公自謂足智多謀，今竟如何？〔陳宫白〕恨布不用吾言。若用吾言，必不被擒也。〔曹操白〕今日之事當如何？〔陳宫白〕有死而已。〔曹操白〕公如是，奈公之老母、妻子何？〔陳宫白〕吾聞以孝治天下者，不害人之親；施仁政於天下者，不絶人之祀。老母、妻子之存亡，在於明公耳。吾身既被擒，請即就戮，並無卦念。〔曹操立送科。陳宫下，曹操白〕左右即送公臺老母、妻子回許都養老，怠慢者斬。〔應科。曹操白〕將公臺屍首用棺木盛殮，葬於許都。〔軍卒應科。張遼白〕陳宫可敬，吕布可笑，做了一世男兒，臨死何故討饒？可惡！可惡！〔曹操白〕那個嚷？〔衆白〕是張遼。〔曹操白〕張遼，你嚷甚麽來？〔張遼白〕大丈夫死則死矣，何苦討饒！〔曹操白〕這厮如此倔强，叫群刀手拿去斬了。〔關公白〕住了。丞相，某素知文遠忠義之士，關某情願相保。〔曹操白〕吾亦知文遠忠義之士，故戲之耳。鬆了綁。〔衆應科。張遼白〕既蒙丞相不殺之恩，願效犬馬之勞以報之。謝將軍救死之恩，容當圖報。〔關公白〕不敢望報，惜將軍之忠勇耳。〔劉備白〕吕布授首，山東已定，劉備告辭往徐州去。〔曹操白〕使君功大，同俺入朝。待俺奏知聖上，受了封爵，再回徐州，未爲遲也。〔劉備白〕如此，多謝丞相。〔曹操白〕且到後營歇息。〔劉關張下。曹操白〕大小三軍，就此班師，回許昌去。〔衆應，合唱〕

【雙調正曲・黑麻序】吕布强爲(韻)，把天下英雄(讀)，盡皆輕棄(韻)。想强中更有(讀)，豪强之輩(韻)。今日(韻)北門劍斬伊(韻)，威名在那裏(韻)？〔合〕細思維(韻)，怕董卓、丁原(讀)，在九泉難會(韻)。

【尾聲】無知鼠輩螳螂技(韻)，好色貪功把自欺(韻)。若是那負義忘恩却看伊(韻)。〔衆同下〕

第廿二齣　黄金殿皇叔承恩

〔雜扮衆家將，①生扮劉備上，唱〕

【仙吕宫引・海棠春】英雄未遂平生願(韻)，眠霜雪幾經鏖戰(韻)。〔净扮關公，净扮張飛上，唱〕今喜得太平年(韻)，不負忠良薦(韻)。〔見科。劉備白〕桃園結義賽雷陳，百年軍中建大勳。〔張飛白〕二人功業誰堪比，韓信張良不足論。大哥、二哥，若論我弟兄三人，功勞也不小，獻帝封大哥做王，我二人爲侯，也不爲過。〔劉備、關公白〕三弟休説此話。〔家將禀介。衆扮儀從，引雜扮天使上，白〕旨意下。聖上有旨：劉備昔破黄巾，今擒吕布，功勞蓋世，龍顔大喜。來日大會群臣飲宴，特宣劉備與席，受封官爵。謝恩。〔劉備白〕萬歲！　後堂酒宴。〔天使白〕不敢，告辭。九重丹詔承恩去，報道歌堯奉使來。〔下。劉備白〕二位賢弟，我急去上金鑾，〔關公白〕皇家沛澤宣。〔張飛白〕若非龍虎將，〔合白〕安得太平年。〔下。衆扮手下，引衆扮楊奉、皇甫嵩、士孫瑞、楊彪、朱儁，净扮曹操，末扮董承，外扮馬騰上，同唱〕

① 「雜扮」二字原脱。

【黄鐘宫正曲・出隊子】銅龍乍啟(句),日上扶桑曙色融(韻)。金階仙仗列群公(韻),衮袖宫袍湛露濃(韻)。〔合〕慶賀昇平(讀),均沐恩榮(韻),〔曹操白〕下官曹操是也。〔董承白〕下官董承是也。〔馬騰白〕下官馬騰是也。〔楊奉白〕下官楊奉是也。〔皇甫嵩白〕下官皇甫嵩是也。〔士孫瑞白〕下官士孫瑞是也。〔楊彪白〕下官楊彪是也。〔朱儁白〕下官朱儁是也。〔董承同白〕魏公請了。〔曹操白〕衆位大人請了。前日奏聞劉關張兄弟三人,擒斬吕布,聖上有旨,宣他進朝封爵,爲此伺候。〔衆官白〕御香靄靄,聖駕臨朝也。〔雜扮值殿將軍、衆儀從、太監、昭容,引生扮獻帝上,唱〕

【仙吕宫正曲・惜奴嬌序】雞人報曉(韻)。聽流鶯睍睆(讀),上林春早(韻)。雙開宫扇(句),一片御爐香裊(韻)。〔衆唱〕舞蹈(韻)。拜祝明君金鑾到(韻)。聽山呼瞻天表(韻)。〔合〕寇漸消(韻)。四海無虞(讀),賡歌有道(韻)。〔衆拜科,齊山呼科。獻帝白〕寡人大漢皇帝,紀元興平。只因董卓弄權,衆臣計議除滅。吕布不仁,魏公舉薦劉關張擒斬白門。國家除此大患,再無後慮。衆卿,朕已有旨,宣徐州牧劉備共宴太平,怎麽不見?〔曹操白〕臣啟陛下:已在午門外候旨。〔獻帝白〕宣進來。〔太監白〕聖上有旨,宣徐州牧劉備見駕。〔劉備上,白〕今聞頒玉旨,趨赴覲天顔。臣徐州牧劉備見駕,願吾皇萬歲、萬歲、萬萬歲!〔獻帝白〕平身。卿係何派?住在何方?一一奏來。〔劉備唱〕

【中吕宫正曲・駐雲飛】劉備孤貧(韻),家住樓桑涿郡人(韻)。〔獻帝白〕汝祖父何名?〔劉備白〕臣乃劉弘之子、劉雄之孫。〔唱〕臣派中山近(韻),流落多乖運(韻)。嗏(格),俯伏仰楓宸(韻),言情略分(韻)。本是漢室宗枝(韻)，望乞垂憐憫(韻)。〔合〕曾斬黃巾報國恩(韻)。〔獻帝白〕取玉牒來看。〔太監送。獻帝挐看科，白〕卿乃中山靖王之後，因何居住民間？〔劉備白〕先世自遭莽賊之亂，隱居樓桑。〔獻帝白〕朕依玉牒看來，卿乃朕之叔也。宣上殿來行禮。〔劉備白〕微臣不敢。〔獻帝白〕皇叔聽封：今封皇叔爲宣城亭侯、左將軍、領徐州牧，兼豫州牧事，冠帶朝見。〔太監白〕請更衣。〔吹打。劉備換衣科。獻帝白〕看宴。〔場上設筵宴。劉備謝恩科。獻帝白〕今日太平宴賞，待朕親手奉漿。衆卿，一盃酒來。〔唱〕

【又一體】君令臣遵(韻)，子孝親慈風教淳(韻)。〔白〕魏公，你父子救駕，寡人江山全賴卿家扶助。〔唱〕你的功勳如山峻(韻)。〔白〕破黃巾、擒呂布，都是皇叔之功。〔唱〕你的勳業書難罄(韻)。嗏(格)，〔白〕國舅，你雖年老，昔日在洛陽呵，〔唱〕救駕顯忠臣(韻)。你的勤勞翊運(韻)。〔白〕西涼侯，你不要負了伏波將軍之名。〔唱〕你忠耿爲人(讀)，破虜威名震(韻)。他日凌煙標大勳(韻)。〔衆拜科。獻帝白〕衆卿，如今袁術壽春稱帝，此乃寡人心腹之患也。〔曹操白〕萬歲寬慰。不日臣當勦除。〔獻帝白〕寡人幼習詩書，未諳孫武之法。朕與衆卿出獵郊外，何臣保駕？〔曹操白〕萬歲出獵，第一美事，臣願保駕。〔昭容白〕退班。〔衆儀從、太監、值殿、昭容、獻帝、劉備、馬騰、董承同下。曹操吊場科，白〕向薦劉關張兄弟三人，指望職居吾下，隨吾驅使。誰想聖上認爲皇叔，寵加吾上，須用計將此輩殺盡，方消吾恨。饒伊自有沖天志，難脱吾曹掌握中。〔下〕

第廿三齣　據江東兄終弟及

〔雜扮内監、四侍女，引生扮孫策頭裹金鎗病上，唱〕

【南北合套・鬬鵪鶉】有限光陰句，無窮感慨韻。想當初定霸圖王句，開疆闢界韻。每日價執鋭披堅句，搴旗斬師韻。已焉哉韻，命合該韻。不隄防一矢相投句，倒做了萬金難解韻。可惜俺十年辛苦句，只留得半壁山河句，和這一聲嘁噫韻。〔白〕嗣業纔當十七齡，身經百戰播聲靈。無端逐鹿西山上，一夜旄頭落將星。我孫策因吴郡太守許貢上書，曹操欲削我兵柄，召赴京師。彼時獲得私書，將貢絞死。不想他家客三人，暗圖報復。我前往西山射獵，三人冷出林間，左腿輕着槍，面頰深入一矢。雖經調治，尚未告痊。又被妖道于吉，時來侮慢。只覺精神恍惚，病勢轉增。幾日來正不知是何面目也。侍女們取鏡過來。〔侍女應送鏡科，孫策照鏡作驚科，白〕啊喲！面無華彩，耳已枯焦。憔悴至此，豈能久居人世、復建功業乎？〔悶倒卓上科。外扮于吉上，白〕不使怒虬翻桂海，頓驚飛鶴出松煙。孫將軍，〔孫策看怒科。于吉白〕你的病體好了麽？〔孫策怒科，白〕妖道何敢爲厲，看劍。〔取掛劍斫科。于吉笑科，白〕死期已至，還不回頭麽？〔袖拂孫策面科，下。孫策大叫，作金瘡迸裂昏倒科。侍女白〕不好了！主公金瘡迸裂，昏迷不醒，快請太夫人。太夫人快來。〔老旦扮孫策母、正旦扮大喬、雜扮持侍女上，孫策母白〕堂上頻呼母，心中祗怯兒。〔見科，白〕呵喲！我的兒嗄，〔唱〕

【越調·繡停針】肉綻皮開(韻)，敢是金瘡迸裂來(韻)。他聲音微細神情改(韻)，慨慨一息難挨(韻)。多因是神仙降災(韻)，還求你(讀)法雨起枯荄(韻)。〔合〕果然保得殘生在(韻)，我甘心一世奉長齋(韻)，日日虔誠朝拜(韻)。〔白〕兒嗄，醒來。痛殺老娘也！〔孫策醒科，白〕母親，孩兒不孝，命數已終，不能再奉慈母了。今將印綬付與弟權，望母親朝夕訓誨，父兄舊人慎勿輕怠。傳話出去，速請諸謀臣到來。〔內監應科，下。孫策唱〕

【南北合套·紫花兒序】俺只得疆場決勝(句)，銷盡攙鎗(句)，掃净氣霾(韻)。那知道年光不肯將人待(韻)。射鹿西山(句)，將命賣(韻)。俺則淚眼偷揩(韻)，只告你個劬勞母氏(句)，莫要傷懷(韻)。〔衆扮張昭、孫靜、魯肅、諸葛瑾、程普、呂範、韓當、周泰、甘寧、凌統、黄蓋、喬玄、孫權上，同白〕〖集唐〗滿頭霜雪爲兵機，血迸金瘡卧鐵衣。班竹嶺邊無限恨，併將歌祝報恩暉。〔孫策母、大喬、侍女同下。見科，衆白〕主公在上，我等參見。〔孫策白〕坐下了。〔衆白〕告坐。請問主公瘡口平復否？〔孫策白〕不濟事了。〔衆白〕主公呼喚我等，有何鈞旨？〔孫策白〕列位嗄，漢室方亂，我有吴越之衆、三江之固，足以有爲。奈大數難逃，亡在旦夕。今將印綬交付弟權，公等善相吾弟，忽忘今日之話也。〔衆白〕吾等敢不盡心，還求主公保重。〔唱〕

【南北合套·四般宜】維皇既付濟時才(韻)，如何中道没蒿萊(韻)。須知否極終當泰(韻)，箭傷未必便爲災(韻)。暫時把心來寧耐(韻)，再休將事掛胸懷(韻)。〔合〕慢胡猜(韻)，休心窄(韻)，勿使北堂慈母(讀)，爲兒悲嘅(韻)。〔孫策白〕吾弟那裏？〔孫權白〕兄弟在這裏。〔孫策白〕取印綬來，吾弟可收下了。〔孫權哭收印綬科。孫策白〕兄弟嗄，舉江東之衆，決機兩陣之間，與天下争衡，弟不如兄。舉賢任能，使各盡其力，以保江東，兄不如弟。宜念父兄創業艱難，善自圖之。〔孫權哭科，白〕弟年幼，恐不能任大事，有負付託。〔孫策白〕弟才十倍于兄，足當大任。倘内事不決，可問張昭；外事不決，可問周瑜；家事不明，問喬玄。恨周瑜不在此，不及面囑也。〔作發昏科。張昭白〕快些扶入内室去。〔侍女扶孫策下，衆白〕主公病勢沉重，看來不藥矣。〔孫權白〕這怎麽好。〔一内侍上，白〕不好了，主公氣絶了。〔衆哭科，白〕啊喲！我那主公嗄！〔孫權白〕哥哥嗄！〔張昭白〕此非將軍哭泣時也。今天下未定，奸宄競起，豺狼當道，乃以手足之故，苟拘小節，是猶開門而揖盗也。〔衆白〕張昭之言，不可不聽。〔孫權沉吟科。張昭白〕不必遲疑了。就着孫静，敬謹代理喪儀。〔孫静下。衆官白〕我等即扶主公，更衣任事。〔孫權、衆官下。内奏樂。衆扮儀從執儀仗。衆文武分上。衆扶孫權陞坐。衆官作參見科，白〕臣等參見。〔孫權唱〕

【南北合套·調笑令】自揣(韻)，轉自猜(韻)，那得兄才十倍來(韻)。三吴縱有長江界(韻)，勢不能坐觀成敗(韻)。此際相扶登將臺(韻)，問怎生的寇盪天開(韻)。〔衆扮小軍、將官，引小生扮周瑜上，唱〕

【南北合套·憶多嬌】心自哀(韻)，淚儘灑(韻)，腹心襟袂情難解(韻)，特赴靈前一痛來(韻)。〔到科。雜扮旗牌官上，白〕都督回來了。〔周瑜唱〕疾命旗牌(韻)，疾命旗牌(疊)，説我周瑜在外(韻)。〔旗牌官進科，白〕啟主公：周瑜在外求見。〔孫權白〕快請相見。〔旗牌官白〕嗄，主公令你進見。〔周瑜進參見科，白〕臣周瑜參見。〔內侍白〕平身。〔周瑜白〕主公器宇不凡，才德兼備，今嗣大業，天下不足平也。〔孫權白〕先兄遺言，內事託子布，外事全賴公瑾。願無忘先兄之命。〔周瑜向內哭白〕主公嗄，願肝腦塗地，以報知己之恩。〔孫權白〕若如此，吾無憂矣。〔唱〕

【越調·綿搭絮】人只道公瑾奇才(韻)，那更他忠義無儕(韻)。一心把遺言稟受(句)，兩肩把社稷扛抬(韻)。鯨吞鹿逐怕誰來(韻)，直教神鬼也驚猜(韻)。吳甸重開(韻)，看風雲盡變色(韻)。〔內奏樂。下座，白〕明日成服，祭奠先兄，就請諸公隨班行禮。〔衆白〕領命。〔同唱〕

【有餘情煞】明朝成服趨靈拜(韻)，有一番痛悼悲哀(韻)，也只是天澤情深無可解(韻)。〔下〕

第廿四齣　獵許田君弱臣强

〔雜扮衆小軍，引生扮劉備，净扮關公，净扮張飛上，同唱〕

【黄鐘宮正曲・出隊子】掃除寇壘韻，激濁揚清衆所推韻。龍樓召見仰天威韻，曾受侯封職不卑韻。隊武分明讀，從行獵園韻。〔劉備白〕今日聖上出獵西郊，恐曹操有不測之機。二位賢弟，須要小心。〔關公、張飛白〕謹遵教諭。〔分侍科。衆扮八獵士、八金鎗手，二黄纛、一黄傘。衆扮八將，净扮曹操，外扮董承、馬騰，衆扮十六持鎗軍士，衆扮八大小太監，引生扮獻帝上，同唱〕

【又一體】鑾車引隊韻，耀武觀兵壯國威韻。今朝出獵往郊圻韻，將士紛紛列繡旗韻。王制煌煌讀，獸獵有期韻。〔衆臣叩見，白〕願吾皇萬歲、萬歲、萬萬歲！〔獻帝見關公、張飛，驚科，白〕卿家，此將是誰？〔劉備白〕關某。〔獻帝白〕好美髯也。〔曹操白〕果然好髯。〔獻帝白〕這將何名？〔劉備白〕這是張飛。〔張飛白〕萬歲，那日在虎牢關，殺得吕布閉關不出，就是微臣。〔獻帝白〕真乃猛將也。〔劉備白〕臣等聞知陛下出獵，特來隨駕。〔獻帝白〕甚好。〔曹操白〕臣啟陛下：圍場已佈，請聖上起駕。〔衆上馬科。獻帝白〕帶馬。〔作上馬。曹操白〕衆將官就此撤圍。〔衆應科，分下。獻帝唱〕

【雙角套曲・新水令】赭袍脱却换征衣韻，離金鑾早臨牧地韻。龍車與鳳輦句，擺列皂雕旗韻。

〔吶喊聲〕軍卒心齊(韻)，獵犬兒汪汪吠(韻)。〔衆同唱〕

【雙角套曲・胡十八】興朝準擬獲熊羆(韻)，好似文王遊渭水(韻)。罷釣輔皇基(韻)，弔民伐紂興周室(韻)。〔衆白〕來到許田了。〔曹操白〕衆將官就此合圍。〔内應。衆上作合圍，白〕有一白兔兒來了。〔曹操白〕臣啟陛下：白兔必須大臣開弓。〔獻帝白〕皇叔開弓。〔劉備白〕丞相請。〔曹操作不悅科，白〕有聖旨命你射，你是大臣，請。〔劉備白〕僭了。〔唱〕白兔兒罕稀(韻)，雕弓兒挽齊(韻)。賽過當年養由基(韻)，肯令他走散無蹤跡(韻)。〔射中白兔。衆白〕射中。〔獻帝白〕皇叔好神箭也。〔曹操白〕吩咐搜山。〔衆應科，唱〕

【雙角套曲・也不羅】過山林(句)，麾彩旗(韻)，見參參古樹低(韻)。只趕的赤豹黃熊走似飛(韻)，震山川鼓又催(韻)。〔遶場圍住科。熊、虎、豹、鎗手作分殺科，下。隨駕衆軍白〕趕出一白鹿來了。〔同唱〕

【雙角套曲・錦上花】白鹿走如飛(韻)，趕上休遲滯(韻)。〔曹操白〕臣啟萬歲：白鹿世之罕物，請萬歲開其寶弓，放金鈚御箭。〔獻帝白〕甚好。〔曹操白〕衆軍聽者，萬歲射中白鹿，衆軍齊下馬呼萬歲三聲稱賀。〔内衆白〕得令。獻帝白：看弓箭來。〔唱〕掩這裏挽雕弓似月輝(韻)，忙搭上狼牙矢(叶)〔作射三箭。内鼓應。獻帝唱〕恨只恨股肱無力(韻)。〔曹操奪弓推獻帝科。曹操射科，叫〕奮平生勇力(韻)，你看萬人環立(韻)，只教那白鹿兒死吾手裏(韻)。〔射中科。張遼、許褚白〕射中。〔内衆白〕萬歲、萬歲、萬萬歲！〔曹操作笑白〕收圍。〔衆唱〕

【雙角套曲・清江引】今朝射獵多豪氣(韻)，獲獸如山積(韻)。旌旗耀日明(句)，回望遠山翠(韻)。共收圍(讀)，大家都都歡喜(韻)。

第一齣　假小心聞雷失箸

〔雜扮家將，引净扮曹操上，唱〕

【南吕宫引・生查子】遣使請劉公(句)，梅園敘舊情(韻)。且看織蓆兒(句)，可有英雄性(韻)。〔白〕下官曹操。昨日許田射鹿一事，惟有劉關張心中不服，被我心生一計：如今四月天氣，梅子正熟，設一小宴，名曰青梅會，請劉備到來，看他志氣如何。若志在吾上，就在梅亭殺之；若志在吾下，殺他也無用，留他也無妨。已差許褚去請，怎麽還不見回來。〔副净扮許褚上，白〕青梅煑酒邀嘉客，正是清和四月天。禀丞相，劉備來了。〔曹操白〕你到那裏，他在那裏做甚麽？〔許褚白〕小將去時，劉備在那裏栽花種菜。〔曹操白〕果然如此？〔許褚白〕是。〔曹操白〕我説劉備日後必成大事，今日在那裏栽花種菜，此事亦非大丈夫之所爲。吩咐門上，劉備到此，不須通報，待他自進，不必攔阻。〔許褚應科，下。生扮劉備上，唱〕

【又一體】設宴在梅亭(韻)，且奉明公命(韻)。不必細推詳(句)，只是多恭敬(韻)。〔白〕門上無人在此，我若不進去，〔作想〕怕他——〔相見科。曹操白〕今日那個把門，不來通報？〔雜扮卒子上，白〕是小人。〔曹操白〕該打。〔劉備白〕我與明公是通家，所以不待通報，大膽進來了。如今明公要打他，他就歸怒於小弟了，可饒了他罷。〔曹操白〕既是賢弟討饒，去罷。看冠帶來。〔劉備白〕不勞。小弟不知進退，輕造貴府，萬望恕罪。〔曹操白〕未及迎迓，休得見怪。〔劉備白〕小弟有何德能，敢勞明公設宴相招，愧感、愧感！〔曹操白〕適間忽見枝頭梅子青青，因感去年征張綉時，道上缺水，諸將言渴，被我心生一計，以鞭虛指道：前面有梅林。軍士聞知，口皆生津，因此不渴。今日見之，不可不賞。〔劉備白〕好計、好計！若是别人，倉卒之間，一時那裏想得起來。〔曹操白〕又且煮酒正熟，同邀賢弟小亭一會，以嘗其新。〔劉備白〕多謝明公。〔曹操白〕酒來。〔同唱〕

【中吕宫正曲·好事近】初夏小梅青(韻)，特邀君園蔬煮茗(韻)。巡簷索笑(句)，巨手端應調鼎(韻)。金枝玉葉(句)，合相延讀三益忙開徑(韻)。〔合〕聊藉展一點芹心(句)，且領略半窗疏影(韻)。〔白〕賢弟，我和你閑步一回。你看玩花樓建造得如何？〔劉備白〕果然華麗。〔曹操白〕這是牡丹臺。〔劉備白〕點綴得即景。〔曹操白〕這是觀魚軒。你看這魚兒養在池中，他若伏我便罷；他若不伏我，性命就在眼前。〔劉備白〕明公此魚，養在池中，到也好看。〔曹操白〕叫左右把那領頭魚兒拿起，施鹽加醬，將來適酒。〔卒應科。劉備白〕果然性命不保。〔卒獻梅科。曹操白〕請梅。〔内奏樂。入席科。衆雷部上科。曹操白〕賢弟，你看油雲起處，霎時現出龍掛來了。使君可知龍之變化否？〔劉備白〕不知，願聞指教。〔曹操白〕龍之爲物，能大能小，能昇能隱。大則興雲吐霧，小則隱芥藏形，可比當世之英雄。〔劉備白〕承教了。〔曹操白〕請問使君久歷四方，閱人必多，可知當今之世，誰是命世英雄？〔劉備白〕以備觀之，明公正是英雄也。〔曹操白〕休得過譽。即不識面，亦聞其名，請道。〔劉備白〕淮南袁術，兵糧足備，可謂英雄也。〔曹操笑科，白〕袁術乃塜中枯骨，早晚之間，吾必擒之，安得爲英雄乎？算不得。〔劉備白〕河北袁紹，四世三公，門多故吏，目今虎踞冀州之地，部下能事者極多，可謂英雄矣。〔曹操笑科，白〕袁紹色厲膽薄，好謀無斷，幹大事而惜身，見小利而忘命，非英雄也，那裏算得。〔劉備白〕有一人名稱八俊，威振九州，荆州劉景升可謂英雄乎？〔曹操笑科，白〕劉表虛名無實，非英雄也。〔劉備白〕益州劉季玉，可謂英雄乎？〔曹操白〕劉璋雖係宗室，乃守户之犬耳，何爲英雄也？〔劉備白〕如張繡、張魯、韓遂等輩，皆何如？〔曹操大笑科，白〕此皆碌碌庸人，車載斗量，何足掛齒。〔劉備白〕除此之外，劉備實不知也。〔曹操白〕夫英雄者，胸懷大志，腹有良謀，有包藏宇宙之機，吞吐天地之志者也。〔劉備白〕但不知誰。〔曹操白〕今天下英雄，惟使君與操耳。〔劉備驚科，白〕忒過譽了！明公正是，備何足當此！〔卒上獻魚科。曹操白〕賢弟請魚。〔内作雷響科，雷部下。劉備作驚科，白〕唬死我也。〔曹操白〕賢弟，大丈夫亦畏雷乎？〔劉備白〕聖人云「迅雷風烈必變」，安得不畏？〔曹操白〕雷乃陰陽激駁之聲，大丈夫何足懼哉。〔劉備白〕不知怎麽樣，小弟從幼怕雷。〔曹操背科，白〕我想此人尚然懼雷，安能成得大事。殺他也無用，留他也不爲害。〔轉科〕取酒與賢弟壓驚。吩咐將士，各自迴避了。〔卒應科。曹操白〕左右唤女樂們侑觴。〔卒應傳科。衆扮女樂上，白〕鏤月爲歌扇，裁雲作舞衣。歌妓叩頭。〔劉備白〕起來。〔曹操白〕皇叔爺前，再獻青梅煑酒。〔衆歌妓白〕曉得。〔送酒科，唱〕

【又一體】梅亭（韻）開宴待賢英（韻），纖纖玉斝高擎（韻）。二難四美（句）。好時光正須酩酊（韻）。紅酣緑膩（句），舞翩躚（讀），體態言難罄（韻）。〔送梅科，唱〕〔合〕看枝頭纍纍交垂（句），獻筵前裊裊看承（韻）。〔雜扮卒上報科，白〕有事不敢不報，無事不敢亂傳。禀爺：袁紹殺了公孫瓚，得了瓚軍，聲勢甚盛。袁術歸帝號於袁紹，親送玉璽，欲歸河北。〔劉備白〕袁術欲歸河北，必從徐州經過。備領一軍半路截殺，袁術可擒。〔曹操白〕賢昆仲肯去，使吾無慮，要多少人馬？〔劉備白〕只帶本部三千人馬。〔曹操白〕他軍有數十萬，你怎麽只帶本部三千人馬？〔劉備白〕自古道，軍在精而不在多，將在謀而不在勇。〔曹操白〕既如此，來日表奏興師便了。〔劉備白〕告辭了。〔曹操白〕來日置酒奉餞。〔劉備白〕不敢。〔曹操白〕青梅煑酒論英雄，〔劉備白〕特向徐州建大功。〔曹操白〕除却奸臣扶漢室，〔合〕九州四海仰仁風。〔分下〕

第二齣　真大意縱虎歸山

〔雜扮軍卒車夫，引小生扮郭嘉，末扮程昱上，同唱〕

【雙調正曲·朝元令】驟馬加鞭似箭(韻)，撲得塵堆面(韻)。山川歷遍(韻)，急轉如飛電(韻)。奉命宣差(句)，寧辭遥遠(韻)。〔分白〕我郭嘉。我程昱。〔合〕奉丞相鈞旨，徵取錢糧，今日回來。衆軍士快些趲行。〔衆應科，唱〕徵取疾忙回轉(韻)，怎敢俄延(韻)。長安遥望何處邊(韻)，舉目盡風煙(韻)。前途塵蔽天(韻)，〔内吶喊科，郭嘉唱〕〔合〕喊聲一片(韻)。紛紛的何方交戰(韻)，何方交戰(疊)？〔雜扮衆小軍，引生扮劉備，净扮關公，净扮張飛上，同唱〕

【中吕宫正曲·縷縷金】督軍馬(句)，忙向前(韻)，幸得脱虎口(句)，出深淵(韻)。長安雖是好(句)，實難留戀(韻)。〔郭嘉、程昱白〕皇叔督兵何往？〔劉備白〕只因袁紹破了公孫瓚，又得其弟袁術合兵一處，吾特領兵前往徐州截之。〔郭嘉、程昱白〕如此，丞相知否？〔劉備白〕丞相奏請，方得領兵而來。〔郭嘉、程昱白〕原來如此。皇叔此去，旗開得勝，馬到成功，不卜可知也。〔劉備白〕全仗丞相虎威，簡命在身，不敢久停，告别了。〔劉備、關公、張飛同唱合〕正是相逢各自猛加鞭(韻)，争把前程辨(韻)，争把前程辨(疊)。〔下。

郭嘉、程昱白〕丞相放了劉備，又加一兵馬，如虎添雙翼，後欲治之，豈可得耶。不免急回去，與丞相商議便了。〔唱〕

【黄鐘宮正曲·出隊子】吾心疑忌(韻)。適看劉君騎似飛(韻)，此行料不復回歸(韻)。惟有恩東少見識(韻)，〔合〕龍至滄江(讀)，虎添羽翼(韻)。〔郭嘉白〕喜得已到相府門首，疾忙稟報便了，丞相有請。〔雜扮衆家將，引净扮曹操上，唱〕

【又一體】朝思夕計(韻)，未滅群雄伏禍機(韻)。昨差劉備破袁術(韻)，兩兄相争有一危(韻)。〔合〕再把英雄(讀)，英雄掃跡(韻)。〔郭嘉、程昱見科，白〕丞相在上，我等拜見。〔曹操白〕你二人回來了？〔郭嘉、程昱白〕回來了。〔曹操白〕錢糧明白了麽？〔郭嘉、程昱白〕俱已明白了。請問丞相，劉備督兵何往？〔曹操白〕你們不知，袁術欲投袁紹。我正慮二人協力，急難收復。不想劉備願去截戰，使吾不勝喜悦。〔郭嘉、程昱白〕帶多少人馬？〔曹操白〕他只帶得本部三千人馬。〔郭嘉白〕此是脱身之計了。〔曹操白〕怎見得？〔郭嘉、程昱白〕他既有心去截戰袁術，只該多帶人馬。他今只帶本部人馬前去，乃放虎歸山、放龍入海，再欲治之，豈可得乎？劉備又甚得民心，關、張乃萬人之敵，亦非在於人下者，丞相豈不察之？〔曹操白〕吾觀劉備，閑時學圃，又復懼雷，此非成事業之人，何足憂也。〔郭嘉、程昱白〕學圃者，爲瞞丞相耳；畏雷者，非出於本心。丞相本是明燭照天，反被劉備瞞過了。〔曹操白〕你們説得有理。〔唱〕

【越調集曲・憶鶯兒】想着伊(韻)，真可疑(韻)。忙差人馬疾去追(韻)，須令虎將突入圍(韻)。追兵點齊(韻)，出其不意(韻)，管救一命歸泉世(韻)。〔同唱合〕莫稽遲(韻)，差兵點將(句)，擒獲展愁眉(韻)。〔曹操白〕你二人不必多言，與我喚許褚來。〔郭嘉、程昱白〕許褚何在？〔副凈扮許褚上，白〕聽得丞相令，忙步到臺前。〔見科。曹操白〕許褚，你可帶鐵騎五千，連夜趕劉備轉來，與我共議行兵大事。如不轉來時，擒來見我。〔許褚白〕得令。〔曹操白〕與你貔貅勇健兵，〔郭嘉、程昱白〕速擒劉備莫容情。〔許褚白〕從今各奮鷹揚志，〔合〕共立奇勳顯姓名。〔下〕

第三齣　難追鐵甲三千騎

〔雜扮衆小軍，引生扮劉備，净扮關公，净扮張飛上，同唱〕

【越調正曲·水底魚】怒氣沖天韻，威風似火燃韻。〔合〕翻身跳出句，虎穴與龍淵韻，虎穴與龍淵疊。〔張飛白〕殺！〔劉備白〕兄弟殺甚麽？〔張飛白〕殺袁術。〔劉備白〕那裏殺袁術，是吾脱身之計也。〔張飛白〕如此，何不講明了？〔劉備白〕若説明了，恐有不測。曹操必有追兵到來，衆軍士趲行幾步。〔衆應，同唱合〕翻身跳出句，虎穴與龍淵韻，虎穴與龍淵疊。〔下。雜扮衆小軍，引許褚上，同唱〕

【南吕宫正曲·劉衮】乘鐵騎韻，乘鐵騎疊，軍中嚴令如電疾韻。爲趕奸雄句，忙行追逼韻。可將他三人句，一齊拿住同回韻。合教他無路登天句，無門入地韻。〔作趕上科，白〕玄德公請了。〔劉備白〕校尉來此何幹？〔許褚白〕奉丞相之命，着俺前來請玄德公回去，共議行兵大事。〔劉備白〕將在軍中，君命有所不受。我有一言，爲我代稟丞相。前日路遇郭嘉、程昱，問我索取金帛，不曾相贈，以此結仇。他們就在丞相前讒言害我。今日故令汝來趕我。吾感丞相之恩，未常敢忘。汝當速回，將吾言告知丞相。〔許褚白〕丞相有令，若不轉去，要生擒去見我主公。〔劉備、關公、張飛殺許褚敗下，劉備白〕

衆軍速回徐州去。〔同唱〕

【雙調正曲·朝元令】欽蒙聖眷㊙，一旦離金殿㊙。風霜經遍㊙，不憚身勞倦㊙。一點葵心㊀，未曾舒展㊙，只爲奸雄專擅㊙，罪惡滔天㊙。欺君蠹國握重權㊙，九鼎欲移遷㊙，百官如倒懸㊙。〔合〕速離禁苑㊙，誰肯惜路途遥遠㊙，路途遥遠㊫。〔同下〕

第四齣　密草椒房一尺書

〔旦扮衆宫女，引小旦扮董妃上，唱〕

【仙吕宫正曲·風入松】鸞臺鳳閣捲春風韻，寶鼎中雞舌香濃韻。後庭獨冠三千寵韻，並不是襄王入夢韻。〔合〕尚君王位號褒封韻，列椒房掌六宫韻。〔白〕身居繡閣近蒼穹，翠繞珠圍錦繡叢。試看玉樹連金屋，寵冠三千掌後宫。妾身董貴妃是也，蒙聖恩寵冠後宫，父母俱亡，只有親兄董承，官拜國舅，報國盡忠。昨日聖上出獵未回，宫女們，駕到疾忙來報。〔内應科。雜扮太監，引小生扮獻帝上，唱〕

【又一體】出遊郊外轉回宫韻，恨奸雄欺罔難容韻。〔白〕只因許田射鹿，曹操身背寡人，竟受萬歲三聲，分明欺君甚矣。〔唱〕不思叨受皇恩寵韻，待學取欺君强横韻。〔合〕不由人忿氣填胸韻，髮直豎，怒沖沖韻。〔内報科。董妃接科。獻帝白〕貴妃平身。〔獻帝换衣科，白〕迴避。〔宫女、内侍應下。内起更科。獻帝作嘆科。董妃白〕萬歲遊獵回來，爲何愀然不樂？〔獻帝唱〕

【又一體】時乖運蹇吉成凶韻，我與你早晚間性命難保其終韻。〔董妃白〕萬歲富有四海，貴爲天子，何説此話？〔獻帝滾白〕朕雖爲天子，富有四海，所遇境界不同，境界不同。〔唱〕纔誅君側奸臣董(韻)，又遇着李郭雙凶(韻)。〔董妃白〕李傕、郭汜，今已誅了，説他怎的。〔獻帝白〕妃子，你身居宫内，那知外事。〔滾白〕如今曹操掌百萬之貔貅，出入宫庭，尤勝董卓之權。〔唱合〕他威權勢釀禍將萌(韻)，挾天子令群雄(韻)。〔董妃白〕妾聞曹操雖奸，尚無欺君之跡。〔獻帝唱〕

【又一體】欺君謀位已多宗(韻)。〔滾白〕那曹賊他狠如青竹蛇兒口，毒似黄蜂尾上針。他欺君謀位已多宗。〔白〕朕久聞他有篡國之心，猶未深信。今日遊獵呵，〔唱〕在許田射鹿明攻(韻)，金鈚一發他偏中(韻)。〔白〕寡人遊獵許田，趕出白鹿一隻，曹操道：「白鹿世之罕物，不可亂射。萬歲用金鈚御箭射中白鹿，衆臣齊下馬呼萬歲。」誰想寡人連射三箭不中，曹操奪弓在手，一箭射中白鹿。衆臣見金鈚御箭射中白鹿，齊下馬呼萬歲三聲。曹操將身掩朕躬，竟自受了，分明有欺君之意也。〔董妃白〕彼時怎麼不吩咐拿下？〔獻帝唱〕那時節兵由他弄(韻)。〔滾白〕奈衆將是他心腹之人，況又不聞天子宣，專聽將軍令。〔唱合〕恨兵權在他掌中(韻)，我只得權忍耐且姑容(韻)。〔董妃唱〕

【又一體】勸君王不必淚溶溶(韻)，聽妾身奏達宸聽(韻)。〔白〕既是曹操有篡國之心呵，〔唱〕何妨密詔請臣衆(韻)，彰天討滅賊旌功(韻)。〔獻帝白〕如今滿朝文武，俱是他心腹之人，那得一個赤膽忠心的。〔董妃白〕聖上道滿朝文武，無一人可托。妾舉一人，大事可成。〔獻帝白〕是何人？〔董妃滾白〕就是董承。暗付密詔與他，會合諸臣共滅國賊，豈不美哉。〔唱合〕想吾兄夙俱丹忠(韻)，曾救駕在江東(韻)。〔獻帝白〕貴妃言之有理。奈你兄年邁，恐幹不得大事了。〔董妃白〕萬歲，吾兄雖然年邁，終不然教他廝殺不成？聖上暗行密詔一封與他，會合諸臣共滅曹賊。〔獻帝白〕宮院內外，皆是他心腹之人，猶恐泄漏其事，反招其禍。〔董妃白〕既怕泄漏，就在燈下寫成密詔，縫在玉帶之中，明日宣他上殿，將袍帶賜與他。他知其情，必邀諸臣以滅國賊，江山可保。〔獻帝白〕更深夜静，那有文房四寶？〔董妃白〕萬歲，可將白袍扯下一幅，却不好也。〔獻帝白〕也罷，就將衣服扯下一幅，咬破指頭寫下一篇血詔，有何不可。〔獻帝咬指疼科，唱〕

【又一體】指頭咬破寫泥封(韻)。〔白〕朕想古今歷代帝王呵，〔唱〕誰似我身類飄蓬(韻)，從風不定難操縱(韻)。〔白〕老天呵，〔唱〕幸垂鑑血書哀痛(韻)，〔合〕誅逆賊國運興隆(韻)，永奠定謝蒼穹(韻)。〔白〕近者曹賊弄權，欺壓君父，結連黨羽，敗壞朝綱，勅賞封罰，不由朕主。朕夙夜憂思，恐天下將危，卿乃國之大臣，朕之至戚，當糾合忠義之士，殄滅奸黨，復安社稷，祖宗幸甚。破指灑血，書詔付卿，再四慎之，勿負朕意。建安四年春三月詔。詔已寫畢，貴妃，付與你。你可藏於玉帶之中，着一個老成内侍去賜與他便了。〔董妃白〕領旨。〔獻帝白〕漢家四百年天下，全在令兄此舉。〔董妃白〕仗皇天默佑，萬歲血詔管取成功。〔獻帝白〕一封血詔手親書，〔董妃白〕但願忠良把佞除。〔獻帝白〕伏望蒼天相保佑，〔同白〕再與漢室轉皇圖。〔下〕

第五齣　賜衣帶血詔潛投

〔末扮董承上，唱〕

【小石調引・撻破歌】蒙頭白鬚漸紛紛韻，多緣憂國如焚韻。〔白〕自家國舅董承是也，奉旨宣召，不免前去。來此以是午門，不免竟入。〔末扮黃門官上，白〕國舅請了，到此何事？〔董承白〕聖上宣召。〔黃門官白〕必須禀過曹相。〔董承白〕難道你不曉得我不怕死的董承？〔黃門官白〕喲，國舅是不怕死的，小官却是怕死的。適纔有個老官監，他説聖上宣你，賜你袍帶，我也曾對他説過，若有袍帶，就着他拿出來賜你，這還使得，若要陛見，必須禀過丞相。待我唤他出來。嗎，老公公。〔丑扮太監上，白〕怎麼説？〔黃門官白〕國舅來了，待我禀丞相去。〔下。太監白〕國舅請了。〔董承白〕老公公，下官奉旨宣召，不知有何命令？〔太監白〕聖上賜你袍帶。〔隨意念虛白。董承白〕老公公何不引我去面聖？〔太監白〕這都使不得，要叫曹鬍子知道，不是頑的。〔董承隨太監虛下。雜扮手下，引净扮曹操上，白〕出入宮庭擁甲兵，三公寵錫有何榮。滿朝文武皆心腹，惟恨區區老董承。適纔黃門報道，宣國舅入朝，不知何事，待我去看來。〔董承上，白〕呀，遠遠望見，來的似曹操一般，我有道理。〔曹操白〕來的是國舅？國舅請了。〔董承白〕丞相請了。〔曹操白〕這袍帶想是聖上賜與國舅的？〔董承白〕聖上着老宮監賜與我的。下官原要陛見，黄門説須稟過丞相方許陛見，這也豈有此理。〔曹操白〕那裏是黄門不容陛見，還是國舅不肯陛見。我雖爲宰，不曾得此；若得這袍帶一穿，萬幸萬幸。〔董承白〕丞相若喜，就此奉上。〔曹操白〕國舅若肯見贈，回家多取金帛相酧。〔董承白〕不敢。推食未承君石寵，綈袍戀戀故人情。〔下。曹操白〕左右，將這袍帶打開搜來，可有什麽東西。〔衆手下應尋科，白〕没有甚麽。〔曹操白〕衣縫裏尋看。〔手下白〕也没有。〔曹操白〕既没有，請國舅轉來。〔手下應請科。董承上科，白〕丞相叫轉，有何吩咐。〔曹操白〕我想這袍帶是聖上賜與你的，我若要了，聖上知道，只説我貪利了。不敢受，送還。解衣推食從來語，〔董承白〕綈袍斷義枉爲人。〔曹操白〕袍帶今朝親自與，〔合〕始信皇王重老臣。〔下。丑扮苗澤上，白〕自家本姓苗，家父名譽高。出我浪蕩子，終日醉酕醄。自家乃董府中一個頭兒腦兒、頂兒尖兒苗澤的便是。蒙我主人將家事託付與我掌管，内外之事俱我支持。主人家有使女名喚春雲，與我十分情厚。主人在家，不能如意。今早老爺上朝未回，不免叫他出來快活快活。春雲快來。〔小旦扮春雲上，唱〕

【雙調正曲・鎖南枝】梳粧罷(句)，出户庭(韻)，忽聽前邊喚我名(韻)。公相入朝庭(韻)，未見歸來影(韻)。〔合〕他老成(韻)，没風情(韻)；苗官人(句)，有春興(韻)。〔苗澤白〕春兒。〔春兒白〕苗兒。〔苗澤白〕你怎麽叫我苗兒？〔春雲白〕你怎麽叫我春兒？〔苗澤白〕苗兒思春了。〔春雲白〕看你這個嘴臉兒。〔苗澤白〕乖乖，今後只叫我相公。〔春雲白〕叫你是相公尚早。〔苗澤白〕我原是你的相公。〔春雲白〕不要閒説，叫我怎麽。〔苗澤白〕我和你一對好夫妻，終日被那老兒打攪，再不得快活快活。依我説，買一服毒藥與他吃了，請他上道。〔春雲白〕你這蠢才，不要胡説。好事不忙，看老爺來。〔苗澤白〕老兒還有一會不來，我和你快活快活。〔末扮董承上，唱〕

【南吕宫引·生查子】入覲沐殊榮(韻)，叨受恩波永(韻)。三傑冠時英(韻)，後輩誰能並(韻)。〔春雲白〕老爺來了。〔苗澤下。董承白〕手下迴避。春雲拿燈，請香案過來。〔春雲應取燈放桌上科，下。董承白〕吾皇萬歲、萬萬歲！〔董承唱〕

【雙角集曲·江頭金桂】拜謝君王寵命(韻)，緋袍玉帶擎(韻)。這恩德猶如天並(韻)，廣大難名(韻)。念功勳特賜卿(韻)。自愧無能(韻)，桑榆晚景(韻)，不能勾削除奸佞(韻)，報答朝廷(韻)。深受君恩心不寧(韻)。〔白〕咳，我想聖上賜我袍帶，其中必有緣故，待我看來没有甚麽東西。咳，聖上，你有甚麽話，就着老公監與我明説也罷了，這袍帶教我怎麽解。〔唱〕慢自心中思省(韻)，心中思省(疊)，隱語難明(韻)，徬徨不定(韻)，〔合〕好教我意怦怦(韻)。〔睡科。雜扮鬼魂上，燒帶科。董承驚醒科，唱〕呀，却原來是風吹燭漸燈花墜(句)，燒損玲瓏玉帶鞓(韻)。〔白〕呀，那玉帶板中甚麽東西，原來是封血詔：近者曹賊弄權，欺壓君父，結連黨羽，敗壞朝綱，勑賞封罰，不由朕主。朕夙夜憂思，恐天下將危，卿乃國之大臣，朕之至戚，當糾合忠義之士，殄滅奸黨，復安社稷，祖宗幸甚。破指灑血，書詔付卿，再四慎之，勿負朕意。建安四年春三月詔。原來爲曹操專權，私封血詔，教我集同豪傑，共滅曹賊。又恐走漏消息，將血詔藏在玉帶板中，將大事託付與我。我想滿朝文武，都是他心腹之人，安得有人與我同謀。吾又年老，怎救國難，兀的不悶殺吾也。〔春雲上，白〕老爺，〔唱〕

【又一體】爲甚的心中不静(韻)，輕輕古上聲(韻)？何不把其間綱領(韻)，説與奴聽(韻)。寬解你愁悶縈(韻)。〔白〕老爺，你家眷雖有數百餘口，〔滚白〕心意相投能有幾人？老爺呵，〔唱〕有甚隱情(韻)，①胸懷耿耿(韻)。莫不是傷秋宋玉(句)，對景淒情(韻)，白髮盈頭暮齒增(韻)。〔白〕若不然呵，〔唱〕爲甚的愁懷抑鬱(句)，愁懷抑鬱(疊)。莫不是國運欹傾(韻)，朝廷失政(韻)，〔合〕因此上實勞生(韻)。你看兩條眉鎖江山恨(句)，一片心懷社稷興(韻)。〔董承唱〕

【又一體】只爲權臣勢柄(韻)，思將宗社傾(韻)。〔白〕春雲，自從夫人亡過，你是我心腹之人，知道我心下事情。只爲皇帝懦弱，曹操有篡國之心，聖上將血詔藏在玉帶板中，〔唱〕要我聚同豪傑(押)，暗撥雄兵(韻)，爲國家除奸佞(韻)。〔白〕如今滿朝文武，俱是他心腹之人，安得有人與我同謀。〔唱〕那得個忠烈公卿(韻)，共扶明聖(韻)。也只爲君恩難負(句)，一片丹誠(韻)，重與炎劉定太平(韻)。因此上心懷憂恐(句)，心懷憂恐(疊)。想昔日救駕梁城(韻)，我也曾去揚威權勁(韻)。〔合〕嘆頹齡(韻)，〔春雲白〕老爺，自古道虎瘦雄心

① 「隱」，原作「陰」。

在，說甚麼年老。〔董承白〕慢言虎瘦雄心在（句），人老而今力不能（韻）。〔白〕春雲，我一時憂悶，心下不快，叫苗澤去請吉先生來看脈下藥。〔春雲白〕是，曉得。〔下。董承白〕且住。我想曹操近日有病，俱是吉平用藥，不免暗說此人，用毒藥藥死這奸賊。但不知此人心跡如何。待他來看脈，相機商議便了。正是：難將我語和他語，未卜他心似我心。〔下〕

第六齣　翊衮旒赤心共吐

〔丑扮苗澤上，白〕奉了主人命，去請吉先生。方纔春雲説老爺有病，命我請吉先生看脈，就此前去。行行去去，去去行行。來此是他家門首，待我叩門。門上有人麼？〔丑扮童子上，白〕黄犬門邊吠，何人剥啄敲。什麽人？〔苗澤白〕相煩通報，説董國舅差人，請爺前去看脈。〔童子白〕請少待。老爺，有請。〔生扮吉平上，唱〕

【仙吕宫引・鷓鴣天】家傳國手唤名醫㊞，天下馳名四海知㊞。〔相見科，吉平白〕請問何宅管家，到此何事？〔苗澤白〕我是董國舅府中來的。我老爺心下不安，請去看脈。〔吉平白〕聞得你家爺，昨日聖上賜了袍帶，怎麽今日就有了病？〔作想科〕且隨你前去。〔童兒白〕可要背藥箱去？〔吉平白〕不用。〔童兒下。苗澤白〕先生可有甚麽毒藥？〔吉平白〕你家爺有病，怎麽要起毒藥來？〔苗澤白〕不是。家中老鼠作怪，我想要藥死這老鼠。〔吉平白〕胡説。〔苗澤白〕此間就是，待我通報老爺：吉先生來了。〔董承上，白〕請進來。〔苗澤白〕先生有請。〔吉平進見科，白〕國舅大人拜揖。〔董承白〕元甫少禮。〔吉平白〕國舅呼唤，有何吩咐？〔董承白〕先生，我朝事縈心，疾病沾體，請你看脈下藥。〔吉平白〕没有

什麽病哦，國舅，你的病我知道了。〔唱〕

【中吕宫正曲・駐馬聽】脈息兢兢(韻)，惱怒傷肝氣不平(韻)。只爲憂心太重(句)，久失調和(讀)，體弱難勝(韻)。〔董承白〕此病甚麽病？〔吉平白〕貴恙叫做腹内症也，只爲手下無力。〔唱〕我與你十全大補用參苓(韻)，只用君臣一劑消沉病(韻)。〔白〕國舅，你有什麽心事，説與我知道。〔董承白〕説與你也是枉然。〔吉平唱合〕請説其情(韻)。捨身取義(讀)，吾心方稱(韻)。〔董承白〕先生之言，知我病源。〔吉平白〕下官曉得。〔董承白〕先生乃高明之士，只是人心難託。〔吉平白〕下官在朝，赤心報國，有什麽難託？〔董承白〕若有赤心報國之意，聽我一言。〔吉平白〕請道。〔董承唱〕

【又一體】爲國憂病(韻)，〔白〕只因那，〔吉平白〕請道。〔董承唱〕使我將言不敢傾(韻)。只恐怕機謀不密(句)，漏洩于人(讀)，返害其生(韻)。〔吉平白〕下官豈有假言。〔董承唱〕你須是如山盟誓表忠誠(韻)，我把衷腸細語君詳聽(韻)。〔吉平白〕國舅，你道我没有忠心輔漢麽？我就對天盟誓：老天，我吉平若無忠心扶漢，天不蓋、地不載。〔董承白〕吉先生，你果有忠心輔漢。〔吉平白〕我已對天盟誓，豈有假意。〔董承白〕真個？〔吉平白〕真個。〔董承白〕果然如此，先生請上，受我一拜。〔同唱合〕天地神明(韻)，把忠言昭鑑(讀)，可爲盟證(韻)。〔吉平白〕國舅到底爲着何事，就請明言。〔董承白〕先生不知，聖上賜我袍帶，玉帶板中血詔一封，命我會合群臣，與國除賊。〔吉平白〕既有此事，我與國舅商量，除此國賊便了。〔董承白〕妙呀，先生若肯如此，我病體全然好了。且取酒來，我和你慢慢商量。春雲，看酒來，你自迴避。

〔雜扮手下，引外扮馬騰上，白〕欽承王命入神京，不料奸曹禍漸成。四百年來綿漢祚，丹心一點恨難平。下官馬騰是也，聞得聖上着老宮監賜國舅袍帶，其中必有緣故。爲此特地前來。來此是他門首，通報。〔手下白〕有人麽？〔院子上，白〕什麽人？〔手下白〕馬老爺來拜。〔院子白〕稟爺，馬老爺來拜。〔董承白〕苗澤，請吉先生且躲一躲。〔苗澤應科，引吉平下。董承白〕院子，請馬老爺書房中相見。〔院子白〕請馬老爺相見。〔馬騰、董承相見禮科。馬騰白〕國舅，我爲西涼不時有寇，特來拜别，求示方略回程。〔董承白〕殘軀微疾，接待不週。〔馬騰白〕面帶春色，非是有恙。〔董承白〕方纔用火酒服藥，所以如此。〔馬騰白〕火酒服藥？國舅與人在此同飲？〔董承白〕没有，是老夫一人。〔馬騰白〕國舅自家，怎麽兩雙筯子、兩個酒盃？〔董承白〕這是多取來的。〔馬騰白〕你不要瞞我，得非爲曹公之事麽？〔董承白〕曹公乃國家梁棟，吾何能及也。〔馬騰白〕你尚然曹操爲正人耶？〔董承白〕耳目甚近，不可高聲。〔馬騰白〕不要瞞我了，有甚麽事，不妨與我商議。〔董承白〕實不相瞞，我方纔與元甫在此商事。〔馬騰白〕既是吉元甫在此，請來相見。〔董承白〕元甫有請。〔吉平上，白〕怎麽説？〔董承白〕馬大人相請。〔馬騰見吉平科，白〕久聞妙手，國家寵加，可羨可羨。〔吉平白〕徒得虚名，惶愧惶愧。〔馬騰白〕元甫，議論國事，怎麽瞞我？〔吉平白〕没有甚麽事。〔馬騰白〕方纔國舅都與我講明了。〔吉平白〕實在没有什麽事。〔董承白〕元甫，壽承素懷忠直，不必疑忌。〔馬騰白〕國舅，聖上賜你袍帶，其中有故。〔董承白〕壽承，你是忠直之人，説與你知道。如若漏泄，漢家天下休矣。〔馬騰白〕豈有此理，你且説來。〔董承白〕聖上私寫血詔一封與我，命我糾合忠義之人，同滅曹賊。〔馬騰白〕既如此，怎麼瞞我！汝若有内助，吾當舉西涼之兵，以爲外應。〔董承白〕馬大人若肯相助，大事諧矣。〔吉平白〕西涼來此，往還有數千餘里，迫不及待，我有一計在此。〔馬騰白〕有何好計！〔吉平白〕曹操有病，名曰「虎頭瘋」，痛入腦骨，方纔舉發，召我醫治。只消我一服毒藥，必然死矣，何須動刀兵乎？〔董承白〕有此話説，真漢室之幸也。〔馬騰白〕先生之言，正合我意。請上，受我二人一拜。〔同唱〕

【小石調正曲·摧拍】賴先生忠心似丹(韻)，此一去非同小看(韻)。轉禍爲安(韻)，轉禍爲安(疊)。全憑天鑑(韻)，削佞除奸(韻)。保國安寧(讀)，我死亦何難(韻)。〔吉平白〕告辭了。〔董承白〕吉元甫請轉。〔吉平轉科。董承白〕吉先生，此事關係非小，倘有洩漏，我三人性命事小，國家事大，須要小心。〔同唱合〕我三人赤膽忠肝(韻)，寧滅族不盟寒(韻)。〔吉平白〕轟轟烈烈吐忠肝，〔董承白〕密事藏機莫漏言。〔馬騰白〕不施轉國安邦策，〔合〕怎得奸雄喪九泉。〔吉平、董承、馬騰作啞譏科，同下。〕

第七齣　未將國賊頭瘋療

〔净扮曹操，生扮張遼，副净扮許褚同上。曹操唱〕

【南吕宫引・生查子】有事最關情(韻)，無意臨朝政(韻)。去覓吉平來(句)，解却心頭病。〔白〕一心長繫廟堂憂，鎮日遑遑未得休。夜夢不知凶與吉，教人展轉費推求。〔張遼白〕主公拜揖。〔曹操白〕免禮。〔張遼白〕主公病體如何？〔曹操白〕十分沉重。張遼，吾夜來一夢，甚是不祥。〔張遼白〕主公夜來何夢？〔曹操白〕夢見五馬拱槽而食，有何吉凶？〔張遼白〕主公姓曹，怕有姓馬的併吞主公。〔曹操白〕只有馬騰父子，掌西涼兵三十六萬，常憂在心，正應此兆。又夢見一犬撲着我，幸得獵人射退，方纔得脱。〔張遼白〕主公夢見一犬撲着，今日必有刺客，須要仔細。〔曹操白〕刺客？曾令人去請吉元甫，怎麽尚不見來？〔張遼白〕想必就到。〔生扮吉平上，唱〕

【仙吕宫引・鷓鴣天】一片丹心能貫日(句)，削除奸佞報朝廷(韻)。〔白〕明公在上，卑職參拜。〔曹操白〕吉先生免禮，看了脈，然後下藥。〔吉平白〕如此，請出手看脈。〔作看脈科〕。請尊容一看。〔曹操白〕煩勞先生，務要斟酌。〔吉平白，唱〕

【黄鐘宫正曲・降黄龍】一見明公(句),神色蒼茫(讀),憂惶不定(韻)。外傷六氣(句),内感七情(讀),交攻相併(韻)。先應(韻)調和湯藥(韻),一服下自然寧静(韻)。〔曹操唱合〕聽伊言詳知虚實(讀),深知吾病(韻)。〔張遼白〕先生下什麽藥?〔吉平白〕只用一服末藥。〔張遼白〕用什麽引子?〔吉平白〕用火酒送下。〔曹操白〕火酒性烈。〔吉平白〕以火攻火,其火自躲。〔曹操白〕看火酒來。〔吉平與曹操虚白,遞藥科,白〕明公請用藥。〔張遼白〕住了。自古道,君用藥,臣先嘗之。我既爲主公心腹,亦當先嘗而後進。〔吉平白〕藥是好藥,過不得手。〔張遼白〕怎麽過不得手?〔吉平白〕過手就不效了,請明公用藥。〔曹操作冷笑科,白〕張遼,把這藥拭與狗食。〔張遼應科,下。曹操白〕教你死而無怨。〔吉平白〕我這藥是好藥,怎見得是毒藥?〔曹操白〕胡説,吩咐開門。〔下又上,白〕代吉平。〔張遼上,白〕啟主公:將藥與狗食,狗不食,將肉放在藥内與狗食了,登時而死。〔曹操白〕呀!吉平,我和你前世無寃,今世無讐,爲何將毒藥來害我,是何道理?〔吉平白〕曹操,我恨爾久矣!奈我官卑職小,力弱難成。今爾有病,請我下藥。謀事不成,非智也。我是爲國除賊,豈是私讐而來。〔曹操白〕你是什麽小職,怎害得我大臣乎?〔吉平白〕奸賊,你獨霸朝權,只怕天理不容。〔曹操白〕我爲漢相,身勤王事,豈是國賊乎?左右,與我拏下去打。〔雜扮衆軍牢暗上應科,拏打科。曹操唱〕

【又一體】狂生(韻),快自招承(韻),主使何人(讀)?教伊拆證(韻)。〔吉平滚白〕我吉平畫虎不成反類犬也。〔唱〕恨老天不佑(句),使我怨氣填膺(韻)。〔曹操白〕不打不招,與我打。〔打科。吉平唱〕休争(韻)。甘心

待斃(句)，我只是一點忠真(韻)。〔合〕可比那金石同堅(讀)，冰霜相映(韻)。〔曹操唱〕

【黄鍾宫正曲·黄龍滚】還敢逞無情(韻)，還敢逞無情(叠)，尚自行凶性(韻)。當前敗露(讀)，且三推六問難容硬(韻)。〔吉平唱〕任你千刀萬剮(句)，九死吾甘領(韻)。〔滚白〕我在地府陰司，不放你亂國奸臣。〔唱合〕今日受嚴刑(韻)，任屈打(句)，拚微命(韻)。〔張遼唱〕

【又一體】笑你癡吉平(韻)，笑你癡吉平(叠)，不肯言名姓(韻)。代人受杖(讀)，終究是難逃公等(韻)。〔吉平白〕呸！張遼小畜生，你是什麽好人！〔唱〕你是個助桀扶奸(句)，苟圖榮幸(韻)。〔合〕全不相順天心(句)，達天理(句)，依天命(韻)。〔曹操白〕綁去梟首示衆。〔衆綁科。吉平白〕咳，罷了！〔唱〕

【尾聲】忻忻含笑刀過勁(韻)，死後忠魂返漢庭(韻)。〔白〕我死後難道就罷了不成？〔唱〕還有幾處英雄起戰征(韻)。〔下。張遼白〕刀下留人。〔曹操白〕爲何？〔張遼白〕主公，方纔吉平説，還有幾處英雄起戰征，想他必有同謀之人。〔曹操白〕既如此，將吉平收監掩門。〔衆應下。張遼白〕主公來日召取滿朝文武，齊赴至公庭，勘問吉平。招出何人，一體同罪；一人不到，軍法示衆。〔曹操白〕説得有理，水將枝探知深淺，人把言調見假真。〔下〕

第八齣　忽把謀臣心病鈎

〔扮董承，外扮馬騰上，唱〕

【小石調引・宴蟠桃】密事藏機(韻)，通宵不寐(韻)，箇中凶吉難知(韻)。〔馬騰白〕國舅大人：吉元甫事體，未知何如？〔董承白〕已着院子打聽去了，想必就回來也。〔雜扮院子上，白〕不好了！嗄，心慌意亂如飛走，急到家中報事機。不好了！吉老爺被曹操拏下了。〔董承、馬騰白〕吉老爺被曹操拏下了？〔院子白〕小人又打聽的魏公傳令，來日滿朝文武，齊赴至公庭勘問吉平一事，招出何人，一體同罪，一人不到，軍法從事。〔董承、馬騰白〕呀！〔同唱〕

【中呂宮正曲・駐馬聽】聽説因依(韻)，誰想吉平陷禍機(韻)。枉説機關不密(韻)，做事無成(讀)，反受其危(韻)。〔白〕過來，我問你，〔唱〕他問供招指着誰(韻)？可曾説個謀計(韻)？〔院子唱合〕將吉爺拷打禁持(韻)，他直言厲色(讀)，視死却如歸(韻)。〔下。董承、馬騰唱〕

【又一體】義士真奇(韻)，烈烈轟轟世所稀(韻)。臨難不圖苟免(句)，赤膽忠心(讀)，那個如伊(韻)。含冤受屈喫多虧㊣，千年萬載留忠義㊣。〔合〕事莫遲疑㊣，再商良策㊣，重立太平基㊣。〔馬騰白〕你我二人就此前去。〔董承白〕去到那裏便如何？〔馬騰白〕此是我三人同謀之事，豈忍陷害他一人。我和你去到那裏，與吉元甫一同死義。〔董承白〕不是這等。我等同死，國家大事付與何人？莫若去到那裏，且推不知，以俟後日再商量除曹賊之計。〔馬騰白〕有理。烏鴉與喜鵲同巢，吉凶事全然未保。〔同下〕

第九齣　抱忠憤誓死報君

〔衆扮軍牢、將官，引净扮曹操上，同唱〕

【黃鐘宫正曲・出隊子】教人懊惱韻，展轉思量恨怎消韻。不知何人起禍苗韻，今日公庭好定招韻。〔合〕招出何人讀，將他戮勦韻。〔白〕心事不平空宴樂，除非殺却事方休。昨日吉平用毒藥害我，幸得天佑，被我拿下。今日勘問，左右俱要弓上弦、刀出鞘，只許進，不許出。待衆官到來，教他們排班而進。〔衆扮王子服、吴子蘭、董祀、吴碩、种輯、荀彧上，同唱〕

【商調引・接雲鶴】曹相招赴至公庭韻，我等只得忙趨命韻。〔同白〕請了。〔末扮董承、外扮馬騰上，唱〕

【仙吕宫正曲・上馬踢】干戈亂如麻韻，〔董承白〕馬大人，你我來便來了。〔唱〕好教我心驚詫韻。若到那其間句，言語須帶三分詐韻。〔馬騰唱〕你不必嗟呀韻，也休把身家掛韻。〔白〕自古道爲臣盡忠、爲子盡孝。〔唱〕全憑着這句赤膽忠心句，就死何足怕韻。〔董承、馬騰白〕衆位，見禮了。〔王子服、吴子蘭白〕見禮了。〔衆官白〕今日曹相相招，不知爲着何事？〔王子服白〕想是爲那個吉——〔董承白〕那個吉——〔王子服白〕連我也不曉得。〔軍卒白〕衆官到齊了麽？〔衆官白〕到齊了。〔軍卒白〕曹相爺有令，排班而進。〔馬騰白〕這却使不得。〔王子服白〕現在矮簷下，怎敢不低頭。走罷。〔衆官白〕罷了、罷了，報門。〔卒報門，進科。衆官白〕明公在上，下官等參拜。〔曹操白〕不消，看坐。〔衆官白〕侍立請教。〔曹操白〕坐了好講。〔衆官白〕告坐了。〔曹操白〕今日有勞列位至此。〔衆官白〕不敢。〔曹操白〕我自出兖州，統父子之兵勤王于洛陽，不知有何事得罪朝廷，那吉平用毒藥來害我，是何道理？〔衆白〕明公東蕩西除、南征北討，滿朝文武無不感仰。〔曹操白〕這都是面奉之言，背後惡我者盡多。〔衆官白〕明公赤心輔國，誰人不知，況醫家有割股之心，一定錯用了藥。〔曹操白〕哞，今日請列位到此，勘問吉平，招出何人，一體同罪。〔衆官白〕是。〔曹操白〕帶上吉平來。〔衆帶吉平上，唱〕

【高大石調正曲・採茶歌】奸臣妒國民遭虐(韻)，篡國欺君移漢朝(韻)。我今特來誅佞賊(句)，争奈我一點丹心天不保(韻)。〔軍卒白〕犯官進。〔衆白〕進來。〔曹操白〕吉平，〔吉平白〕曹操，〔曹操白〕你爲何稱我之諱？〔吉平白〕你爲何道我之名？〔曹操白〕見我爲何不跪？〔吉平白〕曹操，我吉平上跪天子，下跪父母，豈跪你這亂國奸賊乎？〔曹操白〕人來，與我打。〔衆打科。曹操白〕吉平，你無故用毒藥害我，天理何在？誰與你同謀？從實招來，免得我三推六問。〔吉平白〕奸賊！汝罪過王莽，惡勝董卓，天下人皆欲啖汝之肉，何止我吉平乎？〔曹操白〕我爲漢相，身勤王事，豈是那輩相比？不打不招，與我打。〔衆打科。曹操白〕招來！〔吉平唱〕

【南吕宫集曲・梁州錦序】俺平生正直(韻)，常懷忠義(韻)，要與國家除賊(叶)。〔曹操白〕要與國家除賊？你好大的個顯職！〔吉平唱〕怎奈我官卑職小(句)，〔滾白〕又没個相扶助，〔唱〕奈力弱難成其事(叶)。幸爾(句)有病疾着我來醫(韻)，正中我的機謀。賊，我欲害你(韻)。〔曹操白〕你害我幹國忠良，天理難容。〔吉平笑科，白〕好個幹國忠良！〔滾白〕是了麼賊。争奈天不順、事難齊，天不順、事難齊，反把我忠良無故遭冤死。〔曹操白〕看銅鎚伺候。〔吉平唱〕你看賊徒勢(句)，未知那天理何如(叶)。〔曹操唱〕

【南呂宫集曲・柰子五更寒】俺從來正直無私(叶)，辦赤心匡扶王室(韻)。替天行道(讀)，掃盡了海外蠻夷(韻)。〔滾白〕與士卒同甘共苦，賞罰分明。〔唱〕每日裏忠勤王事(叶)。賊，你無故用毒藥(句)害我體(句)，可見天公不順伊(韻)。今日裏須從直(韻)，當堂一一供招取(叶)：是何人與你共同謀計(韻)。〔衆官同唱〕

【南呂宫正曲・梁州序】告丞相暫息虎威(韻)，且寬容議他何罪(韻)。〔曹操白〕呣，昨日吉平將毒藥害我，列位怎麼不來替我討饒？今日吉平受刑，列位就講議他何罪？就依列位，問他個甚麼罪。列位問他甚麼罪？〔衆官白〕但憑丞相處分。〔曹操唱〕這其間就裏我盡知(韻)，莫不是一黨同爲(韻)？〔王子服白〕丞相在上，這等好好的問他，他不肯説。依下官説，取皮鞭來，每人各打三鞭，不打者一例同罪。〔曹操白〕言之有理。取皮鞭來。〔軍卒白〕鞭到。〔曹操白〕就是王子服先打。〔王子服打科。虚白諢科。軍卒白〕請馬大人打鞭。〔馬騰白〕吉平，誰與你同謀，實實招來。你若不招，我就打了。〔吉平白〕打罷了，問什麼！〔打科，馬騰白〕不招。〔曹操白〕國舅打。〔董承白〕下官不才，也是國家大臣，怎好自己執鞭打人？〔曹操怒白〕啀！〔董承白〕是，下官就打。〔唱〕他那裏叫我刑打(句)，我這裏怎敢推辭(叶)。好教我心下戰兢兢(讀)，却也難迴避(韻)。〔取鞭科，唱〕好教我聲吞下(讀)、淚暗垂(韻)，心中一似剛刀刺(叶)。〔合〕傷情處(句)，怕人知(韻)。〔白〕報數。〔衆應科。董承打科，白〕不招。〔吉平白〕曹操，同謀的都有了。〔曹操白〕招來！〔吉平唱〕

【又一體】我招承説與你知(韻)。〔曹操白〕是那一個？〔吉平滚白〕同謀的，〔白〕是這一個，是那一個。〔曹操白〕綁了！〔衆作綁二官科。吉平白〕都不是。〔唱〕共同謀是你曹賊爲主(叶)。〔曹操白〕鬆了綁。〔衆解科。吉平滚白〕天只消我一句言語，〔唱〕唬得他慌張張失志(叶)。此乃是自已作的(韻)，又何須將他連累(韻)。〔曹操白〕國舅、西涼，附耳低問。〔董承、馬騰應科。滚白〕適纔打得他慌張矣，言東語西。〔唱〕東扯西扳(讀)，又未知舉自何意(韻)。〔白〕吉元甫，受刑不過，招了罷。〔吉平白〕呸！你二人是奸賊一黨，還來問我什麽！〔曹操作笑科。吉平滚白〕國舅、西涼，你二人既爲國家臣子，須當要烈烈轟轟、磊磊落落，纔是個忠臣。你爲何也與奸賊一黨？〔唱〕國舅、西涼，你兩人慌甚的(韻)？我死後做厲鬼，殺你曹賊(韻)。〔合〕身甘死(句)，志不移(韻)。〔曹操白〕將長枷枷起來，明日再審。〔衆應作枷科。吉平唱〕

【尚按節拍煞】忠良無故遭冤斃(韻)。待我杻起枷梢打死——〔白〕曹操，同謀、主謀都有了。〔曹操白〕招上來。〔吉平白〕君子對面難言，叫曹操附耳來。〔軍牢白〕請丞相附耳。〔曹操出公案。吉平唱〕我爲國亡身心足矣(韻)。〔作枷打不着，觸死。軍卒白〕吉平觸階而死。〔曹操白〕吉平既死，將屍抬過了。〔衆應抬屍下。曹操白〕吉平既死，已無對證，衆官且散。〔衆官應科。曹操白〕枉使梟心害大臣，〔衆官白〕誰想今朝毀自身。〔曹操白〕勸君各自存天理，〔衆官白〕眼見分明報應真。〔曹操白〕看轎。〔衆抬轎。曹操〕上轎。〔衆官各分，下〕

第十齣　露姦情求生首主

〔丑扮苗澤上，白〕酒不醉人人自醉，色不迷人人自迷。我苗澤終日被馬騰這老兒打攪，再不能與春雲快活。今日我主人與馬騰，不知爲着甚麽事吃惱，在書房中。且喜無人，不免叫春雲快活快活。春雲快來。〔小旦扮春雲上，白〕忽聽喚聲頻，未審有何因。〔作見科。白〕叫我做甚麽？〔苗澤白〕連日被馬騰這老兒打攪，不曾與你頑耍頑耍來。〔春雲白〕仔細有人。〔苗澤抱春雲虚白科。董承、馬騰上，白〕咳，這事怎麽了？〔撞見苗澤、春雲科。馬騰下，董承白〕哇，狗才！好大膽！家丁們那裏？〔衆家丁上。董承白〕將這廝重打四十。〔打苗澤科。董承白〕人人都説此事，我倒也不信。今日見了，果然是真。好畜生！鎖在後園，明日送城。不成才的狗畜生！〔下。家丁應，同苗澤諢科，家丁下。苗澤唱〕

【雙調正曲·鎖南枝】也是我災星照(句)，退喜星(韻)。兩意相投，驀然禍便生(韻)。每日與調情(韻)，今日遭不幸(韻)。〔合〕空指望(句)，百歲盟(韻)，誰知道被妖精(韻)，斷送我殘生命(韻)。〔春雲上，唱〕

【又一體】終日裏(句)，想愛卿(韻)，誰知爲着奴家遭此刑(韻)。還要送巡城(韻)，教奴難祇應(韻)。〔白〕方纔苗官人爲我痛打一頓，將他鎖禁。我想他性命難保，爲此盜得密詔在此，教他曹府出首，此事纔能得脱。只得悄地前來。〔唱合〕潛身影韻，出户庭韻。〔白〕苗官人、苗官人！〔苗澤白〕春雲姐姐。〔春雲白〕呀！官人，〔唱〕都是我誤伊家句坑伊命韻。〔苗澤白〕望你救我一命。〔春雲白〕别無良計，只有密詔一封在此。〔苗澤白〕密詔？要他做甚麽？〔春雲白〕聖上有血詔一封，付與老爺，糾合群臣，共滅曹操。我收下在此，你如今拿去曹府出首，必然遣兵圍住我家。那時殺了老爺，我和你做對長遠好夫妻，如何？〔苗澤虚白。春雲放苗澤科。苗澤白〕好人，多謝了！〔春雲白〕急將密詔報曹公，潛蹤躡跡莫通風。〔苗澤白〕此回不願千金賞，只要夫妻百歲同。〔春雲下。苗澤吊場科，白〕只道我的性命休矣。多謝春雲姐偷得密詔，叫我到曹丞相那裏出首。丞相見了此詔，必定將他斬首。個一來我大家春雲，勾夫妻做到底哉。事不宜遲，就此前去。心忙不擇路，事急步行遲。來此已是，不免擊鼓。〔雜扮門將上，白〕什麽人？此時半夜，爲何擊鼓？〔苗澤白〕報機密事的。〔門將白〕甚麽機密事？〔苗澤白〕見了相爺面稟。〔門將白〕堂上掌燈，相爺有請。〔雜扮軍牢、夜不收，執燈引浄扮曹操上，唱〕

【仙吕宫引·似娘兒】樵鼓已三更韻，是何人夢魂驚醒韻。〔白〕半夜三更，何人擊鼓？帶進來。〔苗澤見科。曹操白〕你是甚麽人？〔苗澤白〕啟相爺得知：小人是苗澤，董承是我主人。皇帝賜血詔一封，付與我主人，糾合群臣，共滅老爺。是春雲偷與小人。小人不忍傷害忠良，特來獻與丞相爺。〔曹操白〕拿上來。呀！〔唱〕

【正宫正曲·四邊静】我見此密詔心焦躁韻，怒氣沖山倒韻。不思報國大功臣句，反聽妻孥道韻。

〔白〕傳集家將，披褂聽令。〔衆家將上。曹操唱合〕三軍聽調(韻)，把董家圍遶(韻)。速去莫留停(句)，滿門都殺却(韻)。〔苗澤唱〕

【又一體】小人再告丞相曉(韻)，事大非輕小(韻)。如今共謀有馬騰(句)，還在我府内相斟酌(韻)。〔曹操白〕既如此，左右，把苗澤收監。〔衆應科，押苗澤卜。曹操白〕衆家將，將董承家團團圍住，不許放走一人，就此前去。〔衆應科，同唱合〕三軍聽調(韻)，把董家圍遶(韻)。速去莫留停(句)，滿門都殺却(韻)。〔同下〕

第十一齣　謀泄兩損匡國命

〔末扮董承、馬騰上，雜扮二院公隨上，董承唱〕

【仙吕宮正曲·步步嬌】通宵魂夢心焦躁(韻)，情思昏昏擾(韻)。爲國費焦勞(韻)。睡卧難安(讀)，夢魂顛倒(韻)。〔馬騰白〕吉平機會已失，事竟難圖。〔董承白〕馬大人，我爲何一時耳熱臉紅，心下甚是不安？〔馬騰白〕此乃疑心生暗鬼，那有此事。〔董承唱合〕你看户外犬聲高(韻)，未審何人到(韻)。〔白〕看茶。

〔院子應科，取茶送科。净扮龐德、小生扮馬岱上，唱〕

【又一體】心忙意急奔馳早(韻)，纔聽金雞叫(韻)。星淡月初高(韻)。玉兔西沉(讀)，晨光散了(韻)。〔合〕他那裏做事甚蹊蹺(韻)，須是忙傳報(韻)。〔龐德白〕有人麼？〔雜扮院子上，白〕什麼人？〔龐德白〕馬將軍到此。〔院子白〕少待，稟老爺：馬將軍到。〔董承白〕道有請。〔馬岱、龐德進見科，白〕國舅、叔父大人在上，小侄見禮。〔董承白〕賢侄有禮了，請坐。〔馬騰白〕我兒到此何事？〔馬岱白〕叔父，不好了！聞得曹操領衆，要親圍國舅府。叔父須是早早迴避。〔馬騰白〕咳，我往那裏去？就死也與國舅同死。

〔雜扮院子上，唱〕

【仙呂宮正曲・園林好】急忙忙特來報知(韻)，那苗澤十分無禮(韻)，偷密詔報與曹賊(韻)。〔合〕四下裏把兵圍(韻)，四下裏把兵圍(疊)。〔白〕老爺，不好了！〔董承白〕爲何這等慌張？〔院子白〕老爺，誰想春雲偷了密詔與苗澤，苗澤報與曹操得知，領兵圍住府門，要把我滿門殺戮。〔董承、馬騰白〕再去探聽。〔院子白〕就此報與後面知道。〔下。董承白〕罷了，罷了！不想這賤人負恩至此。〔唱〕

【仙呂宮正曲・錦衣香】聽此語(句)，魂魄離(韻)。恨小人(句)，忒無義(韻)。〔馬騰白〕咳，國舅，〔唱〕看你枉老其年(句)，不老其計(韻)。大夫謀事要防微(韻)。做事無成(句)，反遭其累(韻)。我等死何辭(叶)，可憐他漢朝皇帝(韻)，〔合〕傾危在旦夕(韻)。漢室將移(韻)，皇天不肯(讀)從人心意(韻)。〔董承曲内下，追春雲上打科，作拿劍欲殺跌科。春雲逃走下。馬岱唱〕

【仙呂宮正曲・漿水令】告叔父、國舅聽啟(韻)，可疾速奏聞丹陛(韻)。到御前辯明是和非(韻)。料想朝廷(韻)，必有公義(韻)。〔馬騰白〕咳！〔唱〕假聖旨(句)，任施爲(韻)，生死之權他手裏(韻)。〔合〕把往事(句)，把往事(疊)，總休再提(韻)。〔馬岱、龐德唱〕快逃生(句)，快逃生(疊)，莫待遲疑(韻)。〔馬岱白〕叔父快上馬，待我與龐德殺出重圍，急回西涼。〔馬騰白〕兒，你説那裏話。我與國舅同謀殺賊，豈忍撇他而去？你與龐德殺出重圍，急回西涼，報與你哥哥知道，領兵前來報仇。我與國舅罵賊而死。〔馬岱白〕這却使不得，快快逃生纔是。〔馬騰白〕我意已決，不必顧我。〔馬岱白〕阿呀，叔父嗄，〔馬騰唱〕

【仙呂宮正曲・五更轉】我侄兒免淚垂(韻)，逃生不可遲(韻)。當初不聽言關切(叶)，果是今朝(讀)受此災危（韻）。你今去見馬超（句），對他言（句），父親冤仇當報彼（韻）。〔合〕只愁一别無由會（韻）。若要相逢（讀），除非夢裏（韻）。〔董承唱〕

【又一體】謝吾侯存忠直（韻），指望共扶持（韻）。誰知把你相連累（韻）。害却伊家（讀），是我之罪（韻）。我和你今日死（句），爲厲鬼（句），同在陰司誅反賊（韻）。〔合〕只愁一别無由會（韻）。若要相逢（讀），除非夢裏（韻）。〔内吶喊，衆小軍將應，遶場下。馬岱、龐德白〕少時恐曹賊圍住府門。叔父不必捱遲，快請上馬。〔董承、馬騰白〕自古爲臣盡忠、爲子盡孝，諒那奸賊，敢奈我何。你二人快些逃生去罷。〔馬岱、龐德白〕叔父、國舅請上，待侄兒拜别。〔唱〕

【尾聲】楊威奮武出重圍（韻），哽咽傷心難提起（韻）。〔白〕若還不奮平生力，〔唱〕三百口冤讎（讀）靠着誰（韻）。〔馬騰白〕國舅，我和你在此坐了。〔衆扮衆小軍、將官，引曹操圍上科。曹操白〕大小三軍，用心圍住，不要走了馬騰、董承。〔曹操見馬騰、董承科，白〕你們做得好事，嗄！〔馬騰、董承白〕曹操、曹操，誰不曉得你這奸賊，蠹國欺君，神鬼皆知。〔曹操白〕我奉天子命詔，特來拿你。〔衆欲拿科。馬騰、董承白〕誰敢！〔唱〕

【南吕宫套曲・一枝花】胸藏爲國謀（句），立志忠君上（韻）。未曾除國賊（句），先拚把身亡（韻）。天理何安（句），把我忠良來坑喪（韻）。〔曹操白〕你是忠良？你原是反賊投降的。〔董承、馬騰白〕奸賊！你蓄不臣之心，罪該萬剮。〔唱〕恨奸雄忒乖張（韻），你把那朝綱獨掌（韻）。你便是兇董卓再無異樣（韻）。〔曹操白〕

反賊！罪該萬剮，還要强辯。〔董承、馬騰唱〕

【南吕宫套曲·梁州第七】想着那漢高皇開創帝邦(韻)，怎奈軟劉君勢弱傾亡(韻)。致令你權臣思竊篡(句)，不能彀扶國安疆(韻)。我自身傷(韻)。還有馬家孟起(句)，他雄豪怎當(韻)。他怎肯將伊輕放(韻)。〔曹操白〕我來試公之忠耳。公可修書，着馬超前來，待我表奏，封他爵位，公意何如？〔馬騰白〕奸賊，你這話哄誰、哄誰！〔董承、馬騰唱〕報冤讐決無虚謊(韻)。只争着來早來遲(句)，奸賊你休恁猖狂(韻)。可憐那漢帝凄涼(韻)，朝愁(句)暮想(韻)，度日如年空斷腸(韻)。英雄各一方(韻)。我今死後有誰人(句)，肯爲保障(韻)。

【煞尾】輔國大事成虚誑(韻)，作不得赤膽忠心扶聖王(韻)，可憐一家無罪遭冤枉(韻)。〔馬騰白〕奸賊，我死爲厲鬼，必報此仇。〔董承、馬騰作撞死下。曹操白〕他二人死了，將全家良賤盡皆綁來。〔衆應下，綁衆家人、婦女、春雲上科。家人作怒打春雲科。曹操白〕你是什麽人？爲何打他？〔家人虚白諢科。曹操白〕他倒有忠心，將他放了。你叫甚麽名字？〔春雲白〕叫春雲。那密詔是我偷與苗澤的。〔曹操白〕哦，就是你麽？拿去監禁了，其餘盡皆斬首。〔衆應下。曹操白〕怎麽不見馬岱、龐德？〔衆白〕先已逃竄了。〔曹操白〕我想此二人，必然逃回西涼，報與馬超。他有子弟兵三十六萬，鎮守西涼，倘若起兵前來與父報讐，那時就費事了。我有道理。那韓遂與我交好，你可修書一封，着他擒解馬超前來，我這裏大大封他官職。〔張遼白〕領鈞旨。〔下。曹操白〕打道回府。〔衆應科。白〕左右拿苗澤、春雲過來。〔丑扮苗澤、小旦扮春雲上。曹操白〕董承是你什麽人？〔春雲白〕是小人的家主公。〔曹操白〕待你如何？

〔苗澤白〕待我二人十分情厚。〔曹操白〕你願官願賞？〔苗澤白〕小人也不願官，也不願賞，只要與春雲做夫妻。〔曹操白〕那血詔是你偷與他的？〔春雲白〕是我。〔曹操白〕我想大人家漏洩事情，都是這樣婦人、小子。你既願做夫妻，也罷，手下，將他二人一同殺了。〔左右殺苗澤、春雲下。曹操白〕我想此事都是董貴妃所爲。衆將官，明日入宫，將董貴妃殺死便了。帶劍入宫幃，君前辯是非。未去扶危主，先誅董貴妃。〔下〕

第十二齣　痛深共起報讐兵

〔雜扮衆小軍，引小生扮馬超上，唱〕

【仙呂調隻曲・點絳唇】氣捲江淮（韻），聲吞湖海（韻）。威名大（韻）虎略龍才（韻），直透青霄外（韻）。〔白〕欽承朝命鎮邊疆，凜凜威風志氣昂。堪作擎天碧玉柱，可爲架海紫金樑。下官馬超是也。自爹爹入朝，不覺半月有餘，竟無消息，好悶人也。左右，營門看守，若有軍情，報我知道。〔小軍應科。扮龐德、小生扮馬岱上，唱〕

【南呂宫正曲・一江風】受艱辛（韻），夜奔朝藏隱（韻）。只恐遭鋒刃（韻）。喜如今（押）脱離狼窩（讀），得到西涼鎮（韻）。〔合〕趲步向前奔（韻），趲步向前奔（疊）。見吾兄説事因（韻），〔合〕免教他來盤問（韻）。〔衆白〕是那一個？〔龐德白〕是二爺來了。〔馬岱白〕快通報。〔衆報科，白〕禀爺，二爺來了。〔馬超見馬岱，慌問科。馬超白〕你二人爲何獨自而來？〔馬岱唱〕

【又一體】剩孤身（韻），寃苦言難盡（韻）。暫且心頭忖（韻）。怕吾兄（押）聞語傷懷（讀），情節聊含忍（韻）。〔馬超白〕爲何欲言又忍？〔馬岱白〕嗳呀，哥哥，〔唱合〕叔父入朝門（韻），叔父入朝門（疊），開筵宴衆臣（韻）。〔白〕太平宴上，主上認劉備爲皇叔。後因出獵許田，趕出一白鹿。曹操道白鹿乃世之罕有，請主上用金鈚御箭，射中，衆軍齊下馬呼萬歲三聲。主上連射三箭不中。曹操奪弓在手，一發便中，衆軍齊下馬呼萬歲三聲。可恨曹操那廝，身背聖上，竟自受了。那時聖上回宫，付血詔與國舅，教他會合群臣，共滅曹操。誰知董府中有侍女春雲，與家童苗澤有情。國舅親見，把他鎖在房中。春雲盗了密詔，付與苗澤，連夜報與曹操，帶兵圍住董府。國舅與叔父他二人駡賊而死。〔唱：合〕可憐我叔父駡賊身遭困(韻)。〔馬超白〕我爹爹被曹賊害了？兀的不痛殺我也！〔馬岱白〕哥哥甦醒！〔馬超唱〕

【又一體】痛嚴親(韻)，誰知跳入風波運(韻)。當初不聽兒談論(韻)。到京師(句)，觸怒奸臣(讀)，〔白〕爹爹，〔唱〕你枉把身兒殞(韻)。〔合〕堪嘆老忠魂(韻)，堪嘆老忠魂(疊)，屍骸何處存(韻)？我爹爹身做了荒原磷(韻)。〔白〕快請韓爺來。〔請科。生扮韓遂上科，白〕忽聽軍中語，未審有何因。〔馬岱白〕叔父拜揖。〔韓遂白〕二賢侄回來了。〔馬超哭科，白〕叔父，我爹爹到京，被曹賊誅戮。叔父可看父親之面，與侄兒起兵，共報冤讐。〔韓遂白〕賢侄，不必悲泣，我也先知道了。前日曹操有書與我，教我擒解你二人前去，他那裏大大封我官職。〔馬超、馬岱跪科，白〕叔父意欲何爲？〔韓遂白〕二位賢侄，日前下書之人，我已殺了。我與你父親歃血爲盟，豈肯改變初心！〔馬超、馬岱白〕若得如此，容小侄等一拜。〔唱〕

【大石調正曲・摧拍】謝叔父相看憐憫(韻)，這恩德一言難盡(韻)。思念伶仃弟昆(韻)，伶仃弟昆(疊)，嘆我戴天讐恨(讀)，冤甦誰申(韻)。感叔扶持(讀)，結草酬恩(韻)。〔馬超白〕叔父吩咐部下三軍，即日起兵報仇要緊。〔韓遂白〕明日同到教場，點兵報仇便了。〔唱合〕明日裏即點三軍(韻)，除奸賊滅權臣(韻)。〔同下〕

第十三齣　誓中軍孤兒泣血

〔雜扮西涼兵引八將官上，分白〕强悍由來只數秦，沙場板屋四時春。小戎婦女猶懷義，不信今人遜古人。〔一將白〕我等都是西涼侯麾下將官。昨日二將軍回來，知主帥被曹操所害。傍晚傳出號令，着大小三軍都在教場齊集，伺候起兵報讐。我等俱受主帥大恩，義當奮勇赴敵。〔一將白〕不要多講了，快快到教場去。〔同唱〕

【正宫正曲・四邊静】匆匆盡把騏騮跨㊀，朱纓錦披掛㊀。腰下寶刀懸㊁，背邊令旗插㊀。〔合〕誰敢雜遝㊀，誰不支扎㊀。都到教場中㊁，静候元戎駕㊀。〔雜扮小軍，引韓遂、馬超、馬岱、龐德上，同唱〕

【又一體】從來不受人欺壓㊀，談兵便心憐㊀。況是父天讐㊁，此心更難捺㊀。〔合〕舉兵東伐㊀，全軍盡發㊀。踏破許昌城㊁，誓把奸臣殺㊀。〔衆將白〕諸將打躬。〔韓遂白〕站立兩旁，聽吾吩咐。今有曹操，謀篡君國，擅殺忠良。先主帥在京，與董國舅謀清君側，竟爲所害。吾今起兵，殺奔許昌，擒住賊操，與先主帥報讎，上安天子，下保封疆。爾等各宜盡心，違者不恕。〔衆將白〕嗄。〔馬超、馬岱白〕竊聞君父之讎，不共戴天，臣子之節，有死無二。吾父痛遭殘害，吾弟兄誓不偷生。今日起兵報讎，全賴諸將同心協力。〔衆將白〕小將們向蒙先主帥教養，今日之事豈二心。〔韓遂白〕大小三軍，就此起兵前去。〔衆吶喊，同唱〕

【又一體】轟雷掣電軍威大(韻)，逕從許都發(韻)。殺氣正森嚴(句)，寒風更蕭颯(韻)。〔合〕千軍萬馬(韻)，喑嗚吒咤(韻)。何日報深讎(句)，親把讎人鍘(韻)。〔下〕

第十四齣　逢勍敵奸賊髡鬚

〔雜扮衆兵將，引净扮曹操上，同唱〕

【黄鐘宫正曲・山隊子】昨朝傳報(句)，報道西涼起大軍(韻)。可恨韓遂負孤恩(韻)，反助伊家太不仁(韻)。〔合〕及早擒來(讀)，梟首轅門(韻)。〔白〕自誅董承、馬騰之後，曾有書與韓遂，教他解馬超到京，封他官職。誰想他將下書人殺了，同馬超起兵，前來報讐，爲此領兵迎敵。衆將官，就此迎殺上去。〔衆唱〕

【雙調正曲・普賢歌】貔貅百萬似星飛(韻)，那怕西涼豎義旗(韻)。甲士盡熊羆(韻)，刀鎗雁翅齊(韻)。〔合〕細柳營中不弱你(韻)。〔雜扮衆兵將，引生扮韓遂、小生扮馬超、小生扮馬岱上，迎敵科。曹操白〕韓遂，今日統兵到此，莫非有歹心麽？〔韓遂白〕曹操，你殘害忠良，叛跡顯然。自古亂臣賊子，人人得而誅之。〔曹操白〕休得胡説！許褚出馬。〔韓遂白〕馬超出馬。〔兩軍相對排陣殺科。曹操衆敗下科。韓遂白〕吩咐衆軍，戴金盔的是曹操，急急趕上。〔衆應科，同唱〕

【越調正曲・水底魚】號令嚴威(韻)，到處鬼神知(韻)。〔合〕軍中傳令(句)，要拿紫金盔(韻)，要拿紫金盔

(疊)。〔下。曹操衆上，唱〕

【雙調正曲・普賢歌】雄兵百萬盡成灰(韻)，勝敗兵家不可期(韻)。西兵四下追(韻)，魏兵加倍危(韻)。〔內叫科，白〕戴紫金盔的是曹操。〔曹操唱合〕棄了金盔逃命回(韻)。〔下。韓遂衆上，小軍白〕曹操棄了金盔走了。〔馬超白〕棄了金盔，拿紫羅袍的。〔衆唱〕

【越調正曲・水底魚】殺氣紛馳(韻)，威風震九圍(韻)。〔合〕紫羅袍者(句)，便是那渠魁(韻)，便是那渠魁(疊)。〔同下。曹操、張遼上，唱〕

【雙調正曲・普賢歌】西涼兵將實難敵(韻)，陣勢堂堂馬似飛(韻)。〔曹操白〕百萬人馬，殺得四散奔逃，只剩得你我二人，可憐可憐。〔唱〕雄兵百萬齊(韻)，而今少子遺(韻)。〔內叫科，白〕紫羅袍的是曹操。〔曹操唱合〕棄了紫袍逃命回(韻)。〔下。韓遂衆上，小軍白〕曹操棄了紫袍走了。〔馬岱白〕原來棄了紫羅袍。吩咐軍中，那落腮鬍的是曹操，急急趕上。〔衆唱〕

【越調正曲・水底魚】急趕如飛(韻)，三軍用力追(韻)。〔合〕落腮鬍者(句)，刀下莫饒伊(韻)，刀下莫饒伊(疊)。〔同下。曹操、張遼上，唱〕

【雙調正曲・普賢歌】心荒意急步難移(韻)，四下軍兵緊緊圍(韻)。性命已臨危(韻)，如何不受虧(韻)。〔內叫科，白〕落腮鬍的是曹操。〔曹操白〕這便怎麼處？〔張遼白〕割了罷。〔曹操白〕割了就不像人了。

〔張遼白〕性命要緊，割罷。〔曹操唱合〕割了鬍鬚再長齊(韻)。〔合〕來此渭水河。〔許褚上，白〕橋已折斷了。我今駕得小舟在此，追兵漸近，請主公上船，快些逃命。〔過橋科，下。馬超、韓遂衆上。韓遂白〕放箭。〔衆小軍射科，白〕去遠了。〔龐德白〕曹操割了鬍鬚，把橋拆斷了。〔韓遂白〕吩咐千軍千土、萬軍萬石，填起過去。〔衆應填河科，白。同唱〕

【越調正曲·水底魚】馬不停蹄(韻)，前臨渭水湄(韻)。〔合〕由他變化(句)，難脱此危機(韻)，難脱此危機(疊)。〔同下。曹操上，唱〕

【雙調正曲·普賢歌】曳兵素甲力都疲(韻)，誰想今朝不勝伊(韻)。當先不鄒眉(韻)，而今已噬臍(韻)。〔合〕斷送殘生怨鬼催(韻)。〔馬超趕上，白〕看鎗。〔曹操繞樹走下科。馬超追下。張遼、許褚上，許褚白〕張將軍，主公往那裏去了？〔張遼白〕主公被馬超追往山後去了。〔曹操上，白〕若不是盤槐遶樹而走，今日一命休矣。〔張遼白〕主公且回許昌，訓練精兵，再來復讐。〔曹操白〕只是百萬精兵，片甲無存。棄甲脱袍，連鬍子都輸了。似這樣一副嘴臉，回到許都，怎見那些文武。〔張遼白〕主公，事已至此，也説不得了。〔曹操白〕哎，也罷。少不得厚着面皮去回，再作計較便了。正是百萬雄兵一旦休，鬍鬚一部也難留。抱頭逃向許昌去，再整軍兵好報仇。〔下。衆小軍將官引韓遂、馬超、馬岱、龐德上，同唱〕

【中呂宮正曲·紅繡鞋】全憑猛將雄兵(韻)，雄兵(格)，連朝左右縱横(韻)，縱横(格)。〔合〕歸上國(讀)，報功成(韻)。呼萬歲(讀)，覲朝廷(韻)。呼萬歲(讀)，覲朝廷(韻)。〔馬超白〕叔父，方纔一鎗，明明刺着曹操，被他盤槐繞樹而走了。〔韓遂白〕我等起兵報讐，喜得把曹操殺得大敗虧輸。誰未曾寸磔其身，亦足以全破其膽。暫且收兵，再窺動静便了。大小三軍，就此班師。〔衆應科，同唱〕

【黄鐘宫正曲·滴溜子】三軍的句，三軍的疊，暫且收兵韻，海宇内句，海宇内疊，安奠蒼生韻。升高句匡扶漢鼎韻。天子得安然句，士民歡慶韻。〔合〕麗日光天讀，太平時京韻。

【尾聲】蒼生萬姓皆相慶韻，動地歡聲夾道迎叶，臣與皇家定太平韻。〔同下〕

第十五齣　弱息一絲延嗣續

〔雜扮小軍，引生扮張遼上，白〕小人施毒害功臣，機洩誰知滅滿門。出計未成身先死，空勞魂夢遶楓宸。俺張遼是也。只因前者丞相領兵征剿馬超，殺得棄袍割鬚而回，十分乏趣。想起此事，都是吉平下毒藥而起，要將吉平滿門誅戮，齠齔不留。衆軍士，就此前去。〔衆應科，同唱〕

【越調正曲・水底魚】頗耐無知(韻)，圖謀枉用機(韻)。〔合〕一朝敗露(句)，老少盡誅夷(韻)，老少盡誅夷(疊)。〔同下。老旦扮康氏、旦扮李氏上，唱〕

【中呂宮集曲・榴花好】連霄顛倒(讀)，吉凶事難知(韻)。心恍惚，意知癡(韻)。好教人默默自猜疑(韻)。莫不是年暮衰頹(韻)，重重禍攢(韻)。薄西山(讀)，不久辭陽世(韻)。〔合〕苦殺我兒罹凶危(句)，未除他覬覦奸仇(韻)。〔白〕老身乃吉平之母康氏。只爲我兒與董國舅謀誅曹賊，不料事機不密，反遭毒手。以今孫兒吉邈打聽去了，怎麼還不見到來。〔末扮蒼頭、生扮吉邈上，唱〕

【仙呂宮正曲・不是路】未卜安危(韻)，恨殺奸賊毒禍機(韻)。心如醉(韻)，忙忙急復慈母知(韻)。〔白〕婆婆、母親，不好了！〔康氏、李氏唱〕是如何(叶)意急心慌神色迷(韻)。〔吉邈、蒼頭白〕不好了！曹兵因敗馬超之手，想起舊恨，差兵要圍住我家，齠齔不留。〔唱〕奸賊因敗生毒意(韻)，令兵圍(韻)，全家不留齠齔已(韻)。捐生待斃(韻)，捐生待斃(疊)。〔康氏、李氏虛白科，唱〕

【中呂宮正曲・駐雲飛】聽説因依(韻)，魄散魂飛不着體(韻)。亂國奸雄賊(韻)，屈殺忠良輩(韻)。嗏(格)，頓足淚雙垂(韻)，傷心疼意(韻)。咬定牙根(讀)，就死難饒你(韻)。〔合〕死生陰陽不放伊(韻)。〔康氏白〕兒，事不宜遲。奸賊圍住我家，一家性命休矣。蒼頭，爾可帶領小主逃命去罷。〔吉邈白〕婆婆、母親嗄，孩兒怎忍逃生，撇了婆婆、母親而去。〔康氏白〕兒，你見差了。曹兵勢重。我若與你母親逃命，倘若曹兵圍了，拿住我姑媳二人，名節難存。你二人難逃其身，却不是兩相躭悮？如今你二人前去，休要慮我。〔吉邈哭科。康氏、李氏悲科。吉邈唱〕

【南呂宮正曲・香羅帶】傷心痛別離(韻)，吞聲忍悲(韻)。思量罔極難會重(韻)，堪憐骨肉盡遭夷(韻)也(格)，累代臣(句)，忠良輩(韻)，無辜一旦成冤鬼(韻)。〔合〕急去逃生地(韻)，思濟彝倫不可違(韻)。〔康氏唱〕

【又一體】孫兒休痛悲(韻)，你且細思維(韻)。霎時間兵至難脱離(韻)。〔白〕你若同我死呵，〔唱〕絶香煙(讀)，誰將吉門繼(韻)也(格)。〔滚白〕你去逃生，記取我家忠義之門，曹操亂國奸臣，今日害我一家死于非命。豈不聞鷹翔川而魚鼈沈，寧順從以遠害，不違忤以喪生，括囊無咎，慎不害也，慎不害也。〔唱〕須念我母子們(句)遭冤斃(韻)，叮嚀囑咐説因依(韻)。〔合〕急去投生地(韻)，思濟彝倫不可違(韻)。〔李氏唱〕

【又一體】含冤負屈離(韻)，無邊苦悲(韻)。〔白〕兒，婆婆吩咐言語，用心繫記。〔唱〕婆婆囑咐伊須記

(韻)，今生不得與兒會(韻)也(格)。〔滾白〕你去逃生，須記殺父之讐不共戴天，滅族之誅不可不記。你若隱害全生呵，〔唱〕我死在(句)陰司地(韻)，靈魂含笑心足矣(韻)。〔合〕急去逃生地(韻)，思濟彝倫不可違(韻)。〔衆哭科。蒼頭、吉邈下。康氏白〕媳婦你看，曹兵四下圍住，你尋個自盡便了。〔李氏白〕待我安葬婆婆，然後自死。〔康氏白〕兒，你方年幼，倘曹兵拿住，恐壞你名節，你不要顧我。〔李氏白〕如此，婆婆請上，受媳婦一拜。〔唱〕

【雙調集曲・風雲會四朝元】傷心痛苦(韻)，含悲拜別姑(韻)。指望送歸古塋(韻)，披麻執杖(句)，享祭享祭丞宗祖(韻)。誰想中途半路(韻)，中途半路(疊)，遭遇狂徒(韻)。一家被戮(韻)。把忠良陷害(句)，反受刑誅(韻)。良善良善皆荼毒(韻)。嗏(格)，婆媳淚交流(句)，兩眼相看(句)，無計無計歸鄉土(韻)。哭得我血淚竟模糊(韻)。你深恩難報補(韻)，搥胸頓足(韻)。不如早死(讀)，免將身污(韻)，免將身污(疊)。〔李氏撞死下科。康氏白〕好，好！真與我吉門添光。虧你，虧你！兒嗄，你等等着我。〔唱〕

【又一體】堪憐兒婦(韻)，全節願隨姑(韻)。可惜花容月貌(句)，含冤塵土(韻)。此恨此恨憑誰訴(韻)。指望從夫受福(韻)，從夫受福(疊)，誰知爲國身亡(句)，滅門絶户(韻)。妻死夫亡(句)，不能相顧(韻)。骨肉骨肉遭冤苦(韻)。嗏(格)，你先死向冥途(韻)，鬼門關上(句)，等我等我同一路(韻)。非是我逼你身亡，〔滾白〕怎捨得親兒婦。〔唱〕恐怕恐怕將名污(韻)。史書上千年萬載(句)，捨生取義(讀)，流芳節毋(韻)，流芳節毋(疊)。〔内吶喊科。康氏白〕你聽喊聲四起，想是曹兵來了，不免罵賊而死。〔衆小軍將官引張遼上，同唱〕

【南呂宮正曲・金錢花】三軍聽吾號令(韻)、號令(格)，分爲四路齊行(韻)、齊行(格)。左圍三遶右三層(韻)，〔合〕誅吉氏(讀)，滅門庭(韻)，將家眷(讀)，盡夷凌(韻)。〔白〕那是那一個？〔張遼白〕是吉平之母親麽？我奉丞相之命，特來拿你。〔康氏白〕張遼奸賊！〔唱〕

【中呂宮正曲・駐雲飛】潑佞奸曹(韻)，妒害忠良篡國朝(韻)。天理昭彰報(韻)，有日終須到(韻)。嗏(格)，負屈喪荒郊(韻)，生前難報(韻)。死在陰司(讀)，指定名兒告(韻)。〔白〕我死後難道罷了不成？〔張遼白〕這婦人好利害。〔康氏唱〕還爲厲鬼捉奸曹(韻)，〔合〕決不將他輕恕饒(韻)。〔撞死科下。張遼白〕吉平之母既死，衆將官，就此回復丞相鈞旨。〔衆應科，同唱〕

【南呂宮正曲・金錢花】丞相鈞令嚴明(韻)、嚴明(格)，報恨除却頑梗(韻)、頑梗(格)。齠齔不留一星星(韻)。〔合〕誅吉氏(讀)，滅門庭(韻)，將家眷(讀)，盡夷凌(韻)。〔衆同下〕

第十六齣　戰書三月下淮徐

〔衆扮八健將上，白〕凜凜威風膽氣豪，男兒勳績列皇朝。曾當虎隊千層陣，那怕龍門萬丈高。請了。今日主公陞帳，在此伺候。〔衆扮將官、軍士、荀彧、郭嘉、程昱、賈詡，引浄扮曹操，雜扮張遼、許褚，後護傘夫隨上。曹操唱〕

【南吕宫正曲・青衲襖】掌綸扉冠列卿(韻)，論英雄膽氣增(韻)。門迎朱履三千客(句)，户納貔貅百萬兵(韻)。威權勢不輕(韻)，漢祚思竊秉(韻)，掌握乾坤定太平(韻)。〔衆將參見科。曹操白〕華髮沖冠減二毛，西風吹透紫羅袍。仰天不敢長呼氣，化作頓霓萬丈高。孤家曹操，叵耐劉備，向在許田射鹿，事事與我牴牾。正欲害此三人，稍舒積怨，奈何隨他詭計，私下徐州，是吾心腹之患也。欲舉大兵征勦，未知勝負如何。請問諸公，計將安出。〔荀彧白〕荀彧啟上主公：劉備見在徐州，分布犄角之勢，亦不可輕敵。〔曹操白〕何爲未可？〔荀彧白〕與明公征奪天下者，袁紹也。今屯兵官渡，有圖許都之心。今東征劉備，袁紹乘虚而襲，何以當之？〔郭嘉白〕主公，據郭嘉看來，袁紹性多遲疑，手下謀士，各相妒忌，何必憂之。劉備新整軍兵，衆心未服，可引精兵，一戰而定。〔張遼白〕主公在上。想劉關張兄弟雖勇，兵微將寡，主公點起十萬人馬，圍住淮徐，約定日期，小溪山下大戰，擒他三人，有何難處。〔曹操白〕此言正合吾意，就差人前去下書。〔張遼白〕曉得。報子那裏？〔丑扮報子上，白〕有！報子伺候。〔張遼取戰書科，白〕主公有戰書一封，你可下到徐州，不可有違。〔報子白〕得令。〔下。曹操白〕衆將聽令，可點精兵五萬，分五路進兵，圍困徐州，擒拿劉備。就此起兵前去。〔衆應科，各持器械，同唱〕

【仙吕宫正曲·皂羅袍】點起驍兵戰將(韻)，盡同心戮力(讀)，奮勇争强(韻)。七星皂纛爪牙張(韻)，旌旗閃閃當頭上(韻)。〔合〕令行閫外(句)，兵如虎狼(韻)。計從心用(句)，尅復封疆(韻)。凌煙閣上圖形像(韻)。〔衆健將唱〕

【又一體】我等一心歸向(韻)。恁披星帶月(讀)，卧雪眠霜(韻)。生擒劉備與關張(韻)，徐州盡屬明公掌(韻)。〔合〕令行閫外(句)，兵如虎狼(韻)。計從心用(句)，尅復封疆(韻)。凌煙閣上圖形像(韻)。〔衆白〕主公，來此已是徐州地面了。〔曹操白〕就此安營。〔衆白〕得令。〔同唱〕

【情未斷煞】彈射雄，三軍壯(韻)，指日淮徐繫頸降(韻)，那時節麟閣標名姓字香(韻)。〔同下〕

第十七齣　莽張飛獻偷營計

〔衆扮甲將，引生扮劉備上，唱〕

【雙角套曲・新水令】漢朝洪福滿乾坤(韻)，戰温侯水淹城郡(韻)。〔净扮關公、净扮張飛上，唱〕八方收士馬(句)，四海罷征人(韻)。〔同唱〕息鼓停錞(韻)，啟昌期迎福運(韻)。〔劉備白〕弟兄三傑各遐方，義結桃園果勝常。〔關公白〕兀兀擎天碧玉柱，〔張飛白〕巍巍架海紫金樑。〔劉備白〕二位賢弟。〔關公、張飛白〕仁兄。〔劉備白〕如今曹操專權，欺心罔上，我不肯爲他所用，恐遭毒害，必須早做隄防纔是。〔關公白〕仁兄言之有理。〔張飛白〕大哥二哥，不要慌張。若無事便罷，若有事，憑着俺老張 桿鎗，坐下這騎馬，殺教他片甲不歸。〔劉備、關公白〕賢弟不要看得容易。〔報子上，白〕大膽天下去得，小心寸步難移。自家曹丞相麾下一個下戰書的報子便是。住了，我如今拿進這封書去，那個白臉的還好，紅臉的也罷了，只是那個黑臉的小子，有些淘氣。有了，我把這封書放在帽子裏。他若動手動脚的，丢下帽子跑他娘的。〔軍士白〕什麼人？〔報子白〕曹丞相差人下戰書。〔軍士進稟科。那報子見科，白〕曹丞相下戰書，來者君子，不來者小人。〔張飛喊叫科。報子跑下。張飛白〕你看這狗頭，被俺叫了一聲，丢了個帽兒就

跑了。帽兒裏面有一個帖兒，仁兄看來。〔劉備看書，白〕原來是約定八月十五日小溪山下大戰。〔張飛喊叫科，唱〕

【雙角套曲·間金四塊玉】漢張飛本是馳名將（句），怎當得狼虎雄威（韻）。騰騰殺氣沖天地（韻），喊一聲震似天雷（韻）。

【雙角套曲·喬木查】頭戴鐵幞頭（句），身穿鐵甲衣（韻）。上陣時把烏騅胯下騎（韻）。長鎗手内提（韻），殺他得棄甲丟盔（韻）。〔同唱〕

【雙角套曲·搗練子】曹操太無知（韻），侵占徐州地（韻）。欺壓俺兄弟（韻），不由人不怒起（韻）。

【雙角套曲·慶豐年】今朝不顯俺（句）英雄輩（韻），要俺英雄做怎的（韻）。也不須擂鼓摇旗（韻），咫尺間便見高低（韻）。殺曹瞞只當做嬰兒戲（韻）。〔張飛白〕掄鎗來。〔唱〕管叫得勝凱歌回（韻）。〔關公白〕賢弟不要莽撞，必須用計而行纔是。〔張飛白〕有了有了，俺老張有一計。〔關公白〕什麽計？〔張飛白〕名爲蜘蛛破網之計。〔關公白〕何爲蜘蛛破網之計？〔張飛白〕我想曹兵遠來，人困馬乏，乘此無備之時，你我三人，着一人保守小沛，二人前去偷營劫寨，必然全勝而回。〔關公白〕也罷。你在此保守小沛，我同大哥前去。〔張飛白〕這個莫要總成我老張。如今劫寨還是我老張，保守小沛還是二哥。〔關公白〕你偷營劫寨須心細。〔劉備白〕保守小沛仗二弟。〔張飛白〕這回剪草不留根。〔合唱〕漢家管取得安位。〔同下〕

第十八齣　假曹操看子夜書

〔衆扮將官、軍士，衆扮八將，引净扮曹操上，同唱〕

【黄鐘宫正曲・出隊子】英雄猛壯(韻)，百萬精兵如虎狼(韻)。叵耐劉備與關張(韻)，三個同心不肯降(韻)。〔合〕禍結兵連(讀)，沙飛戰場(韻)。〔丑扮報子上，白〕報。旋風吹倒帥字旗桿。〔曹操白〕知道了。〔報子應下。曹操白〕張遼，旋風吹倒帥字旗桿，主何吉凶？〔張遼白〕此乃賊風也，今晚必有人刼營。〔曹操白〕計將安出？〔張遼白〕今晚扎下空營，中軍帳内着一人，與主公一樣打扮，在燈下看書。預先埋下伏兵，炮聲爲號。待他進營之時，炮聲一響，伏兵四起，活擒他三人，有何難處。〔曹操白〕好計好計。三軍依計而行。〔衆應，同唱〕

【雙調正曲・清江引】猛然一陣賊風起(韻)，管叫他不利(韻)。要來偷我營(句)，枉用牢籠計(韻)。〔合〕待伊來(讀)，一個個無逃避(韻)。〔下。衆小軍引生扮劉備、净扮張飛上，劉備白〕準備窩弓擒猛虎，安排香餌釣鰲魚。〔劉備白〕賢弟。〔張飛白〕仁兄。〔劉備白〕曹操兵多將廣，你我前去刼營，須要小心。〔張飛白〕既如此，大哥你往營東進，我往營西進。〔劉備白〕衆將官，與我銜枚摘鈴，往曹營刼寨者。〔衆引張飛下。

劉備唱〕

【中呂宮正曲·駐馬聽】譙鼓初更(韻)，兩步挪來一步行(韻)。暗地裏偷營刼寨(句)，躡足潛蹤(讀)，直入曹營(韻)。曹瞞兵卒睡夢騰(韻)。銜收疾走，不露形和影(韻)。〔白〕自古道，亂臣賊子，人皆得而誅之。老天今晚豈不助我劉備乎？〔唱：合〕覷得分明(韻)，把曹瞞殺刼息交爭(韻)。〔下。衆卒引張飛上，唱〕

【又一體】露濕征袍(韻)，躡足潛蹤去破曹(韻)。俺如今把精神抖擻(句)，若遇曹兵(讀)，殺叫他魄散魂消(韻)。〔白〕曹操、曹操，我的兒，想你活不久了。〔唱〕只等待斗轉與星高(韻)。報國除奸，斬將如蒿草(韻)。合惡氣難消(韻)，管教他落在咱圈套(韻)。〔下。衆將官軍士，引張遼、許褚等衆將、假曹操上，同唱〕

【中呂宮正曲·駐雲飛】不漏風聲(韻)，準備偷營掘陷坑(韻)。白日謀先定(韻)，黑夜操全勝(韻)。嗏(格)，此刻已深更(韻)，等伊納命(韻)。號炮如雷(讀)，四面兵齊應(韻)，〔合〕闖入陰陵不轉程(韻)。〔衆虛白，作埋伏下。劉備上，白〕三弟。〔張飛上，白〕大哥。〔劉備白〕三弟。〔張飛白〕看鎗。〔劉備白〕仔細。〔張飛白〕喜得你答應得快，若是答應遲了，我就是一鎗。大哥，你看老賊，這時候還在那裏看兵書，待我請他一鎗。〔劉備白〕且慢。〔同唱〕

【正宮正曲·四邊静】你看刀鎗密佈如鱗砌(韻)，悄無人蹤跡(韻)。老賊看兵書(句)，要取他首級(韻)。〔合〕三軍努力(韻)，各施妙計(韻)。殺刼這奸雄(句)，纔得干戈息(韻)。〔張飛白〕大哥。〔劉備白〕三弟。〔張飛白〕大哥。〔各分下。曹將追下，内炮響。劉備引衆上，唱〕

【南呂宮正曲·紅納襖】趕得俺汗津津濕頂門（韻），喘吁吁氣不伸（韻）。〔内喊科。劉備唱〕他那裏鬧嚷嚷將咱趕（句），俺這裏眼睁睁没處存（韻）。恨無端乘夜昏，刼營追來兩下分（韻）。怎生脱得地網天羅（句）也（格），却似火裏蓮花折了根（韻）。〔丑扮報子上，白〕報：三將軍被曹兵殺了。〔劉備白〕怎麽説？〔報子白〕三將軍被曹兵殺了。〔劉備唱〕

【中呂宮正曲·駐雲飛】撇了剛刀（韻），一旦英雄事業抛（韻）。除却三尖帽（韻），脱却了蟠龍襖（韻）。嗏（格），到不如一命喪荒郊（韻）。〔滚白〕當初桃園結義，一在三在，一亡三亡。今日賢弟被曹兵殺了，要我活命作怎的，倒不如一命喪荒郊，〔唱〕冥誅曹操（韻）。〔衆卒白〕主公不要如此。〔滚白〕你若是一命喪荒郊，枉了桃園結義，生死相交。萬民塗炭，江山難保。〔唱〕撇下老卒殘兵（讀），却把誰來靠（韻）。〔劉備白〕也罷，爾隨我往冀州便了。〔唱〕却不道有上稍來没下稍（韻）。〔下。衆小軍引張飛上，白〕來來來，一個來一個死，兩個來湊一雙。大哥、大哥呀。〔唱〕

【高宫隻曲·靈壽杖】殺得俺兄弟慌（讀），四下裏埋伏着兵和將（韻）。忽聽得連聲炮響（韻），本待要撞入曹瞞營寨（句），又誰知殺散俺劉張（韻）。好叫俺走一步，一步步回頭望（韻）。望不見大兄長（韻）。〔滚白〕哭得俺兩眼淚汪汪。俺大哥他湯肩禹背君王相，俺二哥龍眉鳳目蓋世無雙，俺老張一人一騎，全憑着這桿鎗。〔唱〕老天不負桃園義（句），三人依舊鎮邊疆（韻）。〔同下。曹操衆將上，白〕劉備走了。〔曹操白〕軍中可曾見什麽人？〔張遼白〕軍中只聽得叫大哥、三弟，想是雲長不曾來。〔曹操白〕雲長是他心腹，爲何不來。是了，想必是在家保守家眷。若得此人到我帳下，吾之幸也。〔許褚白〕主公愛此人，待小將一哨人馬前去擒來見主公。〔張遼白〕許將軍，二虎相争，必有一損。不必興動人馬，待張遼一人前去説來降主公。〔曹操白〕如此甚妙。你若説得雲長前來，是汝之功也。張遼前去説雲長，〔張遼、許褚白〕暫學當年蘇與张。〔曹操白〕關公若得來扶助，〔張遼、許褚白〕方信遊絲擊虎狼。〔下〕

第十九齣　遊説客較短論長

〔旦扮四梅香，引二夫人上，唱〕

【仙呂宮正曲・桂枝香】人生在世(韻)，光陰有幾(韻)，終朝事戰相持(句)，不能彀民安盜息(韻)。教人愁嘆(句)，教人愁嘆(疊)，干戈滿地(韻)，夫妻遠離(韻)。〔合〕細思維(韻)，愁只愁兄弟雖驍勇(句)，兵稀將寡微(韻)。〔甘夫人白〕樹頭樹尾覓殘紅，〔縻夫人白〕一片西飛一片東。〔甘夫人白〕自是桃花貪結子，〔縻夫人白〕錯教人恨五更風。〔甘夫人白〕賢妹。〔縻夫人白〕姐姐。〔甘夫人白〕皇叔與三將軍出戰，未知勝負如何，使我放心不下。〔縻夫人白〕吉人自有天相。〔衆扮軍校，引净扮關公上，白〕保守孤城一旅單，怒提寶劍賊心寒。太平原是將軍定，好把兵書仔細看。通報。〔軍校白〕門上有人麽？〔門軍白〕是那個？〔軍校白〕二將軍問安。〔門軍白〕曉得。稟上夫人，二將軍問安。〔二夫人白〕道有請。〔門軍白〕道有請。〔二夫人白〕二將軍，皇叔與三將軍出戰，未知勝負如何。〔關公白〕二位尊嫂，想仁兄、賢弟此去，必然全勝而回。且自放心，料也無妨。〔二夫人白〕還要差人打探纔是，但不知吉凶如何。〔關公白〕二位尊嫂，〔唱〕

【高宮套曲・端正好】若提起吉和凶(句)，好教我心如醉(韻)。〔二夫人滾白〕愁只愁群雄各據圖王，强者爲尊。弟兄們雖然英勇，兵不能滿千，將不能滿百，終日裏争戰相持，何日得寧静歸期，寧静歸期。〔唱〕愁只愁弟兄們將寡兵微（韻）。排兵布陣躭驚畏（句），何日是安居地。（韻）。〔關公唱〕

【高宫套曲·倘秀才】常只見撲咚咚擂鼓摇旗（韻），〔滚白〕這都是君王欠主爲黎民受慘悽。〔唱〕幾時得旗收刀棄（韻），那時節國治而家齊（韻）。〔内作烏鴉叫介。同唱〕忽聽得鴉鳴鵲噪連聲急（韻），虎鬭龍争雲外飛（韻）。好叫俺仔細猜疑（韻）。〔丑扮報子上，白〕報：皇叔與三將軍被曹兵殺了。〔關公白〕怎麽説？〔報子白〕皇叔與三將軍被曹兵殺了。〔關公白〕再去打聽。〔報子下。二夫人白〕阿呀將軍，當初桃園結義，一在三在，一亡三亡。今日兄弟二人，被曹兵殺了，該往他處借兵報讐纔是。〔關公白〕二位尊嫂，凡事三思。我想爲大將的，不可一怒而行。又有一説，他二人殺不過，難道連走也不會？待我再問報子。叫那報子轉來。〔軍校白〕報子轉來。〔報子上，白〕報子伺候。〔關公白〕我且問你：皇叔與三將軍，怎麽就被曹兵殺了？〔報子白〕是。皇叔與三將軍一出本城，放了一個遼將大〔軍校白〕甚麽？〔報子白〕屁。〔軍校白〕砲。〔報子白〕砲。砲聲一響，只聽得滿營中叱咤叱咤，就殺起來了。這裏叫大哥，那裏叫三弟，殺了一回，皇叔與三將軍就被他們殺了，曹營中鳴金收軍。故此前來報知。〔關公白〕我且問你：可是你親眼見的麽？〔報子白〕我也聽見他們白説。〔關公白〕哇！險誤我大事。二位尊嫂在上，適纔報子報差了。想皇叔與三將軍軍中失散情真，並無有損。〔二夫人白〕想曹兵百萬，戰將千員，生則難明，死則有準了。〔報子上，白〕報：不好了，曹兵殺來了。〔關公白〕看刀馬伺候。有多少人馬？〔報子白〕多、多、多。〔軍校白〕有幾千？〔報子白〕多、多、多。〔軍校白〕有幾萬？〔報子白〕還多。〔軍校白〕多少？〔報子白〕連人帶馬只一個。〔軍校白〕文來武來？〔報子白〕武來。穿着紗帽，戴着圓領。〔軍校白〕倒講了。〔報子白〕是倒講了。〔軍校白〕叫什麼名字？〔報子白〕叫做什麼遼張。〔關公白〕敢是張遼？〔報子白〕是張遼。〔關公白〕二位尊嫂請迴避。張遼到此，我自有主意。〔二夫人白〕夫妻本是同林鳥，大限來時各自飛。〔下。關公白〕人來，將門大開。張遼到此，不許攔阻。〔軍校白〕得令。〔生扮張遼上，白〕準備蘇張舌，來説漢雲長。若還相允諾，交情永不忘。來此已是。雲長好大膽，將門大開，真大丈夫也。我也不須通報，逕入便了。仁兄請了。〔關公白〕賢弟請了，請坐。〔張遼白〕有坐。〔關公唱〕

【高宫套曲·靈壽杖】恁那裏興兵將(韻)，逞烏合亂舉刀鎗(韻)。無能戰埋伏着兵將(韻)，〔滚白〕激得俺弟兄們奮勇争强。〔唱〕不期間(韻)兩下裏分張(韻)。都是你設下了無良計(句)，到如今怒得俺臉皮紅心間惱(句)，〔張遼白〕到此商量。〔關公白〕少説。〔唱〕誰許你假意兒，喜孜孜説甚麽商量(韻)。〔白〕張遼。〔張遼白〕仁兄。〔關公唱〕只教你撞着俺赤臉閻王(韻)。〔白〕張遼到此，敢是擒某？〔張遼白〕小弟無覇王之勇，怎敢來擒？〔關公白〕敢是來助某？〔張遼白〕無韓信之謀，怎敢來助？〔關公白〕敢是來説某？〔張遼白〕小弟又無蒯通之舌，怎敢來説？〔關公白〕三事俱非，到此何事？〔張遼白〕特來報喜。〔關公白〕有何喜事？〔張遼白〕令兄令弟在軍中失散是實，並無有損。〔關公白〕軍校報與二位夫人知道，皇叔與三將軍軍中失散是實，並無有損。〔軍校白〕曉得。〔下。張遼白〕小弟告辭。〔關公白〕賢弟到此，一言不發，怎麼就要告辭？〔張遼白〕仁兄連問三事，教我無言可對，只得告辭。〔關公白〕好説，看坐。〔張遼白〕仁兄請上，客當一拜。〔關公白〕何須下禮？〔張遼白〕禮下於人，必有所求。〔關公白〕咳，寶劍無情，切莫饒舌。〔張遼白〕仁兄，目今曹兵百萬，戰將千員，圍住下邳，猶如鐵桶一般。仁兄將何以解之？〔關公白〕大哥不知存亡，三弟不知下落。明日整頓刀馬，與曹操決一雌雄。曹勝某必亡，某勝曹必敗。生死只在旦夕，存亡只在頃刻。〔張遼白〕仁兄所言，可不爲萬世之恥乎？〔關公白〕何爲萬世之恥？〔張遼白〕若依小弟之言，其美有三；不依小弟之言，其罪有三。〔關公白〕賢弟請道。〔張遼白〕曹兵百萬，戰將千員，圍住淮水，猶如鐵桶一般。若論仁兄手持大刀，殺條血路，誰人敢當？只是二位夫人必然受辱於曹，可不負却所托？其罪一也。〔關公白〕二？〔張遼白〕身體髮膚，受之父母，英雄蓋世，拔萃超群，六韜三略，匡扶社稷。不思强弱，不明衆寡，逞一匹夫之勇，死戰于沙場，可不有傷萬金之軀，無一遺後？其罪二也。〔關公白〕三？〔張遼白〕想令兄令弟，桃園結義，誓同生死。今日軍中失散，倘後復出，要見不能，可不辜主之望，悮主喪身？其罪三也。〔關公白〕何爲三美？〔張遼白〕若依小弟之言，請下許昌，與曹公同扶漢室，保全皇叔的家眷，其美一也。善養其志，保全其身，其美二也。日後打聽令兄令弟消息，尋歸舊主，其美三也。仁兄，能弱敵强千員將，有勇無謀一旦亡。〔關公白〕賢弟，我呵，〔唱〕

【高宮套曲·塞鴻秋】那怕他百萬兵(讀),何懼他千員將(韻)。俺只是(讀)一人一騎、敢攔擋(韻),怒時節渾身似鐵皆虀粉(讀),展開時當不過明晃晃二停偃月光(韻)。〔張遼白〕仁兄,乞賜一言。〔關公白〕賢弟少待。到是張遼這廝説得有理,若論俺關某之勇,手持大刀,殺一條血路,誰人敢當? 只是二位夫人在堂,關某顧前而不能顧後了。〔唱〕非是俺(讀)無能怯戰將身抗(韻),你叫我二位尊嫂在何處潛藏(韻)?〔白〕罷,〔唱〕倒不如朦朧且自歸曹相(韻)。〔白〕賢弟。〔張遼白〕仁兄。〔關公唱〕久以後(讀),弟兄逢,再商量(韻)。〔白〕賢弟既要我降曹,依某三件。〔張遼白〕那三件?〔關公白〕一,下許吕,一宅分爲二院。〔張遼白〕二?〔關公白〕二位夫人仍食皇叔的月俸。〔張遼白〕三?〔關公白〕主存則歸,主亡則輔。〔張遼白〕莫説三件,就是三十件,張遼也擔當得起。〔關公白〕賢弟,依吾三事再商量。〔張遼白〕仁兄,不必仁兄苦掛腸。〔關公白〕明日且歸丞相府。〔張遼白〕他年管取轉回鄉。〔下〕

第二十齣　秉燭人有一無二

〔旦扮侍女，引旦扮糜、甘二夫人，上，分白〕鼙鼓喧闐動地來，鸞鳳一旦兩分開。驚魂已遂風前絮，離恨還如雨後苔。〔甘夫人白〕妹子，想你我當此干戈擾攘之際，何以聊生，好不苦楚人也。〔唱〕

【小桃芙蓉】似輕塵棲弱草(韻)，怎自把殘生保(韻)。〔糜夫人白〕姐姐，〔唱〕且休脈脈傷懷抱(韻)，其間生死猶難料(韻)。〔白〕等待二將軍到來，自有定見。〔二夫人作歎科，同唱〕好教人(讀)珠淚臨風掉(韻)，赤緊的(讀)愁雲鎖壓遠山高(韻)。〔雜扮衆軍校，引净扮關公上，白〕始知昆弟尚安全，今日襟懷聊自寬。達變行權非得已，要將生死踐盟言。〔作見科，白〕二位尊嫂。〔二夫人白〕二將軍，方纔張遼到此何事？〔關公白〕他以故舊之交，來説某歸曹。〔二夫人白〕可曾允麽？〔關公白〕權且允一個歸字去了。〔二夫人白〕二將軍英勇絶倫，此去定然榮貴，只苦了他弟兄二人流落天涯，我姊妹兩個性命只在旦夕了。〔作哭科。關公白〕二位尊嫂説那裏話來，俺關某呵，〔唱〕

【黄鐘調套曲・醉花陰】義膽忠心對天表(韻)，怎輕輕把盟言負了(韻)。〔白〕憑着俺偃月刀，衝鋒破敵，寧可身膏草野，豈肯俛首降曹？但今日裏呵，〔唱〕只爲着弟兄恩重敢相抛(韻)，因此上守桃園信誓昭昭(韻)。〔白〕當年結義之時，曾有誓言，不願同日生，只願同日死，一在三在，一亡三亡。今既得了實信，大哥、三弟現在生全，俺關某若是忘身捨命，戰死沙場，不惟無益於大哥，亦且有累二位尊嫂。〔唱〕怎忍得隔天涯，嘹嚦的哀鴻叫(韻)。又怕的折鴛鴦(韻)，淪落在驚濤(韻)。〔二夫人白〕如此，二將軍待要如何？〔關公白〕只得從權達變，暫順曹瞞。護送二位尊嫂到了許昌，待俺訪問大哥、三弟的消息，以圖弟兄聚會，骨肉團圓。〔唱〕俺豈圖他爵位崇高(韻)，端只爲計安全把深恩報(韻)。〔二夫人白〕原來如此。全仗二將軍立志堅牢，我姊妹之幸也。〔關公白〕俺關某綱常大義頗也分明，請二位尊嫂放心。〔唱〕

【黄鐘調套曲·喜遷鶯】俺可也志同山嶽(韻)，便五丁神移不動分毫(韻)，兀自堅牢(韻)。一任他高官美爵(韻)，俺這裏(讀)富貴等鴻毛(韻)。〔白〕況俺關某幼讀《春秋》，素懷忠義，今當家亡兵敗之時，正俺拯急持顛之日，焉肯苟存二志，自負寸心。〔唱〕這疾風方知勁草(韻)，俺怎肯轉關兒棄漢扶曹(韻)。〔二夫人白〕既如此，我二人生死，付與二將軍便了。〔雜扮衆將官上，白〕遺來舊將迎新將，上馬提金下馬銀。〔作到科，白〕有人麽？〔軍校白〕什麽人？〔將官白〕奉張將軍之命，來迎請老爺起程。〔軍校作稟科。關公白〕着他們進來。二位尊嫂暫避。〔二夫人下。軍校傳科。衆將官進見科。白〕衆將官叩頭，奉張將軍之命，説丞相重賢，理宜表敬，須奉上馬一錠金，下馬一錠銀。〔關公作冷笑，白〕文遠文遠，某非利徒，何乃輕覷！〔將官白〕就請老爺起程。〔關公白〕請二位尊嫂登車。〔軍校白〕請老爺上馬。〔二夫人上。各上車馬遶場科，衆白〕已到館驛了。〔丑扮驛丞上，作接科，白〕驛丞迎接老爺。〔各下車馬，吹打進科。衆將官、二夫人下。驛丞作稟科，白〕曹營衆將接見老爺。〔關公白〕請來相見。〔驛丞向内請科，白〕衆位老爺，有請。〔衆將上白〕軍中號虎彪，閫外擁貔貅。今日干城將，他年裂土侯。〔作進見科。衆將白〕將軍在上，我等有一拜。〔關公白〕某家也有一拜。〔衆將白〕久慕虎威，未得瞻謁。今來何幸，得拜下風。〔關公白〕敗軍之將，何足稱揚。惟有赤心，尚存故國。〔許褚背科，白〕阿喲，這等心高氣硬。咦，將來受他的害。〔關公白〕請坐。〔各坐科。衆將白〕聞得徐州城池堅固，若是深溝高壘，也不致棄甲曳兵。〔許褚白〕想是玄德公仗了將軍的勇力，故此敢於出戰，做了一卵試千鈞的話靶了。〔關公作色科，白〕勝敗之間，兵家常事。許將軍何得藐視某家也！〔唱〕

【黄鐘宫套曲·出隊子】恁將這嘴皮輕掉韻，冷言詞信口朝韻。這的是偶然戰勝逞虚囂韻。〔白〕恁道是一卵試千鈞，無非劉弱曹强之意。〔作冷笑科，唱〕俺只怕論興亡讀，今日難逆料韻。且休誇擁雄兵、把危城傾倒韻。〔衆將白〕偶然談及，不必介懷。〔許褚白〕這是小將失言了。〔衆將白〕就此告辭。〔關公白〕請了。〔衆將作出門科，白〕氣高難近俗，言直不容人。〔衆將下。許褚白〕好利害、好利害，我纔説得一句，他就搶白了一場。驛丞過來。〔驛丞應科。許褚白〕少間送供應的時節，食物之外，止許一副鋪蓋、一支油燭。燭盡之時，高聲叫喊，拿他一個叔嫂通奸，明日重重有賞。〔驛丞白〕小官不敢。〔許褚白〕你不要管，我自有道理，違者重處。〔驛丞應科。許褚白〕説盡千言來搶白，計成一燭去消除。〔下。驛丞白〕驛丞進。〔軍校白〕進來。〔驛丞作進稟科，白〕稟老爺，驛丞送供應。〔軍校白〕報明送進。〔驛丞作報科，白〕米進、麵進、鹽進、醬進、魚進、肉進、醋進、菜進、炭進、柴進。〔軍校白〕柴在哪裏？〔驛丞自指科，白〕這不是柴頭？〔軍校白〕呸！ 快些報來。〔驛丞又報科，白〕鋪蓋一副進，油燭一支進。〔軍校白〕太少了。〔驛丞白〕二位夫人那裏另有。〔關公白〕驛丞外廂伺候。 軍校過來，爾等不可遠離，以備不虞。〔軍校應科。 驛丞白〕我們到大寺裏去睡。〔引衆虛白，同下。 關公白〕此乃館驛之中，比得在徐州，待我看來，驛舍蕭條人語稀，晚風惟聽馬聲嘶。 故鄉不是徐州地，回想徐州淚滿衣。〔內作起更科，唱〕

【黄鐘調套曲・刮地風】噯呀(格)，提起那兵敗家亡骨肉拋(韻)，愧煞俺躍馬提刀(韻)。不能彀(讀)戰勝完城堡①(韻)，只落得堂傾覆燕巢(韻)。 雖則是急煎煎(讀)禦敵無昏曉(韻)，戴兜鍪繫掛征袍(韻)。〔白〕誰想大哥、三弟失散他鄉，二位尊嫂長途跋涉，〔唱〕這壁廂(句)，那壁廂(句)，兩地悲號(韻)。 遭敗辱俺罪怎逃(韻)，縱辛勤有甚功勞(韻)。〔白〕今當患難之際，俺關某莫説秉燭觀書，就是枕戈待旦，也是分所當爲。〔唱〕端的是(讀)羞憤縈懷抱(韻)，甚心情去穩睡着(韻)。〔內打二更科。 頭兒領更夫上，虛白發諢科，下。 關公白〕永夜思悠悠，雙眉未展愁。 興亡千古事，秉燭看《春秋》。〔作剔燭科，唱〕

【黄鐘調套曲・四門子】影幢幢(讀)半明滅的殘燈照(韻)，怎如得耿耿丹心皎(韻)。〔作展書科，唱〕把卷

---

① 「堡」，原作「廊」。

帙輕翻(句)，將義理細考(韻)。歎興亡(讀)，反覆難輕料(韻)。〔内打三更科。關公看書科，白〕①俺想那范蠡不殉會稽之耻，曹沫不死三敗之辱，到後來皆能成功匡國。俺關某今日雖遭危敗，當效古人包羞立志，匡國建功。〔唱〕把大義兒申(句)，重擔兒挑(韻)。呀(格)，博得個匡扶漢朝(韻)。〔内打四更科。頭兒領更夫上，虚白，唱小曲發諢下。雜扮手下執燈引許褚上，白〕許就月中擒玉兔，謀成日裏捉金烏。如今夜已四鼓，料想燭已點盡，不免爬在驛牆上去看他。他若在暗室之中，我就要明正其罪了。手下快走。〔手下應科。許褚白〕雲長雲長，叫你明鎗容易躲，暗箭最難防。〔同下。關公白〕你看燭已將盡，如何是好。〔作想科，白〕有了。俺不免仗劍將四圍板壁砍下，燃向庭中，照到天明便了。〔唱〕

【黄鐘調套曲·古水仙子】氣衝衝怒怎消(韻)。〔作砍壁勢科，唱〕掣青鋒燗爍如電繞(韻)。〔作推木庭中科，唱〕暫暫暫(格)暫將他做爉炬燒(韻)。好好好(格)好比似燔庭燎(韻)。恨恨恨(格)恨姦邪(讀)空使機謀巧(韻)。可可可(格)可正是么麼難隱燃犀照(韻)。看看看(格)看一片映丹心的烈燄飄(韻)。〔内打五更科。手下引許褚上，白〕恨小非君子，無毒不丈夫。〔作見火光科，白〕呀，你看，一片火光，不知是何緣故？〔驛丞領更夫急上，白〕了不得，了不得，館驛中走水了。〔作見許褚科，白〕呀，許老爺爲何也在此？〔許褚白〕你們爲何也來了？〔驛丞白〕恐怕驛中走水，故領衆更夫救火。〔許褚白〕我也爲着此事來的。〔向衆科，白〕你

① 「公」下原衍「白」字，删。

們到牆上去望望。〔衆扶驛丞作望科，白〕呀，原來雲長點不慣羊油爉，在那裏燒柴火頑兒。明日告訴丞相，多發些幹柴，叫他每夜以薪代燭，湊湊他的趣，溜溜他的鈎子罷。〔衆白〕我們大家進去。〔許褚白〕這不是走水，不要進去驚動他，爾等迴避。〔驛丞應科，領更夫下。許褚白〕饒伊掬盡湘江水，難洗今朝滿面羞。〔下。內雞鳴科。驛丞引衆軍校同上，白〕開門。〔關公白〕軍校，吩咐爾等不可遠離，都往那裏去了？〔軍校白〕大寺裏睡來〔關公曰〕。哇！記打。叫驛丞。〔軍校白〕驛丞。〔驛丞白〕驛丞伺候。〔關公白〕你不在門上伺候，往那裏去來？〔驛丞白〕驛丞巡更辛苦，就睡着了。〔關公白〕我且問你，昨晚何人喧嚷？〔驛丞白〕是更夫唱曲兒頑來。〔關公白〕你爲何不管他？〔驛丞白〕小人官卑職小，説他們不聽。〔關公白〕胡説，打！〔軍校應作打科。驛丞白〕看分上。〔關公白〕看那個分上？〔驛丞白〕看許老爺分上。〔關公白〕你且説昨晚此計是誰用的？〔驛丞白〕不敢説。〔關公白〕打。〔驛丞白〕不要打。是許將軍吩咐如此。〔關公白〕與我再打十板。〔軍校應，作又打科。關公白〕驛丞，先十板打你不小心，後十板打那用計之人，推出去。〔驛丞應，作倒戴紗帽出門科。生扮張遼上，白〕致禮重賢尊主命，侵晨策馬到郵亭。調轉來。〔驛丞白〕調轉又是二十。〔張遼白〕講甚麽？叫你把紗帽調轉來。〔驛丞白〕打慌了。〔張遼白〕打那一個？〔驛丞白〕是關將軍打驛丞。〔張遼白〕爲何事打你？〔驛丞白〕夜來是許將軍吩咐，止送一床鋪蓋、一支油燭，待等燭盡之時，高聲喊叫，拿他個叔嫂通姦，要壞他的名節。誰想關將軍將兩傍板壁砍將下來，接光待旦，坐到天明。因這些事打驛丞。〔張遼白〕狗才該打，打少了！

怎麼不來報與我知道？〔驛丞白〕許老爺吩咐得嚴切，報不及了。關將軍問是誰用的計，驛丞只得明説，又打了十板，説道寄與用計之人。〔張遼白〕切不可對你許老爺説，只是難爲你些。〔驛丞白〕正是蛟龍相戰，驛丞魚鱉遭災。〔張遼白〕閑話少説。快去通報，説我來見。〔驛丞作稟科，白〕張老爺求見。〔關公白〕請進來。〔驛丞應作請科，虚下。張遼白〕啟仁兄：新府已完，今乃黄道吉日，請進新府。〔關公白〕領命。〔張遼白〕暫時相别去，少刻又相逢。〔下。關公白〕軍校，車馬伺候。〔衆軍校帶車馬，二夫人上車。關公上馬科，唱〕

【煞尾】俺乍入曹疆符識好（韻）。雖不能銀燭高燒（韻），早博個炎漢的興隆兆（韻）。因此上預燔柴（讀），對天闕謝恩膏（韻）。〔同下〕

第廿一齣　承燕會却物明心

〔衆扮軍士，引生扮張遼上，唱〕

【南吕宫引・生查子】奉領明公命句，筵宴待雲長韻。可欽全大節句，立義正剛常韻。〔白〕左右，禮物、寶敕、美女、筵席俱齊備了麽？〔衆軍士白〕俱已齊備，專候將軍指揮。〔張遼白〕既然如此，吩咐美女伺候。關將軍開門，即時通報。〔衆扮軍校，引净扮關公上，唱〕

【仙吕調隻曲・點絳唇】國祚延長韻，須要忠臣良將韻。憑智勇句，協力扶匡韻。久以後圖寫凌煙上。韻。只爲着獻皇軟弱句，四下裏舉刀鎗韻。才誅了强董卓句，又遇着權奸曹相韻，好教我費思量韻。

〔開門科。一軍士上，白〕門上有人麽？〔一軍校白〕什麽人？〔軍士白〕張將軍求見。〔軍校禀科，白〕張將軍在府門求見。〔關公白〕既是文遠，請進。〔軍校請張遼相見科。張遼白〕小弟奉主公之命，今乃小宴之日，特來奉陪。俺主公已奏聞聖上，封仁兄爲壽亭侯之職。官兒，捧寶過來。〔軍士捧印跪科。關公看科，白〕賢弟，某有言在先，賢弟怎麽就忘了。〔張遼白〕仁兄不受此寶，小弟纔想起來，莫非少了個漢字？〔關公白〕然。〔張遼白〕官兒，將此寶收下，來日禀知丞相，送到尚寶司去，重加一漢字在上。〔關公白〕如此足見相知。〔張遼白〕請坐。主公念仁兄客況孤單，謹俱黃金百鎰、美女十人，望仁兄笑納。〔關公白〕念關某有何德能，敢蒙丞相厚情，斷不敢受。〔張遼白〕俺主公非待仁兄如此，他待上將猶如手足，待士卒勝似骨肉。三軍未歸，自不敢安；衆人未食，自不言飡。正是朝廷宰相握乾綱，天下英雄都領袖。〔關公白〕賢弟，關某盡知丞相待人之公也。〔唱〕

【高宫隻曲・倘秀才】[①]想曹公養士呵，他把那賊寇擒攘(韻)。想曹公盡忠呵，扶皇定拜(韻)。想曹公盡節呵，正三綱並五常(韻)。你道爲甚的秉丹衷將美女辭(句)，[②]卻厚惠把黃金讓(韻)。〔白〕美女、黃金等物，一概不受。借賢弟金言，拜上丞相，道關某感蒙高愛，增光極矣。〔唱〕這的是感曹公寵愛增光(韻)。〔張遼白〕左右唤美女過來。〔軍士白〕嗄，美女們走動。〔旦扮美女上，白〕蛾眉攢翠，笑臉含羞。安排舞袖，檢點歌喉。衆美女叩頭。〔張遼白〕仁兄，此美女乃朝夕承應之人，可吩咐他們起來。〔關公白〕賢弟吩咐。〔張遼白〕關將軍着你每起來。〔衆美女應科。張遼白〕左右看宴。〔軍士應科。張遼把盞安席科，白〕美女歌舞。〔衆美女唱〕

【仙吕宫正曲・傍粧臺】意綢繆(韻)，偎紅倚翠逞風流(韻)。羅衫舞動翩翻袖(韻)，歌一曲索纏頭(韻)。當筵解勸迻巡酒(韻)，全憑簫管度春秋(韻)。〔合〕千中選(句)，四處求(韻)，得充承應侍君侯(韻)。〔關公白〕左

① 此曲原文似在抄寫後又經修改，「秀才」二字僅殘留「秀」頂部的「千」。
② 「道」，此字殘，據文意補。

右，吩咐樂人停奏，美女不必歌舞了。〔軍校應止科。關公唱〕

【仙呂調隻曲·寄生草】列羅綺，排佳宴(句)，擁笙歌，列畫堂(韻)。新醅緑蟻玻璃盎(韻)，滿斟玉斝葡萄釀(韻)，高擎琥珀珍珠漾(韻)。〔揾淚科。張遼白〕仁兄爲何不樂？〔關公白〕賢弟，〔唱〕俺本是飄流孤館客中人(句)，何勞你闌珊竹葉在樽前讓(韻)。〔辭科。張遼白〕仁兄海量，再飲幾盃。〔關公唱〕

【高宮隻曲·煞】你那裏休得苦相央(韻)，俺和你故友情好商量(韻)。〔張遼白〕仁兄，今日只飲酒，別無商量。美女，取兩巨觥來，我陪關將軍同飲。〔美女進酒，關公不接。張遼白〕仁兄到此際，還拘男女授受不親之禮，慚愧殺小弟也。〔接盃科〕仁兄請。〔關公白〕既承厚情，立飲三盃罷。〔張遼白〕要飲十杯。〔關公白〕只是三盃。〔作飲科。張遼白〕再斟上酒。〔關公白〕住了。有言在先，只飲三盃。〔唱〕你只待俺(句)痛飲黄封(句)，醉倚紅粧(韻)。你調着三寸(句)舌尖兒伎倆(韻)，絮絮叨叨(韻)，賣弄你數黑論黄(韻)。〔張遼白〕左右，再換上熱酒來。〔關公唱〕囑咐他酒盡休重換(句)。〔張遼白〕仁兄，〔唱〕你醉後免推詳(韻)。〔張遼白〕再看酒來。〔關公笑科，唱〕

【高宮隻曲·二煞】休只管指點銀瓶索酒嘗(韻)。〔白〕賢弟，我當日下邳城有言在先，主亡則輔，主存即歸。今到許昌，蒙丞相待我恩厚，悔却前言。倘有險隘處所，略建些小微功，以報丞相大德。望賢弟與丞相處代某轉達。〔張遼白〕仁兄此莫非酒後戲言耶？〔關公白〕人丈夫安有戲言？〔唱〕啟煩伊多多拜上曹丞相(韻)。〔張遼白〕左右，把黄金抬過來。〔軍士應科，白〕黄金抬到。〔關公笑科，白〕要此黄金何用？〔張遼白〕此乃丞相送仁兄，以實内帑。〔關公白〕關某一身是寄，皇叔月俸自足，何須多金？斷然不受。〔張遼白〕美女過來。〔衆美女跪科。關公白〕叫他們都去，我這裏一概不受。左右，取十兩銀子賞與他們。〔唱〕又何必黄金滿箱㊕。俺本是客中情況㊕，休想與你㊒匹配鸞凰㊕。〔張遼白〕既關將軍不用，你們去罷。〔衆美女應科，白〕自古紅顔多薄命，世間有貨不愁貧。〔下。張遼白〕仁兄美女、黄金俱不肯受，小弟如何去回覆主公？〔關公白〕少待。〔唱〕自參詳忖量㊕，他那裏三回五次㊒，甚難抵當㊕。這些浮名薄利㊒，存禮義受何妨㊕。〔唱〕

【收尾】俺辨志誠尋歸舊主㊒，怕甚麽受虚名位列朝堂㊕。俺自結義平原相㊕，豈知道兩地參商㊕。〔白〕賢弟，美女發還，曹相府黄金收下做軍糧。賢弟請轉受關某一禮。〔張遼白〕小弟豈敢。〔關公白〕此一禮不是拜賢弟，煩你拜上丞相。〔唱〕久後相逢，我將他恩義難忘㊕。〔張遼白〕小弟告辭。〔關公白〕賢弟，恕不遠送了。〔張遼虚白。各分下〕

第廿二齣　剖金魚兵資孤客

〔衆扮軍卒、將士、顔良、文醜、衆將，引生扮袁紹上，唱〕

【仙呂調隻曲・點絳唇】帝運方興(韻)，干戈未静(韻)。丹心炳(韻)，輔佐朝廷(韻)，四海都歸命(韻)。〔袁紹白〕四竟無虞海宇清，兵戈戰罷樂昇平。英雄各自分王覇，願得乾坤日月明。下官冀州牧袁紹是也。祇爲群雄角立，天下瓜分，曹操近據洛陽，孫權見居江東，意在相時而動。我想天下英雄，獨有徐州牧劉備，若得他來一同破曹，方遂吾之願也。〔衆將白〕主公所見極是，想早晚必有消息來報。

〔雜扮軍士，隨生扮劉備上，唱〕

【小石調曲・撻破歌】自嘆孤身如斷梗(韻)，軍中失散西東(叶)。〔白〕來此冀州袁紹盟主處。通報，只説徐州牧劉備求見。〔軍卒報科。袁紹白〕快請進來。〔軍卒請科。相見禮科。袁紹白〕近聞賢昆玉得了徐州，使孤不勝之喜。今日爲何孤軍到此？〔劉備白〕盟主端坐，聽劉備一言相告。〔袁紹白〕皇叔請道。〔劉備白〕那日曹操親統大軍，殺至徐州。我兄弟商議，衆寡莫敵，意欲設險以老其師。奈三弟張飛不由節制，夜半偷營，反遭其敗。〔唱〕

【南呂宮正曲・紅衲襖】問徐州珠淚傾(韻)。狠曹瞞太不情(韻)，遣兵調將來厮併(韻)，暗設牢籠空扎營(韻)。恨張飛鹵莽性(韻)，去刼寨追奔盛(韻)。初更殺到天明(韻)也(格)，兩分離不轉程(韻)。〔袁紹白〕玄德公，你雖遭此變，不須過憂。令兄弟失散，不久終當復聚。〔唱〕

【又一體】聽伊言感慨增(韻)，頓教人抱不平(韻)。你好似龍遊淺水遭蝦橫(韻)，鳳入深林被雀淩(韻)。勸伊家免淚縈(韻)，寬懷抱籌全勝(韻)。我今借兵與你伸仇(句)也(格)，再續桃園重會盟(韻)。〔白〕久仰賢昆玉威名震世，意欲屈至小郡，同興大業。一向不能親近，今得皇叔至此，如龍得水，似虎加翼。況曹瞞逆賊，宜當勦除，以清漢室。就差河北大將顏良、文醜，帶領雄兵十萬，扎營在官渡，立取雲長早歸河北，共圖大事，有何不可？〔劉備白〕若得明公如此周全，當效犬馬之報。〔袁紹白〕顏良、文醜，你二人用心領兵前去，勦除曹操，取回雲長，是汝之功。〔顏良、文醜白〕得令。〔袁紹白〕玄德公，若見令弟，須將好言勸慰，招取同來，另有好處。〔劉備白〕理會得。〔袁紹白〕三軍猛烈如虓虎，管取中原一掃空。〔衆引袁紹下。劉備白〕二位將軍，有勞提戈，備之罪也。〔顏良、文醜白〕玄德公休説此話，皆是爲主出力，我和你興兵前往官渡便了。〔劉備白〕顏將軍可在官渡搦戰，文將軍領兵迎敵。若遇二弟，不可戀戰，殺一陣退一陣，引至白馬坡前，待我親身答話。我見他之時，自然傾心歸助。〔顏良、文醜白〕如此却好。大小三軍，〔衆小軍上。顏良、文醜白〕就此起兵，前往官渡，取回雲長便了。〔衆應，各帶馬。衆同唱〕

【越調正曲·水底魚兒】戰鼓鼕鼕(韻)，旌旗映日紅(韻)。〔合〕三軍勇猛(韻)，曹兵一掃空(韻)，曹兵一掃空(疊)。〔下〕

第廿三齣　宴銅雀頌起群僚

〔雜扮將校，净扮曹操，生扮張遼，雜扮于禁，衆隨上。曹操唱〕

【南呂宫引・生查子】鼎建克期成(韻)，壯麗從來盛(韻)。四顧偶憑臨(句)，氣概誰爲並(韻)。〔白〕孫劉二子失輝光，壯氣巍巍立帝邦。三千佩劍從王道，百萬貔貅列兩行。孤營建一銅雀臺，且喜落成。今日設宴臺上，與衆文武共樂。言之未已，衆文武來也。〔外扮王朗，生扮王粲、鍾繇、程昱、楊修、賈詡、荀彧、楊彪上，唱〕

【小石調引・如夢令】運略奇謀佐主(句)，蓮花幕下賓忙(韻)。〔雜扮曹仁、曹真、曹休、曹洪、張郃、夏侯淵、許褚、徐晃上，唱〕義勇冠三軍(句)，一片雄心氣壯(韻)。擒王(韻)斬將(韻)，方顯英雄伎倆(韻)。〔衆白〕請了。今蒙主公賜宴，一同參見。〔進見科，白〕衆官打躬。〔曹操白〕衆公免禮。〔衆白〕不敢。〔曹操白〕今有銅雀臺初成，特請列位共樂。吩咐奏樂。上臺。〔雜扮轎夫上。曹操上轎科。衆遶場科。曹操下轎，衆上臺科。曹操白〕看酒來。〔衆同唱〕

【中吕宫正曲・好事近】開宴進霞觴(韻)，喜與興隆氣象(韻)。文猷武烈(句)，天教會合明良(韻)。威伸四海(句)，衆英雄(讀)，萬里都歸向(韻)。〔合〕看巍巍大業垂成(句)，縱伊周也應相讓(韻)。〔曹操白〕今日大宴群公，無以爲樂。武將盡皆下臺，換了戎裝，聽候鈞旨。〔衆應科，下。曹操白〕過來，將那西川紅錦戰袍，掛于百步之外垂楊枝上，樹下設一箭垛，如射中紅心者，就將錦袍賜之。〔張遼、于禁應傳科。曹休白〕曹休來也。主公在上，待曹休去射那紅心。〔曹操白〕群英射藝精妙，勿貽笑於衆人。〔曹休白〕主公，我曹休呵，〔唱〕

【又一體】穿楊(韻)妙技世無雙(韻)，奮雄威萬人之上(韻)。飛馳駿馬(句)，展雕弓正鵠無爽(韻)。〔射科。衆白〕中紅心。〔曹操白〕此吾家千里駒也，將錦袍賜之。〔將士應科。夏侯淵白〕住了。丞相紅錦戰袍當賜與外人，宗族中不宜攙越。〔作射中科，白〕快取袍來。〔曹洪白〕小將軍先射中，汝何奪之？看我與汝兩個解箭。〔作射中科，白〕取袍來。〔張部白〕你三人射中紅心，不足爲奇，待小將翻身射中那紅心。〔曹操白〕射來。〔張部唱〕俺翻身舒臂(韻)，貫紅心(讀)，此際無多讓(韻)。〔合〕奪錦袍顯俺英雄(句)，看寒星飛中金榜(韻)。〔射科。衆白〕中紅心。〔曹子孝上，白〕誰敢奪俺錦袍？俺曹子孝來也。你們中紅心一箭，不足爲奇，看俺連中紅心三箭。〔唱〕

【中呂宮正曲·千秋歲】且停將(韻)引滿雕弓放(韻)，〔射科。衆白〕中紅心。〔曹子孝唱〕看矢發無虛堪獎(韻)。〔又射科。衆白〕中紅心。〔曹子孝唱〕百步穿楊(韻)，百步穿楊(疊)，怎及俺(讀)都中紅心之上(韻)。〔又射科。衆白〕中紅心。〔徐晃上，白〕誰敢取錦袍？留下與我。〔曹子孝白〕你有何本領，要奪俺的錦袍？

〔徐晃白〕汝等射紅心，何足稀罕！看俺單取那錦袍。〔曹子孝白〕且看你射來。〔徐晃唱：合〕紫叱撥(讀)，英雄將(韻)。誇神射(讀)，難相讓(韻)。一箭名標榜(韻)。〔射科。衆白〕射斷柳枝，錦袍墮下。〔徐晃取袍披科，唱〕這錦袍佳製(讀)，徐晃相當(韻)。〔曹操白〕好神箭也。〔許褚上，白〕你將錦袍那裏去？早早留下與我。〔揪住錦袍。徐晃白〕許褚，你敢奪我的錦袍麼？〔許褚白〕不讓我，大家穿不成。〔作扭打科。曹操白〕不許動手。衆將都上臺來。〔衆文武上臺科。曹操白〕孤特觀汝等之勇耳，豈惜一錦袍乎？諸將各賜蜀錦戰袍一領。〔衆侍從取袍分賜科。衆武將白〕多謝丞相。〔曹操白〕依位而坐，看宴。〔內奏樂，臺上設宴。衆文武進酒各坐科。曹操白〕武將騎射爲樂，文官何不各賦佳章，以紀一時之盛。〔王朗白〕臣王朗謹賦。〔曹操白〕願聞妙句。〔侍從進筆箋，王朗寫科，白〕銅雀臺高壯帝基，水明山秀瑩光輝。君臣慶賀休辭醉，携得天香滿袖歸。〔曹操白〕詩便作得好，這「君臣」二字，孤家怎麼敢當。取玉爵賜酒。〔內侍取玉盃奉，曹操接賜王朗，白〕玉爵賜汝。〔作大笑科。王粲白〕臣王粲亦有俚言呈上。〔曹操白〕願聞佳句。〔王粲寫，白〕銅雀臺高接上天，凝眸影裏舊山川。主公聖德齊堯舜，願樂昇平萬萬年。〔曹操白〕二公佳作，過譽太甚矣。取玉爵賜之。孤家思量適纔的説話，比我作堯舜、文武，都不敢當，只「昇平」二字，以身任之。若是今日没有孤家，也不知幾人稱帝、幾人稱王，或者孤家權重，因疑孤家有篡位之心。孤家每欲卸這兵機，奈無人可任此職。你們必不知我之心。〔王朗、王粲同白〕衆官怎麼不知？雖伊周也不及丞相。〔曹操白〕伊尹當日放太甲于桐，你們這等説話言重了。取紙筆來，孤家也賦幾

句。〔唱〕

【中呂宫正曲·紅繡鞋】珠璣亂撒雲章㊙，雲章㊢，古今罕有鷹揚㊙，鷹揚㊢。看一戰㊣，靖邊疆㊙。齊武德㊣，樂陶唐㊙。〔合〕受慶賀㊣，地天長㊙。〔白〕吾獨步於高臺兮，俯仰萬里之山河。〔笑科。撤宴下臺。合唱〕

【尾聲】銅臺大宴心歡暢㊙，那怕他群雄恣力狂㊙，好看取一統山河定魏邦㊙。〔下〕

第一齣　赤兔馬歸真主控

〔衆扮軍士、將官，衆扮曹洪、曹仁、徐晃、李典、夏侯惇、夏侯淵、許褚，净扮曹操上。唱〕

【小石调引・憶故鄉】開宴樂頻張韻，國士重非常韻。〔白〕前差張遼筵宴雲長，送他袍帶、美女、黄金、壽亭侯寶册，不知受否。張遼爲何不見到來？〔將官白〕到時通報。〔雜扮軍士，引生扮張遼上，唱〕

【黄鐘宫引・翫仙燈】奉命宴雲長韻，可羡他赤膽忠良韻。〔白〕張遼見。〔曹操白〕張遼，昨日筵宴雲長何如？〔張遼白〕袍帶、黄金受了，寶册、美女不受。〔曹操白〕爲何不受？〔張遼白〕上面缺少漢字。〔曹操白〕孤乃漢之元勳，漢即是孤，添上漢字何妨。他説幾時與孤相見？〔张遼白〕他説今日自來謝宴。〔丑扮報子上，白〕報報報！今有河北冀州袁紹。〔曹操白〕喘定氣息，緩緩報上來。〔報子白〕報報報！今有河北冀州袁紹，差兩員大將，名唤顔良、文醜，頭如斗大，面似蠏蓋，眼似銅鈴，鬚似鋼錐，身長丈二，膀闊七圍，手持大刀，站在陣頭之上，一來一往，一衝一撞，口稱天下有一無二，聞知丞相新收一將，名曰雲長，一來比刀，二來比力，三來要取雲長回去。〔曹操白〕張遼，我與袁紹素無讐隙，爲何興動人馬與我交戰？〔張遼白〕主公不必驚異。想是劉備投在袁紹處，聞知雲長在此，借兵前來取他回去。〔曹操白〕如今作何計較？〔張遼白〕張遼有一計。〔曹操白〕有何計？〔張遼白〕少刻雲長到此，叫報子連報數次，前面依他一樣，後面更改一字。〔曹操白〕那一字？〔張遼白〕取字改擒字，激他前去斬了顔良，兼絶雲長歸路。〔曹操白〕好！你就吩咐那報子。〔張遼應科，白〕報子過來。〔報子白〕有。〔張遼白〕聽我吩咐：少刻雲長到此，着你連報數次，前面依你一樣，後面更改一字。〔報子白〕那一字？〔张遼白〕三來要擒雲長回去。〔報子白〕小人不敢説。〔张遼白〕主公在此，不妨。〔報子白〕曉得。〔下。张遼白〕主公，雲長少頃即到。〔曹操白〕伺候了。〔衆應科，同下。衆扮軍校，引净扮關公上，唱〕

【雙角套曲・錦上花】宴罷翻增人意懶(韻)，爲仁兄阻隔關山(韻)。弟兄們不幸在徐州失散(韻)，算將來整整半年(叶)，俺與他相會少、見面難(韻)，提起來心酸(韻)，不由人不淚漣(叶)。因此上意遲遲懶下雕鞍(韻)。〔到科，下馬。張遼上，白〕兄長請了。〔關公白〕賢弟請了。煩賢弟通稟一聲。〔張遼白〕請少待，主公有請。〔衆引曹操上，白〕怎麼説？〔張遼白〕雲長到了。〔曹操白〕開中門。〔衆將官白〕開中門。〔關公白〕丞相請了。〔曹操白〕賢侯從甬道而行。〔關公白〕敗軍之將，焉敢從甬道而行。〔曹操白〕説那裏話。你乃漢朝一將，我乃漢朝一相，將相皆同。〔關公白〕名爵不等。〔曹操白〕敬公之德耳。〔進科，各坐科。曹操白〕賢侯爲何面帶淚痕？〔關公白〕夜來二位夫人，夢見俺大哥身落土坑。今早問安，二位夫人在中堂啼哭不止，不由不感傷。〔曹操白〕張遼可能詳察？〔张遼白〕人逢土而必旺。想令兄令弟此去必得城池，大吉之兆。〔關公白〕願符吉語。〔曹操白〕賢侯好美髯。〔關公白〕微髯不堪。〔曹操白〕有多少長？〔關公白〕一尺八寸，數百餘莖。〔曹操白〕曾無凋損乎？〔關公白〕逢秋凋落幾莖，逢春依舊復長。〔曹操白〕陣上揮刀不便。〔關公白〕用鬚囊盛之。〔曹操白〕張遼，取錦緞十端，送與賢侯做鬚囊。〔關公白〕多謝丞相。〔曹操白〕老夫所送粗袍，爲何不穿？〔關公白〕穿在裏面。〔曹操白〕爲何穿在裏面？〔關公白〕丞相有所不知，這舊袍是俺仁兄所賜，久矣不見，着在上面，見舊袍如見俺仁兄一般。有一日尋歸舊主，思念丞相，再將所賜新袍着在上面，見新袍如見丞相一般。〔曹操白〕可見賢侯義出衷腸。〔關公白〕過奬了。〔曹操白〕張遼説賢侯早來謝宴，爲何來遲？〔關公白〕只因微軀頗重，馬瘦力微，故此來遲。〔曹操白〕既爲名將，豈可乏良騎。老夫厩中，任賢侯自選。〔關公白〕如此，願借一觀。〔曹操白〕張遼，吩咐開了馬厩。〔關公白〕這金叱撥，〔曹操白〕老夫的。〔關公白〕銀叱撥，〔曹操白〕張遼的。〔關公白〕獅子青，〔曹操白〕許褚的。〔關公白〕兔兒黄，〔曹操白〕夏侯惇的。〔關公白〕丞相，那柳陰之下，有一騎紅沙馬，爲何散牧在野？〔曹操白〕賢侯可認得此馬？〔關公白〕莫非吕布之騎？〔曹操白〕好眼力。〔關公白〕爲何不用？〔曹操白〕此馬性劣傷人，無人降他，故此不用。〔關公白〕丞相戰將千員，連一騎馬也無人降他？〔張遼白〕馬多，用他不着。〔曹操白〕正是。馬多，用他不着。〔關公白〕末將部下有一馬童，能降劣馬，與丞相降來何如？〔曹操白〕甚好。〔關公白〕馬童。〔净扮馬童上，白〕有。〔關公白〕那柳陰之下，有一騎紅沙馬，與俺降來。〔馬童應，作降馬帶科上，白〕馬到。〔關公白〕丞相，看此馬頭至尾長有一丈，蹄至項高有八尺，身如火炭，背上鋪絨，似有騰空之狀。帶去備來。〔馬童作備馬，白〕馬到。〔關公白〕丞相，此馬備上鞍轡，越發雄壯了。〔曹操白〕越發好看了。〔關公白〕但不知他力量何如，那裏可以出馬？〔張遼白〕沙灘。〔關公白〕將馬帶往沙灘，丞相請。〔曹操白〕老夫不能。〔關公白〕賢弟請。〔張遼白〕小弟越發不能了。〔關公白〕如此僭了，丞相請了。〔曹操白〕賢侯請。〔關公上馬科，同馬童下。曹操白〕張遼，你看雲長公坐在馬上，人高馬大，猶如天神一般。〔張遼白〕且看他回馬何如。〔曹操白〕有理。〔馬童内白〕馬來。〔關公騎馬，馬童同上。關公作下馬科，白〕好馬、好馬！果然好馬！〔曹操白〕賢侯連誇數聲，莫非心愛麽？〔關公白〕君子不奪人之所好。〔曹操白〕老夫奉贈。〔關公白〕果是寔言？〔曹操白〕豈有假意。〔關公白〕馬童，將馬帶過一邊。丞相請尊坐，待俺拜謝。〔曹操白〕賢侯，你好輕人而重畜。〔關公白〕怎見得？〔曹操白〕賢侯自到許昌，上馬金，下馬銀，三日一小宴，五日一大宴，美女十人，官封漢壽亭侯之爵，不曾下一全禮。今爲此馬下一全禮，豈不是輕人而重畜？〔關公白〕非某輕人而重畜。此馬可以日行千里，打聽俺大哥若在數百里之外，早辰辭了丞相，晚間得見俺仁兄。有一日尋歸舊主，思念丞相，晚間辭了仁兄，早辰得見丞相。兩下俱全，焉敢不拜？〔曹操作沉吟科。關公白〕丞相沉吟，莫非有悔馬之意？〔曹操白〕老夫寧可失信於天下，決不失信於賢侯。〔關公白〕如此多謝丞相盛情。〔報子上，白〕報報報！今有河北冀州袁紹，差兩員大將，名唤顔良、文醜，頭如斗大，面如蠏蓋，眼似銅鈴，鬚似鋼錐，身長丈二，膀闊七圍，手持大刀，站在陣頭之上，一來一往，一衝一撞，口稱天下有一無二，聞知丞相新收一將，名曰雲長，一來比刀，二來比力，三來要擒雲長回去。〔曹操白〕拿去砍了。〔關公白〕住了。報子傳事，與他無干。〔曹操白〕放了。〔軍士放科，報子白〕謝爺！〔關公白〕我且問你：他的陣勢，排在那裏？〔報子白〕官渡。〔關公白〕那裏望得見？〔報子白〕土城。〔關公白〕就上土城。〔同作上城科。衆軍引顔良、文醜上，白〕大小三軍，擺開陣勢。〔衆軍走陣科。曹操白〕賢侯你看，擺得好陣勢。〔關公白〕丞相可認得此陣否？〔曹操白〕老夫失認。〔關公白〕名爲一字長蛇陣。〔曹操白〕看來此陣到也難破。〔關公白〕可惜俺三弟燕人張翼德不在。他若在此間，手提丈八矛，百萬軍中取上將首級，猶如探囊取物一般。〔顔良、文醜白〕大小三軍，一齊吶喊。〔衆應吶喊科。曹操白〕賢侯你看，標旂之下，好兩員驍將也。〔關公白〕丞相道他兩員好將，某家看來，就如插標賣首。且看他收陣何如。〔顔良、文醜白〕大小三軍，收了陣勢。〔衆軍應，作遶場科，同下。曹操、關公等作下城科，關公白〕賢弟，小宴之言，可曾達上。〔張遼白〕小弟忘記了。〔關公白〕險悮我大事。〔曹操白〕張遼，取甲冑過來，待老夫親自出馬。〔關公白〕住了。顔良一介，待俺擒來以報丞相，何如？〔曹操白〕賢侯是客，老夫怎敢相勞。〔關公白〕丞相説那裏話。自古道，養軍千日，用軍一時，怎麽説個勞字。〔唱〕

【雙角套曲·新時令】論平生（讀），浩氣重綱常（韻）。怎肯的濫虚名（句），貽誚伐檀章（韻）。麟經褒貶素評量

(韻),拖丹衷寧肯遺忘(韻)。他那裏頻頻美意諄(句),設宴封侯示意良(韻)。雖然是施德應將德報償(韻),也須是顯耀英雄壯(韻)。也不須列隊掄兵將(韻),俺單騎當前(讀),敵者心先喪(韻)。折衝在樽俎間(讀),何異探囊(韻)。

【雙角套曲·撥不斷】陣雲開,馳騁任騰驤(韻)。太阿三尺閃星芒(韻)。子子干旄列(句),桓桓貔虎行(韻)。破重圍易如反掌(韻)。〔下。曹操白〕張遼,我看雲長必斬顔良,我就留他不住了。〔張遼白〕且看他出陣如何。〔關公持刀上,白〕丞相,看末將披掛以就,就要出馬。〔曹操白〕好披掛,猶如天神一般。賢侯苦苦出馬,所爲何來?〔關公白〕一來蒙丞相情重如山,二來顔良不該誇此大口,三來〔唱〕

【雙角套曲·落梅風】算不得扶持社稷功(句),保漢乾坤量(韻)。一片心天清月朗(韻)。熟習的龍虎韜鈐佐廊廟(韻),立功勳青簡傳芳(韻)。

【雙角套曲·醉娘子】雄糾糾(讀)、威風膽氣剛(韻)。丞相呵,安坐許昌(韻)。心休悒怏(韻),何慮彼氣如虹(讀),貫石干城將(韻)。〔曹操白〕看酒來。〔關公白〕吉兆到了。〔曹操白〕何爲吉兆到了?〔關公白〕昔日斬了華雄,杯酒未寒。今日斬顔良又賜酒,可不是吉兆麽?〔曹操白〕顔良不比華雄,賢侯不要輕視了。

〔關公唱〕

【雙角套曲·播海令】非是俺言太過、自誇强(韻),本待要立功勳,(句)以報公恩貺(韻)。轟轟烈烈勢鷹揚(韻)。試看金刀明曉日(句),寶劍掣秋霜(韻)。還要冀州擒袁紹(句),那怕官渡有顔良(韻)。〔關公下。曹操白〕帳前空有千員將,要比雲長半個無。〔衆同下〕

第二齣　青龍刀振壯夫殘

〔衆扮將官、軍士，引浄扮顔良上，唱〕

【雙調引・秋蕊香】騰騰膽氣沖天(韻)，兵機文武雙全(韻)。人如虎豹猛當先(韻)，要把曹兵滅翦(韻)。〔白〕战鼓轟雷急，征袍映日紅。人如跨澗虎，馬似出潭龍。某顔良是也，奉袁冀州將令，攻打曹瞞，來此扎營官渡，尅期進戰。夜來得了　夢，夢見火星下界，不知主何吉兆。俺受玄德公再三囑托雲長之事，不免吩咐一聲：大小三軍，今後若有赤面長髯、單刀獨馬入我陣營來者，不許攔阻，放他進來，我與他答話。〔衆應科，同下。雜扮健卒、馬童，引浄扮關公持刀上，唱〕

【雙調套曲・新水令】料顔良不是萬夫敵(韻)，今日裏(句)、斬顔良(句)，且從容(讀)，只聽鼓又催(韻)。焰騰騰施勇略(句)，雄糾糾設兵機(韻)。笑談間解散了白馬重圍(韻)，向陣前獨自立(韻)。〔唱〕

【雙角套曲・駐馬聽】也不用後擁前催(韻)，整頓上鮮血征袍烈火旂(韻)。只憑俺一人獨自(韻)，披戴着殷紅毡帽隱金盔(韻)。韜藏鎧甲燦狻猊(韻)，誅英劍斜插絨絛繫(韻)。俺這裏施展雄威(韻)，〔白〕顔良賊，〔唱〕你就是鐵叉山，教伊頃刻歸泉世(韻)。

【雙角套曲・大德歌】只見他擺刀鎗雁翅齊(韻),列戰馬如鱗砌(韻),布陣圖長蛇勢(韻)。咚咚擂戰鼓(句),訶訶麾彩旂(韻)。一任他元帥千軍勇(句),怎當俺幹國將軍八面威(韻)。〔白〕小校。〔馬童白〕有。〔關公白〕隨俺進營去,看我的刀一舉即取人頭。〔唱〕

【雙角套曲・喬木查】休得要驚悸(韻),莫待要遲違(韻)。管取三軍中鬧垓垓(讀),獨自個唱凱歸(韻)。〔白〕久聞顔良,只聽其名,未見其形。不免竟入中軍,斬了這廝,再作道理。〔關公唱〕斬顔良如兒戲(韻),撞入在袁軍隊裏(韻)。〔衆將官軍士引顔良上,白〕來者曹將何人?〔關公白〕看刀。〔殺顔良科。跟顔良小軍慌白〕不免報與文將軍知道。〔亂跑下。關公唱〕

【雙角套曲・沽美酒帶太平令】見顔良一命危(韻),兩手指東西(韻)。帶血頭兒手内提(韻)。只憑俺一人獨自(韻),闖入在軍營内(韻)。亂紛紛衣甲堆積(韻),赤律律死尸横地(韻)。逃命的林中躲避(韻),投降的馬前拜跪(韻)。俺呵(格),聽軍中慶喜(韻)、賀喜(韻),報曹公恩義(韻)。呀(格),道得勝將軍至矣。(韻)。〔同下。衆扮將校,引净扮文醜上,同唱〕

【正宮正曲・四邊静】叵耐雲長忒無理(韻),不顧桃園義(韻)。惡向膽邊生(句),怒從心上起(韻)。〔文醜白〕方纔軍士來報,顔良無故被關公殺死,爲此提兵前去報仇。衆將官,就此殺上前去。〔衆應科,同唱:合〕三軍努力(韻),休得退避(韻)。與顔良報此仇(句),方顯有毫氣(韻)。〔健卒、馬童引關公上。文醜白〕雲長,你無故殺死顔良,是何道理?〔關公白〕汝是何人?〔文醜白〕我乃大將文醜,特來報仇。〔關公白〕

看刀。〔殺下，衆軍跪下。馬童、健卒引關公上，白〕方纔文醜提兵與顔良報仇，被俺一刀斬之。軍校，將此首級回營報功。〔二卒應科。一卒持書上，白〕劉皇叔有書呈上。〔關公白〕取上來。〔看科，唱〕

【中吕宫曲·駐雲飛】見書悲傷(韻)，接得雲箋紙半張(韻)：錯把顔良喪(韻)，屈殺文家將(韻)。嗏(格)。〔白〕小校，〔唱〕你與我多多拜上冀州王(韻)：叫他好生看養(韻)，轉眼之間(讀)，便去尋兄長(韻)。〔卒白〕嗄！〔下。關公唱〕不日辭曹返故鄉(韻)。〔同下〕

第三齣　翼德據城賓作主

〔衆扮兵卒，引净扮張飛上，唱〕

【南吕宫引·掛真兒】怒髮冲冠多叱咤㊞，據山中英雄獨霸㊞。待得時來㊀，蛟龍變化㊞，殺却曹瞞方罷㊞。〔白〕堪嘆手足似瓜分，弟北兄南信不聞。何時骨肉重相見，再整桃園結義心。俺張飛是也，自徐州與二位哥哥失散，大哥不知下落，二哥保尊嫂在下邳，未知凶吉如何。某自到芒碭山中，且喜聚得兵卒萬餘人。我想此處地方甚窄，錢糧不敷，難聚兵將，不免吩咐頭目起兵前去，倘有富足之城，借些糧草，却不是好。衆頭目，可帶領兵馬，齊到前面屯營結寨。〔兵卒應科，白〕將軍吩咐：大小三軍，齊到前面去屯營結寨。〔内應科。張飛白〕就此起兵前去。〔衆應科，同唱〕

【越調正曲·水底魚兒】鐵騎騑騑㊞，人人似虎貔㊞。〔合〕刀鎗映日㊞，誰敢犯吾威㊞，誰敢犯吾威㊣。〔白〕軍士每，這是甚麽地方？〔兵卒白〕咄！俺將軍問你地方居民，這是甚麽所在？〔内應科，白〕是古城縣。〔兵卒白〕禀將軍，是古城縣。〔張飛白〕也到好座城池。軍校，縣官何人所命？〔兵卒問，白〕此城知縣，何人所命？〔内白〕曹丞相所命。〔兵卒白〕啟將軍，曹丞相所命。〔張飛怒，白〕既是曹操所委，必是貪官。與我傳與縣官知道，張將軍到此，備些糧草，好好應付，萬事俱休。若是不肯，打破城池，殺了縣官，占了城池。免得後日有悔。〔兵卒照前白。內應科，白〕這古城山縣，又無糧草，休要在此打攪，往別處去罷。〔兵卒照前白。張飛白〕這廝無理！衆軍校，與我打破城池，殺將進去。〔唱〕

【高大石調正曲·窣地錦襠】旌旂爛爛日暉暉(韻)，鐵騎紛紛赤電隨(韻)。攻城掠地我能爲(韻)，〔合〕管取琴堂遭劍危(韻)。〔同下。丑扮知縣、雜扮門子隨上，知縣唱〕

【越調正曲·水底魚兒】奉命司城(韻)，萬姓喜安寧(韻)。〔合〕詞清訟簡(句)，鼓腹樂昇平(韻)，鼓腹樂昇平(疊)。〔白〕承恩領命守斯城，赫赫琴堂百里聞。但恐菲才叨爵禄，願攄忠志報君恩。下官古城縣宰是也，奉曹相之命，守此城池。適間有張飛在此經過，借些糧草，回他没有去了。門子，快些叫左右吩咐城下守城軍校，不許放他進來。〔內應科。書吏上，白〕有事不敢不報，無事不敢亂傳。禀老爺：不好了，那黑臉將軍殺進城來了，望老爺早作計較。〔知縣白〕怎麼好！怎麼好！快叫門子背了印，打從西門走了罷。〔同唱〕

【南呂宮正曲·節節高】芒山寇數千(韻)，勇争先(韻)，揮戈直入城中亂(叶)。黄塵暗(叶)，白刃寒(叶)，人離散(韻)。看他怒髮如雷電(韻)，教人不覺心驚戰(韻)。〔合〕奔馳城外且逃生(句)，莫待更被誅夷難(叶)。〔內叫白〕拿住縣官！〔衆白〕各逃性命。正是：雙手劈開生死路，番身跳出是非門。〔下。張飛衆上，白〕衆軍校，殺上前去。〔衆應科，唱〕

【又一體】一時志奮然(韻)，逐貪官(叶)，胸中豪氣如虹貫(叶)。旌旆閃(叶)，日月懸(韻)，威名遠(韻)。山河再整民居奠(韻)，根基應在今朝見(韻)。〔合〕掃清宮闕要勤王(句)。老天早逐平生願(韻)。〔丑扮司城校尉上，虛白發諢。張飛衆戰科。張飛勝，司城校尉投降虛白。張飛白〕饒你狗命。縣官那裏去了？〔校尉白〕縣官背了印走了。〔張飛白〕縣官既走了，也罷。一面出榜撫安百姓，各按生理，再出榜文招軍買馬，積草屯糧，在此屯兵。自做個快活大王，待等糧草完足，那時慢慢尋兄，未爲遲也。就此進城。〔衆應科，同唱〕

【又一體】金刀耀白光(韻)，奮膺揚(韻)，威名四海誰斯抗(韻)。人堪讓(韻)，顯氣昂(韻)，冲霄壤(韻)。從今德業重興王(韻)，古城永住難侵誑(韻)。〔合〕鶺鴒聊借一枝棲(句)，謾將兄信來緝訪(韻)。〔張飛白〕軍校，將芒碭山所有錢糧，移營與此。〔衆應科。張飛白〕吾今匹馬到山城，且把三軍扎住營。復願除奸興漢業，須當積草與屯兵。〔下〕

第四齣　子龍奪食弟逢兄

〔雜扮小軍，引生扮劉備上，白〕災生不測，禍起須臾。誰想二弟雲長，忘了桃園結義之情，順了曹操，殺了河北顔良、文醜二員上將。若收殘兵回見袁紹，我命難逃，不如奔走他鄉，尋取三弟張飛，再作道理。正是：時乖未際風雲會，羞向人前道姓名。〔唱〕

【仙呂宫正曲・皂羅袍】自恨生時不利(韻)，嘆重重災咎(讀)，緊緊相隨(韻)。雲長直恁太心虧(韻)，投曹一旦忘恩義(韻)。〔合〕顔良、文醜(句)，斯人可悲(韻)。孤身隻影(句)，何方可栖(韻)。生離遠别無由會(韻)。〔白〕行來此間，不知是何地名。前面有所郵亭，不免少坐片時再行。〔衆扮馬夫、生扮趙雲上，唱〕

【又一體】暗想關、張、劉備(韻)，虎牢關一别(讀)，各自東西(韻)。朝思暮憶欲相依(韻)，何時再得重歡會(韻)。〔白〕俺趙雲向依荆州劉表，看他亦非有爲之人，爲此辭别前來，以至青州。聞知此地有良馬，因此買馬而回。軍士們，看管馬匹，攢行前去。〔衆應科。趙雲唱〕賢臣擇主(句)，前途有爲(韻)。蒼天憐念(句)，後會有期(韻)。那時共聚扶王室(韻)。〔白〕呀，前面那騎白馬，好似昔年送與玄德公的，待我仔細看來：原來是玄德公。〔各相見交拜科。趙雲白〕皇叔聞得已領徐州牧，今日爲何一人在此？〔劉備白〕

子龍不知，一言難盡。〔趙雲白〕皇叔請講。雲長、翼德，如今在那裏？〔劉備唱〕

【中呂宮正曲·駐馬聽】說起雲長(韻)，帶領家眷下許昌(韻)，頓忘了桃園結義(句)，歃血同盟(讀)，順了强梁(韻)。誰知一旦歹心腸(韻)，〔白〕我往河北，借得救兵來接他。〔唱〕他把顏良、文醜刀頭喪(韻)。〔白〕今無計可施，恐袁紹見罪，〔唱：合〕因此上奔走他鄉(韻)。孤身獨自(讀)，將誰相傍(韻)。〔趙雲白〕原來如此顛沛。小弟自虎牢關一別，不幸公孫瓚殞亡，今依荆州劉表。看他亦非有爲之人。幸與皇叔相會，情願跟隨，一同前去。〔劉備白〕若得子龍相助，何愁大事不成。〔趙雲白〕待我到村中買些酒飯，與皇叔充飢。〔劉備白〕甚好。〔同下。雜扮衆强盜抬食物上，虛白科。〕〔趙雲白〕住了。你們抬的是甚麽東西？〔一强盜白〕無名大王的膳。〔趙雲白〕抬過來，與有名大王吃。〔作搶科。衆强盜、衆僂儸引浄扮張飛上，唱〕

【引】古城自在爲寨主(句)，創立江山第一人(韻)。〔白〕做甚麽？〔一强盜白〕稟大王：大王爺的膳，被有名大王搶去了。〔張飛白〕怎麽？我的膳被有名大王搶去了？抬我的鎗來。〔劉備上，見科，白〕呀，這不是三賢弟翼德麽？〔張飛白〕誰人叫我呀，原來是我那仁兄。〔唱〕

【中呂宮隻曲·上小樓】難中相見(句)，頓生歡喜(韻)。如渴得梅(韻)，如魚得水(韻)，前事休提(韻)。烏投林(句)，臣擇主(句)，再投別地(韻)。咱和你定乾坤再扶社稷。〔白〕叫人來，擺齊隊伍，請你皇叔進城。〔内吹打。張飛白〕人來，快排宴，與你二位仁兄接風。〔衆强盜白〕得令。〔張飛白〕仁兄可知二仁兄的消息？〔劉備白〕賢弟再不要說起。當初我和你徐州失散，關某保家眷在下邳。誰想曹兵將城圍了，着張遼進城，説他投降。愚兄投奔冀州袁紹處，借得大將顏良、文醜，殺往許昌，報取冤仇，以迎家屬。誰料關某寔心降了曹操，却把顏良、文醜盡皆斬了。曹操如今封他爲漢壽亭侯，上馬蹄金，下馬蹄銀，三日小宴，五日大宴，黄金千鎰，美女十人。他如今受享富貴，忘了當日桃園結義生死之言，如之奈何！〔張飛怒喊，白〕有這等事！哈！紅臉的，你起這歹心！難道就忘了桃園結義之情麽？且住。我想二哥乃仁義之士，必有不得已而爲之，況保着二位尊嫂，真個就歸了曹操不成。咳，只是人心不可測度，且待日後見面之時，哈！紅臉的，只教你認得老張！呵，大哥，且喜子龍到此。我想這古城略略有些錢糧，莫若權且住扎，且招軍買馬，聚草屯糧，以圖大事，有何不可？〔劉備白〕賢弟言之有理。〔張飛白〕三人相會古城中，撇了雲長得子龍。〔劉備白〕人情若比初相識，〔同白〕焉能有始却無終。〔同下〕

第五齣　掛印封金尋舊主

〔衆扮軍校、馬童，引净扮關公上，白〕辭曹封府庫，千里獨尋兄。〔軍校白〕禀上將軍，曹丞相退了晚堂了。〔關公白〕怎麽我纔早膳，就退晚堂？〔軍校白〕又掛了酉時牌了。〔關公白〕尚未交午，怎麽未午先掛酉時牌？又是張遼詭計，不容相見，量吾不能前去尋兄。軍校，取筆硯過來，將這粉墻掃潔净了。〔軍校應，取筆硯。關公寫科，白〕堪笑曹公用計乖，未午先掛酉時牌。連辭三次無顔色，匹馬單刀歸去來。〔衆同下。旦扮侍女，隨旦扮糜甘二夫人上，唱〕

【雙調引·新水令】冠兒不戴懶梳粧㊗，插金釵烏雲相傍㊗。空閨愁客況㊗，憶家鄉㊗，影成雙㊗，故國遥瞻望㊗。〔衆引關公上，白〕軍校收拾車馬伺候。①〔衆應科。二夫人白〕二將軍出征，鞍馬勞頓，但不知打聽得你哥哥消息否？〔關公白〕啟二位尊嫂得知：某家打聽得皇叔在冀州袁紹處，即刻辭曹，尋歸舊主，特來禀知尊嫂。但恨張遼詭計，未午先掛酉時牌，使我不得面辭曹操。〔二夫人白〕

① 「拾」，原作「飾」。

如此怎生是好？〔關公白〕我有道理。待我修書一封，一謝曹公。掛寶封金，匹馬單刀，護送尊嫂千里尋兄，以表當年結義之情。〔二夫人白〕若得將軍如此周全，我姐妹幸甚，皇叔幸甚。〔關公白〕説那裏話。左右，看文房四寶來。〔軍校應取科。關公唱〕

【高宫隻曲・端正好】憑智力將俊才收(句)，假仁義把民心結(韻)。各施送英武豪傑(韻)，亂紛紛據地圖功業(韻)，却便似鬧嚷嚷蝇争血(韻)。〔白〕正所謂秦失其鹿，天下共逐，有高才捷足者先得之。〔唱〕

【高宫隻曲・滚綉球】知的他見得别(韻)，[①]某量他不敢惹(韻)。〔白〕若得去呵，〔唱〕稱了我一生心、百年名節(韻)。欲留下一封書與曹相辭别(韻)，我這裏取雲箋做書柬疊(韻)。染霜毫將真字寫(韻)，一星星把志誠寔説(韻)。墨花新運動龍蛇(韻)。只我這半年兄弟音書阻(句)，怕什麽千里關山道路賒(韻)，我豈憚跋涉(韻)。〔二夫人白〕書已寫完，但不知何日起程？〔關公白〕就是今日起程。二位尊嫂只帶原來行李，曹公所賜之物，分毫不可帶去。〔二夫人白〕曉得。〔關公白〕左右，將此書安在中堂公案之上，把這漢壽亭侯寶懸在梁上，金帛封貯庫中。〔軍校應科。關公唱〕

【高宫隻曲・倘秀才】將書與曹公告别(韻)，把府庫封緘蜜者(韻)，二位賢嫂穩上車(韻)。〔白〕左右輾車過來，請二位夫人登車。〔衆軍校御車上。二夫人各上車，轉科。雜扮門官上，白〕敢問將軍：封庫懸寶，

① 「知」，原作「智」。

欲往何處去？〔關公白〕你是門官麽？煩你與我拜上丞相，關某河北尋兄去也。〔門官白〕可有文憑？〔關公白〕大丈夫横行天下，何用文憑！〔門官白〕將軍既無文憑，待我稟過丞相，然後放行。〔關公怒科，白〕丞相尚然不肯阻擋，你是何人，敢説此話！〔門官復攔科，關公欲殺門官科，白〕看刀。〔門官急下。〔關公同唱〕正是遠尋鴻雁侶㊀，跳出虎狼穴㊁，關雲長去也㊁。〔同下〕

第六齣　紅袍藥酒餞賢侯

〔衆扮軍士、將官、健將，生扮張遼，副扮許褚，引净扮曹操上，唱〕

【小石調引・撻破歌】英雄只恐難留戀(韻)，因此未曾相見(韻)。〔看科，白〕壁上有詩，待我看來。堪笑曹公用計乖，未午先掛酉時牌。連辭三次無顔色，匹馬單刀歸去來。〔看前詩科，①白〕呀，果然不辭而去。〔雜扮門官上，白〕有事不敢不報，無事不敢亂言。稟上主公：關雲長封金掛寶，留書一封，不辭而去。〔曹操白〕你爲何不攔阻？〔門官白〕丞相向代他好，所以小人不敢攔阻。〔曹操白〕無用的狗頭。〔門官白〕是。〔下。曹操白〕張遼，你看雲長真乃大丈夫，來得清清，去得明明，這樣人我甚是相敬。可備錦征袍一件，魯酒筵宴，赶至灞陵橋，與他餞别便了。〔張遼白〕曉得。〔曹操下。許褚白〕雲長好生無理，我主公這樣待他，竟自不辭而去。莫説主公，就是我老許跟前，也該辭我一辭。方纔主公吩咐，置酒與他餞行，我那裏有好酒與他吃。不免將酒内放些毒藥，一邊盛着好酒，一邊盛着藥

① 「看」字，原脱。

酒。好酒與主公吃，藥酒毒死他，方消吾恨。雲長、雲長，叫你明鎗容易躲，暗箭最難防。〔下。衆扮軍校，雜扮馬童、車夫、侍女，引旦扮二夫人、净扮關公上，唱〕

【高宫套曲・九轉貨郎兒】凉時節秋分八月(韻)，〔白〕軍校，車輛已出城，吩咐緩緩而行。〔唱〕向郊外恁把車輪慢拽(韻)。遠山遥望見曉雲遮(韻)。那一派風凛冽，到秋來(句)，愁聽那雁行斜(韻)。俺這裏舉目天涯一望賒(韻)。〔白〕軍校接馬。〔軍校應科。關公白〕且住。〔唱〕

【二轉】本待要下征鞍遲遲意懶(韻)，〔白〕軍校，前面是甚麽地方？〔軍校白〕鎮河湾。〔關公唱〕遥望見疎林一片(韻)，数間茅屋鎮河湾(韻)。車兒住錦韉暫停驂(韻)。〔白〕軍校接馬。〔軍校作接刀馬科。關公白〕馬，俺自尋歸舊主，你有幾場辛苦，俺有幾場鏖戰。〔滚白〕這些時，人不曾卸甲，馬不曾離鞍。馬呵。〔唱〕俺與你何曾得暫閑(韻)。〔白〕二位尊嫂，可要過中？〔二夫人白〕此處離許昌不遠，要繫趲路，不要過中了。〔唱〕我將玉糧自減(叶)。〔關公白〕二位尊嫂，比乃路途之上，比不得在許昌。〔滚白〕説甚麽玉糧自減，〔唱〕勸尊嫂把美味更加餐(韻)。〔二夫人白〕不要用了，快些趲路罷。〔關公白〕帶馬。〔軍校應科。關公唱〕

【三轉】光閃閃晴霞輝照(韻)，碧沉沉寒波浩渺(韻)，滴溜溜風吹落葉飄(韻)。折葦乾柴似(句)，枯荷被霜凋(韻)。蕭瑟瑟連天蓑草(韻)，鬧攘攘孤鴻哀叫(韻)。程途甚杳(韻)。時值秋高(韻)，憂懷繚繞(韻)，急煎煎心隨落日遥(韻)。〔内呐喊科。關公唱〕

【四轉】猛聽得一聲高叫(韻)，待咱勒渾紅回頭覷着(韻)。〔內白〕曹丞相餞行。〔關公唱〕那裏是餞陽關送故交(韻)，這就裏俺猜着(韻)，莫不是狹路相逢(句)，寃家來到(韻)。〔二夫人白〕這怎麽了？〔關公唱〕勸尊嫂，莫嚎啕(韻)，且免心焦、放開懷抱(韻)。只憑關某(讀)武藝兒高(韻)，他總有萬丈深潭計(句)，當不過明晃晃(句)三停的偃月兒刀(韻)。〔白〕將車輛過灞陵橋，〔衆軍校應科。關公唱〕且看他其間有甚麽圈套(韻)。〔衆扮軍將、生扮張遼、副扮許褚、雜扮轎夫，引凈扮曹操上，同唱〕

【黄鐘宫正曲·出隊子】心猿意馬(韻)，急急前行去赶他(韻)。可笑雲長見識差(韻)，不辭而行別了咱(韻)。〔合〕灞陵橋上(讀)，餞行與他(韻)。〔曹操白〕張遼向前答話。〔張遼白〕仁兄請了。〔關公白〕賢弟請了。〔張遼白〕主公到了。〔關公白〕快請相見。〔衆應科。曹操白〕賢侯請了。〔關公白〕丞相請了。〔曹操白〕爲何不辭而來？〔關公白〕非某不辭而來，連辭三次，不容見面，未午先掛酉時牌。桌案上有一小柬，可曾見否？〔曹操白〕老夫已曾見過華翰。〔關公白〕既是見過，可見關某來明去白，丞相請了。〔曹操白〕賢侯請住馬。今聞賢侯遠去，老夫心寔不捨，特來餞行。〔許褚白〕請將軍下馬穿袍。〔吶喊聲科。關公白〕呀，他餞行來，乃是好意，爲何後面兵卒紛紛。旂鎗簇簇？你看張遼、許褚二人，目視言語。〔唱〕

【五轉】您那心事兒俺可也猜着了(韻)，莫不是有甚麽樣圈套(韻)？再休想(讀)、漢雲長俛首歸曹(韻)。〔曹操白〕賢侯本是春秋丈夫。〔關公唱〕是春秋(句)賢大夫(句)，並没有分外的知交(韻)。〔張遼白〕美酒羊羔。〔關公滚白〕美酒羊羔。〔張遼白〕如蜜香醪。〔關公滚白〕如蜜香醪。〔作想科，唱〕他總有美酒羊羔(句)，如蜜香醪(韻)，俺還要假粧成個醉劉伶(句)，使那斯謀不成時計不就(句)，管教他一場兒好笑(韻)。這就裏俺先知覺(韻)。俺自有虎略龍韜偃月刀(韻)，那怕許褚與張遼(韻)。俺可也隨機應變智謀高(韻)。〔軍校應科，下。曹操白〕老夫誠敬賢侯之心，甚是不薄，爲何頓然別矣？〔關公唱〕

【六轉】恁道俺受恩深全然不報(韻)，那知俺來明去白別分毫(韻)。俺只爲人言輕信(讀)，錯斬顔良(句)，爲吾兄寄書來心似搗(韻)。因此上悲悲切切(讀)，目斷魂勞(韻)，心心念念(讀)，憂懷怎掃(韻)，影形相吊(韻)。俺也曾朱門頻造(韻)，你未午牌標(韻)。俺可也義比白雲高(韻)，心同秋月皎(韻)，早把那印信懸着(韻)，黄金封了(韻)，細語叨叨(韻)。料把我封函曾剖(韻)，親賜宣詔(韻)，應知分曉(韻)。何爲的駕龍騏(讀)，來這荒荒古道重與話周遭(韻)。〔軍校作低應科，上，白〕禀將軍：二位夫人説，此去路途遥遠，不可在此盤桓躭擱。〔關公白〕軍校，〔唱〕

【七轉】多拜上二位尊嫂(韻)，休憂慮且免心焦(韻)，俺決勝在今朝(韻)。休得在耳邊廂絮絮叨叨(韻)，他見識已參透了(韻)。〔軍校應科，下。曹操白〕張遼，撤宴過來。〔關公白〕戎馬之際，何暇飲酒。待關某立飲一盃，領承臺命。〔曹操白〕送酒上去。〔張遼、許褚應，作送酒，關公接酒科。曹操白〕賢侯請酒。〔關公唱〕恁那裏設筵宴(讀)，把某相邀(韻)，開懷抱飲香醪(韻)。〔白〕看此酒，比許昌大不相同，我有道理。丞相可有酒？〔曹操白〕有酒。〔關公白〕某家與丞相相换而飲，何如？〔曹操白〕使得。〔許褚白〕關將軍，我主公此頭盃酒特爲將軍而設，那有相换之理？〔關公白〕既如此，依某家一件。〔曹操白〕那一件？〔關公白〕頭一盃祭了天地，二盃再飲，何如？〔曹操白〕但憑賢侯。〔許褚白〕關將軍説那裏話，頭盃飲過，二盃再敬天地不遲。〔關公白〕難道某家大似通天地不成？〔許褚白〕雖然天地大，我主公來意也不小。〔關公白〕少説。〔曹操白〕少説。〔關公白〕老天，關某河北尋兄，此酒若有毒味，刀上見分明。〔作舉酒科，白〕祭過了。許仲康，你的酒，俺的手，借敬你何如？〔許褚白〕末將點酒不聞。〔關公白〕前日在許昌已曾飲過。〔曹操白〕就飲何妨。〔許褚白〕前日吃過几盃，昨日纔戒了。〔關公白〕哇！〔作傾酒科。曹操見科，怒对張遼、許褚白〕這是怎麼説？爲何用起藥酒來？〔關公唱〕焰騰騰一似火來燒(韻)，〔軍校暗上。關公唱〕殺教他亡家敗國禍根苗(韻)。

【八轉】休得要胸懷奸狡(韻)，休得要笑裏的藏刀(韻)。休言盃酒餞西郊(韻)，俺也將伊猜料(韻)，猜料(疊)。有蹊蹺(韻)，教人怒怎消(韻)。都是那弄機關奸謀造(韻)。張遼的計也高(韻)，許褚的計也高(格)。列着香醪(韻)，假意相招(讀)，心生計較(韻)。看傾翻盃酒(句)，盃酒(疊)横澆(韻)，今番識破根苗(韻)。堪笑你羞慚的怎了(韻)。把前情細想着(韻)，把機謀細想着(格)，好教俺平分的恩怨兩開交(韻)。

【九轉】俺本是(讀)、南山豹北海蛟(韻)，鰲魚脱却金钩釣(韻)，擺擺摇摇(韻)。俺也曾修書來把恩情告(韻)。〔白〕丞相，此計決不該設。〔曹操白〕老夫不知。〔關公白〕張文遠。〔張遼白〕有。〔關公白〕許仲康。〔許褚白〕在。〔關公唱〕是尔等各使的謀略(韻)，激得俺心中懊惱(韻)，勒渾紅舉起刀(韻)。〔曹操白〕看老夫薄面。〔關公唱〕若不是丞相情意好(韻)，將你那讒臣個個都梟了(韻)。〔白〕捧袍者何人？〔許褚白〕許褚。〔關公白〕近前答話。〔許褚應，送袍科。關公白〕看刀。〔曹操白〕看老夫薄面。〔關公白〕若不是丞相在此，俺一刀從上而至下。〔唱〕許褚、張遼智不高(韻)，安排藥酒害吾曹(韻)。三請雲長不下馬(句)，〔白〕展袍來。〔唱〕將刀挑起錦征袍(韻)。〔軍校作接袍科。關公唱〕向明公告別(讀)，雲長公去了(韻)。〔下。曹操白〕張遼，此計何人設的？〔張遼白〕張遼不知。〔曹操白〕許褚。〔許褚白〕許褚也不曉。〔曹操白〕雖然如此，我愛雲長一點忠，〔許褚白〕紅袍藥酒總成空。〔張遼白〕劈破玉籠飛彩鳳，〔合〕頓開金鎖走蛟龍。〔下〕

第七齣　邂逅莊翁書別贈

〔净扮關公，旦扮糜、甘二夫人，衆扮軍校、侍女同上。關公唱〕

【仙吕調套曲・八聲甘州】俺本是濟世豪傑(讀)，赤膽心懷忠自重(韻)。精誠貫日(讀)，氣吐霓虹(韻)。一自在徐州失散(讀)，四海飄蓬(韻)。嘆渺渺身軀(讀)，怎當得迢遞尋踪(韻)。曹相有百般攔擋(讀)，怎當俺行色匆匆(韻)。車兒滾滾如雲送(韻)，鞭馳匹馬走如風(韻)。早不覺金烏漸西墜(讀)，玉兔昇東(韻)。〔白〕軍校，天色已晚，且向村莊借宿。〔軍校應，叩門虚白。外扮胡華上，白〕隱居村落無閑事，誰傍柴門惹犬聲。誰人叫門？〔軍校白〕我將軍欲借你莊上投宿。〔胡華白〕待我相見。〔作見關公施禮科，白〕敢問將軍高姓尊名？〔關公白〕老丈。〔唱〕

【仙吕調套曲・哈哈令】問其名關某凡庸(韻)。〔胡華白〕居何位？〔關公唱〕問其位王侯職重(韻)。〔胡華白〕今欲何往？〔關公唱〕只爲兄弟失散各西東(韻)，不辭勞千里(句)，訪跡去尋踪(韻)。〔胡華白〕原來是關將軍，失敬了。天色已晚，就在舍下安歇，明早再行，尊意如何？〔關公白〕多謝。輾車。〔衆應科，下。胡華白〕人來，請二位夫人後堂茶飯，山妻相陪。〔關公白〕老丈請上，容我拜謝。〔胡華白〕何須行

此禮？〔關公唱〕

【仙吕調套曲·醉奚婆】非是俺鞠躬㊅，非是俺逞雄㊅，只爲桃園㊀結義如山重㊅。〔胡華白〕聞將軍百萬軍中刺顔良、誅文醜，好英雄也。〔關公唱〕

【仙吕調套曲·柳葉兒】刺顔良百萬軍中㊅，誅文醜白馬坡東㊅，灞陵橋上别奸雄㊅，他那裏識孤忠㊅。唬許褚忙把征袍送㊅，堪笑他巧計成空㊅。〔白〕請問老丈高姓？〔胡華白〕老夫姓胡名華，昔爲諫議大夫，只爲奸臣弄權，隱居林下。〔關公白〕如此，失敬了。〔胡華白〕不敢。〔關公白〕請問有幾位令郎？〔胡華白〕有一個小兒，名唤胡班，在四關王植大夫手下爲將。〔關公白〕既是令郎在四關，老丈何不週全小將過關？〔胡華白〕將軍放心。今晚在小莊安宿一宵，明早有書代與小兒，詳細備在書上，他自有區處。〔關公白〕但恐令郎各爲其主，不容關某前去。〔胡華白〕吾兒素懷忠孝，兼且重義，决無阻擋。〔關公白〕如此，多謝了。〔胡華白〕不敢。將軍鞍馬勞頓，請安置罷。〔關公白〕請。〔胡華白〕程途多跋涉，〔關公白〕千里爲尋兄。〔胡華白〕荒莊投一宿，〔關公白〕來早便登程。〔同下〕

第八齣　隄防關將命輕捐

〔衆扮軍士，引副扮孔秀上，唱〕

【小石調引・憶故鄉】韜略腹中藏(韻)，威名四海揚(韻)。〔白〕頭戴金盔輝日光，身披鎧甲似寒霜。腰間寶劍如秋月，腕上鵰弓十石强。自家鎮守東嶺關孔秀是也，聞知關公河北尋兄，將近到我關上。左右須要緊守關津，嚴加盤詰。如有文憑，放他過關；如無文憑，不要放一人過去。〔軍士應科，下。衆扮軍校、馬童、車夫，旦扮二夫人、侍女，净扮關公上，同唱〕

【仙呂宫正曲・八聲甘州】半載馳驅(韻)，爲辭曹歸漢(讀)，途路徘徊(韻)。雕鞍駿馬(句)，見芳塵臨步相隨(韻)。孤鴻唳起征夫意(韻)，杜宇聲添遊子悲(韻)。〔軍校白〕禀將軍，已到東嶺關了。〔關公白〕關上何人？〔衆軍士引孔秀上，白〕我乃鎮守東關大將孔秀是也，來將何往？〔關公白〕關某河北尋兄，借貴關經過。〔孔秀白〕若有文憑，放你過關。没有文憑，將二位夫人當下。回去取了文憑來，放你過去。〔關公白〕哇！這厮敢出污言。孔秀，看俺手中的刀，取你驢頭。〔孔秀白〕看鎗。〔關公殺孔秀科，下。白〕衆軍士休怕，吾殺孔秀，不得已也，與衆無干。〔軍士白〕多謝將軍。〔關公白〕開關送二位夫人過

關。〔唱合〕思歸(韻)，想桃園結義難違(韻)。〔衆同下。衆扮軍士，引生扮韓福上，唱〕

【挼雲鶴】文韜武略鎮邊疆(韻)，自古英雄佐帝邦(韻)。〔白〕慷慨男兒志，英名播四方。文韜安社稷，武略鎮諸邦。某韓福是也。今有關公河北尋兄，東嶺關已斬了孔秀，不日來至洛陽，將到我關。恐他奪關而出，我有道理。不免喚首將孟坦出來，與他商議，早作準備，緊守隘口便了。孟坦何在？〔丑扮孟坦上，白〕來也。手提七星劍，身披禿爪龍。擺開大四對，劈破錦展風。① 自家孟坦是也，主帥呼喚，不免向前。孟坦打躬。〔韓福白〕孟坦。〔孟坦白〕有。〔韓福白〕聞知關公河北尋兄，已過頭關，斬了孔秀，將近到我關。你可將鹿角叉擋住去路。等他來時，你與他答話，我在暗中射他一箭，有何不可。〔孟坦白〕得令。〔韓福白〕只叫他明鎗容易躲，暗箭最難防。〔同下。衆扮軍校、馬童、車夫，旦扮二夫人、侍女，净扮關公上，同唱〕

【仙吕宫集曲·甘州歌】細雨濕征衣(韻)。見四圍山色(讀)，景物凄凄(韻)。猛然想起(韻)，把心猿意馬拴繫(韻)。人在天涯凝望眼(句)，路途心慌恨馬遲(韻)。〔軍校白〕禀將軍，來此洛陽關了。〔關公白〕把關將帥何人？〔衆軍校引韓福、孟坦上，白〕太守韓福。〔孟坦白〕裨將孟坦。〔韓福白〕來將何名？〔關公白〕關某。〔韓福白〕往那裏去？〔關公白〕河北尋兄。〔韓福白〕可有文憑？〔關公白〕没有。〔韓福白〕没有文

① 「展」，疑當作「屏」。

憑，開關之説，實難從命。〔關公白〕哇！〔孟坦喊叫。關公白〕你叫甚麽名字？〔孟坦白〕我乃孟坦。〔關公白〕嗄，你就是孟坦？〔孟坦白〕呀。〔關公白〕久聞你是英雄好漢，俺也是英雄好漢，爲何將鹿角叉叉了去路？何不去鹿角叉，你一鎗，俺一刀，見個輸贏。你意何如？〔孟坦白〕着着着！説得有理。他是英雄好漢，俺也是英雄好漢。他一刀，俺一鎗，見個輸贏。大小三軍，去了鹿角叉。〔關公白〕放馬過來。看刀。〔殺孟坦下。韓福白〕看箭。〔關公作躲科。衆軍赶衆卒下。韓福白〕大小三軍，你看關雲長被俺一箭射退，隨俺擒來。〔作對敵，關公殺韓福科，下。唱合〕臨關隘㊀，路傍岐㊁，一群三雁嘆孤飛㊁。遥瞻望㊀，道險巇㊁，隄防失足用心機㊁。〔同下〕

第九齣　浄國寺借酒作刀

〔衆扮軍士，引副扮卞喜上，唱〕

【高大石調正曲·窣地錦襠】朝臣待漏五更寒(叶)，鉄甲將軍夜渡關(韻)。山寺日高僧未起(句)，〔合〕算來名利不如閑(韻)。〔白〕自家泗水關卞喜是也。聞知關公河北尋兄，過了兩關，斬了三員大將，將近到我關。我如今假意安排筵席在浄國寺中，待他到來飲宴之時，袖藏流星鎚打死他，豈不妙哉。計就月中擒玉兔，謀成日裏捉金烏。〔下。衆扮軍校、馬童、車夫，旦扮二夫人、侍女，浄扮關公上，唱〕

【雙角套曲·新水令】行程萬里陣雲高(韻)，展旌旂戈矛光耀(韻)。劍戟凝霜雪(句)，鎧甲罩征袍(韻)，馬壯人豪(韻)，盼河北何時到(韻)。

【雙角套曲·駐馬聽近】客路迢遥(韻)，〔呐喊科。同唱〕忽聽得軍中鳴畫角(韻)。令申嚴號(韻)，奔騰鉄騎似狂潮(韻)。龍鑲虎賁綉旂標(韻)，風塵起處敵兵到(韻)。〔關公唱〕俺關某心轉焦(韻)，〔同唱〕何時節唱鎧歌(句)，把金鐙敲(韻)。〔衆軍士引卞喜上，白〕關將軍請了。〔關公唱〕

【雙角套曲·錦上花】見馬前躬身立着(韻)，俺這裏勒馬停刀(韻)，〔卞喜笑科。關公唱〕他那裏揚聲高报

(韻)。〔白〕來將何名？〔卞喜白〕我乃泗水關卞喜是也。〔關公白〕將軍可知孔秀、韓福等之事乎？〔卞喜白〕末將盡知。此二人不識天時，不肯放將軍過關，乃是自取其罪。今末將聞知將軍河北尋兄，從此經過，聊俱蔬酒在淨國寺中。況天色已晚，安歇一宵，明早登程，不知尊意如何？〔關公白〕多謝。輒車。〔衆應科，同唱〕駿馬巡行(句)，長堤古道(韻)，早不覺山門到了(韻)。〔衆軍校、車夫等下。外扮普淨上，白〕和尚迎接。〔關公唱〕見長老合掌相迎(句)，覷着他慇懃談笑(韻)。〔普淨白〕將軍別來無恙？〔關公白〕長老説話，好像俺蒲州解梁人也。〔普淨白〕貧僧是蒲州解梁人也。將軍在蒲東，貧僧在蒲西，貧僧與將軍只隔一溪。昔日將軍曾在寺中看書。〔關公白〕莫非是普淨長老麽？〔普淨白〕然也。〔關公白〕。請轉，見禮。〔普淨白〕不敢。〔關公白〕親不親，故鄉人。〔普淨白〕美不美，村中水。〔關公唱〕

【又一體】昔年同一會(句)，爭如故鄉好(韻)。〔白〕正是久旱逢甘雨，他鄉遇故知。〔普淨白〕人心防不測，莫待禍臨期。〔卞喜白〕胡説！下去。不知將軍遠來，未曾遠迎，多有得罪。〔關公白〕好説。〔普淨白〕我想關公忠義之人也，怎忍見他加害，不免寸上寫個「隄防」二字。〔卞喜白〕哇！你説甚麽。〔普淨白〕没有説甚麽。〔卞喜白〕迴避。〔普淨下。關公唱〕休説他胡言亂道(韻)，我與他同鄉情話(句)，似漆投醪(韻)。〔普淨持茶上，白〕將軍請茶。〔關公看手上「隄防」字，作會意。卞喜白〕看酒來，請將軍上席。〔關公拿卞喜科，白〕哇！〔衆軍校赶卞喜兵卒下。關公唱〕假意兒把筵席擺着(韻)，暗藏機巧(韻)，兩廊下擺列鎗刀(韻)。

【又一體】鼠賊並狼徒(句)，迴廊各紛繞(韻)，惱得俺怒氣冲霄(韻)。舉手處把你化作(句)，南柯夢杳(韻)。

〔殺下喜下。普净白〕貧僧告辭。〔關公白〕長老，你往那裏去？〔普净白〕貧僧往玉泉山去。〔關公唱〕你且在他鄉等着(韻)。有一日會見仁兄(句)，把你加官賜爵(韻)。〔普净白〕將軍休説此話。貧僧乃方外之人，豈圖富貴？惟願將軍此去，早與玄德公相會，重扶漢室江山，則小僧慶幸甚矣。〔關公白〕但今日一别，不知何日再與長老相會？〔普净白〕待貧僧侖一侖。阿弥陀佛，二十年後玉泉山下相會。將軍能脱此災危。〔作笑科〕你我不足慮矣。〔關公白〕多謝指教了。〔普净白〕貧僧告辭了。〔下，關公白〕帶馬。〔衆應科，同唱〕

【鴛鴦煞】有緣幸遇禪師教(韻)，皇天不負咱忠孝(韻)。主謀的刀頭喪了(韻)，埋伏的四下奔逃(韻)。車兒拽得緊(句)，馬兒去得疾(句)，泗水關津已過了(韻)。〔衆同下〕

第十齣　滎陽關漏風熄火①

〔衆扮軍士，引末扮王植上，唱〕

【小石調引·接雲鶴】經天緯地運奇謀（韻），鎮守滎陽展大猷（韻）。〔白〕韜略腹中藏，男兒志氣昂。擎天碧玉柱，駕海紫金樑。下官滎陽關太守王植是也。聞知關公河北尋兄，過了三關，斬了四員上將，今日從俺滎陽關經過，不免喚胡班出來商議。胡班何在？〔生扮胡班上，白〕自小生來志氣高，全憑武藝逞英豪。膽大截龍頭上角，心雄拔虎嘴邊毛。自家胡班是也。主帥呼喚，不免向前。胡班見。〔王植白〕胡班。〔胡班白〕有。〔王植白〕聞知關公過了三關，斬了四員上將，將近到我關來。我今假意迎他館驛中安歇，你可帶領軍兵，四面疊起乾柴，三更時分放起火來，不得有違。〔胡班白〕得令。〔王植白〕不用再三親囑咐，〔胡班白〕想來都是會中人。〔同下。衆扮軍校、馬童、車夫，旦扮二夫人、侍女，净扮關公上，同唱〕

① 「滎」，原作「榮」，下同。

【南呂宮正曲·金錢花】重重關隘相爭(韻)，相爭(格)，尤如破竹之聲(韻)，之聲(格)。急忙躍馬向前行(韻)。〔合〕仗威武(讀)，逞英靈(韻)，若攔擋(讀)，教他受災眚(韻)。〔衆軍士引王植上，白〕關將軍請了。〔關公白〕請了。〔王植白〕下官王植，聞得將軍竟往河北，頗爲義氣，王植甚相敬伏，不敢相阻。但天色已晚，暫請館驛安歇，明早開關相送，不知尊意如何？〔關公白〕多謝了，請迴避。〔王植下。關公白〕輾車。〔衆應科，作進驛。二夫人下車。關公白〕搜來。〔軍校白〕啟將軍，並無奸細。〔關公白〕兩傍伺候。〔胡班上，白〕聞得雲長好一表人材，但聞名而未覩面，不免偷覷他一覷，然後放火。怎麽將門閉上了？不免越墻而過。〔關公白〕那裏響？看來。燈前有人，拿來！〔軍校應，捉胡班見科。關公白〕你敢是刺客？〔胡班白〕並非刺客。久聞將軍之名，未得見面，特來偷覷。〔關公白〕軍校搜來。〔軍校搜科，白〕身無寸鐵。〔關公白〕既如此，軍校秉燭。那漢子抬起頭來看。〔胡班白〕看見了。將軍果是神威。〔關公白〕叫甚麽名字？〔胡班白〕胡班。〔關公白〕胡家莊上胡華長者，是你甚麽人？〔胡班白〕乃是胡班之父也。〔關公白〕怎麽就是令尊，請起見禮。〔胡班白〕不敢。〔關公白〕前日在寶莊，多有打攪令尊。〔胡班白〕好説。〔關公白〕若非足下今晚至此，險些忘了令尊有書在此。〔胡班接書看科，白〕呀，父親書上叫我週全關將軍過關，這怎麽處？有了，寧可違將令，不可違父命。〔唱〕

【中呂宮正曲·駐雲飛】聽説端詳(韻)，接得雲箋紙半張(韻)。險做奸邪黨(韻)，屈害忠良將(韻)。嗏(格)，〔白〕關將軍，不好了。我奉主帥吩咐，將館驛四圍疊起乾柴，三更時分四圍放火，要燒死將軍。〔關公白〕刀馬伺候。〔胡班白〕將軍不要驚慌。此時趁王植無備，待我胡班引導送二位夫人出城便了。〔關公白〕如此多感。軍校，請二位夫人登車。〔胡班唱〕不必恁驚慌韻，脱離災障韻。我悄地開關讀，送你前途上韻。〔關公白〕請二位夫人上車。帶馬來。〔衆軍校、馬童、車夫、侍女、二夫人上車行科。王植軍士隨上，白〕關將軍往那裏去？〔關公白〕放火燒吾，就是你麽？〔王植白〕必是胡班走漏消息。〔關公白〕看刀。〔殺王植下。胡班白〕小將情願隨將軍前去。〔關公白〕甚好。輾車。〔衆應科，唱合〕急脱牢籠免禍殃韻。〔同下〕

第十一齣　棄盜投軍邪改正

〔雜扮水雲上。衆扮水手、軍士，引生扮秦琪上，唱〕

【小石調引・撻破歌】英雄豪氣貫長虹(韻)，那怕百萬驍雄(韻)。〔白〕自家秦琪是也，奉曹丞相之命，鎮守黃河渡口。聞知關雲長河北尋兄，過了四關，斬了五員大將，將近到此。我不免吩咐水手，把船兒撐在一邊，不要放他過去。水手。〔水手白〕有。〔秦琪白〕今有關雲長河北尋兄，過了四關，斬了五員大將，將近到此。你把船兒撐在一邊，不要放他過去，料他插翅也難飛過。〔衆水手應科。秦琪白〕準備窩弓擒猛虎，安排香餌釣鰲魚。〔下。衆扮軍校、馬童、車夫，旦扮二夫人、侍女，净扮關公上，同唱〕

【南呂宮正曲・金錢花】惱伊曹操無知(韻)，無知(格)，終朝把我相欺(韻)，相欺(格)。不須插翅也能飛(韻)。〔合〕脱得去(讀)，謝神祇若攔擋(讀)，受災危(韻)。〔衆軍士引秦琪上，白〕來將何名？〔關公白〕關某。〔秦琪白〕往那裏去？〔關公白〕河北尋兄，借你船過黃河渡口。將軍何名？〔秦琪白〕小將秦琪，奉曹丞相之命，在此把守黃河渡口。有文憑方須過渡，没有文憑，休想休想。〔關公白〕這厮無理。他不知我這馬能赴水，不免赴過水去，砍了這厮，再作道理。〔秦琪白〕水深難過。〔關公白〕看刀。〔殺秦琪下。關公

白〕只殺秦琪，與衆無干；快攏渡船，迎接二位夫人過渡。〔衆水手應科，作攏渡科。衆同唱〕

【中呂宫正曲・駐雲飛】一葉扁舟㊍，風景蕭蕭添我憂㊍。泪點啼痕透㊍，泪濕衣衫袖㊍，嗏㊍，冤恨怎生休㊍。關關相守㊍。若不是叔叔威風㊍，怎把奴身救㊍。全仗桃園誓願酬㊍。〔同下。净扮周倉上，唱〕

【仙吕宫集曲・六幺姐兒】天神模樣㊍。翁鞋纏腿㊍，匾擔作鎗㊍，面如黑鐵賽閻王㊍。聲如雷吼㊍，毛髮似秋霜㊍。〔白〕壯志凌霄漢，精誠貫白虹。君恩如可報，龍劍有雌雄。某姓周名倉，前投軍在張角麾下，却被劉關張三人破了黄巾，我無棲身之地，逃往卧牛山作些緑林勾當。我想此事豈是我老周的結果，一心要改邪歸正，又恨無主可奔。前日聞知關將軍保了二位夫人，獨行千里，河北尋兄。此人真是精忠貫日，大義參天。意欲投他帳下，也做一個正經好人。呀，遠遠望見一族人馬，想是關將軍來也。〔唱〕俺誠心歸向㊍，方是男兒自强㊍。〔衆軍校、馬童、車夫、二夫人、侍女引關公上，同唱〕

【仙吕宫集曲・六幺江水】徐州失散㊍，兄弟分飛㊍，失却雁行㊍。曹公百計留許昌㊍。〔周倉白〕請問一聲，來者何人？〔軍校白〕是關將軍。〔周倉白〕原來是關將軍到。〔跪科，白〕將軍在上，小人投見。〔關公白〕道傍跪者何人？〔周倉白〕小人姓周名倉，曾在張角麾下。今日改邪歸正，應投將軍馬前効力，望乞容納。〔關公白〕此人雖然粗魯，却有一番忠義之心。過來，某家的刀你可拿得動？〔周倉白〕待小將拿來。〔作拿科，白〕小將拿得動。〔關公白〕好，收在帳下。〔周倉白〕多謝將軍。〔關公白〕軍校，來此甚麼所在？〔軍校白〕冀州。〔關公白〕前去問來，皇叔可在此處。〔軍校白〕城上的，劉皇叔可在此處？〔内應科，白〕不在此間，前日已往古城去了。〔軍校照前白科。二夫人白〕這怎麼處？〔關公白〕二位尊嫂，千里之遥，尚然克日就到。此去古城，乃平川之地，何須憂慮。衆軍校，就往古城去者。

〔同唱〕雲霧散（韻），見天光（韻）。患難相隨（句），須則是地久天長（韻）。〔下〕

第十二齣　閉城迫戰弟疑兄

〔衆扮兵卒，引浄扮張飛上，唱〕

【中呂宮正曲・駐雲飛】叵耐雲長(韻)，皇嫂相携下許昌(韻)。把結義情抛漾(韻)，降了曹丞相(韻)。嗏(格)！惱得俺怒氣滿胸堂(韻)。非咱鹵莽(韻)，有日相逢(讀)，繫繫不斷放(韻)，〔合〕拿你的頭顱祭俺鎗(韻)。〔丑扮軍校上，白〕有事忙來报，無事不敢言。自家乃是跟隨關將軍的軍校，奉關將軍之命，着我進古城報知三將軍。來此已是，不免進見。〔見科〕(句)禀上三將軍：二將軍辭了曹操，離了許昌，送二位夫人到此，與皇叔相會，叫快開城門，迎接進來。〔張飛白〕是那個二將軍？〔軍校白〕關將軍。〔張飛白〕怎麼？紅臉的到了？〔軍校白〕二將軍。〔張飛白〕你對他説去，不仁不義，有始無終，忘了桃園，去降曹公，若要相逢，陣上交鋒。快去。〔軍校白〕小的有幾句話，禀上三將軍。〔張飛白〕你説。〔軍校白〕虧了關爺千里尋兄，有仁有義，有始有終，不忘桃園，不降曹公。將軍説話，一竅不通。〔張飛白〕拿去砍了。〔軍校下。張飛白〕抬鎗來。衆軍校，就此殺出城去。〔唱〕

【高宮隻曲・甘草子】他就是(句)八天王降臨凡世(韻)，俺便是五殿閻羅天子威(韻)。夜叉來探海(句)，小鬼望風吹(韻)。你本是曹操親奴隸(韻),第二嫡派宗枝(叶)。憑着俺丈八蛇矛鋭(韻),纔顯俺勇猛張飛(韻)。〔下。衆扮軍校、馬童、車夫、二夫人、侍女,引净扮關公上,白〕千里來路遠,今朝兄弟逢。辭曹歸漢主,耿耿一丹衷。〔軍校上。白〕報:三將軍領兵殺出城來了。〔關公白〕怎麽説?〔軍校白〕三爺説,二爺無仁無義,有始無終,忘了桃園,去降曹公,若要相逢,陣上交鋒。〔關公白〕這是怎麽説?看刀伺候。〔衆兵卒引張飛上,白〕紅臉的!〔戰科。關公白〕翼德。〔張飛白〕雲長。〔關公白〕三弟。〔張飛白〕放屁!誰是你三弟?你降了曹瞞,受他上馬金、下馬銀,三日一小宴,五日一大宴,黄金百鎰,美女十人,官封漢壽亭侯。你好受用,你好快活哩。看鎗!〔關公白〕嗄,三弟,你道俺真心降曹?你且聽俺道來。〔唱〕

【中吕調隻曲·粉蝶兒】俺本是幹國忠良(韻),〔張飛白〕你是忠良?你是順曹瞞奸雄將。〔關公唱〕休猜做順曹瞞奸雄之將(韻)。只爲着弟兄情迅馬遊繮。(韻)。一自在徐州散(句),算將來(句)有一年之上(韻),晝夜思量(韻)。〔張飛白〕你思量上馬金、下馬銀。〔關公滚白〕想皇叔和翼德,不能相親傍。打聽得大哥、三弟在古城中,〔唱〕俺關某特來相訪。(韻)〔殺科。張飛白〕紅臉的,你順了曹操,那天也不容你。〔關公唱〕

【中吕宫隻曲·醉春風】你道俺歸曹棄漢不相當(韻),我怎肯順曹歸逆黨(韻)。只爲桃園結義誓難忘(韻),俺名兒怎肯教後人講(韻)講(格)講(格),一心心要立漢王(韻)。直待要正乾坤名揚四海(句),八方雄壯(韻)。〔張

飛白〕紅臉的，我恨不得一鎗前心刺到後心，方消吾恨。〔關公唱〕

【中呂宮隻曲·鬬鵪鶉】你那裏氣吽吽發怒持鎗韻，不由人泪紛紛美語相央韻。好教俺左遮右擋韻，咱和你一冲一撞韻。俺怎肯奮勇迎鋒一命亡韻。枉了俺五關斬將韻，誅文醜、顔良韻，怎顯得大節忠良韻。〔張飛白〕紅臉的，你既不降曹，爲何有曹兵相助？衆軍校，就此收兵進城。〔内吶喊科。張飛作上城，白〕小校，閉了城門。〔唱〕

【仙呂宮正曲·惜花賺】只聽得金鼓轟敲韻，遠望曹兵似湧潮韻。覩旂號韻，上寫着蔡陽親領精兵到韻。唤小校韻，忙閉城門拽吊橋韻。〔白〕紅臉的，〔唱〕你就是個真强盜韻。不是張爺緊緊跑韻，險些落在伊圈套韻。怎生是好韻，怎生是好疊。〔關公白〕三弟快開城門，迎接二位夫人進城。〔張飛白〕紅臉的，你賺我開了城門，好進來殺我。〔關公白〕三弟既不開城門，有人馬助俺些。〔張飛白〕這話哄誰？助你人馬進了城，好殺個裏應外合。〔關公白〕也罷。既不助人馬，可念桃園結義分上，助某家三通戰鼓，待俺立斬蔡陽。〔張飛白〕着着着。〔笑科，白〕一通鼓披掛飲食，二通鼓臨陣交鋒，三通鼓要斬蔡陽首級來見我，我即大開城門，迎接你進城。若無蔡陽首級，你休來見我。〔下。關公白〕罷了、罷了。〔唱〕

【黄鐘調隻曲·耍孩兒】這場禍事從天降韻，就地兵來俺怎當韻？蔡陽追赶漢雲長韻，渾身是口難分講㊞。誠心已吐真情節㊀，好意翻成惡肚腸㊞。𩴍𩴍的添愁況㊞。非是俺弟兄失義㊀，也是俺命運乖張㊞。〔二夫人白〕二將軍，曹兵來近，三弟又不肯開城迎接，此事怎麽了？〔關公白〕嫂嫂，㊋

【煞尾】休憂慮㊉，寬心莫要慌㊞。咱本是㊉斡國忠良將㊞。〔關公白〕軍校，將二位夫人車輛輾過一邊。〔車夫作應科。關公唱〕要殺那十萬雄兵如反掌㊞。〔同下〕

第十三齣　三度鼓停老將誅

〔衆扮軍士、將官，引外扮蔡陽上。衆扮軍校、馬童、車夫，旦扮二夫人、侍女，周倉引净扮關公上，白〕蔡陽。〔蔡陽白〕雲長。〔關公白〕我與你素無仇恨，興兵到此，是何道理？〔蔡陽白〕我主公待你甚厚，你爲何不辭而來？過五關斬了六員上將！黄河渡口秦琪是我外甥，特來报仇。〔關公白〕那裏是报仇，分明與你外甥同伴而行。〔蔡陽白〕呔！你擅敢自誇英勇，放馬過來。〔作對刀科同唱〕

【高宫套曲·端正好】列征夫(句)，排軍隊(韻)，鬧垓垓吶喊摇旂(韻)。俺將這紫絲韁(讀)，兜轉追風騎(韻)要殺這扦①將在沙場内(韻)。〔同唱〕

【高宫套曲·滚綉球】刮喇喇麾彩旂(韻)，密錚錚輪畫戟(韻)。惡狠狠兩軍相對(韻)，氣冲冲猛虎奪食

① 「扦」，疑爲「扞」字之訛，假借爲「悍」。

(韻)。格支支把銀牙咬碎(韻)。陣雲靄靄征夫罩(句)，緑草茵茵襯馬蹄(韻)，和你睹鬥相持(韻)。〔生扮劉備、净扮張飛引衆上城科。張飛作擂鼓科。關公同唱〕

【高宫套曲・倘秀才】只聽得城頭上撲咚咚花腔擂起(韻)，不由人在馬鞍上越加雄勢(韻)。勒轉龍駒過那壁(韻)，左右刀斷架(句)，來往見光輝(韻)，不勝不歸(韻)。〔白〕蔡陽，你帶領多少人馬？〔蔡陽白〕數萬人馬。〔關公白〕何不將人馬各退去一射之地，你與我將對將，纔是好漢。你意何如？〔蔡陽白〕説得有理。大小三軍，將人馬退去一射之地。〔關公白〕蔡陽。〔蔡陽白〕雲長。〔關公白〕俺的威風你也知。〔同唱〕

【又一體】俺覷你斗筲之器(韻)。大丈夫蕩蕩巍巍(韻)。天晴不去，只待雨淋回(韻)。只教你脱不過(句)，這答兒田地(韻)。〔關公白〕看刀。〔殺蔡陽科。衆軍士各逃下。劉備、張飛衆作下城科。關公衆同唱〕

【高宫套曲・滚綉球】蔡陽頭手内提(韻)，衆軍卒各自歸(韻)。殺得他氣淹淹死屍滿地(韻)，赤淋漓鮮血如池(韻)，逃軍敗卒紛紛走(句)，短戟長戈亂亂堆(韻)。殺教他火滅煙飛(韻)。〔报子暗上。關公白〕軍校，報與皇叔知道，只説某把曹兵殺退，斬蔡陽首級在此。〔报子持首級，虚白下。衆同唱〕

【煞尾】老天不絶桃園義(韻)，耿直心腸天地知(韻)，頓碎絲韁恨馬遲(韻)。〔一車夫白〕禀將軍，二位夫人吩咐，快請將軍進城。〔關公白〕二位尊嫂，今晚且在行營暫住，明日大哥、三弟自然來接。〔唱〕二位尊嫂不須催(韻)，誰知我今朝斬將全忠義(韻)。〔同唱〕报道得勝鞭敲金鐙喜(韻)。〔同下〕

第十四齣　一家人在古城聚

〔衆扮甲將、簡雍、糜竺、糜芳、劉封，净扮張飛，引生扮劉備上，唱〕

【商調引・接雲鶴】時逢運蹇失居巢㊀，何時得把冤仇報㊀。〔張飛白〕大哥有禮。〔劉備白〕兄弟少禮。〔張飛白〕大哥，昨日在古城外面冲撞了二哥，今日不好與他相見，故此請大哥出來，與我討個分上。〔劉備白〕也罷。等你二哥進城，跪在堦前請罪便了。〔張飛應科，白〕人來，二位夫人可曾進城？〔兵卒白〕已進城了。〔張飛白〕快請相見。〔兵卒白〕二位夫人有請。〔生扮趙雲、末扮孫乾、旦扮糜甘二夫人、旦扮侍女引上，唱〕

【小石調引・撻破歌】輕移蓮步整弓鞋㊀，迢遥千里而來㊀。〔各相見科。劉備白〕二位夫人一路辛苦受驚了。〔同唱〕

【南吕宫引・哭相思】當初失散徐州地㊀，夫妻分離各東西㊀。今朝喜得重相會㊀，枯木逢春月再輝㊀。〔張飛白〕二位夫人有禮。〔二夫人白〕三將軍昨日在古城外面，不放我們進來，有勞費心了。〔張飛白〕這個張飛知罪了。〔劉備白〕二位夫人且歸後堂。〔二夫人應科，下。侍女同下。劉備白〕人來，與二將軍送袍帶。〔軍校應科。張飛白〕人來，吩咐滿城大排香案，整齊隊伍，準備鼓樂，迎接二將軍進城。〔兵卒應科，同下。衆扮軍校，雜扮馬童，净扮周倉，净扮關公上，白〕西風戰馬起塵埃，千里尋兄到此來。今日弟兄重相會，〔唱〕

【雙角套曲·新水令】征夫塞滿太平街㊞。〔衆後卒上，白〕皇叔送得袍帶在此。〔關公白〕接上來。〔作更衣科，唱〕卸連環，换上了蟒袍玉帶㊞。〔内吶喊科。關公白〕那裏喧嚷？〔周倉問科，内白〕蔡陽的殘兵未散。〔周倉白〕禀將軍，蔡陽的殘兵未散。〔關公白〕傳令：願投降者隨俺進城，不願投降者各自散歸。〔周倉白〕將軍吩咐：願投降者隨將軍進城，不願投降者各自散歸。〔内白〕俱願投降。〔關公白〕吩咐城外安營候令。〔周倉〕城外安營候令。〔關公白〕那裏鼓吹？〔兵卒白〕三將軍吩咐，滿城軍民排齊隊伍、大排香案迎接。〔關公白〕昨日不須厮殺，今日也不勞他迎接。周倉與我傳令：〔唱〕你教他把旌旂雲外捲㊇，戈戟不須排㊞，不念咱千里而來㊞。〔白〕甚麽鳥叫？〔軍校白〕孤鴻。〔關公白〕昔日徐州失散，聽得你叫；今日古城相會，又聽得你叫。〔唱〕關某猶如這失伴孤鴻㊇，流落在碧天雲㊞。〔唱〕

【雙角套曲·駐馬聽近】拂盡塵埃㊞，下得征鞍遣悶懷㊞。〔軍校白〕請將軍進城。〔關公唱〕徐州城街㊞，不辭千里故人來㊞。〔衆軍士執儀仗奏樂，接關公進城。張飛上，作見跪科。關公白〕那壁廂是三弟，昨日在古城外面那樣英勇，今日跪在那裏這等模樣。某到許昌，蒙曹相厚待。就是外人，那個不疑，且慢説三弟。〔唱〕難怪俺大哥、三弟不疑猜(韻)，且做個朦朧佯不睬(韻)。〔張飛白〕二哥惱我，全不看見我。原是我的不是，少不得還跪在此。〔劉備上，白〕二弟。〔關公唱〕見哥哥跪在堦(韻)，參兄長(句)，躬身拜(韻)。

【雙角套曲・喬木查】一自徐州失散兩分開(韻)，今日個古城中你我依然在(韻)。〔白〕大哥，關某乃鐵甲征夫，何愁千里。可憐二位尊嫂，受了多少驚恐。昨到古城，不容進見，〔唱〕全不念尊嫂與你結髮恩和愛(韻)，你也把城門不放開(韻)。怎知我漢關某　點忠心不改(韻)。〔劉備白〕賢弟一路多有辛苦了。〔關公白〕不敢。大哥昔日徐州失散，多有吃驚。〔劉備白〕好説。〔關公白〕大哥，今日古城相會，怎麼不見三弟。〔張飛白〕他明明看見我跪在這裏，故意粧腔。〔劉備白〕昨日古城外面得罪了賢弟，今日跪在那裏請罪。〔關公白〕大哥，今日弟兄相會，須把歸曹一事説個明白，也免得弟兄們日後寒心。〔劉備白〕正該如此。〔關公白〕小弟有罪了。下面跪者何人？〔張飛白〕小弟莽張飛。〔關公白〕好個莽張飛，名不虛傳。〔唱〕

【雙角套曲・梅花酒】張飛自疑猜(韻)，全不想月明千里故人來(韻)，只教我單身獨自把曹兵敗(韻)。笑三弟心量窄(韻)，險些把桃園結義聲名壞(韻)。俺本是英雄猛烈棟樑材(韻)，豈肯貪淫戀酒色(韻)。

【雙角套曲・水仙子】誰似你狠心腸沒見識將咱怪(韻)。不想那蔡陽的兵赶來(韻)，你把城門緊閉不放開(韻)。不是俺施英勇展奇才(韻)，把那蔡陽的頭骨碌碌斬在垓(韻)，怎能彀弟兄相會(句)，他夫婦團圓(句)，喜笑顏開(韻)。〔白〕大哥。〔劉備白〕賢弟。〔關公同唱〕

【雙角套曲・得勝令】想自桃園結義罷兵災(韻),東西南北兩分開(韻)。提將起揾不住英雄淚(句),舒不開愁悶懷(韻)。哀哉(韻),嗟嘆殺愁無奈(韻)。傷懷(韻),止不住盈盈淚滿腮(韻)。〔白〕大哥,事已説明了,叫賢弟起來罷。〔劉備白〕三弟,你二哥説事已説明了,起來罷。〔張飛白〕我得罪了二哥,又不曾得罪了你,你叫他來。好不在行!〔劉備白〕嗄,還是賢弟發放他。〔關公白〕小弟有罪了。〔劉備白〕好説。〔關公白〕三弟,事事多已講明,起來罷。〔張飛白〕二哥在那裏惱惱的,小弟怎敢起來。〔關公白〕既已説明,不惱了。請起。〔張飛白〕果然不惱了,我就起來。〔作起科〕這纔是我仁義的二哥。〔關公白〕三弟。〔張飛白〕二哥。〔關公白〕好鎗法。〔張飛作跪科,白〕説過不惱,又説什麽鎗法不鎗法。〔作哭科。關公白〕呀,〔唱〕

【雙角套曲・攪筝琶】這場鏖戰是天差(韻)。〔白〕三弟請起。〔唱〕俺三人秉大義情莫改(韻)。這足見桃園生死交(句),方顯得俺關某(句),凛大節(句),精忠在(韻)。想大哥淚滴江淮(韻),思翼德恨低眉黛(韻)。因此上不避關山獨自回(叶),受盡了千般苦、苦盡甘來(韻)。〔張飛白〕人來,安排筵宴與你二將軍接風。〔劉備白〕二位賢弟,〔關公、張飛白〕大哥。〔劉備白〕今日弟兄相逢,又得子龍等一班將佐,馬步軍数千。爲今之計,不若棄了古城去守汝南,與劉景升相爲唇齒,以圖進取,不知兄弟以爲何如?〔關公、張飛白〕仁兄所見甚是。〔劉備白〕既如此,收拾車仗,明日起程便了。〔衆同唱〕

【離亭宴煞】古城聚義把宴排(韻),準備着(讀)、破曹瞞大會垓(韻)。欲展奇才(韻)。平空踏破許昌地(句),把長安城(句)、攻戰開(韻)。拯黎民塗炭之災(韻),把良圖仔細裁(韻),定中原齊奏凱(韻)。〔衆同下〕

第十五齣　惇叙聯茵張綺席

〔雜扮將官、蒯越、伊籍、朱輝、文聘、傅巽、王威、蔡瑁、劉先，引外扮劉表上，唱〕

【中吕宫引·粉蝶兒】坐守荆襄(句)，無才幾番相哂(韻)。嘆風塵國士誰人(韻)。世途艱(句)，功業少(句)，壯懷難盡(韻)。撫軍民仰誰安鎮(韻)。〔白〕下官劉表，字景升，自虎牢關上孫堅背盟，被吾所殺，威令稍行，四境粗安。且喜宗弟玄德自古城而來，昨日我出郭迎接，現在荆州居住。今日特備杯酒相邀，已曾差人去請，想必就到。左右，玄德公到來，即忙通報。〔衆應科。雜扮小軍，引生扮劉備上，白〕强移棲息一枝安，且佐宗兄壯帝藩。戎馬關山餘涕淚，肯教壯志便催殘。某劉備自到荆州，蒙景升相待甚厚。今日請我小酌，須索前往。〔到科。小軍白〕劉爺到。〔劉表白〕賢弟。〔劉備白〕仁兄。〔劉表白〕愚兄特設小筵，與賢弟聊談衷曲。〔劉備白〕備萍踪漂泊，多感收留，又蒙招飲，何以圖報。〔劉表白〕好説。看酒來，我與賢弟一揖而坐罷。〔劉備白〕領命。〔坐科。左右送酒科。劉表白〕賢弟，自虎牢關一别，直至如今，常縈夢想。〔劉備白〕仁兄，念劉備呵，〔唱〕

【中吕宫正曲·漁家傲】攔不住氣激寒濤泣鬼神(韻)。憑着我一點丹心(押)，壯志空存(韻)。也曾受節鉞自莅徐州任㊉押，把雄邦來鎮(韻)。端只爲將寡兵微(句)，因此上把威名挫損(韻)。〔合〕只落得帶血青萍匣底嗔(韻)。〔白〕今日多蒙收留。仁兄有志北上，備當效犬馬之勞。〔劉表白〕賢弟。〔唱〕

【中吕宫正曲・剔銀燈】南山豹雖則久隱(韻)，奈前途豹狠成陣(韻)。朝綱欲整舒忠悃(韻)，須待他許昌兵信(韻)〔合〕兹辰(韻)、風塵勞頓(韻)，且相歡争浮巨樽(韻)。〔劉備白〕仁兄雖然待時而動，固爲達士之宜；鞠躬盡瘁，却也是臣子本等。〔小軍白〕禀爺：有新入隊伍步兵三百名，候爺點名過目。〔劉表白〕蔡將軍點明數目，歸于隊伍。〔蔡瑁作出門聽介。劉備白〕仁兄，吾觀蔡將軍之志，只怕難以大用。〔劉表白〕此人是我心腹，何足慮也。〔蔡瑁白〕你看劉備好生無理，竟如此大模大樣，必須用計將他害死，方消我恨。叫你明鎗容易躲，暗箭最難防。〔下。劉備白〕如今曹操盡起中國之兵北伐，許昌空虚，若以荆襄之衆一舉襲之，大事可就也。〔劉表白〕吾坐據九州，還有妻舅蔡將軍志勇多謀，荆州軍民之事共相辦理，吾無憂矣，安可再圖。〔劉備唱〕

【中吕宫正曲・攤破地錦花】嘆窮麟(韻)、尚未得天池奮(韻)。説甚麽處屈求伸(韻)，虚誇道坐擁千軍(韻)。只恐怕漢室傾欹(句)，辜負宗親(韻)。〔合〕屬君臣(韻)，正應得報鴻恩(韻)。〔劉表白〕待我差人往許昌觀其動静，再作理會便了。〔劉備默然，白〕如此甚妙。〔劉表白〕賢弟請寬飲數杯。〔劉備白〕小弟醉矣。〔劉表白〕既如此，軍將們，送賢弟歸府第安歇。〔衆應科。劉備同唱〕

【尾聲】仁風化洽荆襄郡(韻)，黎庶謳歌頌德純(韻)，但願得扶漢興王億萬春(韻)。〔同下〕

第十六齣　避危匹馬躍檀溪

〔雜扮將官，引副扮蔡瑁上，唱〕

【中吕宫引・粉蝶兒】一片深心(押)，只爲荆襄九郡(韻)，巧機關瞞過劉君(韻)。〔白〕恨小非君子，無毒不丈夫。某蔡瑁是也。只因劉景升斷絃，續娶吾妹，便將荆州軍民之事委任與我。我倚仗妹子之勢，大作威福。這些文武將佐，誰不欽敬我蔡將軍的威權。正是：出身不用三章命，已管荆襄四十州。只因劉備那厮，每勸主公削我蔡氏兵權，於我深爲不便。前日我妹子着人來説，劉備阻絶主公廢嫡立幼，爲此我妹子着我暗害劉備性命。昨日在主公面前，只説宴衆官於襄陽，以示撫勸之意。恰好主公氣疾發作，命我往新野請玄德來主席待客。我想機不可失，時不可棄，不如筵前伏兵，擒住玄德，以絶後患便了。言之未已，蒯將軍早到。〔雜扮蒯越上，白〕博學多才智，知兵善用奇。〔見科。蔡瑁白〕今日筵前，吾欲伏兵擒住劉備，以絶後患。但恐主公見罪，如何是好？〔蒯越白〕將軍豈不聞「將在外，君命有所不受」乎？〔蔡瑁白〕多承指教。〔蒯越白〕趙雲行坐不離，恐難下手。〔蔡瑁白〕趙雲雖勇，終是寡不敵衆。況東北南三門，已着我三個兄弟把守。西門檀溪，雖有溪橋，待劉備過來，暗地着人將橋折斷，劉備插翅也難飛去也。蒯先生筵前帮我行事便了。〔蒯越白〕既有準備，可命文聘另設一席在外廂，與趙雲飲酒，則大事可圖矣。〔蔡瑁白〕已曾差人到新野啟請玄德，想必就到。正是：計就月中擒玉兔，謀成日裏捉金烏。〔下。雜扮小軍，引生扮劉備上，白〕自到荆州依景升，〔小生扮趙雲上，白〕今朝赴會仗英名。〔劉備白〕饒他設就牢籠計，〔趙雲白〕自有龍泉抱不平。〔劉備白〕子龍，我等自汝南到新野，劉景升以骨肉相待，昨日着蔡瑁請我到襄陽主席，款待衆賓。只是蔡瑁這厮，每懷妒忌，今日筵前須索小心。〔趙雲白〕主公請自放心。〔劉備唱〕

【中吕宫正曲·好事近】蔡瑁太欺人（韻），只恐他心懷不忿（韻），懷私挾恨（韻）。强邀杯酒通問（韻），教人疑慮（句），早難道宴鴻門（讀），設計來相窘（韻）。〔合。趙雲唱〕他總有萬馬千軍（韻），怎當我滿懷忠藎（韻）。〔到科。蔡瑁、蒯越、伊籍、文聘、衆州牧官上，白〕我等九郡四十二州官員，參見皇叔。〔劉備白〕不敢，衆位請了。〔蔡瑁白〕皇叔。〔劉備白〕蔡將軍。〔蔡瑁白〕主公氣疾大作，不能行動，特請皇叔主席。〔劉備白〕備豈敢當此厚任。① 只是兄長成命，焉敢不從。〔蔡瑁白〕子龍在此。此處又是各郡官員之坐位，子龍在此不像。也罷，文聘陪子龍外廂酒飯。〔趙雲白〕趙雲天性不飲，不勞蔡將軍費心。〔劉備白〕既蒙蔡將軍相款，子龍就席。〔趙雲白〕已識其中意，應防不測危。〔趙雲、文聘下。蔡瑁白〕酒筵齊備，請皇叔上

① 「厚」，原作「原」。

席。〔劉備衆唱〕

【又一體】喜今朝(讀)、特地宴佳賓(韻)。羨殺那濟濟英才賢俊(韻)。賓歡主悦(句)，喜荊州四野安穩(韻)。況年豐穀熟(句)，會簪裾(讀)、合把交情盡(韻)。〔伊籍起立科，白〕皇叔派出天潢，名揚四海。受詔除奸，堪羨忠宣王室；佐兄圖治，喜看德被荆襄。藉雖不才，忝坐荆州末坐，敢把敬一盃。〔劉備白〕不敢。〔伊籍唱合〕休遲緩，識破機關(句)，向西門免遭鋒刃(韻)。〔劉備白〕衆位寬坐，劉備告便失陪。〔徑下。蔡瑁白〕劉備逃席，軍校隨我追赶。〔蔡瑁下。衆白〕你看劉皇叔，無故逃席而去，蔡將軍又赶他去了，我們在此無益，各自散了罷。只道開樽酬將佐，誰知宴會起戈矛。〔同下。伊籍白〕使君已去，我不免報與趙子龍知道便了。〔下。劉備上，唱〕

【中吕宫正曲・撲燈蛾】忙忙策騎奔(韻)，忙忙策騎奔(疊)。一騎追風迅(韻)，取路出西門(韻)。只恐他追兵來至(句)也(格)，奈我這孤身逃遁(韻)。〔白〕我劉備若非伊先生相告，幾遭不測。幸在後園覓得此馬，單身逃走，不知子龍與一班從人在於何處。已到西門，且逃出城去，再作區處。你看後面喊聲漸近，兵至也。〔唱〕嘆顛危中心似焚(韻)，向前途誰敢來相問(韻)。〔門軍上，虛白。劉備出門，撞倒門軍科，唱：合〕急忙的(讀)、奔馳努力莫逡巡(韻)。〔內喊科。劉備下。門軍虛白〕哎呀，罷了、罷了，是咱的了，完了腰子了。真正冒失鬼！你看他這樣慌張，必有原故，不免报與蔡老爺知道便了。〔下，趙雲上，白〕方纔伊先生説主公逃難去了，隨主公從西門而來。我想主公足智多謀，必疑西門有準備，我不免往東門去

便了。〔唱〕

【又一體】聞言怒氣嗔(韻)，聞言怒氣嗔(疊)。揮策忙前進(韻)，畢竟向東門(韻)。教我怎麽倉皇(句)也(格)，只怕吾君被窘(韻)。〔雜扮軍校、丑扮蔡和上，白〕衆軍校，趙雲闖門來也。〔趙雲白〕蔡和，皇叔可曾出東門？〔蔡和白〕趙雲，你蔡老爺不見什麽皇叔、黑叔，倒有老叔在此。〔趙雲白〕胡説。〔殺科。擒住蔡和科。蔡和白〕將軍饒命。〔趙雲白〕快與我從寔説來。〔蔡和白〕將軍，我哥哥教我把守東門，當真不曾見皇叔來。〔趙雲白〕如此饒了你的狗命。〔蔡和白〕多謝將軍。〔下。趙雲白〕東門不見，我且再往南門跟尋主公便了。〔下。雜扮軍校、雜扮蔡中上，唱〕咱看守全憑一人(韻)。任他行有千軍奮迅(韻)，〔合〕緩急間(讀)、須將來將問根由(韻)。〔趙雲上，白〕來此南門，你看蔡中引兵在此把守。蔡中，你可見劉皇叔到此？〔蔡中白〕我在此專等他來，拿住報功，等得不奈煩了。你問他怎麽？衆軍校用心把守。〔衆下。趙雲白〕聽這厮言語，皇叔並不曾出此南門。想是主公出北門去了，我速向北門跟尋便了。來此已是北門。〔叫科，白〕北門將士聽者，今有趙子龍要出此門，跟尋皇叔，快些開門。〔末扮蔡勳上，白〕將軍請了。〔趙雲白〕劉皇叔可曾出此北門？〔蔡勳白〕不曾。〔趙雲白〕吾主往那裏去了？〔蔡勳白〕將軍有所不知，吾兄蔡瑁，命我三人把守三門，皇叔到時立刻捉住。我蔡勳素知大義，不忍加害，正在躊蹰，方纔有人報説皇叔已出西門去了。西門雖無人把守，却有檀溪阻路，橋又被哥哥折斷了，插翅也難飛過，將軍快去保護。〔趙雲白〕多謝將軍指教。〔蔡勳白〕不敢。〔下。趙雲白〕且奔西門去。〔下。

蔡瑁、衆軍校同上，唱〕

【又一體】天心不順人(韻)，天心不順人(疊)，頓放伊逃遁(韻)。雄兵守郡門(韻)，縱然是插翅難飛(句)也(格)，①伏兵權叫伊命盡(韻)。〔門軍上，白〕啟爺：方纔劉皇叔撞倒門軍，策馬出西門去了。〔下。蔡瑁白〕就此追上。〔衆應科，同唱〕厮赶着教人怒嗔(韻)，②這奸雄真想飲恨(韻)。仔細尋(讀)，且憑一劍解眉顰(韻)。〔同下。雜扮水卒，引龍王上，白〕我乃檀溪龍神是也。今有昭烈帝主有難，吾神合當相救。衆水卒，好生護送昭烈過溪者。〔水卒應科。劉備上，唱〕

【又一體】揚鞭離郡門(韻)，揚鞭離郡門(疊)，早覺追兵近(韻)。孑然歎一身(韻)，急難間有誰相救(句)也(格)。料難逃災星厄運(韻)。〔白〕呀，前面溪邊長橋折斷，後有追兵，今番休矣。〔唱〕見溪邊驚濤似奔(韻)，急流中揮策難前進(韻)。〔白〕追兵已至，如何是好。的盧、的盧，今日你命在我，我命在你，只得縱馬過溪便了。〔唱合〕這的盧(讀)，你今朝與我共沉淪(韻)。〔過科。劉備笑科，白〕蔡瑁、蔡瑁，你枉用心機也。〔蔡瑁引衆上，白〕皇叔，你何故逃席？〔劉備白〕我與你無仇無恨，因何暗害於我？〔蔡瑁白〕並無此事。你過來，有話講。〔蔡瑁拔箭科，劉備急下。蔡瑁白〕罷了罷了，便宜了這厮。只是這檀溪如何躍馬過去，

① 「縱」，原文作「總」。
② 「厮」，原文作「斯」。

莫非神相助也？〔衆同唱〕

【又一體】提兵到水濱(韻)，提兵到水濱(疊)，指望消吾恨(韻)，又誰知安排自有神(韻)。躍馬檀溪能過(句)也(格)，只落得填胸鬱悶(韻)。〔趙雲上，白〕呔！蔡瑁，你逼俺主公往何處去了？〔蔡瑁白〕皇叔逃席，匹馬出西門。跟尋到此，却又不見。〔趙雲白〕都是你這奸賊之計，看鎗！〔戰科。擒住科。趙雲白〕蔡瑁、蔡瑁，你今日更有何言？〔欲殺科。蔡瑁白〕將軍可看我主劉景升之面，饒我狗命罷。〔趙雲白〕你實說，俺便饒你。〔蔡瑁白〕皇叔躍馬過溪，端然無恙，寔乃天心有在。我蔡瑁自今以後，再不敢妄爲了，望將軍饒了小狗兒的命罷。〔作殺鷄求科。趙雲白〕若殺了你，恐傷了兩家和氣，暫記驢頭在項，日後少有差池，我決不肯與汝甘休也。〔蔡瑁白〕多謝將軍。〔衆同下。趙雲白〕且到溪邊追尋主公去。〔唱〕轟轟的冲冠氣憤(韻)。這溪邊泥踪可認(韻)。〔合〕細思量(讀)，定有個神靈相佑免遭迍(韻)。〔白〕你看，原來將橋折斷，這多是蔡瑁之奸計。你看，溪邊有馬縱可驗，吾主過溪無疑。我不免躍馬過溪便了。〔唱〕

【尾聲】襄陽赴會遭奸釁(韻)，始信神明助我君(韻)。這的是馬跳檀溪事罕聞(韻)。〔下。水卒、龍王下。〕

第十七齣　德操指引求名士

〔丑扮牧童上，白〕問余何事栖碧山，笑而不答心自閑。桃花流水杳然去，別有天地非人間。我乃水鏡莊上一個牧童便是。若論我做牧童的，穩騎牛背，何殊跨駿馬、擁雕鞍；閑戲松陰，不羡處高堂、居大厦。烟霞爲伴，泉石怡情。一任他紫綬金章，錦衣玉食，於我何有哉。若論吾師的學貫天人，機參造化，雲心月性，儼然陸地神仙，鶴骨松姿，果然出塵高士。今早着我出來牧牛，師傅道：「歌童，有貴人逃難到此，你可引至莊上相見。」此時日已沉西，將待來也。我不免迎上前去。〔吹笛下。生扮劉備上，唱〕

【雙調集曲·江頭金桂】剛剛的追兵漸遠(韻)，過洪波，天保全(韻)。好教咱無門進退(句)，勒馬停鞭(韻)，見斜陽隱暮烟(韻)。〔白〕方纔躍馬過溪，如癡似夢。不意迷失路徑，來到此間。想此大澗一躍而過，豈非天意有在？你看，日已沉西，新野又遠，怎生是好？〔唱〕我則見鴉陣相連(韻)，殘霞作片(韻)，滿眼丘墟村落(句)，晚景淒然(韻)。但有那欹古木，咽塞泉(韻)，樵歌牧唱(韻)，聲聲宛轉(韻)。到村前(韻)，早有個牧豎來相远(句)，牛背橫吹短笛喧(韻)。〔牧童上，白〕將軍莫非破黃巾的劉玄德否？〔劉備白〕汝乃村僻小童，何以知我姓字？〔牧童白〕我本不知，因常有客來，對我師傅説：有一劉玄德，身長七尺五寸，垂手過膝，目能自見其耳，乃當世英雄也。今觀將軍模樣，想必是了。〔劉備白〕汝師何人？〔牧童白〕吾師複姓司馬，名徽，字德操，道號水鏡先生。〔劉備白〕汝師今在何處？〔牧童白〕喏，前面林中便是。〔劉備白〕吾正是劉備，相煩引我去一見。〔牧童白〕此間便是，請進。〔外扮司馬徽上，白〕琴韻正清幽，忽爾生高亢。[①] 必有英雄來，心事曾悲壯。〔牧童白〕此即吾師也。〔劉備白〕先生有禮。〔司馬徽白〕不敢，明公何來？〔劉備白〕備偶經此地，輕造仙莊，冒昧進謁，多有得罪。〔司馬徽白〕明公不必隱諱。觀公氣色，已知逃難至此，請到草堂歇息，明早再回新野去，何如？〔劉備白〕多謝先生。〔司馬徽白〕童兒，將馬帶至後園，小心餵養。〔牧童應下。司馬徽白〕久聞明公大名，何故至今猶落魄不偶耶？〔劉備白〕先生容稟。〔唱〕

【又一體】只爲我窮途易蹇(韻)，嘆英雄，愧祖鞭(韻)。〔司馬徽白〕將軍左右，未得其人耳。〔劉備白〕備雖不才，文有孫乾、糜竺、簡雍之輩，武有關、張、趙雲之流。〔唱〕一個個忠心輔相(韻)，糾繆繩愆(韻)，兩般兒都是賢(韻)。〔司馬徽白〕關、張、趙雲皆萬人敵，惜無善用之人耳。〔唱〕明公所向無前(韻)，力能攻戰(韻)，那裏有三子威風才俱(句)，義勇兼全(韻)，只可惜無個人兒代斡旋(韻)。笑孫、糜腐豎(句)，分明是書生白面(韻)，〔合〕只好去抱殘編(韻)，怎能彀志決三分鼎(句)，那裏有機深一着先(韻)。〔劉備白〕備每側身求賢，奈未

① 「亢」，原作「抗」。

遇其人。〔司馬徽白〕十室之邑，必有忠信，何謂無人？〔劉備白〕備本愚昧，願承指教。〔司馬徽白〕目今天下奇才，盡在於此，公當往求。〔劉備白〕奇才安在？果是何人？〔司馬徽白〕即卧龍、鳳雛二人，得一可安天下。〔劉備白〕但不知卧龍、鳳雛果係何人？〔司馬徽大笑科，白〕日後自知。天色已晚，路途辛苦，請到後面安置。〔劉備白〕如此甚好。感君一夕話，〔司馬徽白〕愧我百無能。〔揖科。劉備、司馬徽同下。小生扮趙雲、雜扮衆軍上，趙雲衆同唱〕

【仙吕宫正曲·桂枝香】教人懊惱(韻)，主公全無音耗(韻)。快快趲向前行(句)，急奔漳南大道(韻)。〔白〕我趙雲昨夜歸到新野，並不見主公回來，爲此今早帶兵來接。一路問來人，説昨日一騎如飛，從漳南大道往西去了。軍校。〔衆白〕有。〔趙雲白〕快些趲上前去。〔衆白〕得令。〔同唱〕幸天心相保(韻)，天心相保(疊)，頓把檀溪過了(韻)，纔不怕奸謀追到(韻)。〔合〕想前朝(韻)，若非伊籍施仁義(句)，地網天羅怎脱逃(韻)。〔趙雲白〕已過漳南大道。此間茂林修行之内，籬墻茅舍，我主公寄宿在此，也未見得，待俺問來。〔叩門科。童子上，白〕是誰叩門？〔趙雲白〕借問一聲，劉皇叔可在此麽？〔童子白〕昨夜到來，我師傅款待甚週，此時正在那裏談話。〔趙雲白〕主公正在此，謝天謝地。敢煩通报，説趙雲來尋皇叔。〔童子白〕既如此，待我报與皇叔知道。師傅、皇叔有請。〔劉備、司馬徽上，白〕有何事情？〔童子白〕趙雲到了。〔劉備白〕在那裏？〔童子白〕在門外。〔劉備白〕唤他進來。〔趙雲白〕趙雲參見主公。昨日襄陽會上，險遭不測，趙雲罪該萬死。〔劉備白〕説那裏話。子龍可拜見仙師。〔趙雲白〕仙師在上，趙雲打恭。

〔司馬徽白〕不敢。將軍命世英雄，得遇皇叔，前途努力。〔趙雲白〕多承指教。此趙雲之夙願也。〔劉備白〕備不自量，欲請先生同輔漢室，未知先生意下何如？〔司馬徽白〕山野庸愚，不知時務，不敢奉命。還宜另覓高賢。〔趙雲白〕先生不出，奈天下蒼生何？〔司馬徽白〕皇叔不必固執，自有高賢相助。童兒，牽馬過來。〔劉備白〕如此，備只得告辭。謹佩名言不敢忘，〔司馬徽白〕勸君及早覓賢良。〔劉備白〕先生若肯扶炎漢，〔司馬徽白〕怎奈先生賦姓狂。〔下。劉備白〕子龍，你道好笑不好笑。昨日躍馬過溪，竟自迷失路徑，幸遇水鏡先生留宿。我們回新野去罷。〔唱〕

【又一體】晴空初曉(韻)，又早向漳南古道(韻)。昨夜水鏡先生(句)，教我求賢須早(韻)。道卧龍、鳳雛(句)，卧龍、鳳雛(疊)，有經邦才調(韻)。〔白〕子龍，水鏡先生説，卧龍、鳳雛，若得一人，天下不足定也。但茫茫宇宙，安得此人？好教我心中忽悶也。〔趙雲白〕高賢達士，有時相遇。主公何必恁般性急。〔劉備唱〕若論運籌帷幄(韻)，〔合〕須得聘英豪(韻)。待他來決勝憑三略(句)，行軍仗六韜(韻)。〔下。末扮徐庶上，唱〕

【又一體】天荒地老(韻)，遭逢不道(韻)，要將一木支撐(句)，未展經天奇抱(韻)。〔白〕某徐庶，字元直，潁州人也。曾耽擊劍，頗負知兵。爲友報仇，白晝殺人于市上。洗心就學，壯年避跡於江干，踽踽獨行，未遇英雄可託；茫茫故國，空瞻屺岵含酸。① 皺眉世事，嘆青眼之難逢；屈指光陰，感藍衫之屢

① 「含」，原作「舍」。

破。正是：羽翼未成君莫笑，終須有日會風雲。〔唱〕空懷着良禽擇木(句)，良禽擇木(疊)，那有機緣時到(韻)。只落得行歌潦倒(韻)，〔合〕自牢騷(韻)。好教人壯志成灰燼(句)，英雄没草茅(韻)。〔劉備衆暗上，白〕子龍，前面葛巾布袍、皂絛烏履，有遺世之風、出塵之表，莫非卧龍、鳳雛乎？你去小心請他相見。〔趙雲應科，白〕先生，我主公相請。〔各見科。劉備白〕先生貴姓大名？緣何落拓狂歌？乞道其詳。〔徐庶白〕某姓單名福。〔劉備背科，白〕又不是卧龍、鳳雛先生。〔徐庶白〕久聞使君招賢納士，未敢輕造，故行歌於市，以見吾志耳。〔劉備白〕念備鷦鷯暫寄，粒食無謀，乏決勝之算，鮮禦敵之圖，願先生屈尊就卑，與某共成大事，備當銘感不忘也。〔徐庶白〕一介庸愚，荷蒙不棄。願建微功，以報知遇。〔劉備白〕如此，請到縣中，還要細細請教。帶馬過來。〔徐庶白〕使君所乘此馬，眼下有淚槽，額邊生白點，名曰「的盧馬」也。雖是千里馬，却只妨主，不可乘也。〔劉備白〕已應之矣。〔徐庶白〕檀溪之事，非妨主也，是救主也。終妨一主，某有一法可禳。〔劉備白〕願聞。〔徐庶白〕公意中有仇之人，可將此馬與之。待妨過此人，①然後乘之，自然無事。〔劉備白〕公不教備以正道，便教以利己妨人之事，備不敢聞教。〔徐庶笑科，白〕向聞使君仁德，故以此言試耳。〔劉備白〕備安能有仁德，惟先生教之。〔徐庶白〕不敢。〔劉備白〕請先生上馬。〔徐庶白〕明公请。〔劉備白〕今朝何幸遇高賢，〔徐庶白〕喜托扶摇上九天。〔趙雲白〕自有神機能決勝，〔合白〕孫曹從此莫争先。〔同下〕

①「人」，原作「馬」。

第十八齣　元直安排破敵軍

〔雜扮衆小軍、中軍，引副扮曹仁上，唱〕

【雙調引・賀聖朝】曹公重寄干城(韻)，貔貅坐擁精兵(韻)。展旌旂(讀)，入境犬無聲(韻)，兆民賴安静(韻)。〔白〕鎮撫南畿作戚臣，誰人不仰我行塵。大開甲帳筵僚佐，坐擁兵符寵命新。某曹仁，奉魏公將令，協同李典，率領吕曠、吕翔等，領兵三萬，鎮守樊城。虎視荆襄，以圖劉備。今日齊集諸將，商議軍情。中軍，諸將到來，即着進見。〔末扮李典，雜扮吕曠、吕翔上，同白〕忽聞元帥令，齊集到轅門。〔見科。曹仁白〕列位將軍，今劉備屯兵新野，招軍買馬，積草儲料，其志不小，不可不早圖之。〔唱〕

【雙調集曲・江頭金桂】【五馬江兒水】（首至合）如同梟獍(韻)，莫道是孤窮事鮮能(韻)。因他汝南敗北(句)，到如今訓練强兵(韻)，這運籌休看輕(韻)。〔李典、吕曠、吕翔白〕元帥所言，深爲遠見。若不策奇制勝，師出萬全，只恐難於取勝。〔曹仁唱〕【金字令】（五至九）我想那猛將超騰(韻)，軍馬紛競(韻)。那新野如丸之地(句)，奮勇先登(韻)。管教他驚鶴唳、怕風聲(韻)。〔李典、吕曠、吕翔白〕元帥所見極是，我等敬服。〔唱〕【桂枝香】（七至末）仗元戎將令(韻)，萬全操勝(韻)。〔合〕任縱横(韻)，也須要努力圖征進(句)，管取荆襄一鼓平韻。〔句〕某等自降丞相以來，未有寸功。願請精兵五千，前往新野，取劉備之首，獻於麾下。〔曹仁白〕二位將軍前去，吾無慮矣。二位將軍，就此起兵前去。〔呂曠、呂翔白〕得令。〔曹仁、中軍下。呂曠、呂翔白〕衆將官，〔應科。呂曠、呂翔白〕就此殺上前去。〔同唱〕

【雙調集曲・雙令江兒水】【五馬江兒水】（首至五）將軍宜省韻，用不着三申和五令韻。看軒軒耀武句，白馬朱纓韻。儘着他多智能韻。【金字令】（十至十三句）倚仗我威名韻，冲當彼大兵韻。坐擁連營韻，伐鼓敲鉦韻。【姣鶯兒】（七至末）這一回果出奇還制勝韻。〔合〕全仗着機謀妙用韻，休悮了乘時安定韻。立大功讀，指日班師奏凱聲。〔下。末扮徐庶上，唱〕

【仙呂宮正曲・六幺令】思量預防韻，欲辨輸贏讀，先手爲强韻。已差諸將整戎行韻。他軍到讀，料無妨韻。〔合〕教他有翅難逃網韻，教他有翅難逃網疊。〔白〕某徐庶自隨皇叔以來，未立寸功。昨日探子來報，曹仁差呂曠、呂翔二將，前來索戰。我調遣已畢，且待主公到來，看諸將破賊便了。〔雜扮衆軍士、衆將官，引生扮劉備、小生扮趙雲上。劉備同唱〕

【中呂宮正曲・駐馬聽】決策無雙韻，一着先伊不用忙韻。〔趙雲唱〕任他威勇韻，將廣兵多讀，俺這裏自有隄防韻。〔徐庶上，唱〕推輪承委効匡勷韻，早把那賊人料定如翻掌韻。〔白〕調遣已畢，請主公看諸將破賊。〔同唱合〕貫甲持鎗韻，只要擒拿反賊莫疎放韻。〔同下。呂曠、呂翔上，吶喊介，白〕殺上前去。〔同唱〕

【又一體】驍勇非常(韻)，二吕威風人怎當(韻)。弓彎滿月(句)，旂拂寒雲(讀)，劍掣秋霜(韻)。〔劉備衆迎上，劉備白〕來者何人，敢犯吾境？〔吕曠白〕吾乃大將吕曠，奉丞相之命，特來擒汝。〔趙雲白〕休得胡説，看鎗。〔作戰。趙雲殺吕曠科。劉備白〕衆軍校，賊將授首，與俺掩殺者。〔吕翔敗下，劉備衆追下。吕翔上，唱〕連天殺氣日無光(韻)，四園鉄桶如排網(韻)。〔白〕我吕翔今番休矣。〔作跪科。净扮關公、周倉上，白〕你這反賊，還不下馬投降。〔吕翔敗下。關公白〕衆將官，吕翔大敗，收兵繳令。〔下。吕翔上，唱：合〕險把身亡(韻)，何來討死受淪喪(韻)。〔白〕也罷。我不免脱却甲胄，步行逃命便了。〔脱科。净扮張飛、小軍隨上，白〕某張飛奉軍師將令，在此等候敵人。只聞喊殺之聲，不見敵將，衆軍校與我細細搜來。〔衆搜吕翔介，白〕有奸細。〔張飛白〕看鎗。〔吕翔倒介。張飛白〕這等不濟。軍校，取了首級，請功去者。〔下。劉備衆上，同唱〕

【又一體】逆賊荒唐(韻)，無勇無謀欠主張(韻)。一霎裏將身斷送(句)，僨事傷兵(讀)，只贜得敗戟残鎗(韻)。〔關公、張飛上，白〕某等成功，特來繳令。〔徐庶白〕二位將軍辛苦了。〔關公、張飛白〕不敢。〔劉備白〕軍師，今日一舉成功，二吕授首，皆軍師之力也。只是曹仁聞敗，起大兵來索戰，如之奈何？〔徐庶白〕某已算定。曹仁不來便罷，他若來時，管把樊城一並獻於主公。〔劉備白〕全仗軍師妙計。〔徐庶白〕不敢。〔劉備白〕軍校，就此回新野去。〔同唱〕軍師謀略豈尋常(韻)，兵來一鼓難逃往(韻)。〔合〕看士卒鷹揚(韻)，欣欣一路凱歌唱(韻)。〔同下〕

第十九齣　將計就計取樊城

〔雜扮衆小軍、衆將官，引副扮曹仁，末扮李典上，同唱〕

【正宮正曲·朱奴兒】喜俺的馬壯兵精(韻)，急切裏忙頒號令(韻)。準備今宵去刼營(韻)，定教他没處逃生(韻)。〔合〕軍容整(韻)，且待深更(韻)，如入個無人境(韻)。〔白〕俺與劉備交戰，大兵失利，又破吾陣。我想彼戰勝之後，兵將心驕，營中定然懈怠，不能戒嚴。我今夜乘其不備，暗地刼營，管教全勝。你看月色朦朧，烟迷霧鎖，天助我成功也。衆將官，速速前行。〔衆應科，同唱〕

【又一體】誰則是更闌人静(韻)，也須索啣枚馳騁(韻)。休得打草把蛇驚(韻)，使伊家預備交争(韻)。〔合〕相接應(韻)，莫慢留停(韻)，成功績，在俄頃(韻)。〔同下。雜扮小軍，引生扮劉備，末扮徐庶，净扮關公，净扮張飛，小生扮趙雲上，同唱〕

【正宮集曲·朱奴剔銀燈】密密的駐扎五營(韻)，蒙指授運籌策應(韻)。他那裏倚仗雄兵勝(韻)，俺這裏奇謀早定(韻)。休輕(韻)，今朝晦暝(韻)，兀自要先機取勝(韻)。〔徐庶白〕主公，曹仁新敗，其氣已挫，正好襲取樊城。〔作風起科。劉備白〕軍師，此風主何吉凶？〔徐庶白〕今夜曹仁必來刼寨。〔劉備白〕何以敵之？〔徐庶白〕吾已預算定了。翼德聽令：你率領一枝人馬，到北河南岸埋伏。只看寨中火起，列兵而待，乘其欲渡擊之，可獲全勝。〔張飛白〕得令。〔徐庶白〕二將軍聽令：你領三千人馬，星赴樊城，收取印信，查檢府庫，安撫軍民。待曹仁敗回，出城迎擊，不必追趕。〔關公白〕得令。〔徐庶白〕子龍聽令：你埋伏中軍，四圍火起，從中突出迎敵。〔趙雲白〕得令。〔徐庶白〕主公，調遣已畢，請主公緩從大路，往樊城進發便了。〔同唱〕

【又一體】曹兵的知他刼營韻，息刁斗不須巡警韻，金鼓無聲悄地行韻，總只待火光動影韻。〔合〕叮嚀韻，待斗轉參橫韻，察動靜須伊軍令韻。〔同下。曹仁衆上，唱〕

【越調正曲·水底魚兒】寂寂宵征韻，啣枚走敵營韻。〔合〕神機已定韻，一舉决全勝韻。〔白〕來此已是劉營，衆將官奮力殺入者。〔衆應科。曹仁白〕怎麽悄無人聲，更柝不聞？〔衆白〕啟上元帥，是個空營。〔曹仁白〕不好了，又中賊人之計了，快些收兵。〔作起火科。趙雲引衆上，白〕曹仁那裏走，看鎗！〔戰科。曹仁敗下。衆白〕曹仁大敗。〔趙雲白〕不必追殺，收兵繳令。〔下。曹仁衆上，白〕好一場厮殺也，我兵損折大半。來此已是北河，我且渡過河去，速奔樊城便了。〔唱〕

【又一體】損將折兵韻，教人怒轉增韻。〔合〕聞風望影韻，無地可偷生韻。〔衆軍白〕已到北河。〔曹仁白〕就此渡過河去。〔作渡河科。張飛上，白〕曹仁，老張在此相候已久，你不下馬受縛，更待何時？〔曹仁白〕休得胡説！〔戰科。曹仁衆敗下。衆軍白〕曹仁大敗。〔張飛白〕妙嗄、妙嗄！曹仁兵將大半淹死水中，我且收兵繳令。〔下。曹仁衆上，白〕渡過河來，又淹死大半。李將軍，你我且逃到樊城，再作計較。〔行科，唱合〕聞風望影，無處可偷生。〔卒白〕啟元帥，已到樊城。〔曹仁白〕守城將士，快些開門。〔關公上，白〕吾已取樊城多時矣。〔開門，衆軍應，關公出殺科。曹仁衆敗下。關公白〕收兵進城。〔衆軍應下。曹仁上，白〕不好了，樊城已失，如何是好？〔李典白〕元帥，且到許昌，報與丞相便了。〔同唱〕

【又一體】設計偷營韻，誰知又損兵韻。心驚不定韻，進退遭坑穽韻。又無救應韻，怎把旂鎗整韻。〔合〕料難逃命韻，前行莫暫停韻。〔內喊科。曹仁跌科，下〕

第二十齣　知恩報恩薦諸葛

〔雜扮孫乾上，白〕高賢無奈又長征，我輩傷心淚暗盈。何日風雲重會合，君臣同慰别離情。我孫乾奉主公之命，只因徐軍師之母被曹操所執，徐母寫書前來，着徐軍師星赴許都。主公待要不放他前去，心又不忍，放他前去，又失良輔，正在疑難。争奈徐軍師堅辭要去，主公只得勉强依從，今日於郊外送行。你看，主公與諸將來也。〔下。雜扮小軍，引生扮劉備，净扮關公，净扮張飛，小生扮趙雲上，同唱〕

【雙角合套・新水令】别離魂(讀)，此際黯然消(韻)，據征鞍五中如攪(韻)。牽衣無話訴(句)，分手有珠拋(韻)，班馬蕭蕭(韻)，這一帶短長亭(讀)，是斷腸道(韻)。〔劉備白〕天下傷心處，〔關公白〕勞勞送客亭。〔張飛白〕春風知别苦，〔趙雲白〕不遣柳條青。〔劉備白〕俺劉備只爲徐元直因母親被曹操所執，堅心辭去，遽割賓主之歡，俾盡瞻依之誼，欷歔對泣，坐到天明。已曾吩咐於郊外送行。少待元直到來，再當敘别。〔嘆科，白〕哎，此人一去，如失左右手，教我怎生割捨得下。〔末扮徐庶上，白〕慈母寄書難背命，纔逢明主人相拋。〔各見科。劉備白〕嗟君此别意何如，〔衆白〕賓友稱觴餞路隅。〔徐庶白〕心析此時無一寸，〔合白〕東南一望可長吁。〔劉備白〕先生此去，聊備彩緞百端，以爲老大人壽，黄金千兩，以助行裝。〔徐庶白〕多謝主公費心，留下賞勞兵將。庶只輕裝而去，携帶不便。〔劉備白〕備與先生分淺緣薄，不能朝夕聽誨，望此去善事新主，以全孝道。〔徐庶白〕念某才微智淺，深荷使君重恩，不幸中道而別。寔爲老母羈囚，心中如刺，縱使曹操逼勒，終身誓不設一謀，使君幸勿他慮。〔劉備白〕先生，你此去孝道克全，子儀得盡。曹操奸雄，少不得有一番施展。若先生去後，劉備且欲遠遁避世矣。〔唱〕

【雙角合套·折桂令】拜違時便解征袍(韻)。再休提系出天潢(句)，漢室根苗(韻)。悔當取擾攘干戈(句)，圖王創伯(讀)，意氣粗豪(韻)。已瞧破功名小小(韻)，乾落得受期門車馬勞勞(韻)。早覓下海上逍遥(韻)，結宇衡茅(韻)。理亂無聲(句)，做一個洗耳由巢(韻)。〔徐庶白〕使君勿用灰心。庶不過樗櫟庸才，去之無足輕重，幸求梁棟以佐之。〔劉備掩淚科，白〕先生既去，更有何人？以愚意度之，恐天下無如先生者。

〔唱〕

【雙角套曲·雁兒落帶得勝令】你是個奮鷹揚尚父曹(韻)，羞殺我夢飛熊非吉兆(韻)。誤了你輟畊莘空運籌(句)，濟不得伐有夏除殘暴(韻)。呀(格)，莽乾坤原不乏賢豪(韻)，怕不似伊家好(韻)。俺薄德應難致(句)，你多才豈易招(韻)。煎熬(韻)，眼見前人撇掉(韻)。牢騷(韻)，舌尖頭空自悄(韻)，舌尖頭空自悄(韻)。〔徐庶白〕徐庶此去，望諸公善事使君，以圖名垂竹帛，功標青史，休効庶之無始終也。使君在上，徐庶就此拜別。〔劉備泣拜，白〕先生此去，備心如割，無復有匡扶王室之心矣。〔徐庶白〕使君保重，以圖後會。〔劉

備白〕天各一方，未知相會何日。〔各起行科。劉備白〕容備再送先生一程。〔唱〕

【雙角套曲・收江南】呀(格)，恰纔來(讀)，新野是聯鑣(韻)。霎時間(讀)，兩地又分交(韻)。萬重山(讀)，壓下這眉梢(韻)。肝腸斷這遭(韻)，肝腸斷這遭(疊)。〔徐庶白〕使君，就此告辭，不勞遠送了。〔劉備白〕先生此去，教備奈何。〔唱〕好教我啼痕莫制漬征袍(韻)。〔徐庶下。衆白〕主公休得如此痛傷。〔劉備白〕元直去矣，我將奈何！〔立科鞭指科，白〕吾欲盡伐此處樹木。〔衆白〕主公何故伐之？〔劉備白〕因阻望徐元直也。〔徐庶急上，劉備喜科，白〕元直復來，莫非無去意乎？〔徐庶白〕庶心緒如麻，失却一語告使君知道。此去襄陽城二十里隆中，有一大賢，使君何不拜訪？〔劉備白〕君可爲我請來相見。〔徐庶白〕此人非庶比也，但可往見，不可屈致。使君如得此人，可比周之吕望、漢之張良，有經世之才、補天之手。其人居常每以管樂自比。〔劉備白〕願求姓名。〔徐庶白〕此人瑯琊陽都人氏，複姓諸葛，名亮字孔明，所居有一崗名「卧龍崗」，因自號「卧龍先生」。使君急往見之。若此人肯出，何慮天下不定乎？〔劉備白〕昔備在水鏡莊上，曾聞卧龍、鳳雛兩人得一，可安天下。莫非卧龍、鳳雛乎？〔徐庶白〕鳳雛乃襄陽龐統，卧龍正是諸葛孔明。徐庶告辭，衆位將軍請了。〔下。劉備白〕今日方悟卧龍、鳳雛之語。二位兄弟，我們就此回去，明日準備禮物，便望南陽走一遭。〔衆白〕是。〔合唱〕

【雙角套曲・清江引】候黎明去來寧憚勞(韻)，折節求賢到(韻)。戔戔束帛臨(句)，孑孑干旍召(韻)。〔合〕偏則恨人去許昌添懊惱(韻)。〔下〕

第廿一齣　知客來游山先往

〔生扮孔明上，唱〕

【商調引・高陽臺】王室欹傾(句)，神州分裂(韻)，四方蜂起豪傑(韻)。憂國憂民(句)，愁催青鬓如結(韻)。吾生安得專一旅(句)，奮精忠剪除妖孽(韻)。〔合〕恐床頭青萍三尺(句)，將吐花磨滅(韻)。〔白〕秉來朝畊畎畝，張燈夜讀陰符。乾坤落落風塵外，人靜草盧孤。自比燕臺樂毅，何慚齊國夷吾。崑山片玉深藏匵，待時沽。山人複姓諸葛，名亮字孔明，道號「卧龍」。世家瑯琊，寓居南陽。躬耕畎畝，自給饔飧。耕田而食，似在有莘之野；鑿井而飲，願爲擊壤之民。目今曹操據於中原，孫權據於江東，國步艱難，民心離散。山人雖是布衣之士，是懷廟堂之憂。今日無事，不免將天文地理之書披閲一番，消遣悶懷則個。〔唱〕

【南呂宮正曲・懶畫眉】天文三卷變無窮(韻)，試看勾陳衛紫宮(韻)，昭垂有象理能通(韻)。〔合〕這書中訣法多深奥(句)，據地占天一代功(韻)。〔白〕呀，你看外邊槐樹，無風自動，今日必有貴客臨門，不免袖占一課。〔作占卦科，白〕原來是劉關張前來訪我。道童那裏？〔丑扮道童上，唱〕

【字字雙】我做道童老頑皮(韻)，伶俐(格)。澆花灌草合時宜(韻)，料理(格)。客來無個不忘機(韻)，有味(格)。〔合〕偷閑松下着圍棋(韻)，耍戲(格)，耍戲(疊)。〔白〕師傅唤小徒，有何吩咐？〔孔明白〕今有劉關張來此訪我，你回他不在家。〔道童白〕那裏去了？〔孔明白〕登山玩景去了。〔道童曰〕他問几時回來呢？〔孔明白〕你説踪跡不定。〔道童白〕曉得。〔孔明白〕一聲長嘯安天下，專待春雷驚夢回。〔下。雜扮軍卒，引生扮劉備、净扮關公、净扮張飛上，唱〕

【黄鐘宫正曲·水隊子】求賢圖治(韻)，漢室中興尚可爲(韻)。南陽諸葛大名垂(韻)。不憚長途(讀)，路轉峰回(韻)。〔合〕瞻望村墟(讀)，敦請不違(韻)。〔軍卒白〕已到隆中。〔張飛白〕這就是諸葛亮的住所，待我看來，這樣草蓬裏住的，怎麽幹得大事？〔劉備白〕這是隱居之所。待我問來：仙莊有人麽？〔道童上，白〕黄犬汪汪吠，趨步啟柴扉。那個？〔劉備白〕道童有禮了。〔道童白〕將軍何來？〔劉備白〕特來拜謁令師孔明。〔道童白〕家師不在。〔劉備白〕二位兄弟，你我無緣。不辭跋涉，遠遠而來，先生不在家了。道童，令師那裏去了？〔道童白〕登山玩景去了。〔劉備白〕幾時回來？〔道童白〕踪跡不定。〔劉備白〕先生既然不在，待我題詩一首，下次再來未遲。道童，把筆硯借來一用。〔道童白〕曉得。〔劉備白〕特向仙山訪隱淪，無緣空返暗傷神。今朝未識先生面，他日重來拜至人。漢宜城亭侯劉備拜書。道童，令師回來，多多拜上。你説劉關張兄弟三人，備得厚禮，潔誠來聘。先生不在，怏怏而去，異日再來請罷。〔道童白〕知道了。〔劉備白〕看馬，就此回去罷。〔同下〕

第廿二齣　求賢切踏雪重臨

〔雜扮石廣元，雜扮孟公威上，唱〕

【仙呂宮引·天下樂】隱居林下儘開懷韻，壯志功名久未諧韻。〔孟公威唱〕長歌拍手是吾儕韻，季世誰知鼎鼐才韻。〔石廣元白〕山人石廣元，潁州人也。〔孟公威白〕山人孟公威，汝陽人也。〔石廣元白〕我等隱居於此，日與孔明、崔州平等山水爲樂，詩酒陶情。今日紛紛大雪，特約孟兄沽飲，以待孔明、州平二兄回來。孟兄，我和你到前面沽飲一壺。〔孟公威白〕有理，請。〔同下。雜扮小軍，引生扮劉備上，唱〕

【仙呂宮引·探春令】高人高卧草廬中句，抱經綸康濟韻。〔淨扮關公、張飛上，唱〕前番未獲瞻儀範句，空跋涉程迢遞韻。〔劉備白〕二位兄弟，前訪孔明先生，未曾相遇，今日你我須再到隆中拜請纔是。〔關公白〕大哥景仰高賢，弟輩願陪前往。〔行科。劉備白〕今日朔風凜凜，瑞雪霏霏，山如玉簇，林似銀粧，高賢隱居之處，便與濁世不同。〔關公白〕正是。〔張飛白〕天寒地冷，尚不用兵，誰叫大哥來見此無益之人。〔劉備白〕三弟怕冷，你先回去。〔張飛白〕不是嗄，我老張死且不惧，豈怕冷？但恐大哥空勞神思耳。請大哥三思。〔劉備白〕三弟不必多言。〔張飛白〕是是。〔劉備白〕快些趲行便了。〔衆下。牧童内唱，徐上〕

【山歌】牛背平平軟似毡，閑時坐了倦時眠。江湖常有風波險，真個騎牛穩似船。〔劉備白〕牧童，我且問你，諸葛先生可在家麽？〔牧童白〕不知他在家否。他常時所種的，就是這頃田。〔劉備白〕既是他田在此間，怎麽他又不在？〔牧童白〕請問三位將軍，你要尋那孔明先生怎麽。〔劉備白〕請他去做軍師。〔牧童白〕將軍，〔唱〕

【仙呂宫正曲·大迓鼓】他平生自種畦(韻)，常時負耒(讀)，帶雨鋤犁(韻)。連朝不見他來田地(韻)，他去來踪跡總無期(韻)。〔劉備白〕牧童，你可不要妄言，可知他在家麽？〔牧童唱：合〕或者在家(讀)，未知詳細(韻)。〔下。劉備白〕牧童已去，左右，爾等都在崗前伺候。〔衆應下。劉備白〕我和你前到茅廬請他便了。雪滿山中高士卧，月明林下美人來。〔劉備、關公、張飛同下。石廣元、孟公威上，唱〕

【懶畫眉】陽春不遇歎時乖(韻)，且把村醪付壯懷(韻)。鷹揚尚父没蒿萊(韻)，悲歌空有高陽在(韻)。〔合〕怎禁得逝水光陰難再來(韻)。〔各笑科。劉備衆上，劉備白〕當頭片片梨花落，撲面紛紛柳絮狂。二位兄弟，你看前面二人，莫非卧龍、鳳雛都在此乎？待我自去問來。敢問二公，誰是卧龍先生？〔石廣元白〕公乃何人？欲尋卧龍何幹？〔劉備白〕某劉備，尋先生欲求濟世安民之術，無吝是幸。〔石廣元白〕我等皆卧龍之友也。〔劉備白〕又不是卧龍、鳳雛，請問二位高姓大名？〔石廣元白〕吾乃石廣元，此位孟公威是也。〔劉備白〕敢請二位同見卧龍先生一談。〔石廣元、孟公威白〕我等山野慵懶之徒，不省治國安民之事。明公請自去訪卧龍，我等失陪了。〔劉備白〕如此告辭。〔石廣元、孟公威白〕請。〔下。

張飛白〕這等放肆，可惱可惱！〔同行科。劉備白〕此間已是仙莊，有人麽？〔雜扮諸葛均上，唱〕

【黄鐘宫引·西地錦】可笑操戈何事句，争如畎畝棲遲韻。〔見科。劉備白〕備久慕先生，無緣拜會，今冒雪而來，得瞻道貌，寔爲萬幸。〔諸葛均白〕將軍莫非劉豫州乎？可是欲見家兄麽？〔劉備白〕先生非卧龍也。〔張飛白〕這一個又不是，咳！〔諸葛均白〕某乃卧龍之弟諸葛均也。家兄昨日與崔州平相約，閒遊去了。〔劉備白〕何處閑遊？〔諸葛均唱〕

【南吕宫正曲·東甌令】行無定句，住難期韻。或駕輕舟汪水湄韻，爲尋僧求道歸來滯韻。良友村前契韻，〔合〕邃山深洞樂琴棋韻。果然是出處盡忘機韻。〔劉備白〕原來如此。先生，〔唱〕

【又一體】自古排國難句，救民危韻，莫便長吟終抱膝韻。我孤窮志欲安邦計韻，故此遥相詣韻。〔白〕劉備如此緣分淺薄，兩次空回，不遇大賢。〔諸葛均白〕請少坐獻茶。〔張飛唱：合〕各人去奔前程急韻，野老暫相違韻。〔白〕那懶先生不在，請哥哥上馬。〔劉備不理科，白〕先生，令兄所學，可得聞乎？〔張飛白〕問他則甚，風雪甚緊，不如早歸。〔劉備白〕休得如此。〔諸葛均白〕不敢久留，容日回禮，請了。〔下。張飛白〕左一個也不是孔明，右一個也不是孔明，費了多少辛苦，到底不曾見那個孔明。大哥、二哥，我們回去，歇了這個念頭罷。〔劉備、關公白〕三弟不要如此。〔唱〕

【高大石調引·窣地錦襠】一天風雪訪賢歸韻，不遇空回意感棲韻。〔合〕停鞭回首望中迷韻，〔張飛白〕大哥，〔唱〕你再休提重到茅廬去訪伊韻。〔下〕

第廿三齣　隆中振袂起耕夫

〔丑扮童子上，白〕卧龍不種田，但種松與柏。松柏似君子，留待市朝客。自家乃南陽隴中諸葛師傅坐下童子便是。我師傅複姓諸葛，名亮字孔明，道號卧龍先生。他胸羅星斗，腹藴陰陽，真個是鬼神不測之機；文通孔孟，武曉孫吴，果然有乾坤扭轉之術。自比管樂，隱居於此。前者有劉關張兄弟三人到來相請師傅，俺師傅因漢家末運，世亂人離，二次相訪，未曾一面。今早師傅占先天之數，説劉皇叔生一子，該有四十年天下。爲此，俺師傅便有出山之念，説他三人今日定然又來相訪，着我在此等候。正是：好憑緯地經天術，定漢與劉鼎足分。〔下。雜扮衆軍，引净扮張飛，净扮關公，生扮劉備上，唱〕

【越調集曲·憶鶯兒】春晝長(韻)，花漸芳(韻)，日射旌旂羽旆張(韻)，雲耀驊騮羽騎驤(韻)。滿目韶光(韻)，柳線拖黄(韻)，東風習習輕相蕩(韻)。〔合〕望南陽(韻)，雲山將近(句)，已到卧龍崗(韻)。〔劉備白〕仙莊有人麽？〔道童上，白〕青松巢白鶴，翠竹鎖春雲。〔劉備白〕師傅在家麽？〔道童白〕不在家中。〔劉備白〕何處去了？〔道童白〕遊山玩水去了。〔劉備白〕又不在家，怎生是好？〔張飛白〕大哥、二哥閃開，待我去問他。呔！道童，你師傅呢？〔道童白〕遊山玩水去了。〔張飛白〕咗！討打。〔作怒科。道童慌科，白〕師傅、師傅。〔諸葛均内白〕何人喧嚷？〔張飛白〕虧我這一唬，就唬出一個孔明來了。〔生扮諸葛均上，白〕三位將軍。〔張飛白〕又不是那廝。二哥，待我問他。〔關公白〕不可造次。〔劉備白〕令兄在家麽？〔諸葛均白〕現在堂上高卧未醒，待我喚起迎接。〔劉備白〕千萬不可驚動。〔諸葛均白〕是。〔下。張飛白〕二哥，待我放起火來，看他醒不醒。〔劉備白〕休要囉唣。〔生扮孔明上，白〕大夢誰先覺，平生我自知。草堂春睡足，窗外日遲遲。〔劉備白〕先生，我弟兄兩次晉謁，不得一見。今特竭誠拜訪。〔孔明白〕南陽野人，疏懶成性，屢蒙枉臨，不勝愧赧。〔關公白〕仙師在上，關某有理。〔孔明白〕將軍請坐。〔各坐科。劉備白〕漢室傾頹，奸臣竊命。備不量力，欲伸大義於天下。奈智術淺短，惟望先生開愚拯厄，寔爲萬幸。〔孔明白〕董卓以來，豪傑並起。曹操不如袁紹，而竟能克紹，非維天時，亦人謀也。今擁百萬之衆，此誠不可與争鋒。孫權據江東，國險民富，可用爲援而不可圖也。惟荆州用武之地，天所以資將軍者也。爲今之計，先取荆州爲家，後取四川爲根，鼎足之勢，中原可圖也。〔劉備白〕先生之言，頓開茅塞，如撥雲霧而見青天，何勝銘感。〔孔明白〕但恐亮才淺學疏，有負所望耳。〔劉備白〕先生，〔唱〕

【南吕宫正曲·宜春令】吾懷抱社稷憂韻，慕高風特來懇求韻。〔白〕一顧不出，繼之以再，再顧不出，繼之以三。〔唱〕慇懃三顧(句)，揆之以理當屑就(韻)。①獨不見伊尹耕於莘野(句)，終起作商家勳舊(韻)。〔合〕請先生早出茅廬(讀)，掃除賊寇(韻)。〔孔明唱〕

【又一體】吾聞得(句)，劉豫州(韻)，待賢士恩禮最優(韻)。欲安天下(句)，再三來請情何厚(韻)。他本是濟世英豪(句)，况又是王室華胄(韻)。我山人欲出草廬(讀)，掃除賊寇(韻)。〔劉備白〕既如此，就請同行。軍士先回，吩咐子龍速造蓮花宝帳，好待軍師擇日登壇。〔軍士應科，下。劉備白〕看禮物過來。〔衆應科。劉備白〕先生不忝菲儀，聊爲贄見之禮，請先生收了。〔孔明白〕承使君高誼，山人謹此拜領，即同使君前去便了。道童，好好看守茅廬，我如今下山去了。〔童兒白〕幾時回來？〔孔明白〕成功就回。〔劉備白〕看車駕過來。〔衆應，推車上。劉備白〕請先生安坐。〔孔明白〕不敢。〔劉備白〕先生不必過謙。〔孔明白〕如此，山人有罪了。〔作上車科。劉備、關公作扶科。張飛怒科，虚白。衆同唱〕

【仙吕宫正曲・望吾鄉】官德悠悠(韻)，西風吹錦裘(韻)。青山滿目黃花瘦(韻)，②騎從紛紛爭馳驟(韻)，行客頻回首(韻)。〔合〕雲龍會(句)，魚水投(韻)，看取功勳就(韻)。〔衆同下〕

---

① 「揆」，原作「撥」。

② 「目」，原作「月」。

第廿四齣　席上裸衣充鼓吏

〔小生扮禰衡上，白〕經天緯地有誰知，潦倒逢人笑我痴。偌大乾坤無住處，唾壺擊碎首低垂。小生禰衡，表字正平。生來傲骨，天付俠腸。能讀五典三墳，解賦九歌七發。只是生於亂世，豺狼當道，戎馬在郊，不能請終軍纓繫南越之頸，借朱雲劍斬佞臣之頭，猶然落魄一身，囊空四海。這也付之造物安排。我且縱酒狂歌，以遣悶懷而已。昨日聞孔北海已表薦小生小於朝廷，誰想竟將表章付與曹操。咳，我想此賊心懷叵測，豈肯容我輩於廟堂。〔嘆科〕正是：奸佞揚眉，英雄扼腕，好不令人氣頹也。〔唱〕

【南呂調套曲・一枝花】俺本是英雄困路岐（韻），不隄防擾攘多荆棘（韻）。值兵戈辭家來許下（句），受奔波逆旅在京師（叶）。〔白〕當此無聊，且浮大白，以澆悶懷。童兒那裏？〔童兒上，白〕相公有何吩咐？〔禰衡白〕取酒來。〔童兒應科。禰衡唱〕今日個困守栖栖（韻），欲遣那愁無計（韻）。交情淡少新知（韻），又乏故知（韻）。學不得漢相如蜀地題橋（句），倒做了楚卞和荆山泣璧（韻）。〔白〕且住。聞得曹操欲將我爲鼓吏，若不撾鼓，他笑我是個腐儒，不解音律了。我不免撾作《漁陽三弄》，罵他一頓。他若惱了，便將我殺害，却也留名千古。童兒，你可好好收屍，送歸故鄉。〔童兒虛白，同下。雜扮將校、衆將，引浄扮曹操上，白〕招才納士有虛名，頭角崢嶸指日生。堪笑無知孔北海，薦賢究竟事無成。某家曹操，昨欲使孔融往説降劉表，他薦禰衡可充使令。我不道他竟表薦於朝廷，稱其賢俊。此表原是我家得來，我想此人素負重名，若不挫其鋭氣，留在朝廷與我作梗，則我之大志難行矣。嗄，有了。少停飲宴時，着禰衡先充鼓吏，看他若何。就着爾等陪宴。〔雜應科。雜扮孔融等衆上，白〕文章立事須銘鼎，談笑論功耻據鞍。雙金未比三千字，負弩應慚知者難。某等參見丞相。〔曹操白〕列位少禮。〔坐科。曹操白〕看酒來。〔坐科，白〕家將，召禰衡來見。〔禰衡上，白〕經綸滿腹偏難偶，志氣如雲未可儔。〔見科，揖。曹操不答科。禰衡白〕天地雖濶，何無一人也。〔曹操白〕狂生不得無禮。我這裏宴會，權令爾爲鼓吏。〔禰衡笑科，白〕鼓吏何妨。遊戲三昧，無所不可。〔擊鼓科，唱〕

【南吕調套曲·九轉貨郎兒】你倚着公卿元宰(韻)，俺則道沭猴冠帶(韻)。〔曹操喝科。禰衡唱〕任你一聲聲(讀)霹靂弄喬才(韻)，我只待駡得你賊心駭(韻)，打得你潑皮開(韻)。慢慢的把奸賊從頭指摘來(韻)。〔曹操白〕狂生，你既爲鼓吏，可歸班承應。〔禰衡白〕曹操，你這一班俗樂，我都和不來。我有《漁陽三弄》，撾與你聽。〔曹操白〕好，就撾來與我聽。左右，取鼓放在中間。〔禰衡作撾鼓科。曹操白〕這鼓吏倒也撾得好。你這狂生，出口便傷人，爾有何能？〔禰衡白〕天文地理，無一不通，三教九流，無所不曉。〔曹操白〕你這狂生，説得你這般出衆之才。你若如此倨傲，不有負我求賢之意麽？〔禰衡白〕曹操，你道

爲國求賢，是你的本意麽？〔唱〕

【四轉】哎，曹操，總是你奸頑宰相(韻)，把朝事專歸執掌(韻)。寔只望臯夔稷契佐陶唐(韻)，却不道有心爲悖逆(句)，無意効平章(韻)。你招權結黨(韻)，直弄得個伶仃的漢官家(讀)，吐不的嗤不的(句)，算不了悽惶賬(韻)。却被你覇了王綱(韻)，占了朝堂(韻)，喜孜孜(讀)逞不了猢猻狀(韻)，頻播弄恣更强(韻)。傷(韻)，休得要倚着力强(韻)，只怕你禍稔蕭牆難漏網(韻)。〔曹操白〕狂生，你看我手下，文臣濟濟，武將森森，何減於汝？〔禰衡笑科，白〕此等人物，吾盡識之。〔唱〕

【五轉】若論你那些謀臣呵，無非是泥人木偶(韻)，都不過是隨波逐流(韻)。〔擊鼓科〕説甚麽智機深(讀)，操勝借前籌(韻)，多妙策解良謀(韻)，止不過助惡扶奸假斷休(韻)。〔擊鼓科〕荀彧呵，問疾趨喪(句)，聲隨淚收(韻)。荀攸呵，看墳墓守荒丘(韻)。程昱呵，關門權作司閽叟(韻)。〔擊鼓科〕郭嘉呵，能念賊躬身稽首(韻)。〔笑科〕這般人呵，恰便似古塚裏没氣髑髏(韻)，恰便似熱泥塵土聚蜒蚰(韻)。只落得心凶狠性乖挽(韻)，齊奉承着(句)老奸雄(句)，去與那朝廷作寇讎(韻)。〔曹操白〕許褚、夏侯惇舞劍，以助筵前一樂。〔作舞劍科。曹操白〕你這狂生，道俺的謀臣無用，武將何如？〔禰衡笑科，白〕你這般武將，堪比做場上傀儡，何足道哉。〔曹操白〕我這般英雄，建立許多功業，你難道不知麽？〔禰衡白〕你道你用兵麽？敗於奉先之手，幾乎損命；潰于渭水之濱，險以亡生。那不是你善用兵謀臣猛將的好處？〔唱〕

【六轉】你只見推推擠擠(讀)，轅門之下(韻)，聽的來出出律律(讀)，教人詫訝(韻)。〔擊鼓科〕剗地裏吆吆喝喝〔讀〕，炎炎赫赫建高牙(韻)。只落得紛紛攘攘成虛話(韻)。早則是三三兩兩(讀)，惶惶急急(句)，蒼蒼卒卒(讀)，挨挨搒搒(讀)地征鞍來跨(韻)。〔擊鼓科〕中軍帳正擁着個嬌嬌滴滴(讀)，濟妻新寡(韻)。不隄防撲撲突突的兵(句)，轟轟烈烈的炮(句)，閙閙炒炒(讀)，揚揚沸沸(讀)，四下喧嘩(韻)。可笑那驚驚遽遽(讀)，匆匆急急(讀)，作了些軍中話靶(韻)。這都是説出了你那庸庸碌碌(讀)，没孔锤兒没地加(韻)。〔曹操白〕唤歌姬們侑酒。〔歌姬上，白〕女樂們叩頭。〔曹操白〕起來。爾等可將《短歌行》之詞章歌來侑酒。〔歌姬唱〕《短歌行》對酒當歌，人生幾何。譬如朝露，去日苦多。慨當以慷，憂思難忘。何以解憂，惟有杜康。青青子衿，悠悠我心。但爲君故，沉吟至今。呦呦鹿鳴，食野之苹。我有嘉賓，鼓瑟吹笙。明明如月，何時可掇。憂從中來，不可斷絶。越陌度阡，枉用相存。契濶談讌，心念舊恩。月明星稀，烏鵲南飛。繞樹三匝，何枝可依。山不厭高，海不厭深，周公吐哺，天下歸心。〔歌姬下。曹操白〕你既爲鼓吏，何不改粧而輕取進乎。左右，取岑弁單絞來，與他穿了。〔禰衡白〕我就改粧。〔作脱衣科。曹操白〕這狂生，廟堂之上，何太無禮！〔禰衡白〕欺君罔上，乃爲無禮。吾露父母之形，以顯清白之體。〔曹操白〕汝爲清白，誰爲污濁？狂生這等可惡，將謂吾刀不利乎？〔禰衡笑科，白〕吾乃天下名士，用爲鼓吏，是猶陽貨、臧倉所爲耳，何足論也！〔擊鼓科。曹操虛白〕我本欲辱衡，衡反辱我。〔禰衡唱〕

【九轉】這奸曹恰便有一腔渣滓(韻)，只落得英雄淚滴(韻)。〔曹操白〕你要做官麽？〔禰衡唱〕那裏是凌烟閣上姓名題(韻)，親向那九重宮趨步拜丹墀(韻)，五雲中(讀)殿上去陳詞(韻)。俺本是補天的才智(韻)，怎與你潑刁頑比肩共事(韻)。〔曹操白〕也不怕你不從某家。〔禰衡唱〕縱教你仗威風無端赫逼(讀)，俺呵罵奸賊可也青史名垂(韻)。〔曹操白〕你若能使劉表來降，用汝作公卿。〔禰衡笑科，唱〕俺不是崑山片玉桂林枝(韻)，那些個無頭事何須啟齒(韻)。〔孔融立起科，白〕丞相，禰衡罪同胥靡，不足發明王之夢。〔曹操白〕請坐。〔禰衡白〕北海北海，〔唱〕指望你成天立地尊王室(句)，又不道你脇肩諂笑也如是(韻)。〔曹操白〕連孔大夫也罵起來了。〔禰衡唱〕逆賊，你只管絮叨叨掉弄着虛脾(韻)，則俺莽書生鳴鼓從頭重罵你(韻)。〔擊鼓科。曹操白〕狂生，你這般無禮，我也不計較你。左右，取衣巾與他穿了。禰衡，便即刻起程，往説劉表去。他若降時，表奏朝廷，你的功勞也就不小了。〔禰衡笑科，白〕北海請了。〔下。張遼、許褚白〕禰衡如此無禮，爲何不即加罪？〔曹操笑科，白〕爾等那裏知道，禰衡本意要我殺他，我若殺了，如了他的願，成了他的名了。我借劉表之手，以泄我憤耳。〔衆白〕丞相神算，非某等所及也。〔曹操笑科。衆唱〕

【煞尾】俺雖是難辛不負扶劉意(韻)，嘆漢家做了畫棟將傾一木支(韻)。今日個江山半壁歸吾利(韻)，這深謀誰知(韻)，這巧計心知(韻)。有一日把我做周文王堪比擬(韻)。〔同下〕

第一齣　曹操遣將戰諸葛（先天韻）

〔衆扮軍卒，引衆扮毛玠、崔琰、程昱、荀彧、張遼、許褚，引净扮曹操上，唱〕

【中吕宫引・青玉案】轟轟英氣吞雷電。喜山斗，聲名顯。百萬貔貅齊勇健。陣雲冉冉，威風憲憲，思遂平生願。〔白〕仗鉞麾旄虎帳中，勢傾朝野壓三公。男兒要作擎天柱，肯負昂昂一世雄。老夫曹操，職居相位，統攝兵權，欲爲國家討賊立功，以濟我私仇公憤。我想荆州乃天下喉舌之地，劉表無能，不足介意，只恐劉備兵强將勇，近又來了個軍師諸葛亮，足智多謀，深爲可慮。不免齊集諸將，商議南征。軍士們，〔衆白〕有。〔曹操白〕速傳諸將上帳，商議軍情。〔衆作傳科。扮夏侯惇、于禁、李典、夏侯蘭、韓浩等上，同唱〕

【又一體】英雄氣概干城選，威凜凜軍容展，欲掃煙塵平小腆。强如甘茂，勇如王翦，共把雄圖建。〔作見科，衆白〕丞相在上，衆將參見。〔曹操白〕請將少禮。吾想四海洶洶，干戈鼎沸，吾欲舉兵南

征呵，〔唱〕

【中吕宫・好事近】只恐謀算未完全，目下妖氛難殄。如今劉備又添諸葛驅遣，如魚得水，還愁著把我荆州剪。想南征百種愁思，得幾日太平歡醼。〔夏侯惇白〕近聞劉備在新野，每日操演士卒，必爲後患，可早圖之。〔曹操白〕就命夏侯惇爲都督，于禁、李典、夏侯蘭、韓浩爲副將，領兵十萬，直抵博望城以窺新野。〔荀彧白〕劉備英雄，今更兼諸葛亮機謀，不可輕敵。〔夏侯惇白〕學士之言謬矣。吾視諸葛亮，如草芥耳。吾若不生擒劉備，活捉諸葛亮，願將首級獻上丞相。〔唱〕

【中吕宫・石榴花】他運籌帷幄計如仙，我祇憑執鋭與披堅。由他妙算出萬全，怎支持烱爍龍泉、鎗迸梨花風亂捲。管教他血腥兒齊濺。那時節跨雕鞍整歸鞭，敵金鐙到闕前。〔曹操白〕願汝早早報捷，以慰吾心。眼望捷旌旗，耳聽好消息。〔衆引曹操下。衆扮兵將，引夏侯惇衆將達場科，夏侯惇白〕起兵前去。〔衆同唱〕

【中吕宫・越恁好】統兵千萬，統兵千萬，逐鹿走中原。衡衝直搗，齊努力，各爭先。他孫吴兵法縱徒然，怎當我熊熊百練。些時把博望的城池捲，些時把許下的仇讐剪。

【中吕宫・慶餘】陣圖疑是風雲轉，管取成功奏凱旋。少不得個個芳名勒燕然。〔下〕

第二齣　孔明派將敵曹兵（尤侯韻）

〔衆扮軍士、周倉，引關公、張飛、劉備、衆將上，唱〕

【雙角・新水令】金蘭意氣似膠投，爲江山烽烟輻凑。青霜回劍戟，紫電掣兜鍪。壯氣横，秋風動，旌旗皺。〔劉備白〕昂藏七尺志冲霄，〔關公白〕一片丹心貫斗杓。〔張飛白〕烈烈丈夫肝膽热，〔同白〕成功争羡霍嫖姚。〔劉備白〕二位賢弟。〔關公、張飛白〕大哥。〔劉備白〕我等自到新野，操演士卒，井井有條，都是軍師布置得宜。徐元直荐得其人，不負我等三顧之勞也。〔關公、張飛白〕是。〔生扮孔明上，白〕羽扇綸巾出世仙，南陽束帛已戔戔。茅廬早定三分局，人事何妨就勝天。〔作見科。劉備白〕方今天下紛紛，軍師何以教我？〔孔明白〕亮觀天下，群雄並起，稱勁敵者，莫如曹操。明公自度比曹操如何？〔劉備白〕不如也。〔孔明白〕明公之衆，不過數千，萬一曹兵臨境，何以禦之？〔唱〕

【雙角・駐馬聽】他那裏遣動貔貅，整頓雄心齊抖擻。俺這裏驚聞刁斗，隄防未雨早綢繆。只恐怕殘雲風捲不停留，泰山壓卵多僝僽。軍機早早籌，臨時莫辦攻和守。〔劉備白〕吾正慮此，未得良策。〔孔明白〕吾已招集新野之衆，朝夕訓練陣法，專候主公之命，方敢進城。〔劉備白〕有勞軍師費心了。

〔唱〕

【雙角・折桂令】謝軍師妙算神謀。拓土開疆，須展宏猷。陰陽起伏，陣法深幽。遣一隊熊羆虎彪，抵千般鋒刃戈矛。還仗你借箸前籌，滿腹經綸，輔佐炎劉。〔扮報子上，白〕報：曹操命夏侯惇領兵十萬，殺奔新野來了。〔劉備白〕再去打聽。〔報子白〕得令。〔下。劉備、關公、張飛、衆將合唱〕

【雙角・鴈兒落帶得勝令】【鴈兒落】（全）忽聽得曹兵勢甚稠，頓教人一片雄心透。俺這裏英雄足智謀，更饒些伏虎降龍手。【得勝令】（全）呀，且看俺三尺仗吴钩，丈八舞蛇矛。卒律律偃月剛刀吼，慘昏昏征雲四野愁。休休，你那裏横臂螳螂走。羞也波羞，管教你冷屍骸滿地蹂，冷屍骸滿地蹂。〔劉備白〕帳下諸將，全賴軍師差調。〔孔明白〕主公若欲克行兵，乞假印劍。〔劉備白〕即捧印劍，請軍師登壇。〔中軍傳衆將科。中軍捧印劍放壇上，孔明拜科。同劉備登壇，衆將拜科。孔明白〕博望之左，有山名曰豫山，右有林，名曰安林，可以埋伏。關某可引一千軍往豫山埋伏，等彼軍至，放過休敵，緇重糧草，必在後面。但看南面火起，可縱兵出擊，就焚其糧草。〔關公白〕得令。〔孔明白〕張飛聽令：可引一千軍，去安林背後埋伏，只看南面火起，可出向博望城舊屯糧處，放火燒之。〔唱〕

【雙角・挂玉鉤】叱咤威風且暫收，車馬停馳驟。息鼓藏旗偃斧鉞，驀地施機彀。只有那烈火明濃烟透，怕他不闖入牢籠暗中機謀。〔張飛白〕得令。〔關公、張飛引衆分下。孔明白〕關平、劉封可引五百軍，預備引火之物，于博望坡後兩邊埋伏。等至初更兵到，便可放火矣。〔關平、劉封白〕得令。〔孔明

白〕趙雲聽令：你可爲前部，不要贏，只要輸。主公自引一軍爲繼。各須依計而行，不得有悮。〔各作應科，合唱〕

【雙角·沽美酒帶太平令】這機關暗裏投，這機關暗裏投，調遣處細藏鬮。依計施行莫逗留，把曹兵來厮誘。要排場虎龍鬥。【太平令】（全）將一把無明徹透，效田單舉火驅牛。把四下飛烟布，就似張子連雲棧口。他呵，可憂可愁可羞。呀，怕不是燃眉炙手。〔孔明白〕主公今日引兵，就博望山下屯住。來日黄昏，敵軍必到，主公便棄營而走，但見火起，回軍掩殺。〔劉備等應科，分下。孔明白〕糜芳、糜竺帶領軍兵五百，同吾守住城池。孫乾、簡雍準備慶賞筵席者。〔衆應科，同唱〕

【雙角·煞尾】胸藏韜略羅星斗，調兵遣將安排就。請看初出茅廬第一奇謀，管取一陣功收，奏凱班師飲盃得勝酒。〔下〕

第三齣　入重地曹兵中計（蕭豪韻）

〔衆扮軍士、嚮導官、夏侯蘭、韓浩、李典、于禁、夏侯惇，纛隨上，衆同唱〕

【黄鐘調・醉花陰】欲把遊氛片時掃，統十萬貔貅來到。人似虎馬嘶驕，浩蕩軍威，密匝匝如山倒。嗟，漏網怎能逃。看釜底殘鱗同日了。〔分白〕英名到處盡皆聞，韜略胸藏自不群。此日同遵丞相令，鯨鯢馘斬奏功勳。吾夏侯惇是也。吾李典是也。吾于禁是也。吾夏侯蘭是也。吾韓浩是也。〔夏侯惇白〕奉丞相軍令，統兵十萬，擒捉劉備。前面已是博望山，吾領衆前行，于將軍、李將軍可同衆將分爲後隊，保護糧車而進。〔衆應，各分兵，糧車在後，同唱〕

【黄鐘宫・畫眉序】分後隊，別前旄，整衆前驅軍聲浩。看金戈映日，鐵騎喧囂。啟戎行克壯謀猷，完軍實須防奸狡。〔合〕只憑一鼓功勳効，怎容伊浪魄遊遨。〔于禁、李典等卜。夏侯惇白〕時當秋月，商飈徐起，此處是何地方？〔嚮導官白〕前面是博望坡，後面羅口川。〔夏侯惇白〕原來如此。〔内喊科。夏侯惇作大笑科。衆將白〕將軍爲何大笑？〔夏侯惇白〕吾笑徐元直在丞相面前誇諸葛亮爲神人，今觀其用兵，乃以此等軍馬爲前部與吾對敵，正如犬羊與虎豹鬥耳。〔唱〕

【黄鐘調・喜遷鶯】伊行神妙，負虚聲空自名高。觀瞧，不由人暗添嗤笑。忍把残兵肆叫號，頓教人怒氣驕。似這等犬羊呼嘯，怎當俺鋭旅咆哮，怎當俺鋭旅咆哮。〔下〕韻。〔衆軍卒引趙雲上，同唱〕

【黄鐘宫・畫眉序】遵妙算建新勞，帳下叮嚀機關巧，把兵家勝敗變局推敲。踐征塵鏖戰無須，中軍令佯輸頻告，〔合〕可知轉敗爲攻處，另是令番奇妙。〔衆引夏侯惇上，作見科。趙雲白〕來將何名？〔夏侯惇白〕吾乃都督夏侯惇是也。汝是何人？〔趙雲白〕吾乃常山趙雲是也。看鎗！〔共戰科。趙雲敗下，衆軍白〕趙雲走了。〔夏侯惇笑科，白〕何等趙雲，如此懦弱！〔唱〕

【黄鐘調・出隊子】辜負了常山名號，仔見他强支吾把兵衆抛。怎地負英雄飛將自稱豪。單則待得勝旗開兵乍交，他那裏跨馬揚鞭望影逃。〔韓浩白〕趙雲誘敵，恐有埋伏。〔夏侯惇白〕敵軍如此，雖十面埋伏，何足懼哉！〔下。衆軍引趙雲上，唱〕

【黄鐘宫・滴溜子】雙雙的雙雙的連兵倚靠，匆匆的匆匆的相持共保。須思運籌帷幄。〔合〕威猛暫時收，權裝拜倒。且看軍師這番驅調。〔夏侯惇上，與趙雲同戰科。劉備接戰，趙雲敗下。夏侯惇大笑科，白〕這就算做埋伏了？〔唱〕

【黄鐘調・刮地風】則這一隊奇兵猛地邀，俺到也隄防着酣戰兵鏖。因甚的甫經接刃鞭先掉，撲通通戰鼓纔敲，早順風兒甲棄戈抛。都則説鬬埋藏，恐落他陰謀圈套，怎知他謀陰符空學得九地潛逃。似這等山鬼伎鼯鼠能成何牙爪。我則待精神强打熬，霎時間殲盡兒曹。〔趕下科。衆引于禁、李典等同上，

李典唱〕

【黄鍾宫・三段子】愁擁眉稍，慮前途崎嶇路交。林深木茂，正相逢山川險惡。〔白〕于將軍，自古道，欺敵者必敗。南道路狹，山川相逼，樹木叢雜，倘彼用火攻，奈何？〔于禁白〕君言是也。吾等當急忙趕上。〔唱〕火攻誠爾難猜料，前軍正自逢危道。〔合〕猛地尋思，神魂動摇。〔趕下科。關平、劉封領衆上，作埋伏科。衆引夏侯惇等上，唱〕

【黄鍾調・四門子】急煎煎趕進山坡道，捲旌旗風亂飄。馬共人，水湧潮，奮勇成功休憚勞。鐘鼎鐫名姓標。呀，麟閣上巍然獨表。〔于禁趕上，白〕夏侯將軍住馬，南道路狹，樹木叢雜，隄防火攻。〔夏侯惇白〕我一時到也忘懷了，就此回兵。〔内喊科。劉軍四面放火，圍殺科。趙雲回殺科。關平、劉封兩場門冲上。夏侯惇敗下。趙雲等衆趕下。衆兵引李典上，唱〕

【黄鍾宫・雙聲子】成謀少，成謀少，兀自把危機蹈。如何了，如何了，看一片火光耀。滿盤錯，真堪惱。〔合〕聽了這連天金鼓，頓教魂銷。〔關公帶兵上冲殺，李典敗下。關公衆追下。衆引張飛上，作埋伏科。夏侯蘭、韓浩引衆上，韓浩白〕火勢冲天，前軍有失，快些救應糧草。〔張飛與夏侯蘭、韓浩戰科。張飛斬夏侯蘭下，韓浩逃下。張飛追下。夏侯惇帶八兵上，作跌撲式科，同唱〕

【黄鍾調・古水仙子】呀呀呀頭額焦，呀呀呀頭額焦。看看看看野火騰騰滿地燒，任任任任銅筋鐵骨怎怎怎火林飛跳。他他他他運機謀任凶惡，俺俺俺俺無端自把禍災招。似似似似紅爐虐焰燎鴻毛。快快快快些兒躲却炎威暴，免免免免灰燼一時消。〔作逃下科。劉備等衆同上，唱〕

【黄鐘宫・神仗兒】軍師謀略，軍師謀略。一戰成功，三軍傾倒。多應劉宗有靠。惟天賜與，扶劉倚召。〔合〕歡聲沸，透層霄，歡聲沸，透層霄。〔衆引孔明坐車上，衆將白〕軍師好妙算也。〔孔明白〕就此收兵進城。〔衆同唱〕

【黄鐘調・煞尾】此日孤城幸相保，聽班聲金鐙鞭敲。待把那妙籌兒重計較。〔進城下〕

第四齣　圖遠策徐庶招安

〔雜扮小軍，雜扮將官，引净扮曹操上，唱〕

【商調引・接雲鶴】昨差猛將去交鋒(韻)，料想劉兵勢已窮(韻)。〔白〕昨差夏侯惇去戰劉備，未見回報。待他來時，便知分曉。〔雜扮小軍，引丑扮夏侯惇上，唱〕

【又一體】昨蒙差我做先鋒(韻)，一至劉營命不通(韻)。〔白〕丞相差我領十萬大兵，到新野擒捉劉備。不想諸葛亮用計，被他殺得片甲不回。今見丞相，未知吉凶。若恕我之非，再設奇謀，決然取勝。小校稟去。〔小軍進稟科，白〕稟爺，夏先鋒回來了。〔曹操白〕着他進來。〔夏侯惇進見科，白〕丞相。〔曹操白〕夏侯惇，爲何這等模樣？勝負若何？〔夏侯惇白〕丞相在上，小將一言難盡。〔曹操白〕你且説與我聽。〔夏侯惇唱〕

【中吕宫正曲・駐雲飛】一出軍戎(韻)，陣勢排開遇子龍(韻)。他詐敗將咱哄(韻)，急走難收衆(韻)。嗏(格)，城内火漫空(韻)，干戈不動(韻)。小計纔施(讀)，三萬軍成夢(韻)。〔合〕都是南陽諸葛翁(韻)。〔曹操唱〕

【又一體】聽説其中(韻)，十萬軍兵一旦空(韻)。自恨吾輕動(韻)，不想他謀重(韻)。嗏(格)，失律罪難容

(韻)。〔白〕叫群刀手將這廝綁了。〔衆白〕得令。〔綁科。曹操唱〕將他示衆(韻)。失了軍情(讀)，休想將伊縱(韻)。〔合〕梟首轅門法令通(韻)。〔衆白〕刀下留人。〔唱〕

【又一體】上告明公(韻)，大量寬洪道德隆(韻)。〔白〕夏侯先鋒呵，〔唱〕兵速如風送(韻)，不想遭他弄(韻)。嗏(格)，悞入網羅中(韻)。他雖罪重(韻)，〔白〕如今把殺了呵，〔唱〕廢了英雄(讀)，枉却真樑棟(韻)。〔合〕伏乞仁慈海納容(韻)。〔曹操白〕罷罷，若論軍法，不可容恕，將他殺了，以正軍法。但衆將官在此計饒，恕他一次，鬆了綁。今後須要仔細。〔放綁科。夏侯惇白〕蒙丞相不斬之恩，我當以死報効。〔曹操白〕元直，孔明村夫是何等之人，遂敢如此抗拒？〔徐庶唱〕

【中吕宫正曲·駐馬聽】諸葛儒生(韻)，地理天文件件精(韻)。博通韜略(句)，選將點兵(讀)，佈陣排營(韻)。聞風察勢辨輸贏(韻)，伊周才德應難並(韻)。〔曹操白〕比君之才如何？〔徐庶白〕庶乃螢火之光，焉比得皓月之明亮哉。況劉備呵，〔唱：合〕奉命而行(韻)，如魚得水(讀)，春浪去難平(韻)。〔曹操唱〕

【又一體】見説他能(韻)，激得心頭殺氣生(韻)。如今我兵分八陣(句)，填塞横川(讀)，踏破樊城(韻)，活擒劉備與孔明(韻)。那時始解胸中耿(韻)。〔合〕即刻飛行(韻)，明朝管取(讀)，立奏凱歌聲(韻)。〔張遼白〕主公不可欺敵。丞相若到襄陽之地，必用先買民心。民心若從，兵亦可守矣。探得劉備盡遷新野百姓于樊城，此是劉備愛民之至，使民歸附。不如遣人招安劉備，縱然不降，亦可以宣愛民之心也。若見事急願降，則荆州之地不戰自然而得。然後再舉荆襄之衆，徐圖江東，以歸一統。〔曹操白〕此言甚妙，差何人去纔好？〔張遼白〕徐元直舊與劉備甚厚，就使他去也好。〔曹操白〕元直，孤知汝忠誠，不疑使公。可對劉備説知，若肯歸降，免罪增爵；如有執迷，軍民並戮，玉石俱焚。〔徐庶白〕既如此，徐庶領命就行。〔曹操白〕即煩速往，孤拱聽捷音。忠義兼持守此身，〔徐庶白〕孤忠誠寔免疑生。〔張遼白〕劉君若肯歸降順，〔合白〕不戰荆襄一鼓平。〔同下〕

第五齣　兵分八路報讐來

〔雜扮小軍，引生扮劉備，浄扮關公，浄扮張飛，生扮孔明上，分唱〕

【生查子】蓄鋭暗藏機（韻），個中有經緯（韻）。神武鎮兵威（韻），管把曹軍退（韻）。〔見科，劉備白〕博望燒屯日，曹兵喪膽時。立功憑衆將，奇計賴軍師。我劉備自得軍師以來，博望燒屯，火焚新野，殺却曹兵十萬人馬，夏侯惇、曹仁、許褚輩鼠遁，賊將魂驚。料曹瞞不敢舉兵南向矣。〔孔明白〕主公，曹操擁百萬之衆，奸謀極多，未必安心受降，早爲禦敵之計方好。〔劉備白〕全賴軍師妙策。〔雜扮軍校，引末扮徐庶上，唱〕

【黄鐘宫引·天仙子】曹公遣某到樊城（韻），特訴衷情見友生（韻）。〔白〕此間已是劉皇叔行營。軍校通報，徐庶要見。〔卒白〕稟爺，轅門外徐庶要見。〔劉備白〕元直是我故人，快請進來。〔徐庶見科。劉備白〕正懷渴仰之思，何幸又覩尊顏，欣慰欣慰。〔徐庶白〕庶本欲與君侯共扶王業，那時接到家信，未能始終，抱愧之至。〔孔明白〕元直此來，必有見諭。〔徐庶白〕孔明先生，曹操使庶來招降皇叔，乃假買民之奸計也，望先生早爲之計。〔孔明白〕原來爲此。〔劉備白〕元直不若棄曹助漢，在此與你同除逆賊。

〔徐庶白〕公有卧龍輔佐，何愁大業不成？ 某今老母已喪，抱恨終天，身雖在彼，誓不設一謀也。曹操必兵分八路，填白河而進，樊城恐不可守，請速作行計。〔孔明白〕主公，曹兵勢大，樊城不易久居，可往江陵，以避其兵。〔張飛白〕軍師，曹操雖是兵多將廣，怎當得軍師神機妙算。 憑着俺弟兄們英勇無敵，殺得他一個也不回。 曹操此來正是飛蛾投火，自遭其禍。 元直，這是上門買賣，何須遠避！〔孔明白〕翼德，一者樊城不固，錢糧欠缺，曹兵此來，必決死戰。 二者江陵城郭完固，錢糧充足，乃荆州要緊之地，精兵有數萬，今取之以爲家，可以拒曹操，此所以欲避之也。〔劉備白〕軍師，只是兩縣百姓，相隨已久，怎忍棄之？〔孔明白〕可令人遍告百姓，願隨者同行，不願者留下。〔劉備白〕軍校，吩咐百姓們，如有願隨者，同往江陵，以避兵難，不願者留下。〔卒傳科，内白〕俱願相隨。〔卒稟科，劉備白〕我有何仁德，使百姓受此大難。〔唱〕

【南吕宫正曲・梁州序】曹瞞無理(韻)，興兵相敵(韻)，使我百姓流離(韻)。〔白〕元直，〔唱〕俺的兵微將寡(句)，須則乘勢遷移(韻)。 咫尺江陵若至(句)，形勝端宜(讀)，遵奉軍師計(韻)，擬作久安長治。 此處避瘡痍(韻)，及早隄防不可遲(韻)。〔合〕祈恢復(句)，漢邦基(韻)。〔孔明唱〕

【又一體】吾心籌議(韻)，曹瞞逞勢(韻)，縱有百萬熊羆(韻)，何須憂慮(韻)。 只消決勝神機(韻)，管把皆成齏粉(句)，不用懷疑(讀)，疾速民遷徙(韻)。 那答城堅糧足地利果真奇(韻)，定霸與干得所依(韻)。〔合〕祈恢復(句)，漢邦基(韻)。〔白〕主公一面收拾，帶百姓就行。〔徐庶白〕告亂了。〔劉備白〕元直此去，不知相會何年，好教寸心如割也。〔孔明白〕主公且免愁煩。〔徐庶白〕速速趲行要緊。〔劉備白〕元直之言，劉備凜遵。〔徐庶白〕宜急不宜遲。〔劉備白〕干戈滿道時，〔孔明白〕只因兵勢大，〔關公、張飛白〕奮勇願相持。〔下。雜扮小軍、衆將，引净扮曹操上，唱〕

【南呂宫引·生查子】威勢震華夷(韻)，天下人驚畏(韻)。諸葛有神機(韻)，到此難逃避(韻)。〔白〕虎視中原志未行，且持節鉞自專征。招降故把民心買，劉備終當一鼓平。昨已差徐庶前往招降，怎的不見回報？〔許褚白〕徐庶前去招安劉備，莫非連他也不回來了？〔張遼白〕元直誠實之士，劉備降與不降，他必然回報。〔雜扮二手下，隨徐庶上，唱〕

【又一體】諸葛智謀奇(韻)，玄德多仁義(韻)。丞相潑天威(韻)，毫髮全無畏(韻)。〔白〕迤逦行來，已到轅門外。軍校通報。〔卒白〕是。啟爺，徐參謀回來了。〔曹操白〕請進來。〔徐庶見科，曹操白〕元直，劉備、孔明降與不降？〔徐庶白〕丞相，劉備並無降意，孔明有言，若要厮殺，如今就統百萬精兵前去。〔曹操白〕他果無懼怯之意？〔徐庶白〕孔明道，丞相本蟻聚之兵，更加袁紹烏合之衆，兵將雖多，彼必出奇兵而決勝，則皆爲虀粉，何懼之有哉！〔曹操白〕他欺我無決勝之策。我今兵分八路，踏破樊城，必擒劉備、孔明，與死者報冤，以解吾心之忿。衆將官，就此放砲起行。〔衆唱〕

【正宫正曲·四邊静】連聲號砲抬營急(韻)，黄雲蔽曉日(韻)。金甲與金盔(句)，乾坤盡皆赤(韻)。〔合〕三軍用力(韻)，摧鋒破鏑(韻)。眼望捷旌旗(句)，耳聽好消息(韻)。〔衆下〕

第六齣　自率兆民逃難去

〔雜扮梅香，旦扮甘夫人，小旦扮糜夫人上，唱〕

【仙吕宫正曲·園林好】嫺内則遵循壼儀㊞，期王業恢張漢基㊞。更喜得上天垂庇㊞，占吉夢協熊羆㊞，占吉夢協熊羆㊣。〔甘夫人白〕妹子，我與你同配皇叔，共操中饋，琴調瑟合，常宜家室之歡。〔糜夫人白〕地久天長，喜叶熊羆之夢。〔坐科。糜夫人白〕姐姐，聞曹賊長驅而來，漸近新野，主公升帳，與軍師計議退敵之計，未知如何？〔甘夫人白〕少停，主公進來，便知端的。〔生扮劉備上，唱〕

【黄鐘宫引·翫仙燈】轟天震鼓鼙㊞，打疊起疾忙遷避㊞。〔甘夫人、糜夫人白〕皇叔爲何慌張？〔劉備白〕適纔徐元直來説，曹操八路分兵，填白河而進樊城，甚是猖獗。軍師計議，必當遠奔江陵，以避其鋭。特念孤屢遭鋒鏑，未得寧居，今彼又分兵壓境，拒之不能，避之不可，如何是好？〔唱〕

【黄鐘宫正曲·啄木兒】他兵糧足㊐，甲仗堅㊞。眼看諸州成席捲㊞。〔白〕劉景升次子，〔唱〕那劉琮竊位欺兄㊐，獻曹瞞荆地圖全㊞。〔白〕如今時勢呵，〔唱〕彼强我弱難争戰㊞，必須遷避災方免㊞。〔甘夫人、糜夫人白〕皇叔請自寬心，諸將忠勇無敵，何懼曹兵百萬。〔劉備白〕二位夫人有所不知，〔唱：

合〕雖則是勇冠三軍，數在天(韻)。〔白〕二位夫人速去收拾，即刻就要起行了。〔甘夫人、糜夫人白〕曉得。〔下。雜扮小軍，引生扮孔明，浄扮關公，浄扮張飛，小生扮趙雲，雜扮糜竺、糜芳上，唱〕

【黄鐘宫正曲·三段子】孤城難戀(韻)，彼曹兵鋭氣難言(韻)。欲圖保全(韻)，强支吾江陵苟延(韻)。〔關公、張飛白〕軍師，〔唱〕仗神謀策畫都完善(韻)，吾行効命從行便(韻)。〔白〕大哥，〔孔明、趙雲白〕主公，〔同唱合〕且莫遲宜(讀)，兵連禍連(韻)。〔孔明白〕主公，就此起行。〔劉備白〕請軍師發令。〔孔明白〕衆將聽令：〔唱〕

【黄鐘宫·滴溜子】雲長的(韻)、雲長的(疊)，往江陵一遍(韻)。與公子(句)、與公子(疊)，借兵駕船(韻)。〔關公白〕得令。〔下。孔明唱〕子龍護持家眷(韻)。〔趙雲白〕得令。〔下。孔明唱合〕翼德顯威風(句)，須爲後殿(韻)。〔張飛白〕得令。〔下。孔明唱〕糜竺、糜芳(讀)，把百姓保全(韻)。〔糜竺、糜芳白〕得令。〔衆唱合〕

【尾聲】江陵急走丕基建(韻)，避敵應須鞭着先(韻)。這這的是一木難支大厦顛(韻)。〔下。雜扮衆男女百姓上，唱〕

【中吕宫正曲·縷縷金】遭兵燹(句)，蹈鋒芒(韻)。曹瞞侵境界(句)，致災殃(韻)。骨肉難棄捨(句)，相隨相傍(韻)。死生未卜苦難當(韻)。〔合〕吞聲自悽愴(韻)，吞聲自悽愴(疊)。〔白〕吾等新野、樊城二縣百姓，被曹操攻擊，願隨皇叔避難江陵。遠遠望見後面一簇人馬來了。〔小軍引劉備、孔明、張飛、趙雲、梅香，雜扮車夫，糜夫人抱阿斗，同甘夫人乘車上，同唱〕

【南呂宮正曲・金錢花】曹兵似虎如狼(韻),如狼(格)。計窮力盡難當(韻),難當(格)。逃生晝夜苦奔忙(韻)。〔合〕掩旗鼓(句),負行囊(韻),頃刻裏(句),至當陽(韻)。〔劉備白〕可憐爾等百姓,我有何德何能,致使爾等棄家相隨?若曹兵追至,如何是好?〔百姓白〕皇叔乃仁德之主,吾等情願捨命相隨。如遇賊兵,願罵賊而死,亦無怨心。皇叔爺,就此倍道而行。〔孔明白〕主公,今擁大衆十餘萬,皆是百姓,披甲者少。似此幾時得到江陵?倘曹兵一至,如何抵敵?不如暫棄百姓,先行爲上。〔劉備白〕若濟大事,必以人民爲本。今彼歸吾,何忍棄之?〔張飛白〕二哥往江夏取救,絶無音信,不知如何?〔劉備白〕欲煩軍師親往催促。劉琦感公昔日之教,以獲全生。今公一往,事必諧矣。〔孔明白〕我去之後,恐曹兵追至,主公如何處置?〔劉備白〕軍師不去,恐劉琦不遣救兵。〔孔明白〕既如此,子龍近前,我授你一計,與你一百騎人馬,繫保小主與二位夫人。若遇勢敗,必逃夏口,小心在意,毋得有違。〔趙雲白〕得令。〔孔明白〕翼德近前,我授你一計。吾去江夏催促救兵,主公與衆百姓過長坂坡前,你可在長坂橋邊大張聲勢,則曹兵必退。小心在意,毋得有違。〔張飛白〕得令。〔孔明白〕簡雍,你繫隨主公,不可離了左右,小心在意,毋得有違。〔簡雍白〕得令。〔孔明白〕劉封隨我前去。刼數頃刻至,黎庶須臾屠。〔下。劉備白〕軍師已去,吩咐趲行。〔劉備唱〕

【仙呂宮正曲・八聲甘州】心神悒怏(韻),爲煢煢一命(讀),使萬姓遭殃(韻)。〔百姓白〕皇叔爺,〔唱〕你有仁心仁義(句),將來福祉難量(韻)。〔劉備白〕可憐景升兄,〔唱〕你屍骨未寒入納降(韻),追憶靈魂實可傷(韻),〔合〕涕滂(韻)。〔白〕那劉琮孺子呵,〔唱〕把荆襄一旦傾亡(韻)。〔同下。雜扮小軍,引净扮曹操、雜扮衆將隨上,

唱〕

【越調正曲・水底魚兒】戰鼓鼙鼙(韻),兵精將又强(韻)。〔合〕追擒劉備(句),一戰定來降(韻),一戰定來降(疊)。〔白〕大小三軍,劉備往那一條路上去了?〔卒白〕往江陵路上去了。〔曹操白〕文聘、淳于導聽令:〔文聘、淳于導應科〕你二人各領三千鐵騎,先截住劉備。孤家統領大兵,隨後就到。〔文聘、淳于導白〕得令。〔小軍隨下。曹操白〕衆將官,快追上去。〔唱合〕追擒劉備(句),一戰定來降(韻),一戰定來降(疊)。

〔下。劉備百姓衆上,唱〕

【又一體】賊衆豨張(韻),①鋒鋩不可當(韻)。〔合〕江陵急赴(句),到彼再商量(韻),到彼再商量(疊)。〔簡雍白〕主公你看,追兵甚緊,主公可棄衆百姓,速速而行。〔劉備白〕自新野隨從至此,何忍棄之?〔簡雍白〕若不棄之,禍不遠矣。〔雜扮報子上,唱〕

【仙吕宫正曲・不是路】急走慌忙(韻),報與仁君善主張(韻)。〔劉備白〕莫非曹兵追來了麽?〔報子唱〕紅塵蕩(韻),分兵八路勢難當(韻)。〔劉備白〕再去打聽。〔報子應,下。劉備唱〕正猖狂(韻),抱兒挈女須前往(韻)。號泣聲高振四方(韻),添悲愴(韻)。〔白〕也罷,〔唱〕微軀到此無投向(韻),不如長江殂喪(韻),長江殂喪(疊)。〔欲跳科。簡雍抱住科,白〕主公不可如此,以社稷爲重。〔百姓跪科,白〕皇叔爺,我等拋家棄産,以有明公在耳。明公若是如此,我衆百姓何所恃乎?曹兵甚近,只宜快走。〔劉備白〕罷了!罷了!衆

① 「豨」,疑當爲「勢」。

百姓，我孤家勢敗至此，累及爾等，於心何忍？〔唱〕

【仙呂宮正曲・掉角兒序】嘆此身似浮漚一樣(韻)，生和死未知何向(韻)。耳邊廂金鼓喧天(句)，更鐵騎横冲直撞(韻)。〔白〕待我自去迎敵。子龍保守家眷，糜竺、糜芳保護百姓，爾等一同先行。〔衆唱〕無奈被虎狼師(讀)，從天降(韻)。心膽摧(讀)，魂魄喪(韻)，奔走倉皇(韻)。〔合〕妻尋夫長(韻)，兒覓爹娘(韻)。慘離離(讀)，男女啼哭(句)，觸目悲傷(韻)。〔同下。文聘衆上，唱〕

【越調正曲・水底魚兒】劍閃秋霜(韻)，旌旗耀日光(韻)。〔合〕擒拿劉備(句)，與主定封疆(韻)，與主定封疆(疊)。〔劉、文戰科。劉備白〕文聘，吾兄景升有何負你，你便降了曹操？背主之賊，尚有何面目見人！〔文聘白〕皇叔，此非文聘之罪，實乃蔡瑁、張允二人之謀。皇叔以大義見責，使文聘羞慚無地。皇叔請行，不可遲滯，曹操大兵即至矣。〔劉備白〕多謝，曉得了。〔下。文聘白〕衆軍校，從小路殺回。〔衆應科，合唱〕擒拿劉備(句)，與主定封疆(韻)，與主定封疆(疊)。〔下。趙雲、甘糜二夫人、衆小軍隨上，唱〕

【仙呂宮正曲・掉角兒序】奉主命護持車仗(韻)，衆軍卒努力行上(韻)。〔内喊科。趙雲白〕你看追兵已近，二位夫人若在車中，必被敵人所擄。遇難之際，不如棄了車輛，逃命要緊。〔二夫人作下車科。衆唱〕一聲聲叫喊如雷(句)，慘黎庶如何投向(韻)。〔文聘上，與趙雲殺介。文聘敗下。二夫人唱〕後兵追(讀)，前將擋(韻)。恨千端(讀)，愁萬狀(韻)。淚染衣裳(韻)。〔衆百姓唱合〕他兵强壯(韻)，人多力强(韻)。這的是(讀)，天羅地網(句)，逃避無方(韻)。〔曹兵上，趕散二夫人。衆百姓各分下。張飛、四曹將上，戰科。張飛、四曹將下。徐晃、趙

雲作對敵下。衆小軍引丑扮淳于導上，唱〕

【越調正曲·水底魚兒】將士鋒芒（韻），敵人遭禍殃（韻）。生擒劉備（句），奸雄一命亡（韻），奸雄一命亡（疊）。〔白〕我淳于導奉主公之命，追趕劉備。衆軍校，快快殺上前去。〔衆百姓上。淳于導白〕那一起都是甚麽人？〔衆小軍白〕都是百姓。〔糜竺白〕淳于導，俺糜竺在此。〔對敵科，擒住糜竺科。衆百姓、夫人下。淳于導白〕綁了，帶他到主公面前去請功。〔小軍應科，唱合〕生擒劉備（句），奸雄一命亡（韻），奸雄一命亡（疊）。〔下。趙雲上，唱〕

【又一體】匹馬單鎗（韻），加鞭心意忙（韻）。〔合〕逢人詢問（句），未卜是存亡（韻），未卜是存亡（疊）。〔白〕方纔追殺文聘那廝，被曹兵沖散，不知二位夫人往何處去了，只得追尋前去。前面衆百姓内，可有二位夫人麽？〔衆百姓、夫人上，白〕糜夫人在此。〔趙雲白〕夫人受驚了。〔糜夫人白〕將軍請起，可見甘夫人與孩兒麽？〔趙雲白〕不曾見。〔内吶喊科〕後面追兵來了，夫人且閃在一邊。〔淳于導衆上。淳于導白〕來將何名？〔趙雲白〕吾乃常山趙子龍。〔淳于導白〕趙雲，早早下馬投降，免得與糜竺同作刀頭之鬼。〔趙雲白〕休得胡説，放馬過來。〔殺淳于導下。糜竺白〕多謝將軍救我活命之恩，容當圖報。〔趙雲白〕夫人，小將奪得兩匹馬在此。糜將軍，你與夫人上馬，待我殺出重圍，你護送糜夫人尋主公去。我上天入地，必尋甘夫人與小主公來。如尋不見，便死在沙場上也。〔唱〕

【尾聲】全將威武誅曹將（韻），〔趙雲下。糜夫人唱〕深感將軍忠勇强（韻），〔糜竺同唱〕死裏逃生事異常

(韻)。〔下。衆軍引張飛、劉備上，唱〕

【黄鐘宫正曲·滴溜子】追兵急(句)，追兵急(疊)，後將簇擁(韻)。重圍合(句)，重圍合(疊)，前途斷閧(韻)。〔白〕我劉備一死何足惜，只可憐兩縣百姓。〔唱〕人民(讀)，紛紛接踵(韻)。存亡呼吸間(句)，生靈抱痛(韻)。〔張飛白〕便是怎麽得那救兵到來纔好？〔劉備唱：合〕江夏救援(讀)，賴有卧龍(韻)。〔糜芳帶箭上，白〕稟主公，趙子龍竟投曹操去了。〔張飛白〕怎麽講？〔糜芳白〕竟投曹操去了。〔劉備白〕你可曾看得明白？〔糜芳白〕看得明白。〔張飛白〕好狗弟子！我哥哥有何虧負于你，你反我哥哥。〔劉備白〕三弟，你休得性暴。我想子龍是我故人，他如何肯反？〔唱〕

【又一體】他丹心秉(句)，丹心秉(疊)，似從天縱(韻)。相隨久(句)，相隨久(疊)，樂爲我用(韻)。〔張飛白〕哥哥，他見我們勢窮力盡，或者降曹以圖富貴，亦是人情之常，何故不信？〔劉備白〕兄弟子龍呵，〔唱〕料他(讀)死生難動(韻)。傳言斷不真(句)，何須斷哄(韻)。〔張飛白〕哥哥，我心裏只是疑惑。我定要找着他，問個明白。若果降曹，刺他一百鎗，纔洩我老張這口氣。〔劉備白〕孤家料子龍決不棄我，任他自去，不要逼他。〔唱合〕你一任所之(讀)，何慮子龍(韻)。〔張飛白〕大哥，你與簡雍等都過長坂橋去。我今只帶二十餘騎，依軍師之令，在彼拒水斷後。一者堵擋曹兵，二者採取趙雲虛實。甲士，隨我來。〔唱〕

【尾聲】無端鼠輩將兵弄(韻)，若見時定不相容(韻)。〔衆卒子隨下。劉備白〕你看三弟，怒髮沖冠而去。皇天皇天，保佑我一家重得完聚。〔唱〕辨炷名香(讀)，答謝蒼穹(韻)。〔下〕

第七齣　戰長坂絶處逢生

〔雜扮衆小軍，引净扮夏侯恩，背負青釭劍，持鎗上，白〕熊虎貔貅百萬兵，旌旗掩映布連營。力能擒虎充親將，背負青釭萬里行。俺夏侯恩，乃丞相親隨，奉令勦除兩縣百姓。衆軍士，不論老幼，盡皆斬首。〔衆應下。衆百姓、甘夫人諢上。夏侯恩引衆上，放箭科。衆百姓、甘夫人逃下。趙雲上，殺科，刺死夏侯恩，解劍科，下。土地暗上。甘夫人上，唱〕

【商調正曲·山坡羊】亂荒荒(讀)，潛藏匿的黎庶(叶)。痛殺殺(讀)，揾不住的珠淚(韻)。可憐我(讀)，瘦怯怯的身軀(叶)，怎禁受(讀)，惡狠狠的弓弩矢(叶)。箭傷體(韻)，奴命頃刻危(韻)。今朝一死何足惜(韻)，苦只苦幼小嬌兒(讀)，却有誰救取(叶)。〔合〕傷悲(韻)，恨曹兵四下圍(韻)。難移(韻)，喪荒郊爲冤鬼(韻)。〔白〕奴家甘氏，同糜夫人避難，被曹兵趕散。糜夫人不知去向，奴家身被箭傷，疼痛難忍，不能前進。你看，前面有缺牆在此，且到裏面避静，暫息片時，再作區處。〔唱〕

【又一體】喘吁吁(讀)，流不盡的血淚(韻)。汗津津(讀)，早濕透的羅袂(韻)。虛飄飄(韻)，按不定的驚魂(句)。恨悠悠(讀)，叫不應的天和地(韻)。遭禍危(讀)，煢煢受顛沛(韻)，尋思難得全生計(韻)。恨只恨苦命娘兒

(讀)，眼前撇離(韻)。〔合〕凄其(韻)，怯生生步怎移(韻)。羈栖(韻)，悶沉沉此暫依(韻)。〔趙雲上，白〕甘夫人，〔唱〕

【雙調正曲・鎖南枝】全家眷(句)，我護持(韻)。兵戈簇簇四下起(韻)。曹將亂奔馳(句)，夫人在何處(叶)。〔合〕不測禍(句)，人怎期(韻)。〔甘氏哭科，趙雲唱〕聽得哀哭聲(句)，未知是不是(叶)。〔白〕缺牆裏面有人啼哭，待我下馬看來。呀，果然是甘夫人。〔甘夫人白〕呀，原來是趙將軍，可見糜夫人麽？〔趙雲白〕糜夫人已見了，小將差糜竺送到主公那裏去了。小將因不見幼主與夫人，爲此又轉來尋取。嗄，夫人受驚了。〔甘夫人白〕我被曹兵追殺，左股中了一箭，箭頭尚在肉内。少刻無人來救，我母子同死必矣。〔趙雲白〕小將有失救護，多多有罪。夫人抱了小主，快請上馬。小將步行死戰，保夫人殺出重圍。〔甘夫人白〕奴家得見將軍，此子有命矣。奴死何足惜。〔趙雲白〕夫人何出此言，快請上馬。〔甘夫人白〕此馬乃將軍之寶，若負妾而行，前途倘遇敵兵，將軍無馬，安能自戰。〔趙雲白〕我但知保夫人與幼主，不知趙雲之死生也。〔甘夫人白〕將軍差矣。劉氏之後，只有這點骨血。此子全仗將軍保護，妾身豈不知大禮，況身帶重傷，豈能求生也。今妾與將軍同行，倘遇賊兵，母子兩命休矣。〔趙雲白〕爲今之計，將欲何如？〔甘夫人白〕將軍嗄，將軍可看劉氏一脈，抱去此子，見他父親一面，多多拜上糜夫人，用心爲我撫養。妾死九泉之下，也得瞑目矣。〔趙雲白〕我趙雲不才，猶可抵敵數陣。快請夫人上馬。〔甘夫人唱〕

【又一體】魂離竅(句)，意亂迷(韻)，怎奈前行步難移(韻)。只有劉氏這宗枝(叶)，附與將軍去(叶)。〔白〕將軍,〔滚白〕怎奈我身被箭傷,命在須臾。若非將軍至此,我母子兩命休矣。奴今寧死不可絶了劉氏宗嗣。你可護他前行,我今全節盡義,全節盡義。〔唱合〕痛得我肝腸斷(句),心裂(韻)。〔白〕兒嗄,〔唱〕痛分離(句),無由會(韻)。〔趙雲唱〕

【又一體】丹心秉(句),天鑒知(韻)。曹兵百萬吾擋之(叶)。即行莫遲疑(韻),恐有追兵至(叶)。〔白〕夫人,〔滚白〕你看兵馬簇簇,戈戟紛紛,倘若遲挨,怎生脱離此地,脱離此地?夫人,我勸你即速脱離了沙場地。〔唱合〕我勸你即速脱離了(句),沙場地(韻)。早回還(句),免災悔(韻)。〔甘夫人白〕將軍快去。〔趙雲白〕夫人快上馬。〔甘夫人白〕將軍,此子性命全在將軍身上。將軍,你看那邊,又有兵馬來了。〔作墜井科。雜扮金童玉女上,作引下。趙雲白〕在那裏?嗄,夫人,怎麽墜井而死了?可敬可敬!〔唱〕

【中吕宫正曲·撲燈蛾】堪羡能殉節(韻),堪羡能殉節(疊),矢志真激烈(韻)。願你上青霄(句),早赴天宫瑶闕(韻)也(格)。〔白〕唉,可憐幼主,口雖不能言,見他母親墜井,亦自恁般啼哭。且住,手抱幼主,一則不能策馬,二則持鎗不便,怎麽處?有了。〔土地幫繫阿斗在懷内科。趙雲唱〕懷揣帶掣(韻),勒甲絛繫繫拴者(韻),抖精神殺出虎穴(韻)。〔白〕且住,我好差矣,怎麽就要行?倘被奸人打撈,毁其屍首,這怎麽處?有了,不免把土牆推倒,覆井掩屍便了。〔唱〕堆牆坦(讀),覆井掩屍蹤跡滅(韻)。〔土地幫堆牆科,下。八軍士引净扮晏明,持三尖兩刃刀,與趙雲殺科。刺死晏明下。衆扮馬延、張顗、焦觸、張南持兵器上,圍殺趙雲。趙雲鎗刺馬延倒。地井出草人如馬延扮,趙雲鎗挑草人起,馬延下地井。三將敗下,趙雲笑科,白〕誰敢來誰

敢來。〔下。衆軍士、大將引曹操上，同唱〕

【越調正曲·水底魚兒】劉備奸徒(韻)，逃生泣路隅(韻)。〔合〕上前擒住(韻)，教他喪溝渠(韻)，教他喪溝渠(疊)。〔衆引曹操上山頭科。衆曹兵引生扮張南，持鎗與趙雲同上殺科。趙雲跌陷坑，張南白〕你看這厮顛入陷坑，待我刺死他便了。〔鎗刺趙雲。趙雲接鎗奪科，跳出陷坑，張南敗下，趙雲追下。曹操白〕衆將官，方才墜坑復出者是誰？〔曹洪白〕待小將問來。〔問白〕咍，來將何人？〔趙雲上，白〕俺乃常山趙雲。〔曹洪白〕趙雲，還不投降，等待何時？〔趙雲白〕休得胡説。〔殺科。曹洪敗，趙雲下。曹洪白〕常山趙雲。〔曹操白〕好一員虎將，吾心甚愛。傳下令去，不許放冷箭，生擒趙雲見我。〔曹洪傳科，衆應。衆扮鍾縉持大斧，鍾紳持戟，張遼、許褚上，圍戰。趙雲刺鍾縉、劍斬鍾紳下。衆將白〕趙雲走了。〔曹操白〕就此追上前去。〔衆同下。趙雲上，白〕且喜曹操傳令，不放冷箭，吾命得生矣。〔唱〕

【尾】鰲魚脱却金鉤綫(韻)，擺尾摇頭去也(韻)。〔白〕小主爲何不動，想是悶壞了。阿呀，你看好一個耐驚唬的小主。正是：聖天子百靈相助，大將軍八面威風。〔唱〕你看他懷内鼾鼾熟睡者(韻)。〔内喊下〕

第八齣　拒灞橋粗中有細

〔雜扮小軍，净扮張飛上，白〕百萬軍中任我行，蛇矛丈八鬼神驚。豹頭環眼威風壯，黑臉髭鬚怪肉生。俺張飛昨日樊城不意爲兵追逐，俺大哥無計奈何，只得率領二縣百姓，奔走江夏。軍師命吾斷後。你看曹兵勢大，如潮湧而來。〔唱〕

【中吕宫正曲·好事近】環眼望旌旗(韻)，看騰騰沖天殺氣(韻)。〔白〕且住。你看曹兵只隔一水，我兵只有二十餘騎，怎生退得曹兵百萬？甲士們，聽我吩咐：與我砍下柳稍，每匹馬尾皆拴柳稍，汝等把旌旗豎在柳林之中，縱馬盤旋來往，助我殺氣。吾自有妙處。〔唱〕我虚張聲勢(韻)，儼然萬馬奔馳(韻)。〔小軍白〕禀爺：馬上俱拴柳稍，請軍令定奪。〔張飛白〕你們騎上馬，緊緊馳驟，來往盤旋，使曹操視吾兵之多也。〔唱〕來回似飛(韻)。看迢迢(韻)，一片紅塵起(韻)。〔白〕衆甲士，快快馳驟盤旋者妙。〔唱合〕瞞天謊計退曹兵(韻)，方顯得老張英鋭(韻)。〔小生扮趙雲上，唱〕

【又一體】脱離(韻)。長坂免災危(韻)，痛主母全節希奇(韻)。托孤寄子(句)，倘有差池，何等干係(韻)。仗天保佑(句)，遇曹兵(讀)，喜得鋒鋩避(韻)。〔白〕翼德，快與我擋一擋。〔張飛白〕子龍來了。只是甘夫人爲何不見？〔趙雲白〕甘夫人身帶箭傷，已付幼主與我，赴井而亡。我懷揣幼主，百萬軍中血戰，幸得脱離。但恐曹兵追來，全仗翼德救援。〔張飛白〕好子龍，你一身都是膽也，辛苦了，可速行。追兵我自當之。〔唱合〕俺自有八面威風(句)，盡當他百隊嚴追(韻)。〔趙雲下。雜扮小軍、衆將，引净扮曹操上，唱〕

【中呂宫正曲・千秋歲】訪蹤跡(韻)，一霎揚塵起(韻)，莫不有萬千車騎(韻)。〔内喊科，唱〕聽吶喊摇旗(韻)，聽吶喊摇旗(叠)。翹首見(讀)，慘慘征雲遮日(韻)。〔曹操白〕何人領兵？〔張飛白〕呔！曹兵聽者，〔唱合〕張飛將(韻)，無不畏(韻)。誰大膽(韻)，來沖敵(韻)。咱奉軍師計(韻)，殺得你抱頭鼠竄(韻)，魄散魂離(韻)。〔軍卒白〕張飛領兵。〔曹操白〕當初雲長曾言，燕人翼德，於百萬軍中取上將之首，如探囊取物。果然驍勇。〔内喊科，張飛白〕戰又不戰，退又不退，那一個大膽的上前來，與我決一死戰！曹操，你敢來？〔曹操白〕你看橋東樹木背後，塵土大起，必有伏兵。暗傳號令，後隊做前隊，速退。〔張飛白〕曹操你來！曹操你來！〔曹操衆下。軍卒白〕曹操軍兵退了。〔張飛白〕且住。曹兵已退，我今雖施小計，唬退曹兵百萬之衆，若再來，怎生拒敵？有了，不免將長坂橋折了，放心前去，追上大哥，一同到江陵便了。甲士們，〔唱〕

【中呂宫正曲・紅繡鞋】慌忙拔去椿堤(韻)，椿堤(格)。將橋拆毀無遺(韻)，無遺(格)。途路斷(句)，波浪隨(韻)。二十騎(句)，壯軍威(韻)。〔合〕莽曹瞞(句)，怎能追(韻)。

【尾聲】長橋拆毀無蹤跡(韻)，料想奸雄必退回(韻)。〔白〕衆甲士們，〔唱〕隨我整轡前行莫待遲(韻)。〔下〕

第九齣　曹操追兵遇伏歸

〔雜扮小軍，净扮周倉、關平，引净扮關公上，白〕威風凜凜貌堂堂，斬將搴旗勢莫當。一笑掀髯成算就，曹瞞未許恣猖狂。某奉軍師將令，求救與公子劉琦，借來雄兵一萬。相近長坂之地，探聽曹兵追及，吾兄大敗，不免擋住要路。衆將官，馬兵在後，步兵在前，示以死戰。待曹兵到來，準備厮殺，違令者斬。〔衆應科，白〕得令。〔唱〕

【正宫正曲·普天樂】馬初肥人驍勇(韻)，鼓鼙喧弓刀聳(韻)，旌旗展耀日鮮紅(韻)，競争先共逞威風(韻)。〔合〕把軍排鐵桶(韻)，心豪膽氣雄(韻)。任曹兵百萬(讀)，敢與交鋒(韻)。〔下。雜扮小軍、衆將，引净扮曹操上，同唱〕

【中吕調隻曲·朝天子】執長矛勁弓(韻)，荷金戈利鋒(韻)。喊殺聲(讀)，山嶽皆摇動(韻)。千員上將(句)，與天神異同(韻)。① 咨屠戮無寬縱(韻)。受爵秩實封(韻)，叨專城錫寵(韻)，氣沖(韻)。〔雜扮報子上，白〕啟

① 「異」，疑當作「一」。

爺，張飛拆橋而去。〔曹操白〕罷了罷了，原來張飛計窮，拆橋而去。衆將官，速搭浮橋，快快追上。〔唱〕大丈夫反遭他做弄(韻)，遭他做弄(疊)。須努力將他鬨(韻)，須努力將他鬨(疊)。〔下。關公衆上，唱〕

【正宫正曲・普天樂】古賁育非獨勇(韻)，與頗牧能相共(韻)，驅兵將步馬縱横(韻)，敵奸曹誓死交鋒(韻)。〔合〕把軍排鐵桶(韻)，心豪膽氣雄(韻)，任曹兵百萬(讀)，敢與交鋒(韻)。〔關公白〕衆將官，就此埋伏者。〔衆應科。衆引曹操上，同唱〕

【中吕調隻曲・朝天子】率三軍逞雄(韻)，疊橋梁數重(韻)，務擒拿(讀)，斬首無遺縱(韻)。一時失算(句)，反譏嘲懦慵(韻)，笑殺人增惶恐(韻)。馬驪驪似龍(韻)，將堂堂盡勇(韻)。威風(韻)，率前驅端如浪湧(韻)，端如浪湧(疊)。雖插翅難飛動(韻)，雖插翅難飛動(疊)。〔關公白〕曹操慢來，關某在此。〔曹操白〕呀，罷了罷了，又中孔明之計了，原來雲長伏兵在此。步兵在前，馬兵在後，必有決勝之謀，還有大兵暗藏在後，不可輕敵。吩咐回兵。〔下。卒白〕曹兵退了。〔關公白〕他既退去，不可追殺。周倉，吩咐撤兵而回。〔衆應科，同唱〕

【普天樂】見形影心驚恐(韻)，兵雖廣成何用(韻)。退曹兵似草如風(韻)，疾奔回遁跡潛蹤(韻)。〔合〕把軍排鐵桶(韻)，心豪膽氣雄(韻)。任曹兵百萬(讀)，敢與交鋒(韻)。〔下〕

第十齣　趙雲懷主全身至

〔雜扮小軍、生扮劉備上，唱〕

【雙調套曲·新水令】時乖不利遇窮途(韻)，誰復料動天金鼓(韻)。非吾心畏怯(句)，奈彼勢何如(韻)。〔白〕俺劉備被曹兵追趕，家眷盡皆失散。欲投江陵去見侄兒劉琦，怎得衆人無恙，復能相聚也。你看前面一簇樹林，暫歇片時再行。我劉備呵，〔唱〕螳臂當車(句)，怎禁受山中虎(韻)。〔雜扮糜竺、小旦扮糜夫人上，白〕臨兵身免辱，死裏又重生。〔糜竺白〕稟主公，糜夫人到了。〔糜竺、糜夫人白〕主公在此。〔劉備白〕夫人在那裏？〔唱〕

【雙角合套·折桂令】俺年來粗立規模(韻)。直指望北擋曹瞞(句)，東拒孫吴(韻)。誰想道天不憐吾(韻)，景升身故(韻)，籌度全輸(韻)。〔白〕甘夫人與阿斗却在何處？〔糜夫人白〕被亂軍趕散，不知何處去了。妾得子龍相救，殺死曹將無數，又救了糜竺，奪得兩匹馬，護送至長坂橋。他復番殺回，追尋甘夫人與孩兒去了。〔劉備白〕吓！罷了。〔唱〕反教我做了烏江失渡(韻)，苦支持率衆逃逋(韻)。喊殺奔呼(韻)，將我趕逐窮途(韻)，霎時間失散妻孥(韻)。〔小生扮趙雲上，白〕陡遇當陽阨，沖鋒保國儲。主公在此。〔劉備白〕子龍來了。幸得脱離虎口而來，難得難得！懷中何物？〔趙雲白〕所懷幼主，適纔啼哭，此一回不見動静，原來睡熟了。〔劉備白〕爲何不見甘夫人？〔趙雲白〕甘夫人身帶箭傷，小將三回五次相請，不肯上馬，已經赴井而死了。小將無奈，只得以土牆掩之。〔劉備白〕甘夫人赴井而死了？阿呀！皇天那，〔唱〕

【雙角套曲·雁兒落帶得勝令】我本是撥天關大丈夫（韻），倒做了哭窮途孤獨户（韻）。〔趙雲白〕主公在上，趙雲不能保全二位夫人，罪該萬死。幸小主無恙。〔劉備接科，白〕業種業種！〔唱〕只爲你乳臭兒難救扶（句），險把我大將軍相躭悮（韻）。〔作擲地，糜夫人急抱起。趙雲白〕小將感主公大恩，雖肝膽塗地，不能報也。〔劉備白〕呀（格），謝將軍百萬軍中保妻孥（韻），痛傷殘我命苦（韻）。特捐軀防受污（韻），驀分離恨切膚（韻）。踟躕（韻），須努力開疆土（韻）。嚎呼（韻），把曹瞞誓掃除（韻），把曹瞞誓掃除（疊）。〔雜扮小軍、浄扮張飛上，白〕拒水拆橋驚賊去，疑兵嚇退惡奸雄。〔下馬作參見科，劉備白〕三弟回來了。三弟以何計擋退曹兵？〔張飛白〕大哥，俺單騎立於橋上，喝退曹兵，唬得他不敢仰視。疾拆其橋，特來繳令。〔劉備白〕三弟勇則勇矣，拆橋之舉差矣。彼有百萬之衆，一時填河而過。如不拆橋，彼疑我有伏兵，不敢追來。今則視爲懼怯，追兵至矣。你與子龍斷後。〔内喊科〕後面曹兵追來了。〔張飛、趙雲白〕待我二人擋之。〔下。雜扮衆小軍，浄扮周倉，引浄扮關公上，唱〕

【雙角套曲·收江南】呀（格），一任他千軍萬馬杆喧呼（韻）。憑着咱（讀）奮勇施英武（韻），覷曹瞞（讀）端的懼吾徒(韻)。軍師將令奔前途(韻),神算無虛(韻),神算無虛(疊)。遇仁兄(讀),恰是漢津路(韻)。〔作下馬參見科,劉備白〕二弟來也。曹兵可曾追來否?〔關公白〕曹兵追來,被我擋回也。〔内喊科。劉備白〕你看江中西南上,船隻一字兒擺開,不是江東之兵,定是曹操兵也,如之奈何?〔關公白〕遠視船頭上綸巾道服,必是軍師來也。〔衆水卒上,水手撑船。生扮孔明,生扮劉琦、劉封上,孔明白〕憑我運籌帷幄,管教吴魏淪亡。〔衆白〕軍師、姪兒來了。〔孔明白〕主公受驚了。山人自離主公之後,到公子處借有雄兵一萬,同公子前來接應,不想此處得見公主。〔劉琦白〕叔父,姪兒救護來遲,多多有罪。請叔父權到江夏,盤桓幾時,侄兒早晚還要請教。〔劉備白〕如此甚好。二弟帶五千人馬守夏口,我等投江夏便了。〔關公白〕得令。〔衆作上船科,同唱〕

【雙角合套·沽美酒帶太平令】出籠鳥漏網魚(韻),出籠鳥漏網魚(疊),苦奔波勞馳逐(韻)。顧不得途路迢遥力倦痛(韻),虛禁架强支吾(韻)。憐甘氏果賢淑(韻)。二縣民隨行匍匐(韻),遭兵亂死亡痛苦(韻)。棄樊城想安黎庶(韻),誰知道傷殘無數(韻)。俺呵(格),少不得連吴(韻)、會吴(韻),破曹瞞全憑一鼓(韻)。呀(格),那時節定中原眉揚氣吐(韻)。〔衆引劉備等下。關公白〕衆將官,就此往夏口去。〔同唱〕

【尾聲】長江千里稱險阻(韻),戰艦排連接樓櫓(韻),方顯得將勇兵强漢與吴(韻)。〔下〕

第十一齣　自稱王江東開宴

〔雜扮家將、太監，引孫權上，唱〕

【南北合套・新水令】東南天塹大江斜(韻)，控三湘還連百越(韻)。巍乎文德矢(韻)，煥矣武功烈(韻)。國富人傑(韻)，是吾曹霸王基業(韻)。〔白〕〖鷓鴣天〗一旅雄師出許都，建牙開府領三吴。百年禮樂承光澤，半壁河山展霸圖。貽燕翼，紹鴻謀，江風起處陣雲孤。同文同軌如翻掌，如信東南有丈夫。俺孫權字仲謀，乃破虜將軍策之弟也。文足經邦，武能戡亂。纘父兄之緒，世守江東；奮軍旅之威，名聞河北。內有張昭、魯肅輩，運籌帷幄，明聰亶賁着龜；外有周瑜、黄蓋等，決勝疆場，勳烈武昭雲日。俺地當險要，國又富强，豈容坐失機宜，偏安澤國。況聞劉備敢走江陵，曹操大獲全勝。奸雄得志，必將渺視江東，責我備藩，責我納質，此則勢所必然。意欲晉位爲王，預絶其念，又不知衆論如何。且待一班文武到來，再作道理。〔衆扮魯肅、張昭、周瑜、陸績、吕蒙、喬玄、周魴、吕範、諸葛瑾、黄蓋、闞澤、韓當、甘寧、程普、徐盛、丁奉上，同唱〕

【仙吕宮・步步嬌】彪虎夔龍虞周傑(韻)，光輔揚休烈(韻)。英雄志自賒(韻)。不信今人(句)，不如曩哲

(韻)。〔合〕況神器操窺竊(韻)，如何坐守偏安業(韻)。〔魯肅白〕請了。〔衆白〕請了。〔魯肅白〕明公已經升帳，我等一同進見。〔衆白〕請。〔進見科，同白〕明公在上，我等參見。〔孫權白〕諸公少禮，看坐。〔衆白〕告坐。〔孫權白〕孫權年幼無知，新承基業，又勞諸公勛勩，得以雄據江東。但今日裏呵，〔唱〕

【南北合套·折桂令】漢室衰禍連兵結(韻)。更奸狡曹瞞(句)，動摇天闕(韻)。銅駝欲泣(句)，玉燭誰調(句)，金甌將缺(韻)。只玄德是劉家枝業(韻)，在江陵又遭蹉跌(韻)。只怕奸邪(韻)，打草驚蛇(句)，還要撥草尋蛇(韻)。〔衆白〕明公所見極是。曹操既敗劉備，志得意滿，必假天子之命，移禍東吴。明公與其受制于人，何如晉位吴王，不爲人制。〔唱〕

【南北合套·江兒水】莫漫愁牽制(句)，何勞自怨嗟(韻)。提封十萬堪憑藉(韻)。江東子弟皆豪俠(韻)，誰能俯首尋輕懱(韻)。〔孫權白〕雖然如此，也須表奏朝廷，纔爲名正言順。〔周瑜白〕明公差矣。如今曹操專權，生殺予奪，悉自己出。明公拘拘禮法，表請璽書，能保曹操必從乎？莫若竟自稱王。一則副臣民翊戴之心，二則絶曹操節制之念。〔衆白〕周公言之有理。〔同唱〕竟自黄袍加也(韻)，〔合〕南面稱尊(句)，何用向他饒舌(韻)。〔白〕衆意既同，就請主公更衣，告天晉位。〔内作樂。雜扮武士、太監、宫官、贊禮官上，孫權换王服科。孫權唱〕

【南北合套·雁兒落帶得勝令】俺本待奉金湯歸帝闕(韻)，俺本待求鐵券盡臣節(韻)，俺本待控天關把海宇清(句)，俺本待仗雄兵把烽烟滅(韻)。呀(格)，到如今左右受人脅(韻)，一腔兒忠憤和誰説(韻)。既不能定家邦安民社(韻)，早難道向權門將志氣折(韻)。今者(韻)權將這假王借(韻)，爲問你那奸也波邪(韻)，怎生的挾制也(韻)，怎生的挾制也(疊)。〔坐科。衆白〕臣等朝恭，願主公千歲、千千歲！〔唱〕

【南北合套·僥僥令】叨居鴛鷺列(韻)，深愧鳳麟傑(韻)。願從此開基揚先烈(韻)，建無疆千世業(韻)，建無疆千世業(疊)。〔孫權白〕承卿等翊戴，尊我爲王，敢不夙夜孜孜，奉承天命。但軍務重大，關係非輕，須得一智勇兼全者總理其事。孤看周瑜少年英俊，意欲拜爲元帥，閫外之事悉以任之。況先破虜將軍有言，外事不決問周瑜。〔唱〕

【南北合套·收江南】呀(格)，可知道周郎呵(格)，年少最英傑(韻)，奇謀妙算古今絶(韻)，便教他全軍總理亦云愜(韻)。把兵符付者(韻)，把兵符付者(疊)，應知一月奏三捷(韻)。〔周瑜跪白〕臣年甫弱冠，並無頗牧之才，豈敢當此重任。〔孫權白〕休得固辭，取兵符過來。〔取兵符親授，周瑜跪接〕

【南北合套·園林好】念微臣生來志餘(韻)，却没効些兒汗血(韻)。蒙賜與全軍節鉞(韻)，〔合〕敢不把駑駘竭(韻)，敢不把駑駘竭(疊)。〔孫權白〕孤以凉德，嗣纘丕基。今日受籙膺圖，江山生色，皆諸卿之功也。魯肅等各加封賞，明日朝門宣旨。〔衆白〕千歲！〔孫權白〕内侍設宴。〔太監應科。魯肅等入席列坐飲科。孫權唱〕

【南北合套·沽美酒帶太平令】賴諸君相提挈(韻)，賴諸君相提挈(疊)，這氣象霎時別(韻)。那便有金殿當頭雉尾遮(韻)，只看這群工魚貫列(韻)，已不是比肩時節(韻)。〔衆白〕臣等恭進一觴。〔内奏樂。魯肅衆進酒同拜科，白〕願吾王千歲、千歲、千千歲！〔太監白〕平身。〔衆起復位。孫權唱〕他跪丹墀慇懃款接韻，捧玉斝瓊漿傾瀉韻，一處處輿情歡浹韻，一聲聲嵩呼不迭韻。俺呵格，心帖韻、意愜韻，更神明豫悦韻。呀格，不覺的酒腸開醺醺醉也韻。〔雜扮報子上，白〕報，啟上主公：荆州劉琮，聽信蔡瑁之言，把荆州獻與曹操。曹操又差人送蔡氏、劉琮歸許昌，中途將蔡氏、劉琮殺死，荆州都屬曹操，特來報知。〔孫權白〕知道了，再去打聽。〔報子應下。孫權白〕衆卿，孤想曹操雖討劉備，寔有窺伺江東之心。魯子敬，你可到江夏探聽虚寔，速來回報。〔魯肅應下。衆出席同唱〕

【南北合套·清江引】雄心不受人羈紲韻，羞去稱臣妾韻。倥傯定覇圖句，談笑開王業韻。〔合〕只看你讀，老曹瞞怎生的發付者韻。〔分下〕

第十二齣　商拒敵夏口維舟

〔雜扮小軍，引生扮劉備上，唱〕

【黄鐘宫引・西地錦】堪恨劉琮無智(韻)，荆襄祖業全移(韻)。〔生扮孔明上，唱〕胸中自有屠龍技(韻)，且聽東吴消息(韻)。〔白〕主公。〔劉備白〕軍師。不想景升懦弱，剛柔不決，以致蔡氏弟兄擅權，將荆州盡歸曹賊，致備當陽大敗。幸有江夏一枝，暫爾屯息，但非久居之地，軍師别作良圖。〔孔明白〕主公放心，吾已算定，此時江東必有人來也。〔雜扮報子上，白〕報，禀爺：東吴差魯肅要見。〔孔明白〕知道了，大事濟矣。魯肅此來，必是探聽曹兵虚實。山人將計就計，直到東吴，憑三寸不爛之舌，説南北兩軍互相吞併，吾則無事矣。〔劉備白〕此論甚高。但軍師此去，孤家放心不下。〔孔明白〕山人此去，雖居虎口，安如泰山，主公但請放心。收拾船隻軍馬，十一月二十甲子日爲期，可吩咐子龍，駕一小舟于南岸等候，切不可悮。〔衆白〕軍師何日方回？〔孔明白〕但看東南風起，亮必還矣。〔劉備白〕既然如此，請魯大夫相見。〔末扮魯肅上，唱〕

【中吕宫引・似娘兒】舉國欲連師(叶)，事若濟曹兵失利(韻)。〔劉備、孔明白〕道有請。〔小軍請科，魯肅進科，劉備白〕子敬先生請。〔魯肅白〕君侯在上，容魯肅拜見。君侯深略遠謀，孰云將門無種；豁達大度，方見帝室有人。肅覩威儀，萬千恐悚。〔劉備白〕子敬乃東吴達士，南國英才。久仰高風，方慰渴想。今則遠尋過訪，吾心深愧欠恭。〔魯肅白〕此間莫非卧龍先生？〔孔明白〕惶恐。〔魯肅白〕軍師請。〔孔明白〕大夫請。〔魯肅白〕軍師須作困涸之蛟，遂爲化海之龍，化霧爲霖，願沾餘澤。〔孔明白〕欲醉公瑾之醇醪，惜未飲也；方仰子敬之豐儀，幸已瞻之。德風久及於家兄，道誼又施於小弟。欲依講下，便覺愧中也。〔劉備白〕子敬先生請坐。〔魯肅白〕皇叔在上，豈敢越禮。〔劉備白〕不敢。〔各坐科。劉備白〕子敬此來爲何？〔魯肅白〕聞皇叔與曹兵戰過數次，已知賊心有意圖取天下。〔劉備白〕備實未知其所爲。〔魯肅白〕聞皇叔在新野、當陽，累與曹兵交鋒，何言不知？〔劉備白〕孔明自知其詳。〔魯肅白〕軍師，魯肅請教。〔孔明白〕曹操奸計，亮盡知矣，恨力未及而且避之。〔魯肅白〕孔明先生何不與東吴相結，共濟世業，何如？〔孔明白〕願聞其略。〔魯肅白〕那曹瞞呵，〔唱〕

【仙吕宫正曲·江兒水】師出全無忌(韻)，其心亦叵知(韻)。自誇天下誰能敵(韻)，敢將神器輕移易(韻)，擅行征伐無休息(韻)。特向明公詳議(韻)。〔合〕若得唇齒相依(韻)，管取曹瞞退避(韻)。〔孔明唱〕

【又一體】試説曹瞞輩(韻)，奸雄天下知(韻)，君何不揣他心地(韻)？百萬雄師期獵會(韻)，隱然虎豹在山中勢(韻)，志在吞吴必矣(韻)。〔合〕我若見孫侯(句)，或有破曹之計(韻)。〔魯肅白〕望皇叔即遣軍師一行，幸甚幸甚。〔劉備白〕子敬先生，孤家聊俱小酌，少盡洗塵之敬。我浼軍師同往江東便了。〔魯肅白〕如此足感厚情。〔劉備白〕唇齒相依伏主盟，〔魯肅白〕同心協力破曹兵。〔孔明白〕隨他百萬熊羆將，〔合〕難敵神機勝算精。〔下〕

第十三齣　戰群儒舌吐蓮花

〔雜扮將官，浄扮孫權上，唱〕

【仙吕宫引・天下樂】柴桑屯扎夜鳴弓(韻)，爲國大業霸江東(韻)。〔白〕孤家孫權，屯兵柴桑。聞知曹操已取襄陽，孤家正在此狐疑不決，不想曹操差人約説會臘江夏，名爲分取荆州，寔是隄防劉備，使他勢孤，不能主張耳。曹操曹操，我怎肯聽你指揮。曾差魯肅渡江，探聽虛寔，怎的不見到來？

〔生扮孔明，末扮魯肅上。孔明唱〕

【仙吕宫引・天下樂】凡今誰是出群雄(韻)，〔魯肅唱〕魏漢相持在蜀中(韻)。〔孔明唱〕爲回遊説到江東(韻)，我臨期激説隨機用(韻)。〔魯肅白〕此間已是轡門首了。先生若見吴侯，切莫要言曹操兵多將廣。若問曹操有意下江南否，先生只推不知。〔孔明白〕子敬不須叮嚀，亮自有对答之語。〔魯肅白〕先生少待。待我禀過主公，再來相請。〔進見科。孫權白〕子敬回來了，探聽虛寔何如？〔魯肅白〕前到夏口，探聽虛寔，帶得一人，深悉就裏，乃南陽諸葛孔明。〔孫權白〕莫非諸葛瑾之弟諸葛亮麽？〔魯肅白〕正是。〔孫權白〕道有請。〔孔明進見科，白〕明公在上，山人有一拜。〔孫權白〕子敬盛談足下之德，今幸得見，三生有幸矣。〔孔明白〕不才無學，有辱明教。〔孫權白〕孤家請問先生，方今曹操有吞併之心，孤家當戰與不戰？請先生決之。〔孔明白〕明公聽禀：〔唱〕

【仙呂宮正曲·八聲甘州】計權輕重韻，〔白〕那曹操呵，〔唱〕正威籠天下讀，霸占江東韻。干戈洶湧韻，所向處人人震恐韻。〔白〕明公，〔唱〕你兩端首鼠何用韻，一旦徘徊勢自窮韻。〔白〕明公何不從衆謀士之議，按兵北面而事之。亮聞寡固不可以敵衆，弱固不可以敵强，明公若不早順曹操，江東庶民塗炭矣。〔唱合〕順從韻，勸乘時頫首朝宗韻。〔孫權白〕既是這等説，劉豫州何不降之？〔孔明白〕田横，齊之壯士耳，尚且守義不辱，何况豫州乃帝王之胄，英雄蓋世，豈肯爲人下乎？〔孫權怒下。魯肅白〕先生，你適纔言語原唐突了些。幸吾主寬洪大度，不肯面折而入。〔孔明白〕我自有破曹之策，不下問於我，怎肯輕言。〔魯肅白〕嗄，先生有破曹之策，道是主公不能下問，故此不説麽？待我請主公出來請教。〔孔明白〕此事濟矣。〔魯肅下。孔明白〕方纔我見孫權，碧眼紫鬚，只可激不可説，聊將片言几句，便勃然變色，竟入後堂去了。吾觀曹操百萬之衆，如群蟻耳，但我舉手，則皆爲虀粉矣。〔魯肅隨孫權上，白〕適纔小見冒瀆威嚴，幸乞恕罪。〔孔明白〕適間言語冒犯，乞賜寬恕。〔孫權白〕子敬，快到鄱陽調取公瑾回來，與孔明共議。〔魯肅應科，下。孫權白〕孤家思量，曹操所慮者，劉表諸人，今群雄

已滅，獨孤與豫州。吾不能居全吴之地，受制于人。只是劉豫州新敗，孤家安能抗兵大敵乎？〔孔明白〕明公在上，〔唱〕

【仙吕宫正曲·解三酲】劉豫州雖然騷動韻，整三旅尚自驍勇韻。〔白〕況那曹兵呵，〔唱〕蟻群烏合成何用韻，似强弩力將窮韻。若是同心協力邀靈寵韻，管取定霸圖王建大功韻。〔白〕豫州兵雖敗於長板橋，今戰士漸還。況曹操之衆，遠來疲弊，兼且荆州士民服曹者，迫于兵勢，非心服也。明公若肯與豫州協謀同力，曹操何足爲懼。〔唱合〕非虚哄韻，待看取陳平六出讀，運用精通韻。〔孫權白〕此計甚妙，孤家即日興師。〔孔明白〕山人告辭。〔孫權白〕請到館驛。先生，你風雷舌上起機籌，〔孔明白〕巧辯能驚孫仲謀。〔孫權白〕孔明此際無奇計，難免吴劉一但休。〔下。雜扮軍卒，引雜扮張昭、顧雍上，唱〕

【仙吕宫引·踏莎行】忠肝礪志句，奇謀安上韻，〔虞翻、周魴上，唱〕汝南名譽大群儒韻。忠心孝義盡人子句，〔陸續、吕蒙上，唱〕干謁袁公懷橘去韻。〔吕範、薛綜上，唱〕爲報君恩句，怎惜父母髮膚韻。〔張昭白〕下官張昭。〔顧雍白〕下官顧雍。〔虞翻白〕下官虞翻。〔周魴白〕下官周魴。〔吕範白〕下官吕範。〔薛綜白〕下官薛綜。〔陸績白〕下官陸績。〔吕蒙白〕下官吕蒙。〔衆白〕請了。〔顧雍白〕列位，衆議紛紛，又有曹操檄文，邀主公共擒劉備，此事如何？〔張昭白〕列位，看劉備無義梟雄，趁此疲乏，正該借勢擒之，以除東吴一患。〔陸績白〕爲今之計，莫若暫降。〔張昭白〕老夫主見亦是如此，怎奈魯子敬反引孔明來見，主公猶豫未定，今着魯子敬去召周公瑾議決，未知如何。〔吕蒙白〕周公瑾回來，自有定見。今孔明在驛中，我等去試探他一番。〔周魴白〕列位，孔明自比管樂，今使劉備無地，我們大家去譏誚他一番。〔衆白〕有理。這是驛中了。通報。〔軍卒白〕裏面有人麽？〔雜扮驛丞上，白〕是那個？〔軍卒白〕列位老爺來拜。〔驛丞白〕孔明先生有請。〔孔明上，唱〕群雄志傲盡迂儒(韻)，覌蠡測水難爲度(韻)，怎識我要破奸曹聊借吴(韻)。〔驛丞白〕衆位老爺來拜。〔孔明白〕道有請。〔驛丞白〕是。〔請科。衆進科，白〕先生請。〔孔明白〕不敢。〔衆白〕先生覊旅，特來奉謁。〔孔明白〕山野鄙夫，敢勞列公賜教。〔衆白〕不敢。先生請上，下官等有一拜。〔孔明白〕山人也有一拜。〔衆白〕一抔水土，何勞卧龍降臨。〔孔明白〕三吴景象，寔得群雄濟美。〔衆白〕不敢。今日一來幸會先生，二來恐驛中寂寞，特來盤桓。〔孔明白〕衆公厚愛，正當領教。〔吕蒙白〕不敢絮煩，我等一言奉告。〔孔明白〕不敢，伏乞教下。〔張昭白〕我等來見臺光，時懷夢寐。今見先生，真個百書百通，不若一逢。〔孔明白〕不敢。〔顧雍白〕先生隆中躬耕隴畆，好吟《梁父》，自比管樂，果否？〔孔明白〕衆明公，山人呵，〔唱〕

【中吕宫正曲·粉孩兒】這的是慕前賢(讀)，誇抱負(韻)。因隆中三顧(讀)，天潢劉主(韻)。〔衆白〕先生爲三顧之恩，相從劉君麽？〔孔明唱〕深蒙恩德，只得辭故廬(韻)，展胸中一得之愚(韻)。〔張昭白〕但先生志欲席捲荆襄，爲何一旦盡屬曹公？〔孔明白〕我取荆襄，易如反掌。因我主躬行仁義，不取同宗之業。不想劉琮，聽一班庸碌之人，使主屈膝降曹。〔唱合〕致使那奸雄得志矜張(句)，隨震動東吴防禦(韻)。〔吕蒙白〕卑人吕蒙一言請教。先生自比管樂，今劉君得先生，如虎添翼，正當漢室復興，曹賊速滅。

何期曹兵一至，劉君便棄甲抛戈，望風而遁？〔孔明白〕吕子明，昔我主兵敗汝南，兵不滿千，後因我主不肯輕棄數十萬赴義之民，日行數里，故有此敗。況兵書云，〔唱〕

【中吕宫正曲・福馬郎】勝敗兵家非所圖(韻)，成大事不顧纖毫錯(韻)。不見强梁楚(韻)，一似豺狼豹(句)，肆威道途(韻)。〔白〕那時漢王拜韓侯，〔唱合〕九里山一戰除(韻)，扶劉主定西都(韻)。〔周魴白〕今先生之來，不過借蘇張之舌，何得掩耳偷鈴，扳今比古？〔孔明白〕周子恁但知蘇張之舌，不知他二人乃濟世英傑。那蘇季子呵，〔唱〕

【中吕宫正曲・紅芍藥】他能舌辯(句)，定六國訏謨(韻)。〔白〕那張儀二次相秦，〔唱〕匡扶着秦國强圖(韻)。〔白〕可笑東吴，〔唱〕得一班惧刀守株兔(韻)，枉自把官箴來污(韻)。〔陸績白〕住了！孔明，漢家秦業，今四百年之餘，曹公三得其二，亦知天數。今劉君不識争衡，正是驅羊禦虎，以卵擊石。〔孔明白〕足下莫非懷橘陸郎乎？〔陸績白〕然。〔孔明作笑，白〕汝且安坐，聽我道來。今曹賊篡逆，天下人争啖其肉，汝類真乃無父無君、不忠不孝。〔唱〕你這小兒(句)，陸績空懷橘(韻)，怎不識大綱節目(韻)？〔合〕尚兀自孝義全無(韻)，怎敢來舌調時務(韻)。〔薛綜白〕先生但一巧飾而無寔際。請問先生治何經典，以正天下？〔孔明白〕尋章摘句乃腐儒迂論，何能治國定亂。那伊尹、傅説、子牙、留侯，幹旋天下，匡扶社稷，亦未知治何經典，豈效書生舞文弄墨、數黑論黄。〔唱〕

【中吕宫正曲・耍孩兒】笑巧語花言如簧布(韻)，智者争如默(句)，不自耻章句迂腐(韻)。英雄(句)須佐主開基將山河踞(韻)，令竹帛標題作千秋序(韻)，這纔是匡君術(韻)。〔顧雍白〕列位，我等聽先生一篇高談，頓開茅塞，滌除胸垢。〔衆白〕敢不拜服先生。〔同唱〕

【中呂宮正曲・會河陽】你舌戰群儒(讀)，名非是虛(韻)，果然名譽比瓊瑜(韻)。拒趨(韻)，乞與色容(讀)，言詞戇愚(韻)，須一筆勾除去(韻)。〔孔明唱〕衆君(句)，須恕我直言忤(韻)。衆賢(句)，念唇齒應須固。〔雜扮小軍，引外扮黃蓋上，唱〕

【中呂宮正曲・縷縷金】魯公命(句)，奉密書(韻)。來到驛亭舍(句)，議征誅(韻)。此事周公決(句)，孫劉共諭(韻)。〔白〕呀，諸公爲何在此？〔衆白〕黃將軍。〔唱〕你一鞭雲騎似星趨(韻)，〔合〕多因甚緣故？(韻)多因甚緣故？(叠)〔黃蓋曰〕諸公還不知麽？ 適纔魯大夫馳迎周都督即到，主公命文武都要出郭相迎。〔唱〕

【中呂宮正曲・越恁好】主公鈞諭(韻)，主公鈞諭(叠)，文武盡前驅(韻)。指揮旌纛(韻)，齊簇簇擺鑾車(韻)。〔衆白〕如此，我等告別也。〔唱〕疾忙奉命往前驅(韻)，匆匆別去(韻)。〔合〕加鞭急策馬也(讀)，如騰霧(韻)；争迎盡执轡也(讀)，如風舞(韻)。〔衆白〕請了。〔下。黃蓋白〕魯大夫與周都督定議伐曹，衆公分議不一，故魯大夫着小將，〔唱〕

【中呂宮正曲・紅綉鞋】忙賫一副箋書(韻)、箋書(格)，望君就計隨圖(韻)、隨圖(格)。〔孔明白〕乞黃將軍上覆魯公，説我見了周公，一一遵命。〔黃蓋白〕如此，小將告辭。〔唱〕望郊外(句)，迓周瑜(韻)。排衆議(句)，建嘉謨(韻)。〔合〕江東地(句)，屬東吴(韻)。〔下。孔明白〕魯子敬、魯子敬，你可知周瑜所爲。〔唱〕

【尾聲】那三分天下吳魏蜀㊞，機關豫定強支吾㊞。〔白〕東吳總然有英賢濟濟，今日被俺孔明呵，〔唱〕一會價舌戰群儒誰敢侮㊞。〔下〕

第十四齣　激周郎詩歌銅雀

〔雜扮中軍，引小生扮周瑜上，唱〕

【仙吕宫引・奉時春】腰懸三尺報君恩㊇，怎洩我周郎公憤㊇。智決興吴㊉，運籌拒魏㊉，舳艫晝夜忙征進㊇。〔白〕年少英雄美丈夫，東吴保障運謀謨。神機料敵憑方寸，笑倚春風仗轆轤。下官姓周名瑜，表字公瑾，盧江舒城人也，官拜水軍都督。只因曹操專權，將劉關張逼得棄樊城、敗江陵、走夏口。如今劉備着孔明到此，相約共滅曹操。但衆將與諸謀士議論，欲戰欲降，紛紛不一。我立意伐曹。且待諸葛亮到來，我假言要降，試探一番，看是如何。已着魯子敬前去相請，想必就來也。〔生扮孔明，末扮魯肅上。孔明唱〕

【又一體】鄉心縈繞意難伸㊇，嘆天涯杳無梅信㊇。〔魯肅白〕先生來此，已是公瑾的轅門了。〔孔明白〕望大夫引見。〔魯肅白〕先生若見公瑾，只説孫劉結好，殄滅奸曹，只在今宵片言。但日間文武會議不一，公瑾意在無定，望先生少間立意伐曹爲妙。〔孔明白〕山人自有道理。〔魯肅白〕通报，諸葛軍師來拜。〔周瑜白〕道有請。〔魯肅白〕先生請。〔孔明白〕周公請。周公請上，山人有一拜。〔周瑜白〕

先生請上，小弟也有一拜。〔孔明白〕細柳餘風遐邇，共瞻山斗。〔周瑜白〕卧龍久仰追攀，得慰懷思。〔魯肅白〕日間張昭見都督，如何議論？〔周瑜白〕適會衆謀士，所議甚善。〔魯肅白〕怎見的？〔周瑜唱〕

【仙吕宫正曲・園林好】衆公卿紛紛亂云(韻)。〔魯肅白〕議甚麽來？〔周瑜唱〕欲降曹只圖極品(韻)。〔魯肅白〕那黄蓋一班武士如何説？〔周瑜白〕那些武士不足謀也。〔魯肅白〕爲何？〔周瑜唱〕仗血氣勇何足論(韻)。〔魯肅白〕怎見來？〔周瑜白〕今曹操假天子爲名，師不可拒，兵不可遏，戰則易敗。〔魯肅白〕如此怎麽樣？〔周瑜白〕降則易安。况天時不如地利。〔魯肅白〕今都督意下何如？〔周瑜白〕爲今之計，〔唱合〕只得從衆議順曹君(韻)，從衆議順曹君(疊)。〔魯肅白〕都督何出此言？你乃東吴柱石，一代人傑，今日怎麽也説出垂頭喪氣的話來，使主屈膝於賊，好不羞耻也。〔孔明白〕大夫不要性急，人要見機，周公論得也是。〔魯肅白〕怎麽是來？〔孔明白〕兵者凶事，不得已而用之。况爲將者須要觀時量敵，今曹操擁兵百萬，用兵彷彿孫吴，向日所慮者吕布、袁紹、張繡、劉表等，今曹操呵，〔唱〕

【仙吕宫正曲・品令】群雄殄滅(讀)，威勇自居尊(韻)。令行天下(讀)，誰個不望風聞(韻)。炎炎聲勢(句)，朝野皆歸順(韻)。〔周瑜白〕可又來。孔明與衆謀士皆同，果然識時務者可呼爲俊傑。〔魯肅白〕好一個識時務者呼爲俊傑！〔孔明白〕大夫若执意一戰，以弱禦强，萬一有敗，〔唱〕這是畫虎無成(韻)，瓦解冰消須忖(韻)。〔魯肅白〕如此説，是降曹的是？〔孔明白〕或者王命當歸，一可保姣妻嫩子，二來曹操極重才敬賢，諸君定不失位，可不是功名富貴，可保無憂矣，那顧國運遷移。〔唱合〕這都是聽天委命(韻)，怎便扭轉天心別樣論(韻)。〔魯肅白〕咳，既如此，劉君何不降曹？〔孔明白〕不是。周公之論，正論也。但吾主自恃三百萬雄師，强與爭衡。〔周瑜白〕住了。孔明何詐也？劉君奔樊城，兵不滿千，室家不保，何詐稱三百萬雄師？不能敵曹，今來詐説麼？〔孔明白〕山人豈有詐乎？但三百萬雄師，非兵也，有三將，可敵三百萬雄師。非比東吴將士，以身家爲重，不顧主上疆土。〔周瑜白〕那三將可敵三百萬來？〔孔明白〕難道公瑾不知麼？關公力敵萬人，志在《春秋》，國士無雙，名驚華夏，刺顔良、誅文醜，過五關、斬六將，即曹操尚自喪膽。〔周瑜白〕还有何人？〔孔明白〕豈不聞常山趙子龍，單騎保主母，百萬軍中救阿斗，連挑賊將五十四員，殺敗曹兵百萬，這不是前朝衛青、晉文先軫麼？〔周瑜白〕我亦曾聞，還有何人？〔孔明白〕還有虎將張翼德，英雄莫當，百萬軍中取上將首級，如探囊取物。那日在長板橋邊，只見曹兵百萬乘勢殺來，他只匹馬單鎗，一聲高喝，驚慌了百萬曹軍。〔魯肅白〕如此説，東吴英雄雲集，反不如劉備三將麼？〔孔明白〕不是此説。但山人到有一計，並不勞爭鋒納地，管教曹操即刻休兵回去。〔周瑜、魯肅白〕請教妙策。〔孔明白〕亮向聞曹操之願。〔周瑜白〕什麼願？〔孔明白〕他在漳河邊築一臺，名曰銅雀臺。但曹操雖有奇才，原來是酒色之徒，所好者婦人也。因慕江東喬公二女，長曰大喬，次曰小喬，〔周瑜白〕住了。深慕二喬什麼來？〔孔明白〕不過慕二喬者，〔唱〕

【仙吕宫正曲·月上梅棠】貌可人(韻)，沉魚落雁多豐韻(韻)。〔白〕他虎視江東，寔爲二女。今吴主何惜千金，〔唱〕覓嬋娥一對(讀)，玉軟香温(韻)，〔白〕送與曹操呵，〔唱〕得二女捲甲休兵(句)。〔魯肅白〕孔明少説。〔孔明白〕不是。倘曹操若一遂願，〔唱〕頓亡了吴越之恨(韻)。〔周瑜白〕此事可有證據？〔孔明白〕若没有，難道是山人説謊？曹操築得銅雀臺，下臨漳水。臺成時，令第三子曹子建作賦，以記其事。〔唱合〕文詞潤(韻)，字字珠璣(句)，艷麗清新(韻)。〔周瑜白〕汝可記得否？〔孔明白〕山人愛其文，至今常誦不忘。〔周瑜白〕請試誦之。〔孔明白〕忝從明君而遊嬉兮，登層臺以娱情。見太府之廣濶兮，觀聖德之所營。列双臺於左右兮，有玉龍與金鳳。挾二喬於東南兮，似樂我之生平。〔周瑜白〕曹操，你敢覷我江東無人物耶！　那知我周郎呵，〔唱〕

【仙吕宫正曲·江兒水】有百戰奇謀勝(句)，名驚天下人(韻)，定梟曹操消公憤(韻)。〔白〕奸賊、奸賊！〔唱〕和你不共戴天深仇恨(韻)，急得我滿腹多煩懣(韻)。〔孔明白〕周公之見何淺？昔越送西子，終能復國；漢出名姬，遠去和番。今何惜民間二女子，如此之怒？〔魯肅白〕先生有所不知，大喬乃孫伯符主母，小喬乃周公瑾尊閫。〔孔明白〕嗄，原來如此。山人寔是不知，失口亂言，死罪死罪。〔周瑜白〕咳，我周瑜受先生囑命，安有辱身降曹；我主神威雄才，當横行天下，何事不可。〔孔明白〕雖然如此，還要三思。〔魯肅白〕嗄，什麽三思？〔周瑜、孔明作對笑。周瑜白〕小弟方纔試二公耳。我自離鄱陽，便起伐曹之心。〔唱〕要把奸曹殺盡(韻)。〔合〕仗勇威神(韻)，把銅雀臺烟飛灰燼(韻)。〔魯肅白〕如此，明日早朝，請主公伐曹。〔孔明白〕倘吴主畏懼，未能見允。〔周瑜白〕呵，先生我主決不肯降，皆是一班腐儒迂論。但小弟興師，仗先生助我一臂，孫劉永好，誓共滅曹。〔孔明白〕將軍厲志，非東吴之幸，寔漢家之幸也。若不見棄，山人願施犬馬。〔魯肅白〕好！三人同心，其利斷金。大家對天立誓，同滅奸曹，永訂兩國之好。〔孔明白〕言之有理。〔合唱〕

【仙呂宮正曲·川撥棹】皇天鑒㊀，視孫劉永和順㊄。大丈夫志在凌雲㊄，大丈夫志在凌雲㊂，鋤國賊保護仁君㊄。〔合〕看燕然勒石文㊄，笑薰蕕其共群㊄。〔周瑜白〕先生，小弟呵，〔唱〕

【尾聲】鏖兵赤壁神機震㊄，談笑休兵破浪鯤㊄，一夕奇謀萬古聞㊄。〔下〕

第十五齣　激將乃收遺將功

〔衆扮程普、黄蓋、韓當、蔣欽、周泰、陳武、甘寧、凌統、徐盛、丁奉上，白〕青霜紫電列旌旗，巨艦艨艟作水營。殺向許昌除國賊，東吴方顯有奇英。〔分白〕某程普是也。某黄蓋是也。某韓當是也。某蔣欽是也。某周泰是也。某陳武是也。某甘寧是也。某凌統是也。某徐盛是也。某丁奉是也。〔衆白〕只因曹操欺君，殺害忠良，虎視江東，爲此吾主拜公瑾爲水軍都督，練集水軍，相機而動。恰好劉豫州遣諸葛公前來會合，同破曹操。今日興師，只得在此伺候。你聽，畫角齊鳴，都督陞帳也。〔衆扮士卒、將官，雜扮二中軍，引小生扮周瑜上，唱〕

【南吕宫引・步蟾宫】欽遵主命提軍馬(韻)，即趨赴轅門之下(韻)。平生忠義自堪誇(韻)，待他日凌烟圖畫(韻)。〔衆將白〕都督在上，衆將打躬。〔周瑜白〕江邊水戰駕艨艟，劍戟旌旄耀日紅。鏖兵赤壁施謀略，百萬曹兵一掃空。某周瑜，官拜水軍都督之職。前者劉備着孔明來見主公，相約併力拒曹，共扶漢室。曾約水戰，已點軍兵，并分撥大小船隻，擇定今日興師。中軍，船隻可曾齊備？〔中軍白〕俱已齊備，請都督祭旗。〔周瑜白〕衆將聽令：〔衆應科。周瑜白〕法令無親，諸軍各守乃職。方今曹操托名漢相，寔爲漢賊。主公以神武雄才，兼仗父兄餘業，得據江東數千餘里，兵精糧足，英雄雲集，勤王有志，爲國除殘。吾今奉命，吊民伐罪。但大軍到處，不可騷擾百姓。本帥賞功罰罪，不分親疏。如違令者，按軍法從事。就此上船。〔衆應科，下。雜扮水雲上。周瑜内白〕吩咐放炮開船。〔衆應科。衆扮水手、衆將，周瑜乘船上，同唱〕

【南吕宫集曲·梁州新郎】漢江洶湧（句），波濤雷吼（韻）。戈甲旌旂如綉（韻）。碧空鼉鼓（句），轟轟聲振潮頭（韻）。只見蝦鬚鱓翅（句），黿穴螺窩（讀），水怪驚馳驟（韻）。帆檣高百尺（韻）。豁雙眸（韻），一鑑平分映柁樓（韻）。左與右（讀），前與後（韻），看排開陣勢沖清溜（韻）。管此日（句），膚功奏（韻）。〔衆扮水手、衆扮軍校、雜扮麋竺乘船上，唱〕

【又一體】莫猜疑敵國同舟（韻），奉主命來探細柳（韻）。料群英江左（韻），破敵何愁（韻）。〔白〕某麋竺是也，奉主公之命，備得羊酒，前到周瑜行營。一則慰勞，二則打探虚寔，三則欲見軍師一面。呀，你看，前面旂播招展，想是吴兵來也。〔唱〕遥望東吴戰艦（句），隱隱旌旂（讀），水面威風透（韻）。布帆高掛也（讀），莫停留（韻），相見周郎詢運籌（韻）。〔中軍白〕江夏小船，不須近前。〔麋竺白〕煩通報一聲，江夏劉皇叔，差人要見都督。〔中軍白禀科。周瑜白〕令他上船。〔中軍傳科，麋竺上船科，白〕元帥在上，末將麋竺參見。〔周瑜白〕不消。將軍何來？〔麋竺白〕奉主之命，曾令諸葛孔明投托上邦，尋盟結好，共破曹兵。今備羊酒禮物，前來慰勞，禮單獻上。〔周瑜白〕多謝豫州費心。本欲親往，與玄德面會，怎奈任重，不可片時遠離，多多致意便了。〔糜竺白〕末將欲見孔明一面。〔周瑜白〕孔明在後面，另有一船，急切不能到此，待破曹之後再會。〔糜竺白〕末將告辭。〔唱〕都督命㉂，當依受㉂，孫劉共把奇功奏㉂。離南岸㉃，奔樊口㉂。〔衆同摇船下。周瑜白〕吩咐水手，疾忙趲行。〔衆應科，同唱〕

【南呂宫正曲·節節高】吴劉共設謀㉂，把功收㉂。生擒亂國奸雄寇㉂，休迤逗㉂。移彩船㉃，排兵後㉂，隔江鬬智把賊人誘㉂。機謀算定休洩漏㉂。〔合〕談笑功成曹授首㉂，山河定教東吴有㉂。

【尾】分茅列土擎天手㉂，腰間殺氣仗吴鈎㉂，赤壁鏖兵孰比儔㉂。〔衆同下〕

第十六齣　醒人翻被醉人算

〔副扮蔣幹上，唱〕

【小石調引・憶故鄉】甲帳立儒幃韻，似有推尊意韻。〔白〕某姓蔣名幹，字子翼，隨曹丞相起兵以來，戰必勝，攻必取。今欲下江東，不想周瑜信用諸葛亮之謀，丞相甚怯。是我稟過主公，到江東説周瑜投降，不免駕舟前往。正是：大夫七尺酬知己，意合情投似水魚。〔下。雜扮小軍、將官、中軍，引小生扮周瑜上，唱〕

【商調引・接雲鶴】昨觀曹操水軍雄韻，張蔡深知水利功韻。〔白〕覘覦江東聲勢雄，軍如蟻擁與屯蜂。安能允瑁遭吾計，管取曹瞞一旦空。昨觀曹操水寨，進退有法，出入有門，皆得其妙。吾令人打探，乃是蔡瑁、張允教習水戰，我心甚是膽寒。我想此二人深知水利，若使他訓練精鋭，我江東何日得安。吾欲先除此二人，後破曹操，不知可能遂吾心願否？〔生扮張昭上，白〕特將機密事，報與都督知。都督。〔周瑜白〕子布到此何事？〔張昭白〕方纔巡江小校來報，説江北有人至此，是都督故人，名喚蔣幹，特來求見。〔周瑜白〕蔣幹？好！説客至此。吾爲張允、蔡瑁無計可施，蔣幹此來，是二人削刀手到了。子布過來，將此書放在我帳中桌案之上。我與蔣幹相見，請他飲酒，我假裝酒醉，與蔣幹通名，使彼盜此書去見曹操。曹操必斬張、蔡二人，除我心中之患。小心在意。子布轉來，再吩咐軍士，蔣幹盜書逃走，不許攔阻他自去。〔張昭應，下。周瑜白〕快請。〔中軍應，請科。蔣幹上，周瑜迎見科。周瑜白〕子翼兄遠涉江湖，途路辛苦，辱承光顧，不勝榮幸。〔蔣幹白〕賢弟威鎮江東，名揚華夏，使吾輩有光，承荷承荷。〔周瑜白〕賢兄此來，莫非與曹公作説客乎？〔蔣幹白〕賢弟，愚兄與你間闊久矣，故來敘舊，以觀足下之志。何疑吾作説客也？〔周瑜白〕吾雖不及師曠，已聞兄之雅意。〔蔣幹白〕足下視吾爲此等人，吾即告退矣。〔周瑜白〕吾疑兄與曹操作説客耳。既無此心，何速去也。中軍，整備酒席，與吾兄少敘故舊之情。令衆位將軍進見。〔中軍白〕得令。〔傳科。親扮衆將上，白〕將相本無種，男兒當自强。衆將打躬。〔蔣幹白〕請問衆位將軍上姓？〔張昭白〕下官張昭。〔程普白〕末將程普。〔呂蒙白〕下官呂蒙。〔黄蓋白〕末將黄蓋。〔陸績白〕下官陸績。〔甘寧白〕末將甘寧。〔周魴白〕下官周魴。〔周泰白〕末將周泰。〔周瑜白〕衆位將軍，吾與子翼兄同窗學業，相别已久。他雖從事於曹操，寔非曹操之説客，衆位勿疑。〔衆白〕是。〔周瑜白〕子翼兄，吾自出兵以來，點酒不聞。今遇心契之友，不妨痛飲一醉。吩咐軍中奏樂。〔内奏樂定席科〕看酒過來。〔向程普科〕德謀，今日之酒，凡坐席間者，不可言東吴、曹操之事。可佩吾劍作個明輔，若有言者即斬。〔程普白〕得令。〔周瑜白〕請。〔唱〕

【排歌】昔日同窗(讀)，勝如嫡親(韻)。於今各事明君(韻)。暮雲春樹兩離分(韻)，邂逅今朝又講論(韻)。

〔合衆官同唱〕鷗盟合(句)，雁得群(韻)，交遊從此得歡欣(句)。開懷飲(句)，酒數巡(韻)，大家拚醉臉生春(韻)。〔周瑜白〕看大觥來。子翼兄，我和你離多會少，每人各飲一百觥。〔蔣幹白〕賢弟乃滄海之量，吾乃溝壑之渠，不勝酒力。〔周瑜白〕子翼兄不飲，拿來我吃。子翼兄，我和你同窗學業，豈知今日之榮乎？〔蔣幹白〕以賢弟之高才，誠不爲過也。〔周瑜白〕子翼兄，大丈夫處世，遇知己之主，外托君臣之義，内結骨肉之親，言聽計從，禍福與共，假使蘇張在世、陸賈重生，口若懸河，舌如利劍，安能動吾心哉。

〔衆唱〕

【又一體】都督威名(韻)，誰能等論(韻)。同窗契友惟君(韻)。蘇張舌辯不須論(韻)，自比金蘭天下聞(韻)。〔合〕鷗盟合(句)，雁得群(韻)，交遊從此得歡欣(韻)。開懷飲(韻)，酒數巡(韻)，大家拚醉臉生春(韻)。〔周瑜白〕德謀，取劍來，待我舞劍作歌，以盡今日之歡。中軍卸袍。丈夫處世兮立功名，功名既立兮王業成。王業成兮四海清，四海清兮天下平。天下平兮吾將醉，吾將醉兮舞可停。天色已晚，衆位將軍各歸營寨。〔衆應，下。周瑜白〕中軍，秉了燈燭，引我到帳中去。〔中軍應科，到帳中科。周瑜白〕迴避。〔中軍應，下。周瑜白〕子翼兄，久不與你同榻，今朝抵足而眠，快活快活。〔作睡科。雜扮更夫上，虛白發諢，作睡科。蔣幹白〕任你擲盡湘江水，難洗今朝一臉羞。我蔣幹指望過江説周瑜投降，不想他心如鐵石。你看他衣不解帶，嘔吐滿床。軍中鼓打三更，聽他鼻息如雷。桌上甚麼書？殘燈尚明，待我看來。原來是往來書信，蔡瑁、張允謹封。哈，好奇怪，看上面甚麼言詞，待我看來。某等降曹，非圖仕進，皆勢逼之耳。今已賺北軍困於寨中，但得其便，即將曹賊首級獻於麾下。早晚人到，便有關報。謹此，奉覆。希冀照察。呵呀，且住，原來蔡瑁、張允結連東吴造反，不免藏於衣内。〔周瑜白〕子翼兄，我數日之内，叫你看曹賊之首。〔蔣幹作急睡科。張昭上，白〕都督醒來。〔周瑜白〕床上睡着何人？〔張昭白〕都督請子翼同寢，何謂不知？〔周瑜白〕昨夜醉後，不曾説甚麼言語？〔張昭白〕江北有人至此。〔周瑜白〕低聲。子翼、子翼。到此何事？〔張昭白〕張、蔡二位都督道，急切不得下手。〔周瑜白〕過來，吩咐來人，回去稟知張、蔡二位將軍，我早晚候二位將軍回音便了。〔張昭下。周瑜白〕且喜子翼兄睡熟，不免到各寨巡視一番。曹操、曹操，教你金風未動蟬先覺，暗送無常死不知。〔下。蔣幹白〕且喜皆被我竊聽。我想周瑜是個精細之人，天明尋書不見，必然洩漏。乘他不在，不免潛逃便了。洩漏兵機非小可，此時不走待如何。〔下〕

第十七齣　江東計獻一雙環

〔小生扮龐統上，唱〕

【南呂宮正曲・懶畫眉】鬼神難測我元機(韻)，作客江東嘆數奇(韻)。江頭步月故遲遲(韻)。曹公信着連環計(韻)，百萬雄師無一歸(韻)。〔白〕小生姓龐名統字士元，別號「鳳雛」，本貫襄陽人也，寄客東吴。即日江東與魏交兵，公瑾舉火欲毁曹船。某恐船散而燒不能盡，欲過江見曹，假獻一策，以成周郎大功。只是無人指引。惟有蔣幹，彼此聞聲，若得遇見，正所謂天緣也。呀，前面來的，莫非是他？待我誘他帶某見曹，事必成耳。〔副扮蔣幹上，唱〕

【又一體】蔡張賣主暗中欺(韻)，私與周郎密約期(韻)。此書上達魏公知(韻)。拆開看取其中意(韻)，先把奸雄九族夷(韻)。〔白〕呀，明月之下，①恍有人影，莫非周瑜差人拿我？罷罷，到此地位，躲閃不得，只得拼命向前去。〔撞見龐統科，白〕足下因何事獨自閑行？〔龐統白〕人各有事，公豈知乎？〔蔣幹白〕

① 「月」字原脱。

原來不是。適見此人，容貌不俗，不免上前動問一聲。先生上姓？爲何獨自在此嗟嘆？〔龐統白〕小生姓龐名統字士元，寄客江東。周瑜自恃才高智廣，欺賢滅能，欲投明主，又無門路，因此對月嗟嘆。〔蔣幹白〕莫非是鳳雛先生麽？〔龐統白〕足下何人？〔蔣幹白〕吾乃蔣幹。〔龐統白〕原來是參謀大人，失敬了。〔蔣幹白〕小生因見先生在此對月嗟嘆，特行請問。以公之才，何所不可。若肯降曹，吾當引進。〔龐統白〕但恐曹公不用。〔蔣幹白〕願以性命保之。吾有小舟在此，請足下同往。〔龐統白〕如此甚妙。〔雜扮小軍摇船上，同作登舟科。蔣幹唱〕

【仙吕宫正曲・皂羅袍】江水漫漫洶沸(韻)。駕扁舟前去(韻)，迅速如飛(韻)。〔龐統唱〕片帆風順似雲兆(韻)，霎時喜到荆州地(韻)。〔合〕今宵無寐(韻)，辛勤自知(韻)。蔡張二士(叶)，奸心忒欺(韻)。料他性命難逃避(韻)。〔下。雜扮小軍、將官、許褚、張遼，引净扮曹操上，唱〕

【西地錦】天塹長江休畏(韻)，鼓鼙聲振如雷(韻)。吊民伐罪移兵壘(韻)，竚聽奏凱回歸(韻)。〔蔣幹引龐統上，白〕先生，此間就是丞相軍營，請少待。待學生先進去禀知丞相，少刻便來相請。〔蔣幹見科。曹操白〕子翼，周瑜降意如何？〔蔣幹白〕周瑜心如鐵石，不肯從順。倒與丞相打探一節事情，在此有書一封，丞相請看。〔曹操看科，白〕這賊如此大膽，私通敵國。張遼、許褚，速將蔡瑁、張允二人首級取來。〔張遼、許褚應科，下。蔣幹白〕禀丞相：江東有一謀士姓龐名統字士元，周瑜自恃其才，輕他不用，他心懷不忿，願投麾下，以圖報効。小官帶在營門外，不敢擅入。〔曹操白〕請進。〔蔣幹白〕先生，丞相有請。〔龐統進見科。曹操白〕莫非是鳳雛先生麽？〔龐統白〕不敢。〔張遼、許褚上，白〕獻首級。〔曹操白〕掛在營門外，號令示衆。〔龐統白〕方纔是何人首級？〔曹操白〕乃是水軍都督蔡瑁、張允首級。〔龐統白〕丞相何故斬之？〔曹操白〕怠慢軍心，故此殺之。〔龐統白〕賞罰要明，正宜如此。〔曹操白〕請問先生，周瑜平昔爲人如何？〔龐統白〕聽稟：〔唱〕

【仙呂宫正曲·皂羅袍】堪笑周郎無義(韻)，恃才高智廣(讀)，妄自胡爲(韻)。隱賢昧德把權持(韻)，忠良安得通聲氣(韻)。〔合〕江東傑士(句)，盡皆嘆悲(韻)，要投明主(句)，聽從指揮(韻)，披雲見月無遮蔽(韻)。〔曹操白〕請先生憑高處望一望，看吾寨中有滲漏處否，望賜見教。〔龐統白〕如此就去，待小生看一看丞相之才能何如。〔作上高看科〕真將才也。〔曹操白〕望先生勿隱破綻處，乞賜見教。〔龐統白〕進退有門，出入有曲，雖子牙復出，孫武重生，不過如此。〔曹操白〕先生曲爲褒貶，非操師也。再請先生到水寨見教，吩咐水營伺候。〔張遼、許褚應科。衆遶場下。雜扮水雲上，雜扮水營將上，衆引曹操上。張遼、許褚白〕吠，水營將軍聽令，丞相閲營，如有不按隊伍，怠惰紊亂，按軍法施行。〔衆應科，出船。龐統作看科，白〕好、好！某聞丞相用兵如神，今觀之，名不虚傳也。周郎、周郎，刻期不活矣。〔曹操白〕望賜見教，爲我指迷。〔龐統白〕豈敢妄言。〔曹操白〕吩咐收兵。〔四小船進水門下。曹操等下場門下，上場門又上。龐統白〕丞相，某有一言相告。〔曹操白〕望先生見教，區區洗耳拱聽。〔龐統白〕丞相軍中有良醫麽？〔曹操白〕何用良醫？〔龐統白〕水軍疾多，須用良醫治之。〔曹操白〕軍士多生嘔吐之疾，死者無數，望賜教以活命。〔龐統白〕兵法、陣法，件件皆全了。蓋因大江之中，潮浪生落，北方之士不貫乘舟，致生嘔吐之疾。〔曹操白〕望先生提挈，陰功莫大。〔龐統白〕以某觀之，其戰船或三十、或五十作一排，首尾俱用鐵繩連鎖，下載糧食，上鋪門板，休言渡人，馬亦可渡矣。任他風波潮水洶湧，軍士有何疾哉？〔曹操白〕謝先生指教。若非良謀，安得開吾迷也？〔龐統白〕愚之淺見，望丞相裁之。〔曹操唱〕

【仙吕宫正曲・好姐姐】先生(句)謀略果奇(韻)，傳此計多承雅意(韻)。吾軍活命(讀)，謝公恩澤垂(韻)。〔合〕齊沾惠(韻)，連環鐵鎖吾須備(韻)，佩德何時報答伊(韻)。〔龐統白〕丞相，但是江左英傑，怨周瑜者多，某憑三寸不爛之舌，與丞相説之。先破周瑜，則劉備豈能存之乎？〔曹操白〕先生，果大功得成，奏請三公之職。〔龐統白〕小生非圖富貴而來，但欲救民於水火之中耳。丞相渡江，慎不可殺害人民。〔曹操白〕吾替天行道，安肯殺戮人民。但願速報佳音，慰操望耳。小校，你二人就伏侍龐先生在此。〔龐統白〕丞相不消。〔曹操白〕歇宿一宵，明日再與先生細講軍務。水寨連營三百里，〔龐統白〕雄兵百萬何能比。〔蔣幹白〕鳳雛若不獻連環，〔合〕嘔吐運船身無止。〔曹操白〕請了。〔下。龐統白〕小校，你去打點書房，待我在此略坐片時。〔末扮徐庶上，白〕隔牆須有耳，窗外豈無人。呀，龐統，你好大膽，只恐燒不絶種，來獻此計。只好瞞曹操，如何瞞我。〔龐統白〕呀，原來是徐元直。元直果是如此，可惜江南一十八州，皆被公斷送了。〔徐庶白〕此間八十三萬性命，如何該被火燒？〔龐統白〕大丈夫幹事不成，乃不忠也，快拿了去見丞相。〔徐庶白〕吾感劉皇叔之恩，未嘗忘報。況曹操送了吾老母性命，吾已言過，平生不設一謀，公之計吾安肯破。只是吾隨軍在此，南兵一到，玉石不分，豈能免吾難乎？當教我脱身之計，即掩口避之。〔龐統白〕元直原來如此，眼前之計，有何難哉。〔徐庶白〕望先生見教。〔龐統唱〕

【又一體】徐公(韻)不必致疑(韻)，曹丞相心多猜忌(韻)。〔徐庶白〕猜忌那一件？〔龐統唱〕爲馬超、韓遂(讀)，英名世所稀(韻)。〔合〕常防備(韻)。你謡言廣布軍中起(韻)，乞拒提兵莫待遲(韻)。〔白〕那時曹操一聞此言，必然遣將探取虚寔。元直你可向曹操討出此差，他必喜從不疑，豈不脱了此難？〔徐庶白〕多謝妙計。〔龐統白〕元直，此計速爲，不可延緩遲滯也。〔徐庶白〕赤壁鏖兵用火攻，〔龐統白〕滿江波浪起烟中。〔徐庶白〕鳳雛不獻連環策，〔合白〕公瑾焉能立大功。〔下〕

第十八齣　河北自輸十萬矢

〔雜扮小軍、中軍，引小生扮周瑜上，唱〕

【仙吕宫引・生查子】略施小智謀(韻)，曹操安知誘(韻)。張蔡命當休(韻)，水寨應難守(韻)。〔白〕吾借蔣幹用計，遍觀諸將無知，惟有孔明之才，比吾尤大，適使子敬問他知與不知。待他回來，便知端的。〔末扮魯肅上，唱〕

【小石調引・撻破歌】孔明謀略何人授(韻)，真個世間稀有(韻)。〔見科。周瑜白〕子敬，孔明此事知不知？〔魯肅白〕下官一到那裏，孔明迎頭便問：「吾要到都督帳下賀喜。」我言何喜可賀？就言公瑾使足下來探我知不知這樁事可賀。又説這樁事只瞞得蔣幹，曹操必然醒悟，只是不肯認錯，聽得用于禁、毛玠掌管水軍，此二人斷送八十三萬人性命必矣，東吴無患，此乃是非常之喜，如何不可賀？〔周瑜怒科，白〕嗄，原來如此。孔明真吾心腹之大患也，如何留得此人？吾必殺之！中軍，請孔明到來議事。〔魯肅白〕都督若殺孔明，被曹操取笑了。〔周瑜白〕吾有公道，教他死而無怨。〔魯肅白〕以何公道？〔周瑜白〕子敬不必多言，即刻便見。〔生扮孔明上，唱〕

【小石調引・撻破歌】周郎致請開疑竇(韻)，子敬定將言剖(韻)。〔白〕公瑾使人相請，料是子敬將情剖露，必要尋計害我。我有全身遠害之術，周瑜你怎麽設計害得我？〔見科〕山人聞都督呼唤，特趨麾下聽令。〔周瑜白〕先生，即日要與曹操交兵，大江之上以何器械爲先？請先生商議有何計可破，望賜見教。〔孔明白〕水面交兵，無非弓弩爲先。〔周瑜白〕先生之言，正合吾意。昔日子牙破紂，自制許多兵器，先生飽學，必能辦事。吾軍缺箭，乞煩先生監造十萬枝箭，以應一時之用，全兩家之好，望勿推阻。〔孔明白〕謹宜領命，但不知何時用之？〔周瑜白〕煩先生十日爲限，措置便了。〔孔明白〕曹兵早晚必到，如過十日，必悮了大事。〔周瑜白〕憑先生限幾日。〔孔明白〕若依山人，只消三日交納，但此事必得子敬相助纔好。〔魯肅白〕喲，十萬枝箭！就依都督十日，也造不完，三日如何得能交納？下官不敢奉命。〔孔明白〕不是嘎。山人呢非東吴官銜，呼應不靈，必得子敬相助。如箭成之功者，我與子敬平分；如箭不成之罪者，山人承當。〔周瑜白〕哦，三日交納，先生莫非是戲言耳？〔孔明白〕怎敢戲言。我數如不足，定按軍法。〔周瑜白〕如此多謝先生，看酒過來。〔場上設酒筵桌椅。周瑜唱〕

【仙吕宫正曲・風入松】東吴曹操共交兵(韻)，今水戰約在江汀(韻)。全憑弓弩爲先逞(韻)，俺軍缺箭斷難争勝(韻)。〔合〕公飽學儲備必能(韻)，誅曹操盼成功(韻)。〔孔明唱〕

【又一體】蒙君錯愛不相輕(韻)，承委托不必叮嚀(韻)。軍中豈敢相違令(韻)，若失限甘按軍刑(韻)。〔合〕料此事管教必贏(韻)，三朝後定完成(韻)。〔周瑜白〕先生，事成之日，必有酬勞。〔孔明白〕與國除害，

何用酬乎?〔雜扮蔡中、蔡和上,唱〕

【小石調引・撻破歌】曹公智略按排定㊞,命往江東探聽㊞。〔白〕自家蔡中、蔡和是也,自棄荆州投魏,蒙丞相官拜偏將軍。此間已是周瑜行營。軍校通報,華州兩員大將求見。〔中軍白〕禀爺,轅門外有華州二將求見。〔周瑜白〕吩咐開門。〔衆將、小軍上,開門科。周瑜白〕着他進來。〔蔡中、蔡和見哭科,白〕我二人乃蔡瑁之弟蔡中、蔡和,吾兄無罪,被曹賊殺之,今欲報仇,特來麾下投降,望賜收録,乞爲前部。〔魯肅白〕都督,此二人不帶家小,必是詐降,不可信他。〔周瑜白〕子敬如此多疑,安能容天下之士乎? 曹操殺他兄長,他正欲與兄報仇,何詐之有? 就封蔡中爲前部左先鋒,以助甘寧,蔡和隨軍,不可違悮。中軍,領二位將軍各歸汛地。〔蔡中、蔡和應科,下。孔明白〕山人告辭。〔周瑜白〕奸雄曹操守中原,多少忠良枉受冤。〔孔明白〕一戰成功誅此賊,〔同白〕管教四海絶狼烟。〔孔明下。周瑜笑科,白〕吾料孔明三日内造十萬枝箭,就有子敬相幫,也難造成。違限斬之,除了心腹大患,豈非吾心之樂也。〔外扮黄蓋上,白〕歷戰疆場甚有名,江東何敢共交兵。立功三世皆称勇,一點丹心輔盛明。某黄蓋是也,都督陞帳,向前獻策,以破曹操。門上有人麽? 〔中軍白〕什麽人? 黄先鋒到此何事? 〔黄蓋白〕要求見元帥。〔中軍進禀虚白科。黄蓋進見科,坐科。周瑜白〕黄先鋒到此何事? 〔黄蓋白〕某想曹兵,他衆我寡,難以久持,必須——〔作目視左右科。周瑜吩咐衆下,白〕將軍有何妙計? 〔黄蓋白〕某想曹兵,他衆我寡,難以久持,必須用火攻之,方能取勝。〔周瑜白〕誰與將軍獻此計耳? 〔黄蓋白〕某行此計。〔周瑜白〕不受苦楚，難瞞曹操。待我明日聚衆陞帳，將軍以無禮加我，必然按軍法行刑，衆將必定求饒，那時再行楚打，不知將軍肯否？〔黃蓋白〕某自跟破虜將軍以來，身歷三世，雖身受萬剮，而心亦無所悔。〔周瑜白〕公覆如此忠肝義膽，非周瑜之幸，乃東吴之大幸也。請上，受我一拜。〔黃蓋白〕不敢。〔周瑜白〕將軍明日遲來，就行此計。〔黃蓋白〕領命。〔周瑜白〕不施萬丈深潭計，〔黃蓋白〕怎得驪龍項下珠。〔下。孔明上，唱〕

【越調引·喬八分】周郎見識我先知(韻)，錯使機關枉自癡(韻)，曹營借箭片時齊(韻)。全身遠患(讀)，誰知俺元機(韻)。〔白〕可笑周瑜使計害我，我即就他計伏他。待子敬來探聽時，自有道理。〔魯肅、雜扮軍校隨上，唱〕

【小石調引·撻破歌】孔明總伏智謀奇(韻)，難脱周郎絶妙計(韻)。〔白〕下官奉公瑾將令，看孔明造箭如何。此間已是他行營，不免逕入。先生造箭如何？〔孔明白〕尚未。再三説休對公瑾説知，必要害我，三日内如何造得出十萬枝箭來，子敬必須救我。〔魯肅白〕先生自取其禍，如何救！〔孔明白〕望子敬借船三十號，用草一千束，皆用青布爲幔，每船要三十人鳴鑼擂鼓，我和你一同去取。〔魯肅白〕箭造在何處？〔孔明白〕吾箭江北人已造完了，在彼等候。〔魯肅白〕軍校，速撥大船三十號，每船要草一千束，每船要三十人鳴鑼擂鼓，皆用青布爲幔，到此聽令。〔軍校白〕得令。〔魯肅白〕先生，夜來蔡中、蔡和必是詐降，公瑾信之，却是爲何？〔孔明白〕子敬不識公瑾計耳。大江之隔，細作急難往探，令二人詐降，使不疑也。公瑾計上用計，又要他通信，此是兵不厭詐，子敬豈知是計耳。〔魯肅白〕原來如此，請到後營酒宴。〔同下。衆扮水雲、軍士、四將，打一更上。四將白〕巡營備敵申嚴令，聽警聞風不測機。吾等乃曹丞相麾下水營將軍是也，今夜該我等四將巡警，以備不虞。衆軍校，刀斗更鼓，不可紊亂，小心守汛。〔衆應，作打二更。衆草船上。孔明、魯肅同上，唱〕

【越調集曲・憶鶯兒】湖汐平(韻)，夜氣清(韻)。月色將闌日未昇(韻)，天地迷茫兩不明(韻)。風微棹輕(韻)，船如馭行(韻)，遥聞刀斗人聲静(韻)。〔合〕到曹營(韻)，西頭東尾(讀)，一字把船横(韻)。〔内打三更，魯肅白〕先生，這是處了。〔孔明白〕這是曹營水寨邊。〔魯肅白〕倘曹兵一出，如之奈何？〔孔明白〕有我在此，不妨。我和你酌酒取樂。軍校把船一字擺開，逼近水寨受箭。〔魯肅唱〕

【又一體】天未明(韻)，星漸横(韻)。漏下銅壺值五更(韻)，重霧垂江似結凝(韻)。不分岸汀(韻)，惟聞雁聲(韻)，教他戰艦安排定(韻)。〔合〕到曹營(韻)，西頭東尾(韻)，一字把船横(韻)。〔内打四更，孔明白〕軍校，擂鼓吶喊者。〔雜扮衆箭手，同雜扮水營二將上，白〕衆將官，丞相有令：此必是周瑜兵馬，重霧迷江，必有埋伏，不可輕動，着弓弩手取箭來射。〔衆白〕得令。〔箭手唱〕

【越調正曲・鬭黑麻】齊挽雕弓(讀)，誰敢少留停(韻)。雲霧垂江(讀)，覷來不明(韻)。忙拽取(句)，寶雕翎(韻)。羽箭離絃(讀)，好似繁星(韻)。〔白〕水寨箭完。〔二將白〕吩咐軍校，旱寨取箭再射。〔衆應科。内打五更，孔明白〕軍校，掉過船頭來。〔箭手唱合〕兩國交兵(韻)，將士任縱横(韻)。撼海摇天(句)，撼海摇天(疊)，金鈸亂鳴(韻)。〔孔明白〕子敬你看，日色漸升，每船上各有四千餘枝，不費東吴半分之力，箭已得矣。〔魯肅白〕先生神機妙算，魯肅安知。〔孔明白〕曹賊箭已乏矣，就此回船。〔軍校白〕得令。〔孔明白〕衆軍士齊叫一聲「謝丞相之箭」。〔軍校應科，白〕多謝丞相之箭。〔二將白〕軍校駕快船追趕。〔箭手白〕去遠了，追趕不及。〔同下。孔明唱〕

【又一體】掉槳回船(讀)，遠遠離曹營(韻)。霧散雲開(讀)，金烏漸昇。〔魯肅唱〕先生計(句)，果奇能(韻)。算準陰陽(讀)，奥妙元精(韻)。〔合〕兩國交兵(韻)，將士任縱横(韻)。撼海摇天(句)，撼海摇天(疊)，金鈸亂鳴(韻)。〔同下〕

第十九齣　事可圖何妨肉苦

〔雜扮衆將官、小二、中軍，小生扮周瑜上，唱〕

【小石調引・粉蛾兒】智伏孔明(韻)，賺箭神謀堪敬(韻)。〔雜扮报子上，白〕急將奇異事，來啟元帥知。啟都督：昨夜孔明先生吩咐，要大船三十隻，船上縛草千束，將青布爲幔；與魯爺竟到江北曹營水寨，各船擂鼓吶喊，將近五鼓，曹操知覺，令軍士將弓矢齊發，只待天明；魯爺與孔明得箭十萬有餘，特來報知。〔周瑜白〕孔明真神人也！道有請。〔末扮魯肅、生扮孔明上，白〕兵機不厭詐，預敵在謀深。請公瑾收箭。〔周瑜白〕先生神機妙算，吾輩安知。冒瀆雄威，幸勿見責。〔孔明白〕略施小術，何足爲奇。〔周瑜白〕古之孫吳，莫能及也。〔孔明白〕山野村夫，何勞過獎。〔周瑜白〕軍士，看酒宴過來。〔唱〕

【憶多嬌】道甚明(韻)，術甚靈(韻)，惟望吾師誨小生(韻)。〔白〕我周瑜呵，〔唱〕似遇陽春物發榮(韻)。〔合〕清酒娛情(韻)，清酒娛情(疊)，表我誠心奉承(韻)。〔內擊鼓介，周瑜白〕何人擊鼓？中軍問來。〔中軍白〕元帥有令，何人擊鼓？〔黃蓋內白〕黃蓋擊鼓，請都督升帳。〔中軍照白科。周瑜白〕傳令開門。〔中軍傳拜。內奏樂。衆扮參謀、武將、軍士、將官，捆綁手，從兩場門上。周瑜、孔明、魯肅升帳。外扮黃蓋上，唱〕

【粉蛾兒】江東保障(句)，將門三代忠貞(韻)。〔周瑜白〕黃先鋒因何擊鼓？〔黃蓋白〕因何擊鼓！你日逐飲酒，不理軍務，若此月破曹便破，如破不得，只依張子布等束手倒戈，倒省得出醜。〔周瑜白〕哇！吾奉主命破曹，妙計已定。我軍令已出，若言降者必斬。此時兩軍相敵之際，〔唱〕

【撲燈蛾】尅期應破敵(句)，尅期應破敵(疊)，恁來妄争競(韻)。爾既爲先鋒(句)，如何出言不省(句)也(格)，枉受功勳(韻)。擅自來輕視行營(韻)。〔白〕左右，〔唱〕縛綁去轅門號令(韻)。常言道(讀)，不斬蕭何律不行(韻)。〔卒應科。黃蓋唱〕

【又一體】周瑜妄自大(句)，周瑜妄自大(疊)，何堪掌軍政(韻)。終日醉酕醄(句)，竟負吴侯欽敬(韻)也(格)。黃蓋忠心(叶)，自幼裏便着威名(韻)。誰似你不知權勁(韻)。小周郎(讀)，奶黃未退一孩嬰(韻)。〔周瑜白〕刀斧手，擒下黃蓋，梟首示衆。〔卒應，綁科。衆將、魯肅白〕且慢！啟都督：蓋罪合誅，但于軍不利，望都督寬宥，權且寄罪，待破曹之後，問罪未遲。〔周瑜白〕大夫、衆將請起，既是大夫、衆將苦勸，犯吾令者，難以全免。軍校，與我剥去袍鎧，杖責一百。〔卒應介，作打科。衆將跪科，白〕望都督寬恕，若後怠慢，二罪俱罰。〔周瑜白〕汝衆人敢小覷吾也。軍校，着寔打。〔卒白〕得令。〔作打科。周瑜作哭科，白〕軍師，本帥不知爲何，若動真怒，必須落淚。軍校，把黃蓋帶上來。黃蓋，你可知罪麽？暫且饒你驢頭在頸，以後如有怠慢處，必斬汝首。吩咐掩門。〔衆應科。周瑜唱〕

【尾聲】黃蓋軍前妄舌争(韻)，理該痛責用嚴刑(韻)，這纔是賞罰分明軍令行(韻)。〔下。魯肅白〕方纔公瑾痛責公覆，我等皆係部下，不敢犯言苦勸，先生是客，一言不發，何也？〔孔明白〕子敬何欺我也？〔魯肅白〕肅與先生渡江，有事未嘗相瞞，此話何來？〔孔明白〕兵書云，鬼神不測機也。方纔公瑾欲殺黄，又毒打之，此乃苦肉計耳。不用苦肉，難瞞曹操，今必詐降，却令蔡中、蔡和密報其事矣。子敬，我今日之言，切勿以告公瑾。〔魯肅白〕先生高才絶學，肅豈知之，可羡！先生是大才。〔孔明白〕望君切勿把言開。〔魯肅白〕神機苦肉應難測。〔孔明白〕孟德焉逃出火災。〔下。雜扮闞澤上，白〕小將平生志氣高，黄公將令敢辭勞。詐降苦肉機關妙，管取奸雄勢盡凋。俺闞澤是也，奉黄公覆之命，着俺賫此降書投于曹寨。我想大丈夫處世，從事于人，既遇知己，不能建立功勳，真可恥也。既拼一命，以報東吴，何惜此身哉。只得扮個漁翁，駕舟到此。你看前面已是曹操水寨，須索把船兒摇上去。正是：要尋虎子，先探虎穴；欲報東吴，拼身赴鑊。〔下。雜扮將校，净扮曹操上，唱〕

【西地錦】吾腹從來空洞㊀，個中百物能容㊀。人生還怯還能勇㊀，纔稱蓋世英雄㊀。〔白〕某魏公曹操，自領兵八十三萬，誓平東吴。今日升帳理事，然後進兵。〔末扮徐庶上，白〕欲爲遠害全身計，須把西涼謡語傳。丞相拜揖。〔曹操白〕元直何來？〔徐庶白〕禀丞相：各寨紛紛傳説，西涼韓遂、馬超謀反，殺奔許昌。不敢隱瞞，特來報知。〔曹操白〕吾自領兵南征，心中所憂者韓遂、馬超耳。軍中謡言，未知虚寔，誰可代吾一往？〔徐庶白〕自蒙丞相收用，恨無寸功報効，願請三千人馬，星夜前往三關，把守隘口。如其緊急，再行告報。〔曹操白〕若得元直去，吾無憂矣。三關之上亦有軍兵，任伊調領，去罷。〔徐庶白〕領鈞旨。鳳雛一語教徐庶，勝似遊魚脱鈎鉤。〔下。卒白〕啟爺：江上拿得一魚翁，口稱吴將闞澤，手奉降書一紙，特來求見。〔曹操白〕與我搜檢明白，放進參見。〔卒白〕得令。〔闞澤上，唱〕

【粉蛾兒】降劄私通韻，瞻拜轅門惕悚韻。〔白〕丞相在上，小將闞澤參見。〔曹操白〕吾聞汝在東吴爲參謀，到此何幹？〔闞澤白〕人言曹丞相求士，如大旱之望雲霓，今觀此説，甚不相合。哎，黄公覆，汝又尋思差了。〔曹操白〕汝私行到此，如何不問？〔闞澤白〕黄公覆在東吴已歷三世，乃舊日功臣，今被周瑜于衆將之前痛打一頓，氣無所出，時告於我。我與公覆情同骨肉，思無報仇之路，敬獻密書，歸投丞相。未知肯容納否？〔曹操白〕公覆特遣先生，書在何處？〔闞澤白〕書在此。〔曹操白〕取上來看。〔卒取書遞科。曹操白〕吴將大先鋒兼糧科使黄蓋頓首百拜大丞相麾下：〔唱〕

【一封書】書緘上魏公韻。念江東一小戎韻，恨周瑜忒不公韻，抹功勞是苦衷韻。〔合〕欲盜糧儲麾下獻句，望乞仁慈賜納容韻。願相從韻，謹加封韻，草俱臺端恕不恭韻。〔白〕「臣黄蓋沐手再拜」，嗄，好黄蓋，用苦肉計，使你來獻詐降書，就中取事，戲侮吾耶？軍校，將這厮推出轅門，斬首報來。〔卒白〕得令。〔綁科，闞澤笑科，曹操白〕推轉來。吾識破汝奸計，何故大笑？〔闞澤白〕吾笑黄公覆不能識人。要殺就殺，又何問乎？〔曹操白〕吾自幼熟習兵書，足知奸細，如何瞞我？〔闞澤白〕你且説書中那一件是奸處。〔曹操白〕我説你脱空處，教你死而瞑目。既是真降，如何不明寫幾時來歸，有多少糧草，豈不是詐也？〔闞澤白〕尚敢誇口幼讀兵書，全無見識，無學之輩，必被周瑜活擒。可惜我屈死汝手。〔曹操白〕何爲無學？〔闞澤白〕不知機密，不明道理，豈是知學？〔曹操白〕願聞高論。〔闞澤白〕豈不聞背主作盜，安能定期？私竊糧儲，怎較數目？〔曹操白〕鬆綁。吾見一時不明，冒犯尊顔，幸勿介意。〔闞澤白〕我等傾心投降，豈有詐僞之計。〔曹操白〕軍校，看酒來壓驚。〔卒上，白〕暗將機密事，報與主公知。稟爺，密書呈上。〔曹操白〕曉得了，你自迴避。〔闞澤白〕此必是公覆受責的消息，蔡中、蔡和使人密報。〔卒白〕酒在此了。〔曹操唱〕

【玉胞肚】多多勞重(韻)，獻降書誠心果恭(韻)。適間來冒瀆英雄(韻)，望包含且自寬容(韻)。〔合〕先生飽學足三冬(韻)，愧我無能拙見容(韻)。〔曹操白〕望先生即返江東，與公覆定期，先通消息，吾便起兵接應。〔闞澤白〕別差人去。小將去時，恐不能速還矣。〔曹操白〕若差別人，其機泄矣。〔闞澤白〕正是丞相高見，就此起行。〔唱〕

【尾聲】投明棄暗非虛哄(韻)，糧儲獻上表丹衷(韻)，指日江東盡屬公(韻)。〔各分下〕

第二十齣　風不便未免心憂

〔雜扮軍校、中軍，引小生扮周瑜上，唱〕

【仙呂宮引·天下樂】曾言昔日起刀兵㊄，想借東風濟我行㊄。天天若得從人願㊅，①曹軍當敗我當興㊄。〔白〕戰船齊備列江中，只少東風助我功。若得穹蒼憐念我，曹瞞一旦盡成空。某周瑜，前者曹操曾約水戰，吾將軍兵大小船隻分撥已定。我想決勝必要用火攻，心中思想若得東風一二日，則可望全勝矣。老天嚇，若東風不至，我計必不能成也。爲此連日心中納悶，無計可施。中軍吩咐，大小事情不許進報，只説元帥有病便了。〔中軍白〕得令。〔虛下。雜扮軍卒，引孔明上，唱〕

【小石調引·憶故鄉】設計已攻曹㊄，定策人難料㊄。〔白〕山人諸葛亮，我想周元帥欲得東風一二日，看此天道，怎得此東南之風？他心思慮，假粧有病，不免去探望一遭，以療其疾。咳，此非助周，乃是助劉也。此是營門首。軍校，你去通報，説南陽諸葛亮相訪。〔軍卒應科，通報介。中軍上，白〕

① 「天天」，疑當作「天公」。

我元帥有疾在身，不能答禮，免見罷。〔孔明白〕聞知元帥有疾，故爾特地前來送藥方。〔中軍白〕稟元帥：孔明聞元帥有疾，特來送藥方。〔周瑜白〕既有方，拿進來。〔中軍白〕我元帥說，先生有方，教拿進去。〔孔明白〕再稟元帥，有幾味要緊的藥，必要面議。〔中軍白〕孔明說，有幾味要緊的藥，必要面議。〔周瑜白〕嗄，他是這等說，必有妙方，道有請。〔中軍白〕都督有請。〔孔明見科，白〕周都督遥觀曹寨，如何陡然抱此貴恙，事有可疑。〔周瑜白〕人有旦夕禍福，豈能保乎？〔孔明作笑科，白〕天有不測風雲，人能料乎？都督你看曹營如何？〔周瑜唱〕

【中呂宫正曲·剔銀燈】他水陸寨三百餘里(韻)，〔孔明白〕調兵如何？〔周瑜唱〕調兵有錯綜條理(韻)，看他怎出吾奇計(韻)。〔孔明白〕如此足以快心，如何倒有疾病起來？〔周瑜唱〕疾病豈旦夕可期(韻)，〔合〕軍師(句)。不須致疑(韻)。〔孔明白〕都督之疾，山人頗知一二。〔周瑜唱〕我疾病伊家怎知(韻)？〔孔明白〕都督，〔唱〕

【又一體】要疾瘥先須養氣(韻)，按呼吸推之可喜(韻)。〔白〕我這藥呵，〔唱〕要東南方(讀)，取土來精製(韻)，極大風皆可醫治(韻)。〔合。周瑜白〕適聞妙方，拜求一劑。〔孔明白〕着取紙筆過來。〔作寫科，唱〕天機(韻)，子知我知(韻)，不可與他人亂知。〔寫介，白〕都督看此方何如？〔周瑜白〕欲破曹公，宜用火攻，萬事俱備，只欠東風。此言當以寔告。〔跪科白〕先生真神人也！事在危急，軍師有何妙計？〔孔明白〕都督請起。亮雖不才，曾遇異人傳授八門遁甲天書，上可呼風唤雨、役鬼驅神，中可布陣排兵、安民定國，下可趨吉避凶、全身遠害。都督若要東南風時，可于算山築起祭風臺一座，高九丈，闊八丈，作三層。各要潔净人守壇，五五二十五隊，每隊五人，各執五色旂。再着幾個羽流，壇前使令。要都督一枝令箭鎮壇，則易成也。〔周瑜白〕承教承教！幾時登壇？〔孔明白〕十一月甲子日可登壇，二十日起至二十二日東南風一起，以助都督滅曹，何如？〔周瑜白〕中軍，取我一枝令箭來。用的人隨即點齊送上。吩咐凌統，連夜選三百名勇士、二十名羽流，送與軍師調用，不得違令，有悮者斬。〔中軍白〕得令。〔孔明白〕就此告別。有意栽花花不發，無心插柳柳成陰。〔下。周瑜白〕天既生瑜，何生亮。你看諸葛村夫，發透我心中之事，若留此人在世，怎顯俺周瑜妙計。不免差人暗害他便了。小校，快唤徐盛、丁奉過來。〔雜扮徐盛、丁奉上，白〕虎豹臺前長出入，貔貅帳下聽傳喧。徐盛、丁奉見。〔周瑜白〕徐盛、丁奉，你到算山，看東南風起後，可斬諸葛亮首級來，重重有賞。〔徐盛、丁奉白〕得令。〔周瑜白〕眼望捷旌旂，耳聽好消息。〔下〕

第廿一齣　壇中可望不可攀

〔雜扮凌統上，白〕欲把天宫和氣迎，七星臺卜按神靈。東風一起掀銀浪，骯髒英雄入火城。某乃東吴大將凌統是也，奉都督將令，築壇於算山，令孔明先生借東風滅曹。我想孔明能操鬼神不測之機，擅奪天公運化之妙，呼風喚雨，掌握乾坤，先籌後占，擺龍虎鳥蛇之陣，智謀奇出，運天地風雲之奇。衆將官，須按軍師所定，按方佈立者。〔内應。衆將各执五方旂等物上，擺科。凌統白〕壇臺已成，旂旛已佈，專等孔明登壇作法。呀，言之未了，諸葛公早已登壇來也。〔雜扮四道官，引生扮孔明上，唱〕

【越角套曲・鬭鵪鶉】暫時間除下了鶴氅綸巾(句)，特地把神通大顯(韻)。身披着八卦天衣(句)，爐化着千行龍篆(韻)。則見那陰陽攢聚(句)，費了些水火陶甄(韻)。要把那凛凛烈烈的朔風來遣(韻)，習習融融的吹花來變(韻)。雖則是建黄旄颭繡旂(讀)，壇場咫尺(句)，却可也揮黑帝迓東皇(讀)，道里由延(韻)。〔白〕祭風臺上建奇功，力免東南震旦風。萬里煙雲皆掃盡，周郎從此振江東。山人奉周都督之命，來借東風，今乃仲冬甲子，數定丙寅日起風。凌將軍，〔凌統暗上，應科。孔明白〕着你傳齊衆將，按方佈立，可曾齊備否？〔凌統白〕俱已齊備，就請軍師登壇。〔孔明白〕你且迴避了。〔凌統下。孔明唱〕

【越角套曲·紫花兒序】但則見象包太極（句），虛空闢建（韻）。羅列着周天度日月星辰（句），統領着閻浮界岳瀆山川（韻）。配合了坎離卯酉（讀），佈定着子午坤乾（韻）。這真詮（韻），只看俺羽葆鸞旌翠蓋翻（韻）。香凝了宝篆（韻），道洽了先天（韻），術奪了人權（韻）。〔白〕待我蹈罡步斗者。〔唱〕

【越角套曲·天净沙】須索要珮珊珊（讀），恭擎象簡朝元（韻）。意澄澄（讀），瞻天法力精虔（韻）。向中央雙引鸞旌步斗（句），趁天風指揮如願（韻）。好看着靄騰騰（讀），東風在空際盤旋（韻）。〔雜扮青帝、天將、風神十八姨衆上，唱〕

【越角套曲·寨兒令】駕飈輪（句），躡紫煙（韻），蒼龍扶馭掣雷鞭（韻），只爲着借令司權（韻）。因此上符使周旋（韻），總只聽號召莫俄延（韻）。須則是憑噫氣廣漠無邊（韻），用不着激怒濤吼日掀天（韻）。限三朝能足用（句），待一舉顯英賢（韻）。憐（格），把那曹兵千百萬喪黃泉（韻）。〔青帝、天將、風神十八姨衆轉下。孔明唱〕

【越角套曲·禿廝兒】只見那旂旛影顫（韻），分明是青帝乘權（韻）。這的是天助英雄把逆寇翦（韻）。笑奸曹（句），頃刻裏喪烽煙（韻），方顯得巧計回天（韻）。〔白〕你看東風將起，不免下壇去者。凌將軍，〔凌統暗上，應科。孔明白〕這是都督令箭在此，不可亂動，待等都督令到，方可下壇。〔凌統應科，照前白。孔明白〕迴避。〔凌統下。孔明唱〕

【收尾】今日裏借東風助周郎便（韻），只恐他害吾行旋生機變（韻）。傳語他把百萬曹兵各保全（韻）。〔白〕

周郎周郎，〔唱〕空用尔妒賢毒計枉徒然韻。〔下。雜扮小軍，引雜扮丁奉、徐盛上，唱〕

【中呂宫正曲·縷縷金】奉都督句，密令宣韻，要把諸葛害句，莫矜憐韻。遥望壇臺近句，殺伊快便韻。〔丁奉白〕孔明力借東南風，擅奪天地之權，今不殺孔明，爲禍不小。爲此奉周都督之命，上臺殺之。來此壇中，怎麽寂寂無聲？凌將軍，〔凌統上，白〕這是都督令箭，爲何抛棄在地？二位請了。〔丁奉、徐盛白〕衆將怎麽？爲何不動？〔凌統白〕孔明有令，衆將按方播定，不許擅動。〔丁奉白〕孔明在那裏？〔凌統白〕方纔下壇去了。〔丁奉白〕不好了。凌將軍，孔明是逃走了。看，東南風大起，你們还不下壇，在此作什麽？〔凌統白〕衆將官，就此下壇去。〔衆白〕是。〔衆下。徐盛白〕嗄，有了。不免駕舟赶去，擒他便了。〔唱合〕江邊不見費俄延韻，登舟去如箭韻，登舟去如箭疊。〔下〕

第廿二齣　江上獨來還獨往

〔雜扮水手，隨小生扮趙雲上，白〕江東雲霧水難平，境界崎嶇放棹行。千里獨來還獨往，貔貅百萬我能征。某趙雲曾奉軍師將令，於十一月甲子日駕着小舟接取軍師，不覺已渡過江矣。你看，東南風果起。呀，前面一人，蓬頭赤脚而來，好像軍師模樣，不免上岸迎去。〔生扮孔明上，唱〕

【黄鐘宫正曲·畫眉序】倉猝伏刀兵(韻)，舉動先知彼此情(韻)。笑周郎謀智(韻)，暗算無成(韻)。〔趙雲白〕果然軍師來也。〔孔明唱〕見趙雲江岸忙迎(句)，東風起潛逃歸境(韻)。〔趙雲白〕請軍師上船。〔孔明白〕後面追兵至矣，快些開船。〔同唱合〕打破玉籠飛彩鳳(句)，總是數皆前定(韻)。〔同下。雜扮水手，隨丁奉、徐盛上，唱〕

【黄鐘宫正曲·滴溜子】急忙趕(句)，急忙趕(疊)，追他轉程(韻)。駕風帆(句)，駕風帆(疊)，怎敢留停(韻)。却緣都督嚴令(韻)。〔白〕我等奉周都督之令，前到算山割取孔明首級，不想東南風纔起，他便竄地藏匿。適間小校來報，有一快船停在灘口，却見先生披髮上船去了。因此急駕舟趕來。軍士們，望前船不遠，就此趕上。〔卒應科，同唱〕任他插翅飛(句)，須臾落阱(韻)。〔合〕水陸追擒(讀)，怎得幸生(韻)。〔下。

水手隨孔明、趙雲上，唱〕

【黃鐘宮正曲・鮑老催】攻擊曹營（韻），水戰兼之火戰併（韻），赤壁交兵定成功（韻）。若不是（句），借東風（讀），威逾勁（韻），周瑜焉得顯才能（韻）。笑他空有防賢令（韻），〔合〕妙算安能及孔明（韻）。〔水手、丁奉、徐盛上，唱〕

【黃鐘宮正曲・雙聲子】翹首望（句），翹首望（疊），見一葉小舟行（韻）。忙傳令（韻），忙傳令（疊），休走了那孔明（韻）。〔白〕軍師休去，都督有請。〔趙雲白〕呔！來船休得追趕。吾乃常山趙雲，奉令接取軍師。本待一箭射死爾等，顯得兩家失了和氣，叫你知俺的手段。〔唱合〕忙拽取（句），放雕翎（韻），射斷輕帆（讀），各奔去程（韻）。〔放箭，下。徐盛白〕被他一箭射斷蓬索，料難追趕，就此回覆都督便了。〔丁奉白〕言之有理。〔同唱〕

【尾聲】忙回繳令莫留停（韻）。到絕處先來接應（韻），可不道枉費機關計不靈（韻）。〔下〕

第廿三齣　西北計成百道出

〔雜扮將校，小生扮周瑜上，唱〕

【雙調引・賀聖朝】叵耐曹瞞罔上㊞，欺君恣惡猖狂㊞。〔末扮魯肅、生扮張昭上，唱〕從教一戰靖畿疆㊞，名傳百世流芳㊞。〔周瑜白〕運籌帷幄定輸贏，赤壁攻曹神鬼驚。〔魯肅白〕今夜東風壇上起，管教一火喪精兵。〔周瑜白〕子敬，吾思孔明有奪天地造化之功，真乃神人也。剛到申時，東南風果起。吾恐他日扶助劉備，乃東吳一大害，曾差徐盛、丁奉刺殺他，以絶後患。待二人回來，便知端的。〔雜扮丁奉、徐盛上，白〕夜静水寒魚不餌，滿船空載月明歸。稟都督：孔明預先着趙雲接去。小將赶去將近，被趙雲一箭射斷蓬索。他那裏扯起風帆而去，急難追趕。特來報與都督知道。〔周瑜白〕怎麽説？孔明去了？咳，此人如此，使我曉夜不安矣。子敬，不如我與曹操連和，共擒劉備，意下如何？〔魯肅白〕都督，曹操之事，拿在手中，不可棄之。况劉備乃疥癬耳，何足畏哉。〔周瑜白〕言之有理。軍校，吩咐旂鼓司擂鼓聚將，進營聽令。〔卒傳科。内起鼓。外扮黄蓋，雜扮甘寧、程普、凌統、韓當、周泰、蔣欽、陳武上，唱〕

【黄鐘宫正曲・出隊子】威風膽壯㊞，畫鼓鼕鼕披掛忙㊞。紛紛將士競趨蹌㊞，特地前來聽審詳

(韻)。〔合〕閫外將軍(讀)，號令非常(韻)。〔作參見科。周瑜白〕衆位將軍，今日之戰，非比尋常。黄先鋒聽令：今夜汝船盡插青龍牙旂，裝載引火之物，使人持書詐降。若近曹寨，舉火爲號，乘勢殺去，則曹賊必擒矣。〔黄蓋白〕得令。〔下。周瑜白〕甘將軍聽令：汝可帶蔡中、蔡和降卒，打北軍旂号，沿江殺去。烏林地面，正是曹操屯糧之所，先斬蔡中，乘勢殺來，接應韓、周等將。〔甘寧白〕得令。〔下。周瑜白〕程普聽令：你領三千人馬，直到黄河州界口，截斷曹操合肥接應之兵，就逼曹兵。放火爲號。但見紅旂，便是吕蒙接應之兵，燒毁寨栅，此爲上計。〔程普白〕得令。〔下。周瑜白〕凌將軍聽令：汝引一枝人馬，直抵夷陵，看烏林火起，以兵應之。〔淩統白〕得令。〔下。周瑜白〕徐盛、丁奉，你二人在大江北岸，整備戰馬五百匹，以備我登岸追趕曹操便了。〔徐盛、丁奉白〕得令。〔下。魯肅白〕都督如此用兵，何愁曹操不破。〔周瑜白〕衆位將軍，今日奉命討賊，伐惡出征，保國之生民，洗主之愁恨。陣圖已定，各按五方，首尾相連，飛報傳令。〔衆白〕是。〔周瑜白〕將蔡和綁過來。〔將官綁蔡和科。蔡和白〕蔡和無罪，爲何綁我？〔周瑜白〕你还説無罪。你擅入吾軍，與曹操探聽消息，今借汝首祭纛，以壯軍威。綁去砍了。〔將官推下斬科，白〕獻首級。〔周瑜白〕號令了。衆位將軍，各駕快船，殺上前去。〔衆白〕得令。〔下。扮水雲從中地井出分立科。周瑜帶衆將駕艨艟，内白〕衆將官，就此放炮開船。〔衆應，同上，唱〕

【駐雲飛】天助吴邦(韻)，借得東風勢莫當(韻)。水戰兵齊上(韻)，火戰誰能擋(韻)。嗏(格)，曹賊是天亡(韻)，難逃疏網(韻)。滅却奸雄(讀)，各把功勞奬(韻)。〔合〕赤壁臨江作戰場(韻)。〔下〕

第廿四齣　東南風動一軍灰

〔雜扮水雲從左右地井上，擺科。雜扮衆軍卒，雜扮衆將官，引浄扮曹操上，唱〕

【仙吕宫隻曲·點絳唇】天步艱危(句)，國家擾攘(韻)。提兵將(韻)，併弱吞强(韻)，一統歸吾掌(韻)。〔白〕一生行事甚猖狂，意在兼天日月忙。百世流芳渾未得，萬年遺臭又何妨。今早接得公覆密書，書中説周瑜關防甚緊，無計脱身，撥得鄱陽湖新運米糧，盡已裝載停當，今晚三更時分，船上插青龍牙旂，即蓋船也。兵將分撥已定，只等公覆到來，破周瑜如反掌耳。諸公，孤家晝夜呵，〔唱〕

【南北合套·粉蝶兒】俯視江東(韻)，俺這裏俯視江東(疊)，似峩峩泰山势重(韻)，滅孫劉掃蕩群雄(韻)。俺這裏列艨艟(句)，連舴艋(句)，一任着潮頭浪湧(韻)。〔白〕衆位，若非天命助吾，安得鳳雛之妙計，果然渡江如踏平地也。〔唱〕只見這駕滿帆風(韻)，連環鎖揚舲徐動。〔外扮黄蓋，雜扮衆將乘船上，唱〕

【南北合套·好事近】鉄甲破連營(句)，吴魏仇深不共(韻)。樓船赤壁(句)，盈江戰艦如蜂(韻)。〔白〕某先鋒黄蓋是也，因受吴侯之恩，無可以報，故獻苦肉之計，以破曹兵。托得潤獻詐降書，曹操以爲確寔。今早着人去下密書，約定三更接應。俺已自準備火船二十餘隻，船頭密佈大釘，船内裝載蘆葦乾柴，灌以魚油，上鋪硫磺、焰硝引火之物，各用青布油單遮蓋，皆插青龍牙旂，以爲曹兵認號。船上水軍，皆識水性，待等火起，一齊跳入水中，而上後面接應之船。軍士們，趁此風順，就此摇上去。〔唱〕見山高月小(句)，水茫茫(讀)，一片波濤湧(韻)。〔合〕拼捐軀以赴沙場(句)，方顯我三世精忠(韻)。〔下。曹操白〕孤家今晚在將臺之上，東視柴桑之境，西觀夏口之江，南望樊山，北覷烏林，四顧空闊，心中甚喜。你看，明月如晝，照耀江水，如萬道金蛇，翻波戲浪，好洒樂也。〔唱〕

【南北合套·石榴花】只見那流光閃燦浪花中(韻)，翻滚滚水影鏡光同(韻)。明晃晃鎗刀森列(讀)，劍戟重重(韻)。軍威真肅整(句)，號令又尊崇(韻)。〔程昱白〕今日東南風起，甚是不祥，望丞相查之。〔曹操白〕冬至陽生，來復之時，安得無東南風，何足爲怪。〔唱〕一會家氣茫茫(句)，一會家氣茫茫(疊)，浪花中風起青雲動(韻)，一霎價江流堅凍(韻)。猛聽得畫角齊鳴(句)，猛聽得畫角齊鳴(疊)，端的是撼海聲喧閧(韻)。〔見軍士〕摩拳擦掌要沖鋒(韻)。〔黄蓋、衆將乘船遶場下。水營二將白〕啟上丞相：前面來船皆插青龍牙旂，內中大旂上書先鋒黄蓋名字，請鈞令定奪。〔曹操白〕公覆來降，此天助孤也。〔程昱白〕丞相，來船必有詐降，休教近寨。〔曹操白〕何以知之？〔程昱白〕若是糧船，重而且穩。你看來船輕而且浮，更兼東南風甚緊，倘若有詐，何以當之？〔曹操白〕然。誰去止住？〔文聘白〕文聘願往。〔作乘小船科。黄蓋衆上，唱〕

【南北合套·好事近】赤壁(句)對壘顯英雄(韻)，舉火焚船建功(韻)。吾軍奮力(句)，須臾曹賊驚恐(韻)。

〔文聘白〕丞相有令，南船休得近寨，就在江心抛錨而住。〔黄蓋白〕看箭。〔作射，文聘下。黄蓋唱〕雕弓急整(句)，對敵人(讀)，火箭飛蝗猛(韻)。〔白〕衆軍士，與我催船，一齊舉火。〔衆白〕得令。〔唱合〕燒曹兵爛額焦頭(句)，遍江中叫苦何窮(韻)。〔曹操衆船作被火燒科。曹操衆奔下。藤牌手下，水卒下，水殺科。雜扮衆將、周瑜乘大船上，周瑜白〕衆將官，將放火的水軍搭上船來。〔衆應，作救上船科。周瑜白〕衆將官，殺上前去。〔衆應，大船下。曹操、張遼乘小船上，唱〕

【南北合套・上小樓】燎騰騰金蛇動(韻)，煙靄靄烈燄烘(韻)。燒得俺叫苦連聲(句)，燒得俺叫苦連聲(疊)，輕舟逃竄(句)，性命將終(韻)。〔張遼白〕不好了。你看三江水溢，火趁風威，風趁火勢，煙焰漲天，逐風而起，一派通紅了。〔同唱〕又聽得喊殺聲喧(句)，又聽得喊殺聲喧(疊)，好教俺呼天搶地(句)，路斷途窮(韻)。如遲慢怕墮牢籠(韻)。〔黄蓋乘船上，白〕曹操那裏走。〔曹操白〕張遼放箭。〔张遼放箭科，白〕看箭。〔黄蓋作中箭落水下。张遼白〕黄蓋落水，快些攏岸。〔急下。將校隨周瑜乘大船上，唱〕

【南北合套・撲燈蛾】紛紛的曹兵斷送(韻)，隊隊的哀号悲痛(韻)。洋洋的波浪淹(句)，騰騰的火焰紅(韻)。〔黄蓋上，白〕黄蓋被張遼射中肩窩，快些救我上船。〔周瑜見黄蓋，站立救科。周瑜白〕黄將軍不妨麽？〔黄蓋白〕不妨。〔周瑜白〕幸而公覆深知水性，大寒之時和甲墮江，竟得無恙，真江左英雄也。衆軍校先令别船送回大寨，好生醫治。〔衆應科。黄蓋下。周瑜白〕衆將官，催船速進，休得要放走曹瞞。〔衆白〕得令。〔唱〕看他們戰艦(句)，片片似敗葉漂蓬(韻)。慌慌的頭腦冬烘(韻)，忙忙的緝捕奸雄㊅。孜孜的凌煙圖畫㊀，轟轟的名垂宇宙慶成功㊅。〔下。曹操、張遼乘小船上，張遼白〕主公快快攏岸，逃走便了。〔下。周瑜乘大船上，卒白〕稟爺，曹操上岸走了。〔周瑜白〕就此上岸追趕便了。〔衆應科，同唱〕

【尾聲】忙登岸雕鞍控㊅，躍馬加鞭躡去縱㊅，從此後曹將聞風魂也恐㊅。〔下〕